만주국 조선인 연극

이 복 실 지음

지식과교양

『만주국 조선인 연극』에 대하여

이 저술은 본인의 박사논문 「'만주국' 조선인 연극 연구」를 확대하고 개고하여 단행본 체제에 맞추어 정리한 책이다. 1932년부터 1945년까지 존재했던 만주국 조선인 연극의 존재 형식과 활동 양상 및 초민족국가 속에서의 조선인 연극의 특성과 의의를 고찰하였다.

1930년대 초반, 조선인 연극은 만주국의 통치권력이 거의 닿지 못했던 항일무장투쟁 지역 내의 항일연극으로 존재했다. 만주국 건립이전, 1920년대 조선인 연극을 주도했던 반제반봉건 성격의 연극은 건국 후 당국의 '반만항일사상 탄압'과 기존 문화 활동에 대한 통제에 의해 더 이상 통치권 안의 무대에 오를 수 없게 되었다. 한편 1932년부터 1936년까지 간도 지역에 항일무장투쟁 지역이 잇따라 형성됨에 따라 기존의 반제반봉건 성격의 연극은 자연스럽게 그곳에서 형성된 항일연극으로 흡수되었다. 항일연극은 1930년대 초반에 가장 왕성한 활동을 펼쳤다. 그 뒤, 1936년에 동북항일연군이 결성되자 이에 대한 대응으로 만주국 당국의 항일숙청공작이 대대적으로 강화되었다. 이에 따라 항일무장세력이 크게 약화되면서 항일연극의 기세도 점점 가라앉게 되었다. 항일연극은 비극, 희극, 계몽극, 가극 등 다양한 형식으로 전개되었고 그 내용은 주로 반제반봉건 투쟁과 항일투사들의 영웅적 서사에 집중되어 있다. 만주국 조선인 연극에 있어서 항일연극은 1930년대 초반 조선인 연극의 공백을 채워주었다는 점에서 중요한 위치를 점한다. 아울러 민중들의 항일의식과 항일투사들의 사기를 북돋아주며 항일전쟁의 승리에 일조했다는 점에서 중요한 의의를 지닌다.

중일전쟁 이후, 프로파간다로서의 연극의 역할이 강조되면서 만주국 전 지역에서 신극운동이 전개되었다. 그 조류 속에서 통치권 안의 조선인 연극도 비로소 등장하였다. 처음으로 조직된 극단은 1938년, 만주국 수도에서 조직된 대동극단大同劇團(제 3부-조선어부)이었다. 이 극단은 1937년 만주국 사상교화기관인 협화회의 주도 하에 창립된 국책 극단으로 총 세 개의 언어부로 구성되어 있었다. 즉 제 1부는 중국인 극단, 제2부는 일본인 극단, 제3부가 조선인 극단이었다. 동일한 명칭 하의 민족별 독립극단처럼 보여졌으나, 사실은 일본인 운영자와 협화회의 통일적인 감독과 관리를 받아야 했다. 이러한 극단은 만주국 관변 극단에 보편적으로 존재했던 형태이자 만주국 특유의 존재형태로 복합민족국가로서의 문화적 특징을 잘 드러내는 한편 식민문화권력의 메커니즘을 드러내기도 한다. 관변 극단은 그 특성상 만주국의 건국이념과 국책사상 선전에 주력한 한편 관객동원과 영리의 목적으로 대중연극 활동도 소홀하지 않았다.

1941년 『예문지도요강』이 반포된 후, 문화 활동에 대한 통치가 점점 더 강화되어 가는 과정 속에서도 민간극단이 잇따라 출현하여 조선인 연극계에 생기를 불어 넣었다. 그러나 전시체제기 연극보국을 부르짖던 시기에 등장한 민간 극단은 삼엄한 취체와 검열 속에서 생존을 위해 협회와의 긴밀한 관계를 유지할 수밖에 없었다. 그 관계 속에서 민간 극단은 농촌 지역을 순회하며 연극보국 운동의 일환인 이동연극 활동에 적극적으로 참여함으로써 만주국의 국책사상 선전에 일조했다.

1930년대 중반부터 활발하게 전개된 조선 극단의 만주 순회연극은 만주국 문화통치권력의 자장 안에서 조선인 관객을 대상으로 활동했다는 점, 그리고 만주국 조선인 연극에 일정한 영향을 미쳤다는 점에 근거하여 만주국 조선인 연극의 범주로 소급하여 보았다. 1930년대에 전개된 순회연극은 대부분 조선에서 이미 인기를 입증한 대중연극이었다. 만주국의 조선인 관객들은 대중연극 특히 〈춘향전〉과 같은 역사극을 선호했다. 이에 따라 〈춘향전〉은 고협, 현대극장, 김연실악극단 등 극단에 의해 다양한 형식으로 공연되었다. 전시체제기 연극에 대한 통제가 강화되면서 조선과 만주국 양쪽의 통제를 받아야 했던 순회극단은 1940년대에 들어와 국책연극도 전개하게 되었다. 일제말기까지 활발한 활동을 펼쳤던 순회연극은 만주국 조선인에 의한 연극과 함께 문화적으로 소외되어 있던 만주의 조선인들에게 큰 위안이 되었다는 점에서 중요한 의의가 있다. 만주국 조선인에 의한 연극보다 더 일상적이었던 순회연극은 만주국 조선인 연극의 주류였다고 해도 과언이 아니었다. 한편 조선인 관객들은 순회연극을 보기 위해 먼 길도 마다하지 않았으며 극장은 항상 만원을 이루었다. 조선어, 조선인, 조선정서 등 온통 '조선적인 것'으로 충만했던 조선어극 상연 극장은 만주국 조선인들에게 '상상의 공동체'가 아닌 '진정한 공동체'적 감각을 느끼게 하는 종족공간이었다.

탄압과 회유, 배제와 포섭의 식민문화권력장 안에서, 그리고 초민족적인 혼종문화장 안에서도 만주국 조선인 연극은 굳건히 존재해 나갔다. 뿐만 아니라 그 연극을 통해 조선인들에게 오락적 위안을 주고 민족적 정체성을 환기시켜주었다는 점에서 중요한 의의를 지닌다. 한편 조선인 연극은 민족적 정체성을 환기함과 동시에 새로운 정체성 인식을 제시했는데, 이는 식민주체였던 일본인이나 피식민주체였지만 원주민이었던 중국인 연극에서는 찾아볼 수 없는, 초민족국가 속에서의 조선인 연극의 특수성이었다.

이 복 실

| 차례 |

만주국 조선인 연극

Ⅰ. 서론

1. 문제 제기 및 연구사 검토

1931년 9월 18일, 일본 관동군은 '류탸오후사건柳條湖事件'[1]을 조작하여 만주사변을 일으키고 지속적으로 현 중국 동북東北 지역[2]을 무력으로 점령하여 1932년 3월 1일에 정식으로 만주국을 건립했다. 일본제국은 만주족으로서 한족 왕조를 정복했던 청왕조의 폐廢 황제 푸이溥儀를 만주국의 황제로 옹립함으로써 독립국가로서의 정당성을 획득하고자 했다.[3] 또한 일본과의 동맹관계를 강조하는 '일만일체日滿一體'

---

1) 1931년 9월 18일 밤, 일본 관동군이 현 중국 동북의 선양沈陽 부근의 류탸오후에서 남만주 철도 레일을 의도적으로 폭파하고 이를 중국 동북군의 소행으로 조작하여 만주사변을 발동한 사건을 가리킨다.

2) 현재 중국의 동북 지역은 랴오닝성遼寧省, 지린성吉林省, 헤이룽장성黑龍江省 등 세 성을 포함한다. 만주국의 영토는 이 세 성을 포함한 네이멍구內蒙古자치구(동쪽 지역), 허베이성河北省 청더시承德市, 친황다오시秦皇島市 등 지역을 러허성熱河省으로 지칭했다.

3) 푸이는 1934년 3월 1일에 정식으로 '만주제국'의 황제로 등극했다. 그 전까지 집정을 맡고 있었던 푸이는 하루빨리 청왕조 복벽의 꿈이 실현되기를 고대하고 있었다. 한편 릿튼조사단의 보고가 끝난 뒤 국제연맹이 만주국을 인정하지 않음에 따라 일본은 국

를 주장함과 동시에 오래전부터 만주 지역에 거주하고 있던 여러 민족 간의 평화적 공존을 지향하는 이른바 '민족협화', 공식적으로는 한족, 만주족, 몽고족, 조선인, 일본인 등 다섯 민족 간의 협화를 강조한 '오족협화五族協和'의 '왕도낙토王道樂土'를 건국이념으로 내세웠다. 이로써 만주국은 독립적이고 이상적인 국민국가의 외양으로 포장되었음에도 불구하고 붕괴되는 날까지 독립국가로서 국제적인 인정을 받지 못했다. 만주사변의 발동에서부터 만주국 건립에 이르는 일련의 정변政變 과정은 모두 일본이 제국주의 확장을 위해 철저히 기획하고 조작한 음모였다는 점이 당시로서도 매우 명백했기 때문이다. 중일전쟁 및 태평양전쟁으로 치닫으면서 만주국을 조종했던 일본 제국주의 본질이 노골화됨에 따라 그 점은 더욱 명료해졌다. 말하자면 만주국은 일본 제국의 '괴뢰정권傀儡政權'에 불과했으며 타이완台灣과 조선에 이은 또 다른 하나의 식민지였던 셈이다.

만주국의 이와 같은 괴뢰성傀儡性과 식민성으로 말미암아 중국 학계에서는 만주국을 '거짓된' 또는 '불법적'이라는 의미를 담고 있는 '위僞'자를 붙여서 '위만주국僞滿洲國'이라고 부르거나 혹은 '적에게 함락되었다'는 의미의 '윤함淪陷'이라는 어휘를 사용하여 '동북윤함구東北淪陷區'라고 부른다. 일본 학계에서는 만주국을 흔히 지역적인 의미의 만주 또는 그의 괴뢰성을 인정하는 의미로 작은 따옴표를 사용하여 '만주국'이라고 지칭한다. 한국 학계에서는 만주국을 통상적으로 '일제강점기 만주' 또는 편의상 따옴표를 제거하고 만주국이라 부른다. 즉

제연맹에서 탈퇴하게 되었다. 대내외적인 압력과 고립의 국면을 극복하고 나아가 만주 및 몽고에 대한 식민지 경영을 더 원활하게 실행하기 위한 목적으로 일본 제국은 건국 2년 뒤에 푸이를 황제로 옹립하고 연호를 다퉁大同에서 캉더康德로 바꾸었다.

만주국이라는 용어에 대한 한 · 중 · 일 학계의 표현 방식은 조금씩 다르지만 내적으로는 그의 괴뢰성과 식민성에 대해 인정하는 입장을 취하고 있다. 본 연구 역시 만주국의 그러한 역사적 실체를 인정하는 바이다. 따라서 이 글의 토대가 된 본인의 박사논문에서는 제목에 따옴표를 사용하여 '만주국'이라 표현하였지만 이 글에서는 단행본의 체제를 고려하여 따옴표를 생략하기로 한다.

만주국은 일본 제국주의의 식민침략의 현장이자 그들의 이상적인 식민국가 건설의 실험장이기도 했다. 만주국의 역사적 기록과 그가 남긴 근대적 유산들이 이를 증명한다. 13년의 통치기간 동안 일본 제국이 정치, 경제, 사회, 문화적으로 만주 및 만주의 피지배민족들을 가혹하게 침략한 사실은 '학살', '약탈', '유린', '노예화' 등과 같은 용어들로 생생하게 기록되어 있다. 이러한 식민의 아픈 기억과 상처가 지금까지도 합당한 치유를 받지 못한 채 당시를 경험했던 피지배민족들의 삶 속에 되풀이되어 나타나고 있음은 주지하는 사실이다.

한편 일본 제국의 식민침략이 일정한 측면에서 만주의 근대화를 이루었다는 점 또한 부정할 수 없는 역사적 사실이다. 그 근대적 성과는 인적, 물적 측면에서 만주국 붕괴 및 전후(제 2차 세계대전)의 한국과 중국, 일본에 흡수되어 각각의 분야에 일정하게 기여했다. 만주국이 남긴 근대 업적 중에서 후세에 가장 뚜렷한 영향을 미친 측면은 경제 분야라고 할 수 있다. 당시 세계적 수준이었던 만주국의 대소화제철소大昭和制鐵所, 만주화학滿洲化學, 풍만豐滿댐 등 중공업 산업시설 및 일본인 기술자들은 신중국의 경제 발전과 국가 건설에 크게 기여했다.[4] 뿐만

4) 만주국의 경제적 유산 및 그것이 신중국의 경제 발전에 미친 영향은 (강진아, 「중국

아니라 1930년대 만주국의 경제 개발은 전후 한국 경제 개발의 모델이 되기도 했다.[5] 만주국은 건축, 음악, 영화, 연극, 문학 등 문화적인 측면에서도 근대 문명의 일정 수준에 도달했으며 그 성과들은 전후 중국 동북 지역 및 한국과 중국의 문화 건설에 다양한 방식으로 흡수되어 각 나라의 문화 발전에 일정한 영향을 미쳤다. 가장 대표적으로 만주영화협회(이하 '만영')의 영향을 들 수 있다. 만영은 8년(1937-1945) 동안 상당히 많은 영화를 제작하고 배급했으며 리샹란李香蘭(본명 - 야마구치 요시코山口淑子)이라는 당대 최고의 스타를 배출하기도 했다. 만주국이 붕괴된 후 만영에 소속된 일부 일본 기술진들은 중국에 남거나 일본으로 귀환되어 중국과 일본의 영화 발전에 공헌하기도 했다.[6] 이렇듯 만주국은 정치 · 경제 · 문화적으로 한 · 중 · 일 세 나라에 뚜렷한 흔적을 남겼다.

지금까지 만주국의 정치, 역사, 사회, 경제 등 분야에 관한 연구는 한 · 중 · 일 세 나라에 의해 꽤 진척되었다. 이에 비해 문학을 제외한 만주국의 기타 문화예술에 대한 연구는 상대적으로 미진한 편이다. 문학을 비롯한 만주국의 문화장場은 크게 식민주체인 일본인 문화와 피식민주체인 중국인 및 조선인 문화로 구성되었으며 각각 일계日系 문화, 만계滿系 문화, 선계鮮系 문화로 지칭[7]되었다.

과 소련의 사회주의 공업화와 전후 만주의 유산」, 『만주, 동아시아 융합의 공간』, 소명, 2008. 張衛東, 蘇平, 「如何認識日本帝國主義在東北的重工業建設」, 『樂山師範學院學報』第10期, 2005.) 등에서 참고.

5) 한석정 외, 『근대 만주 자료의 탐색』, 동북아역사재단, 2009, 18쪽.

6) 古市雅子, 『「滿映」電影研究』, 九州出版社, 2010, 123쪽.

7) 만주국에는 일본인, 중국인, 만주인, 몽고인, 조선인 등 다섯 민족 외에 북쪽의 하얼빈哈爾濱 지역에 백계 러시아인도 살고 있었다. 그러나 만주국의 건국이념인'오족협화'의'오족'에는 백계 러시아인은 포함되지 않았다. 즉 백계 러시아인은 만주국의

만주국 시기의 조선인, 중국인 및 일본인 문학은 한 · 중 · 일 세 나라의 민족문학 또는 지역문학으로서 그동안 꽤 많은 연구가 축적되었다. 이를테면 조선인 문학은 한국현대문학의 일부 또는 중국 조선족 문학으로, 중국인 문학은 동북현대문학으로, 일본인 문학은 일본 쇼와昭和문학의 일부 또는 식민지문학으로 연구되었다. 이러한 연구는 1990년대까지 대체적으로 각자의 민족주의 관점에 비추어 논의되었다. 만주국 조선인 문학에 대한 한국 학계의 연구는 주로 안수길과 강경애 등 개별 작가 및 작품 연구에만 집중되었으며 그 연구들은 주로 일제 강점기 민족 현실을 반영한 리얼리즘의 시각에서 논의되거나[8] 민족주의 또는 친일이라는 이분법적인 시각에서 논의되었다.[9], 중국

공식적인 민족 구성원이 아니었다. 하지만 백계 러시아인은 일본인, 중국인, 조선인과 함께 문학, 연극, 음악, 무용 등과 같은 다양한 문화예술 활동에 참여했다. 그 밖에 만주인과 몽고인은 일찍이 한족 문화에 동화되었기 때문에 자체적인 문화 활동을 거의 하지 못했다. 그럼에도 불구하고 만주국은 '만몽독립'의 명목으로 청나라 마지 막 황제 푸이를 내세워 건립된 국가였기 때문에 만주인과 중국인을 흔히 만인滿人으로 통칭했다. 이에 따라 만주국의 문화를 각각 일계日系 문화, 만계滿系 문화, 선계鮮系 문화로 칭했다. 이 글에서는 이해하기 쉽도록 각각 일본인 문화, 중국인 문화, 조선인 문화로 지칭하기로 한다.

8) 특히 강경애의 문학을 리얼리즘 시각에서 다룬 연구가 상당히 많은 편이다. 대표적인 연구는 다음과 같다. 이재선, 한국현대소설사 , 홍성사, 1979. 이상경, 「강경애 연구 - 작가의 현실 인식 태도를 중심으로」, 서울대 대학원 석사학위논문, 1984. 조남현, 「강경애연구」, 『한국현대소설연구』, 민음사, 1987. 윤옥희, 「1930년대 여성 작가소설 연구」, 성균관대 대학원 박사학위논문, 1997. 이상의 연구들은 강경애의 문학이 식민지 치하 조선인들의 현실을 사실적으로 재현했다는 점에 주목하여 강경애를 '리얼리스트'로 평가했다.

9) 이러한 시각에 입각한 논의는 안수길에 대한 오양호와 김윤식의 연구가 대표적이다. 오양호는 일제 말기 암흑기의 한국문학을 안수길로 대표되는 만주국 조선인 문학이 대체할 수 있다는 주장을 펼치며 안수길의 문학을 민족주의 문학으로 긍정적인 평가를 했다.(오양호, 『한국 문학과 간도』, 문예출판사, 1988, 49쪽.) 반면 김윤식은 안수길이 『만선일보』에 협력함으로써 만주국의 이념에 침투되었다며 안수길의

학계는 적어도 80년대까지는 일본 제국주의에 적극적으로 저항했던 항일 성격의 중국인 문학만을 집중적으로 연구했으며 그 외의 문학은 아예 '한간漢奸문학'[10]으로 폄하하여 구체적인 연구 대상으로 취급하지 않았다.[11] 만주국 조선인 문학에 대한 중국 조선족 학계의 연구[12]도 마찬가지였다. 일본 학계는 만주국의 일본인 문학을 식민지문학 또는 쇼와 일본 문학의 일부로 간주하며 은근히 타자화하는 방향으로 논

문학과 그가 말한 만주국의 '망명문단'에 대해 부정적인 평가를 했다.(김윤식, 『안수길 연구』, 정음사, 1986, 48쪽.) 이상경 역시 김윤식과 마찬가지로 안수길이 『만선일보』를 통해 문학 활동을 유지했다는 점으로부터 그의 문학이 친일문학일 가능성이 높다고 했다. (이상경, 「간도체험의 정신사」, 『작가 연구』 제 2호, 1996, 23쪽.) 이처럼 상반되는 의견에 대해 채훈은 절충적인 입장을 취했다. 즉 안수길의 공로와 업적을 인정하되 친일의 문제는 따로 논의해야 한다는 것이었다. (채훈, 『일제강점기 재만 한국문학 연구』, 깊은 샘, 1990, 110쪽.)

10) '한간'은 흔히 외국 침략자들에게 중화민족의 이익을 팔아넘기거나 그들에게 굴종함으로써 민족을 배반한 매국적 중국인을 가리킨다. 만주국 시기의 '한간문학'은 일반적으로 친일문학을 가리킨다.

11) 동북현대문학의 가장 큰 연구 성과라고 할 수 있는 『東北現代文學史』는 동북현대문학의 주체를 '동북작가군東北作家群'(만주국시기 본토로 도피하여 지속적으로 동북을 배경으로 한 반식민지 성격의 문학 활동을 했던 동북작가들)에 한정지어 그들의 문학적 업적을 높게 평가하는 반면 기타 문학을 식민문학으로서 '한간문학'에 불과하다는 평가를 했다.(東北現代文學史編寫組, 『東北現代文學史』, 沈陽出版社, 1989, 5~6쪽.) 90년대에 들어와 개별적인 논문을 통해 그동안 '한간문학'으로 낙인찍혔던 문학에 대한 재평가가 시도되었지만 사적 연구나 윤함시기 문학 연구는 80년대의 연구경향에서 크게 벗어나지 못했다. 전자의 경우 馮爲群, 王建中, 李春燕, 李樹權, 『東北淪陷時期文學國際學術硏討會論文集』, 沈陽出版社, 1992. 馮爲群, 李春燕, 『東北淪陷時期文學新論』, 吉林大學出版社, 1991 등 참고. 후자의 경우 張毓茂, 『東北現代文學史論』, 沈陽出版社, 1996. 徐迺翔, 黃萬華, 『中國抗戰時期淪陷區文學史』, 福建教育出版社, 1995. 申殿和, 黃萬華, 『東北淪陷時期文學史論』, 北方文藝出版社, 1991. 孫中田, 逄增玉, 黃萬華, 劉愛華, 『鐐銬下的繆斯 - 東北淪陷區文學史綱』, 吉林大學出版社, 1998 등 참고.

12) 권철, 『조선족 문학연구』, 헤이룽장성 민족출판사, 1989.
조성일, 권철, 『중국 조선족 문학통사』, 이화문화사, 1997.
김호웅, 『재만조선인문학 연구』, 국학자료원, 1998.

의[13]했는데 이는 일본이 제국주의 또는 민족주의 입장에서 자유롭지 못했음을 말해준다. 이처럼 1990년대까지 세 나라는 민족주의 시각에 갇혀 만주국 각 민족 문학의 실상을 전체적으로, 그리고 사실적으로 파악하지 못했다는 한계를 지닌다.

21세기에 들어와 만주국 문학에 대한 연구 시각에 비로소 변화가 생겼으며 연구 지평 또한 기존에 비해 확대되었다. 중요한 계기로 작용한 것이 중국의 '동북공정東北工程'과 문학적 패러다임의 변화이다. 2002년부터 개시된 중국의 '동북공정'은 중국은 물론 만주와 역사적 상관성을 갖는 한국과 일본 학계의 관심을 증폭시켰으며 이에 따라 만주국 문학도 새로운 시선으로 주목받게 되었다. 이에 따라 만주국 문학 사료에 대한 발굴과 복각 및 발행이 보다 활발하게 이루어졌다. 뿐만 아니라 20세기 말 새로운 국제질서의 수립과 탈국가주의 및 탈민족주의 사상의 영향으로 기존의 협애한 민족주의 시각이 바뀜에 따라 만주국 문학을 바라보는 시선도 달라졌다. 우선 더 이상 지역적 의미로서의 만주가 아니라 역사적 특수성을 지닌 국가적 의미로서의 만주국의 프레임 속에서 각 민족의 문학 및 서로 간의 영향관계를 파악하려는 연구가 시도되기 시작했다. 이에 관한 가장 선두적인 연구로

13) 이에 관해서는 오자키 호츠키尾崎秀樹와 가와무라 미나토川村湊의 글이 대표적이다. 오자키 호츠키는 만주국의 문학을 식민지문학으로 간주하면서 중국인과 일본인의 상호교섭관계를 통해 두 민족의 서로 다른 문학적 상상을 밝힘으로써 식민지문학의 한계를 보여주었다.(尾崎秀樹, 『舊殖民地文學の研究』, 東方勁草書房, 1971.) 가와무라 미나토는 만주국 문학을 단순히 쇼와문학의 일부분으로 보기보다는 쇼와문학이 외부로 확대하여 생산한 이향의 문학 또는 외부의 문학으로 보아야 한다고 주장함으로써 만주국의 일본인 문학을 타자화했다.(川村湊, 『異鄕の昭和文學 -「滿州」と近代日本』, 岩波書店, 1990.)

오카다 히데키岡田英樹의 『문학에서 본 '만주국'의 위상』[14]을 손꼽을 수 있다. 그는 만주국이 독립국가의 형태로 존재했던 사실을 존중하여 역사적이고 객관적인 시각에서 당시의 중국인과 일본인 문학 및 그들 간의 상호교섭관계를 고찰했다. 이를 통해 만주국의 다양한 문학 색채와 중국인 작가들의 '면종복배面從腹背'의 심리적 태도를 보여주고자 했다.[15] 그의 이 연구는 그동안 구딩古丁을 비롯하여 만주국에서 끝까지 문학 활동을 견지했던 일부 문인들을 '한간문인'으로 취급했던 중국 학계에 새로운 연구 시각을 제공했다.

이와 같은 시각에서 논의된 글로 조선족 학자 김장선과 한국의 최정옥, 박려화 등의 연구[16]를 대표적인 예로 들 수 있다. 김장선은 만주국의 조선인과 중국인 문학을 하나의 무대에 올려 놓고 암울한 식민지 현실에 대한 공동의 경험을 보여주고자 했다. 또한 박려화가 공동의 문학장 속에서의 중국인과 조선인 작가의 상호 교섭관계를 통해 피식민자로서 서로의 민족문학발전을 이끌었던 점을 드러내고자 했다면, 최정옥은 만주국 중국인 문학과 일본인 문학의 영향관계를 통해 식민과 피식민의 욕망의 차이를 보여주고자 했다. 이러한 연구는

14) 오카다 히데키, 『문학으로 본 '만주국'의 위상』, 역락, 2008.
15) 오카다 히데키는 다롄大連과 신징新京의 일본인 작가들의 상반되는 문학 이데올로기에서부터 항일문학의 주 공간이었던 하얼빈의 이색적인 문단에 이르기까지 만주국의 다양한 문학 색채를 보여주었으며 중국인 작가 구딩古丁과 일본인 작가들의 문학적 교류를 통해 그가 결코 일본인 작가들의 의지에 순순히 따르지 않았다는 점을 밝히고자 했다.
16) 김장선, 『조선인문학과 중국인문학의 비교연구-위만주국시기』, 역락, 2004.
최정옥, 「만주국 문학 연구」, 고려대학교 박사학위논문, 2007.
박려화, 「일제 말 만주국 조선인 문학과 중국인 문학의 상호교섭 연구」, 원광대학교 박사학위논문, 2016.

기존의 민족문학 또는 일국문학 중심의 연구에서 탈피하여 식민지시기 동아시아 공동의 문학장을 재구성했다는 점에서 의의를 지닌다.

이 시기 연구에서 가장 주목되는 것은 그동안 만주국의 조선인 문학을 민족주의/친일이라는 단순하고도 도식적인 틀 속에서 재단하던 데로부터 보다 구체적이고도 입체적인 틀 속에서 조명하는 데로 나아가기 시작했다는 점이다. 말하자면 만주국 및 식민지 문학의 복잡한 현실성과 문학 주체들의 개개인의 처지, 가치관에 착안하는 한편 식민주의 담론의 균열을 발견함으로써 구체적인 현실과 균열의 틈새 속에서 저항 또는 협력/비협력의 구체적인 양상을 보여주고자 했다는 것이다. 이에 관해서는 김재용의 연구가 가장 선도적이고 대표적이라 할 수 있다. 김재용은 1938년 우한삼진武漢三鎭이 함락된 후 만주국 조선인 문학인 내부에 분화가 생겼으며 "식민주의에의 협력과 비협력은 반만주국 저항운동에 대한 태도 여하에 따라 달라진다"고 밝혔다.[17] 아울러 작품 속에 '오족협화'의 이념을 반영했다고 해서 무조건 만주국에 협력하는 문학으로 규정하기 어려우며 구체적인 맥락에 따라 판단해야 한다고 밝혔다.[18] 그 밖에 이상경, 이선옥 등[19]은 '검열', '지식

---

17) 김재용, 「중일전쟁 이후 재일본 및 재만주 조선인 문학의 분화와 식민주의 협력」, 『재일본 및 재만주 친일문학의 논리』, 역락, 2004, 33쪽. (이 글에서 김재용은 박영준과 이마무라 에이지今村榮治를 식민주의에 협력한 작가로, 안수길과 현경준을 비협력의 작가로 지목하고 그들의 작품을 통해 협력/비협력의 구체적인 양상을 밝혔다. 특히 인상적인 내용은 친일 문제로 논란이 되었던 안수길의 「토성」에 나타난 비적 문제를 구체적으로 검토함으로써 안수길을 비협력의 문학인으로 재평가한 부분이다.

18) 김재용, 위의 글, 32쪽.

19) 이상경, 「'야만'적 저항과 '문명'적 협력」, 『재일본 및 재만주 친일문학의 논리』, 역락, 2004.

이선옥, 「'협화미담'과 '금연문예'에 나타난 내적 갈등과 친일의 길」, 『재일본 및 재

인의 내적 갈등' 등 다각적인 관점을 통해 만주국 조선인 문학에 나타난 친일의 논리를 밝혔다.

2000년대 이래 만주국 문학에 관한 연구에 있어서 또 한 가지 특기해야 할 것은 바로 한 · 중 · 일 학자들의 공동연구이다. 이러한 연구는 만주국의 특수성을 고려했을 때 기존의 폐쇄적인 국내 연구에 비해 보다 다양하고 입체적인 연구를 이끌어냄으로써 만주국 문학의 복합적인 실체와 그 특성을 보여주고 있다는 점에서 상당히 큰 의미를 갖는다. 대표적인 연구저서로 한국에서 발행된 『제국일본의 이동과 동아시아 식민지문학』[20], 『제국주의와 민족주의를 넘어서』[21], 『만주, 경계에서 읽는 한국문학』[22] 등이 있다. 그 중 한 · 중 · 일 학자들의 글로 구성된 앞의 두 저서는 만주국을 비롯하여 중국, 조선, 타이완台灣, 인도 등 일본 제국의 기타 식민지 문학까지 아우르고 있어 만주국 문학에 대한 이해는 물론 동시기 기타 식민지 문학과의 비교를 통해 그 특수성을 파악할 수 있도록 했다. 나아가 동아시아 각 지역의 식민지 문학을 하나의 공간 속에 위치시킴으로써 일본 제국주의 또는 식민주의의 다양한 특성과 욕망을 읽어낼 수 있도록 했다. 한국과 중국 학자들의 공동연구 성과인 『만주, 경계에서 읽는 한국문학』은 외부자 즉 만주를 시찰하거나 여행했던 조선 작가들에 의해 탄생된 만주재현 문학과 내부자 즉 만주에 정착한 조선인 작가들에 의해 탄생된 문학을 통해 외부와 내부의 시선으로 '만주와 만주국'의 의미를 보다 다층

만주 친일문학의 논리』, 역락, 2004.

20) 식민지 일본어문학 · 문화연구회, 『제국일본의 이동과 동아시아 식민지문학』(1~2), 도서출판문, 2011.

21) 김재용, 오오무라마쓰오, 『제국주의와 민족주의를 넘어서』, 역락, 2009.

22) 김재용, 이해영, 『만주, 경계에서 읽는 한국문학』, 소명, 2014.

적으로 읽어내고자 했다. 그 밖에 중국에서 발행한 한 『위만주국의 진상僞滿洲國的眞相』[23]을 대표 저서로 꼽을 수 있다. 중국의 '동북 윤함14년사 총편실東北淪陷十四年史總編室'[24]과 일본의 '일본식민지문화연구회日本殖民地文化研究會'[25]의 공동연구로 구성된 이 저서는 만주국의 정치, 군사. 사회, 문화를 대상으로 역사주의 관점에 입각하여 만주국 각 분야의 실상을 규명하고자 했다. 현재 식민지 문학을 주제로 한 국제학술대회는 비교적 활발하게 추진되고 있는 실정이며 이를 토대로 더욱 많고 다양한 저서가 발행될 전망이다.

그러나 만영을 제외한 공연문화에 대한 연구는 거의 미개척 분야라고 할 수 있다. 만주국 문화예술의 상징이었던 만영에 대한 연구는 한 · 중 · 일 학계에서 꽤 연구되었다.[26] 이는 당시 만영이 국책 선전

---

23) 東北淪陷十四年史總編室, 日本殖民地文化研究會, 『僞滿洲國的眞相』, 社會科學文獻出版社, 2010.

24) 1986년에 설립된 '동북 윤함14년사 총편실'은 '동북 윤함14년사 총편찬위원회'와 함께 동북 지역의 작가와 학자들을 조직하고 동북 윤함시기의 역사적 자료를 수집 · 정리하여 그 시기 각 분야의 연구서를 편찬하는 기관이다. 대표 저서로 『中國東北淪陷十四年史綱要』(王承禮, 中國大百科全書出版社, 1991), 『滿鐵史』(蘇崇民, 中華書局, 1990), 『滿映 – 國策電影面面觀』(胡昶, 古泉, 中華書局, 1990.), 『九一八國難痛史』 (張德良, 陳覺, 遼寧教育出版社), 『日本暴行錄』(趙聆實, 中國大百科全書出版社, 1995.) 등이 있다.

25) 2001년에 발족되었고 2007년에 학회로 확장된 '일본식민지문화연구회'는 근대 일본의 점령지역의 문화 자료를 수집 · 정리하고 그에 대한 연구를 진행하는 단체이다. 논문집으로 『식민지문화 연구』를 발행하고 있다.

26) 胡昶, 古泉, 위의 책. 古市雅子, 위의 책.
張錦, 陳墨, 啓之, 『長春影事』, 民族出版社, 2011.
佐藤忠男, 『滿洲映畫協會』, 岩波書店, 1986 .
山口猛, 『哀愁の滿洲映畫』, 三天書房, 2000.
이준식, 『일제와 동아시아 네트워크 : 만주영화협회를 중심으로』, 동북아역사재단, 2007.
홍수경, 「만주국의 사상전과 만주영화협회, 1937~1945」, 연세대학교 사학과 석사

및 오락문화로서 중요한 역할을 했고 동시대의 조선, 일본과도 긴밀한 영향관계를 형성했기 때문이다. 그리고 무엇보다 당시 만영의 기관지로 발행되었던 전문 잡지 『만주영화滿洲映畫』가 복각되어 만영의 연구에 매우 큰 도움과 편의를 제공했기 때문이다. 영화에 비해 연극, 음악, 무용 등과 같은 공연 장르의 연구는 거의 소외되고 있는 실정이다. 자료 접근의 어려움이 가장 큰 원인으로 작용한 것으로 보인다. 문학이나 영화의 경우 당대의 신문은 물론 문학과 영화에 관한 전문 잡지가 발행되어 자료 접근의 경로가 비교적 다양하고 용이한 반면 연극, 음악과 무용 등은 주로 당시의 각종 신문이나 잡지의 산발적인 공연 기록들을 수집해야 하는 난점이 존재하기 때문이다. 특히 이 글의 연구 대상인 조선인 연극의 경우 그 공연 정보는 당시의 유일한 조선어 지면이었던 『만선일보』를 참고해야 하는데 그마저 불완전한 상태로 보존되어 있어 자료 수집과 정리에 더욱 큰 어려움이 동반된다. 즉 만주국 연극에 대한 연구는 해당 자료가 부족하고 수집하기 어려운 한편 매우 방대한 작업량과 시간이 필요하므로 적극적인 연구가 진행되지 못했다.

그나마 최근 만주국의 중국인 연극이 중국 학자들에 의해 일정 부분 연구되었다. 사실 중국인 연극은 1970년대 말 '동북 윤함시기 문학'(만주국 문학)에 대한 연구가 해금되면서 주로 문학 연구의 자장 속에서 논의되기 시작했다. 1980년대까지 만주국 중국인 연극은 중국 현대문학사나 동북현대문학사에서 '동북항일연극'에 한정되어 언급

학위논문, 2007.
김려실, 『만주영화협회와 조선영화』, 한국영상자료원, 2011.

되었다. 그러다 1990년대에 들어와 그동안 '한간문인' 또는 '위만僞滿작가'[27]로 낙인찍혔던 만주국 작가들에 대한 재평가가 이루어지고 만주국 문학 연구에 대한 중국 정부의 정책적 지원 및 국내외 연구진들의 역량이 집결되면서 그 시기의 연극 역시 새롭게 주목받기 시작했다. 리춘옌李春燕의 「동북 윤함시기의 희극東北淪陷時期的戲劇」[28]을 비롯하여 『중국 항전시기 윤함구 문학사中國抗戰時期淪陷區文學史』, 『족쇄 하의 뮤즈 - 동북 윤함구 문학사 강요鐵蹄下的繆斯-東北淪陷區文學剛要』, 『동북현대문학대계東北現代文學大系』(희극편/평론편), 『중국 윤함시기 문학대계中國淪陷時期文學大系』(희극편/평론편) 등[29]은 그동안 항일연극에만 편향되었던 연구 경향에서 벗어나 일제의 이익을 대변했던 관변 연극이나 민간 연극 및 방송 연극에 대해서도 논의를 전개했다. 이는 만주국 연극 존재의 다양성을 밝힘으로써 만주국 연극 연구의 지평을 확대했다는 점에서 큰 의미를 갖는다.

하지만 이 시기의 연구는 자료의 부족으로 인해 피상적인 논의에만 그치고 말았다. 그 한계는 2000년대 이후의 류샤오리劉曉麗, 샤오전위肖振宇, 팡정위逄增玉 및 최근의 허솽何爽 등[30]에 의한 보다 다각적이고

---

27) 해방 후, 중국 학계에서는 만주국시기 활동했던 모든 작가들에게 '한간문인' 혹은 일제의 꼭두각시를 의미하는 '위만작가'의 꼬리표를 붙여 그들의 문학 성과를 전면적으로 부정함과 동시에 그에 대한 연구를 금지했다.

28) 李春燕, 「東北淪陷時期的戲劇」, 『東北淪陷時期文學新論』, 吉林大學出版社, 1991.

29) 徐迺翔, 黃萬華, 『中國抗戰時期淪陷區文學史』, 福建教育出版社, 1995.
孫中田, 逄增玉, 黃萬華, 劉愛華, 『鐐銬下的繆斯-東北淪陷區文學剛要』, 吉林大學出版社, 1998.
張毓茂, 『東北現代文學大系』第14集, 沈陽出版社, 1996.
錢理群, 『中國淪陷時期文學大系』, (評論卷), 廣西教育出版社, 1998.

30) 劉曉麗, 『異太時空中的精神世界 - 僞滿洲國文學研究』, 華東師範大學出版社, 2008.

집중적인 논의를 통해 조금씩 타개되고 있다. 그 중 허상의 연구는 연극은 물론 구극, 방송극, 아동극, 가극, 영화 등 다양한 극 장르를 아울러 논의함으로써 만주국의 풍부한 극예술 및 대중문화의 구도를 파악하는데 큰 도움을 제공했다는 점에서 의미를 지닌다. 중국 학계의 이러한 연구 성과는 거의 불모지인 만주국의 조선인과 일본인 연극에 대한 연구, 나아가 만주국의 전반적인 연극장의 재구성을 촉구함과 동시에 그 연구에 중요한 토대를 제공해 준다.

지금까지 만주국의 조선인과 일본인 연극에 대한 연구는 일부 연극사 서술에서 부분적으로 언급하고 있는 것 외에 독립적인 연구는 극히 적다.『일본현대연극사』[31]는 일제 말기 건전한 국민연극의 수립을 외치면서 정작 명확한 제안을 제시하지 못하고 있는 일본의 연극적 상황과 대동극단大同劇團을 필두로 신극운동을 활발하게 전개하고 있는 만주국의 연극적 상황을 대조적으로 보여주었다. 그러나 대동극단의 인력 구성과 운영 체제 및 그 활동 양상 등을 개략적으로 소개하는데 그쳤다. 그밖에 만주국 일본인 연극에 대한 연구는 초기 다롄大連에서 조직된 일본인 소인극단 다롄예술좌大連藝術座의 방송극 활동을 논의한 연구[32]와 당시의 팜프렛 자료를 통해 대동극단의 일본 순회공연 과정을 정리한 글[33]이 거의 전부이다.

肖振宇, 「"淪陷"時期的東北話劇創作概覽」, 『戲劇文學』 第11期, 2006.
逄增玉, 孫曉萍, 「殖民語境與東北淪陷時期話劇傾向與形態的複雜性」, 『晉陽學刊』 第6期, 2011,
何 爽, 「僞滿洲國戲劇研究」, 吉林大學博士學位論文, 2014.

31) 大笹吉雄, 川村雅之, 『日本現代演劇史』, 白水社, 1994.
32) 田中益三, 「大連芸術座の放送と演劇」, 『朱夏』 第21號, 2006.
33) 「パンフで見る滿洲演劇資料」, 『朱夏』 第21號, 2006.

한국에서는 일부 연극사[34]나 극단 연구[35]에서 조선 극단의 만주 순회공연을 언급한 것 외에 만주국 내 조선인 연극에 대해서는 거의 연구되지 못했다. 현재 만주국 조선인들에 의한 연극 활동은 중국조선족문학사[36]나 조선족연극사[37]를 통해 대략적인 상황을 파악할 수 있을 뿐이다. 하지만 중국의 문학을 비롯한 문화사적 서술이 대부분 민족주의 관점에 기반을 두고 있기 때문에 만주국 시기 조선족 문학사나 연극사 역시 항일작품 위주로 기술되었다. 따라서 당시의 문학사와 연극사의 전반적인 면모를 파악하는 데 한계를 지닌다.

김운일은 『중국조선족연극사』에서 1930-1940년대의 조선족 연극을 만주국 당국의 통치 지역과 중국 공산당의 항일무장투쟁 지역으로 나누고 있지만 기술의 중점은 항일무장투쟁 지역의 연극 활동에 두고 있다. 이 저서는 1930-1940년대 만주국 연극에 대한 구체적인 언급 없이 1920년대 반제반봉건 성격의 연극만을 통해 "해방 전 적 통치구에서의 중국 조선민족 연극예술의 주류는 그래도 진보적인 문인들과 학생들을 기본으로 하는 대중적인 사실주의 연극이었다"[38]는 결론을 내렸다. 아울러 '협화회 문화부'와 같은 관변 단체들의 연극 활동이 있었지만 조선인 전문 극단은 없었다[39]고 주장하고 있다. 하지만 필자가

---

34) 이두현, 『한국연극사』, 보성문화사, 1981.
유민영, 『한국연극운동사』, 태학사, 2001.
고설봉, 『증언 연극사』, 진양, 1990.
35) 김남석, 『조선의 대중극단들』, 푸른사상, 2010. 김남석, 『조선의 대중극단과 공연미학』, 푸른사상, 2013.
36) 조성일, 권철, 『중국조선족문학사』, 연변인민출판사, 1990.
37) 김운일, 『중국 조선족 연극사』, 신성출판사, 2006.
38) 김운일, 위의 책, 43쪽.
39) 김운일, 위의 책, 41쪽.

확인한 바에 의하면 1930-1940년대에 대동극단 조선인 연극부, 계림분회문화부연극반(이하 '계림분회연극반'), 안동협화극단安東協和劇團 등 소인극단 외에도 계림극단과 같은 직업극단이 분명 존재했으며 꽤 적극적인 활동을 전개했다. 따라서 해방 전 "중국 조선족들은 전문 연극단체를 가지지 못하였다"[40]라는 말은 시정되어야 할 것이다. 또한 1930-1940년대의 극단들이 협화회와 같은 관변 기관과의 긴밀한 연관 속에서 활동했던 점을 감안할 때 해방 전 조선족 연극의 주류가 대중적인 사실주의 연극이었다는 결론 또한 재고할 필요가 있다. 이어 이 저서에 의하면 항일연극은 항일무장투쟁의 생활을 반영한 사실주의와 영웅형상 창조를 핵심으로 한 혁명적 낭만주의가 결부된 연극이었다. 이러한 견해는 당시 항일연극에 대한 보편적인 관점이다. 항일연극에 대한 연구[41]는 그동안 조선족 학계에서 꾸준히 논의되어 왔지만 제한된 텍스트로 인해 몇몇 작품의 주제 분석에만 머물러 있다는 점에서 한계가 있다.

이상에서 살펴본 만주국 연극의 연구 성과는 당시의 연극이 수행했던 역할에 비하면 상당히 소략하다고 볼 수 있다. 만주국시기 연극은 영화와 함께 만주국의 건국정신, 특히 일제 말기 대동아전쟁의 강력한 선전도구로서 각 민족을 식민화하는데 일조한 한편 근대적인 문화예술로서 일정한 오락적 역할을 수행하기도 했다. 그러므로 만주국 연극에 관한 연구는 영화와 마찬가지로 일제의 파시즘문화체제와 근

---

40) 김운일, 위의 책 41~42쪽.
41) 권 철, 『광복 전 중국조선민족문학 연구』, 한국문화사, 1999.
방미선, 「연변조선족연극의 회고와 현실상황」, 『드라마연구』제 25집, 한국드라마학회, 2006.

대 미디어문화를 이해하는 하나의 통로가 될 수 있다. 뿐만 아니라 연극은 극본, 극장, 연출자, 배우, 관객, 평론 등 다양한 요소들이 결합된 종합예술이기 때문에 그에 대한 연구는 곧 연극 주체와 관객을 비롯한 만주국 인민들의 문화생활 및 피식민주체들의 복잡한 심리의식을 탐구하는 길이라는 점에서도 매우 큰 중요성을 지닌다.

또 한 가지 중요한 것은 만주국의 연극 역시 영화와 마찬가지로 전후 중국 동북 및 조선족 연극의 형성과 발전에 일정한 토대를 마련했으며 한국, 북한과 일본의 연극에도 일정한 영향을 미쳤다는 점이다. 식민지시기 조선의 극단 김희좌를 이끌었던 김진문은 해방 후 하얼빈에서 양양극단을 조직하여 〈안중근〉을 창작 공연하는 등 해방 후 조선족 연극의 형성과 발전에 일익을 담당한 바 있다. 또한 만주국 시기 중국인 극작가로 활약했던 안시安犀, 리챠오李橋 등은 해방 후에도 중국 동북의 연극 활동에 종사함으로써 동북현대연극의 형성과 발전에 기여했다. 한편 김진문과 달리 당시의 조선인 극작가 윤백남, 김진수 등은 해방 후 한국으로 돌아와 지속적으로 영화와 연극 활동에 종사했으며 일본인 연극인 후지카와 켄이치藤川研一 역시 만주국이 붕괴된 후 일본으로 귀국하여 토요코영화東橫映畫사에서 제작자로 활약한 것으로 확인된다. 이처럼 만주국의 연극은 사라졌지만 당시의 연극인들이 전후 각자의 위치에서 연극문화 발전에 족적을 남김으로써 만주국 연극에 대한 기억을 요구하고 있다.

특히 만주국의 조선인 연극은 식민지 조선의 언어문화가 일제에 의해 처참히 유린되던 시기에도 『만선일보』를 통해 조선의 언어문화 활동을 기록하고 있다는 점만으로도 상당한 연구 가치를 지니고 있다. 본 연구는 만주국 연극 특히 조선인 연극이 이와 같은 중요성을 지니고 있음에도 불구하고 그에 대한 연구가 거의 없다는 실정에 비추어 만주국 조선인 연극을 집중적으로 탐구하고자 한다. 만주국 조선인 연극이 마주했던 환경으로부터 출발하여 그 흐름과 구체적인 존재 방식 및 활동 양상과 성격에 이르기까지 전반적인 면모를 재구성하기로 한다. 이를 통해 궁극적으로 초민족국가 속에서의 조선인 연극의 의의와 특수성을 규명하는 한편 1930-1940년대 만주 조선인 연극의 공백을 채우고자 한다.

2. 연구 대상 및 연구 방법

이 글은 1932년부터 1945년까지 존재했던 만주국 조선인 연극을 연구 대상으로 한다. 1930-1940년대 만주 즉 만주국시기 조선인 문학에 대한 기존 연구는 대부분 만주를 조선인 이주 지역이라는 점에서 조선의 연장선상에 놓고 그곳에서 생산된 문학 전반을 조선문학의 연장으로 일반화시켜 논의해 왔다. 이 시기 조선인 문학을 '이민문학', '망명문학' 또는 '만주 조선인 문학', '재만 조선인 문학'으로 명명하여 논의했던 상당부분의 연구들이 이러한 시각에 입각한 것이었다.[42] 이와 같은 기존의 연구 시각은 문학 창작의 주체나 문학 형성의 공간에

42) '망명문학'과 '이민문학'은 당시 문학을 수행한 주체 또는 작품의 내용에 따라 붙여진 명칭이다. '망명문학'은 일제 강점기 만주로 탈출한 작가들이 주로 국권회복이나 귀향을 주제로 한 문학을 일컫는 것이고 '이민문학'은 일찍이 만주로 이주하여 그곳에 삶의 뿌리를 내리고 살아가는 사람들이 생산한 문학을 일컫는 것이었다. 그밖에 '만주/재만 한국/조선인 문학'은 주로 문학 형성의 공간에 근거하여 붙여진 이름이다.

근거하여 지칭하는 용어가 다를 뿐 근본적으로 조선문학의 연장선에서 만주국시기 조선인 문학을 바라본다는 점에서 결코 다르지 않다. 민족주의 관점에서 출발한 이러한 연구는 독립국가를 표방했던 만주국의 특수성을 종종 배제함으로써 당시의 조선인 문학의 실체를 구명하는데 한계를 초래하기도 한다. 다행히 근래에 들어와 기존의 연구시각이 조금씩 타개되고 있다. 바로 '만주 조선인 문학', '재만 조선인 문학' 등과 같은 기존의 타이틀을 유지하면서 내부적으로 만주국의 특성을 동시에 고려하여 보다 넓은 역사적인 관점에서 만주국시기 조선인 문학을 파악하고자 하는 2000년대 이후의 연구들을 통해서이다. 앞에서 언급했던 김재용, 이해영, 김장선, 박려화 등의 연구들이 대표적이다. 최근에는 만주국시기 보편적으로 사용되었던, 그리고 조선인 문인들이 복합민족국가의 구성원으로서 만주국 문학장에 편입하려는 노력의 의미로 비추어졌던 '만주국 선계鮮系 문학'의 위치에서 개별적인 조선인 작가와 작품을 논한 새로운 시각의 글이 등장해 주목을 요한다. 이를테면 '만주 정착자'로서의 안수길의 정체성과 그의 문학에 나타난 '만주 정착'의 특성에 착안하여 안수길과 그의 문학을 기존 연구와는 달리 '만주국 선계문학'의 위치에서 논의한 이해영의 글[43]과 같은 경우이다.

문학을 비롯한 만주국시기의 조선인 문화를 파악함에 있어서 이상의 두 가지 시각은 동시에 고려되어야 할 것이다. 물론 시기, 장르, 작가, 작품에 따라 연구 시각의 역점을 다르게 취할 필요가 있다. 가령

---

43) 이해영, 「만주국 "선(鮮)계" 문학 건설과 안수길」, 『만주, 경계에서 읽는 한국문학』, 소명, 2014.

건국 초기 분산적인 문화통치시기의 조선인 문학은 식민지 조선문학의 연장선에서 전개된 측면이 강하게 드러나며 중일전쟁 이후부터 만주국이 붕괴되기까지는 만주국의 정치적 이념과 제도 안으로 급속히 편입되어가는 측면이 보다 강하게 드러난다. 이는 문학보다 연극의 경우가 더욱 그렇다. 조선인 문학은 '선계 문학'으로 호명되면서 만주국의 문학장 속으로 적극 편입하려 했음에도 불구하고 문학 담론을 주도하는 일본인들에 의해 종종 배제되었다. 이 점은 1940년 4월에 진행된 문화좌담회[44]에서 조선인 작가들이 일본인 문인측으로부터 일본어로 창작 또는 번역할 것, 그리고 일본 문단으로 진출할 것을 요구받은 사실과 1942년, 1944년에 일본인들에 의해 출간된 『만주국 각민족창작전집』 1, 2에 조선인 작품이 포함되지 않은 사실 등을 통해 잘 드러난다. 그 이유는 식민지 조선의 '내선일체'의 논리가 만주국 조선인들에게 교묘하게 작동되었던 까닭이다.[45] 다시 말하면 조선인 작가들은 '오족협화'의 논리를 통해 일본 제국의 신민이 아닌 만주국 국민으로 거듭나고자 했으나[46] 제국 일본은 그들에게 여전히 '내선일체'의 논리를 일정하게 적용시키고자 했던 것이다. '오족협화'라는 식민주의 논리의 허위성과 모순성이 만주국 문학장을 통해 표출되고 있음을 알 수 있는 대목이다.

반면 중일전쟁 후 본격적으로 등장한 조선인 연극의 경우 오히려 만주국 사상교화기간이었던 협화회의 견인 속에서 급속도로 만주국

44) 「內鮮滿문화좌담회」, 『만선일보』, 1940.4.5, 6, 8, 11.
45) 이해영, 위의 글, 201쪽.
46) 김재용, 「일제말 한국인의 만주 인식」, 『일제말기 문인들의 만주체험』, 역락, 2007, 23쪽.

연극장 속으로 편입되었다. 연극의 강력한 프로파간다성이 중요한 원인으로 작용했을 것으로 생각된다. 물론 그 과정에서 개입한 조선인들의 문화 향상 및 만주 정착을 기도한 협화회 조선인분회와 민간 연극인들의 적극적인 노력도 물론 배제할 수 없다. 요컨대 조선인 연극은 자의반 타의반으로 보다 더 분명하게 만주국의 복합적인 연극문화장 속으로 편입되었다고 할 수 있다. 따라서 적어도 중일전쟁 이후의 조선인 연극은 만주국 문화장과의 밀접한 연관 속에서 논의할 필요가 있다. 그 속에서도 물론 창작 주체의 처지 및 작품의 구체적인 처지와 내용에 밀착하여 연구 시점을 보다 더 초점화해야 할 것이다. 이와 같은 다양한 시각의 필요성은 곧 만주국 문화의 복합적인 특성으로부터 비롯된 것이다. 그런 점에서 이해영의 연구가 시사하는 바가 크다.

이상의 문제의식에 따라 이 글은 1930-1940년대 만주의 조선인 연극을 기본적으로 만주국이라는 특수 '국가' 체제 및 복합민족문화의 장 속에 위치시키되, 각각의 연구 내용에 집중적으로 드러나는 속성(조선연극의 외연/만주국의 복합적인 연극문화구성원 중 일원)에 따라 시각의 초점을 달리하여 논구하고자 한다.

이 글은 1930-1940년대 조선 극단의 만주 순회연극, 만주국 통치권 안의 조선인 연극 및 통치권 밖의 항일연극 등 만주국 경내에서 전개되었던 모든 연극을 연구 범주로 삼는다. 우선 조선 극단의 만주 순회연극은 식민지 조선의 연장선에서 전개된 조선 연극의 일부로 간주되는 한편 만주국 조선인 연극의 범주로 소급될 가능성도 지니고 있다. 그 이유는 조선 극단의 순회연극이 만주국에 정착한 조선인들의 연극 활동 및 만주 조선인들의 문화생활에 일정한 영향을 미쳤기 때문이다. 1940년대 만주국 통치권 안의 조선인 연극단체(주로 관변 단체)

가 정기적인 공연을 기획하게 된 데에는 만주국에서 큰 인기를 끌었던 조선 극단의 순회연극이 일정한 자극제로 작용했다. 이는 협화회 계림분회문화부 부장이자 연극반 반장을 담당했던 김영팔의 1940년 신년 인터뷰를 통해 파악할 수 있다.

> 記者: 여기조선연극단체가 OO 입장하는 수를 보면 상당히성적이조흔데 어느정도까지 질적으로향상식히여정기적으로 공연할의도는업는가
>
> 金: 그러케할려면 퍽광범위로되는데 신경만이라면 一년에 二차공연은할수잇다고생각한다 앗가흥행단체가와서성적이조타는것은이곳사람들의 조선연극에대한 동경심도잇고 또그간의조선연극이 얼마나 발전되엿나 보러가는이도 잇스나 대개는위안물로 보러가는것이니까 가기는하나도리혀어는때는 실망하고도라오는때가 만타 그런점으로 보아서 넌 四 五차햇스면 조켓스나 직업을가진 연극반원이 공연에만전력할수업 스니까요.[47]

위 인터뷰를 통해 김영팔이 조선 극단의 흥행 성적을 인정하는 한편 그에 대한 관객들의 부정적인 반응도 언급하면서 그러한 부족점을 계림분회연극반의 정기 공연을 통해 채워나갈 것을 희망하고 있음을 알 수 있다. 아울러 소인극단으로서 1 년에 한두 차례 정도의 정기 공연을 가질 수 있을 것이라고 했는데 실제로 1940년에 계림분회문화부 연극반은 두 차례의 정기 공연을 기획했다. 소인극 형태의 기타 관변

47) 「演劇班强化提議 - 協和會首都雞林分會文化部新年의 새 抱負를打診」, 『만선일보』, 1940.1.1.

극단 역시 대체적으로 1년에 두 차례 정도의 정기 공연을 하였는데 여기에는 분명 조선 극단의 순회연극이 일정한 역할을 했다는 점을 위의 인용문을 통해 읽어낼 수 있다. 그 밖에 조선 극단의 순회연극은 문화오락적으로 소외되었던, 그리고 고국의 정서를 그리워했던 만주 조선인 관객들에게 상당히 큰 위안의 역할을 했다. 이는 김영팔의 인터뷰 내용을 통해 언급된 바와 같다.

그 밖에 조선 극단의 순회연극을 만주국 조선인 연극으로 간주하는 이유는 그것이 만주국 기관지였던 『만선일보』의 후원과 감독 및 만주연예협회의 조직적인 통제 즉 만주국 문화통치권력의 자장 안에서 조선인 관객을 대상으로 이루어졌기 때문이다. 일례로 만주연예협회가 출범한 후 외래 단체에 대한 협회의 통제 조항에 의해 극단 수가 제한되었으며 이에 따라 두 극단의 합동공연 형식이 출현했던 사실을 꼽을 수 있다. 이처럼 1930-1940년대 조선 극단의 만주 순회연극이 만주국 문화통치권력의 영향을 받은 한편 만주국 조선인 연극 활동과 관객들에게 영향을 주었다는 점으로부터 이 글에서는 조선 극단의 순회연극을 만주국 조선인 연극으로 소급해 보고자 한다.

다음 항일연극은 우선적으로 만주국 경내의 조선인들에 의해 전개되었다는 점에서 만주국 조선인 연극으로 보아도 무방할 것이다. 게다가 만주국 건국 이전에 성행했던 반제반봉건 성격의 조선인 학생연극은 건국 후의 '반만항일사상'에 대한 정부의 탄압정책으로 인해 막에 오르지 못하고 막 후의 항일연극으로 발전한 것으로 확인된다. 뿐만 아니라 중일전쟁 이후 더욱 강화된 일제의 항일무장세력 소탕정책에 의해 그 역량이 약화됨에 따라 항일연극 활동 역시 크게 위축되었다. 즉 항일연극은 만주국의 문화통치권력보다는 정치권력의 영향을 더욱 직접적으로 받았다. 따라서 이 글에서는 만주국 통치권 밖에서 전개된 항일연극 또한 만주국 조선인 연극의 범주에 넣기로 한다.

이상의 구체적인 연구 대상에 대한 본격적인 논의를 위해 이 글은 다음과 같은 방법을 고안했다.

우선 만주국 연극장의 전반적인 지형과 그 속에 놓여 있던 조선인 연극의 존재를 파악하기 위해 주로 『만선일보』를 비롯하여 만주국 시기 발행되었던 중국어 신문 『대동보大同報』[48], 일본어 신문 『만주일일신문滿洲日日新聞』[49]등 1차 자료의 발굴과 수집 · 정리에 착수한다. 일차적으로 각 신문에 실린 문화통치정책과 연극 관련 기사 및 연극 평론과 공연 작품을 발굴하고 목록으로 작성한다. 다음 이를 토대로 만주국 연극의 전체적인 지형과 각 민족 연극의 존재 양상을 개략적으로 파악한다. 이로써 조선인 연극의 본격적인 연구에 토대를 마련하고자 한다.

위 작업의 주요 참고 자료인 『만선일보』는 1936년 만주홍보협회가 설립되고 통신사에 대한 통제를 가함에 따라 『만선일보』의 전신이었던 조선어 신문 『만몽일보滿蒙日報』[50]와 일본어 신문 『간도일보間島日

48) 중국어 신문 『대동보』는 1933년부터 1945년까지 신징新京에서 발행되었던 만주국 기관지다. 이 신문은 정치, 경제, 사회, 문화 등 분야를 폭넓게 다루었던 종합 신문이자 당시 만주국의 중국어신문 중 가장 권위적인 신문이었다. 『대동보』는 부분적인 결호를 제외하고 거의 완전하게 보존되어 있으므로 만주국 시기 중국인들의 문화 활동을 파악하는 데 있어서 매우 중요한 자료이다.

49) 1907년 만주철도주식회사의 기관지로 발간되었던 『만주일일신문』은 만주국 건국 후 기존의 통신사를 대대적으로 통제함에 따라 1936년에 홍보협회의 소관으로 넘어가게 되었다. 그 뒤, 만주국 기관지로서 정치, 경제, 사회, 문화, 국제 뉴스 등을 폭넓게 다루며 1944년까지 존재했다.

50) 『만선일보』의 전신인 『만몽일보』는 1933년 8월 25일 일본의 지원을 받아 자본금 30만 원의 재단법인으로 창간한 국한문의 일간신문이었다. 당시의 사장은 이경재

報』[51]를 합병하여 1937년 10월부터 발행한 신문이다. 『만선일보』는 만주국 조선인들의 전반적인 생활을 감독하는 한편 당국의 건국이념을 비롯한 각종 국책사상을 효과적으로 선전하기 위한 만주국 기관지였다. 이 신문은 만주국이 패망할 때까지 존재했던 만주국의 유일한 조선어 지면으로서 당시 조선인들의 문화 활동을 고찰하는 데 있어서 매우 중요한 사료적 가치를 지닌다. 하지만 현재 보존되고 있는 『만선일보』는 1939년 12월-1942년 10월까지의 분량으로 만주국 13년 동안의 조선인 연극을 연구하는 데에는 한계가 있다. 이 글은 이러한 한계를 기존의 만주 조선인 문학과 연극에 관한 2차 자료 및 『대동보』, 『만주일일신문』, 『성경시보盛京時報』[52](중국어), 『만주문예연감滿洲文藝年鑒』[53](일본어), 『선무월보宣撫日報』[54](일본어) 등에 기록된 당시의 중국

李庚在, 편집국장은 김우평金佑枰이었다. 『만몽일보』는 1936년 11월, 용정龍井에서 선우일鮮於日이 발행하던 『간도일보』를 매수하고 통합하여 만주국의 유일한 조선어 신문이 되었다. 중일전쟁 이후 이용석 사장의 부임과 함께 직제개편이 이루어지면서 『만몽일보』는 1937년 10월 21일부터 제호를 『만선일보』로 변경하고 지 면을 조석간 8면제로 확대하여 발행했다. 이 시기의 편집국장은 염상섭이었고 사회부장겸 학예부장은 박팔양이었다. 그 밖에 박충근, 신영철, 이대우, 이석훈, 안수길, 심홍택, 송지영, 이갑기, 윤금숙, 장태희 등이 『만선일보』에 적을 두었다.(최준, 「만선일보 해제」, 『만선일보』, 참고.)

51) 『간도일보』는 1924년 선우일에 의해 창간된 친일 성향의 조선어 신문으로 1936년에 『만몽일보』로 통합되었다.

52) 『성경시보』는 1906년 일본인 中島眞雄에 의해 창간된 신문으로 1944년 9월 14일까지 존재했다. 이 신문 역시 국내 정치, 경제, 사회, 문화, 교육 등 많은 분야를 다루었다. 이 신문은 만주국시기를 포함한 중국 동북의 근현대사를 연구하는 데 상당히 소중한 자료이다.

53) 『만주문예연감』은 1937-939년까지 총 세 권 발행된 종합적인 문학집이다. 전년도의 우수한 작품과 이론이 집결되어 있으며 주로 일본인들의 글이 수록되어 있다.

54) 『선무월보』는 1936년부터 1945년까지 만주국 국무원 홍보처에서 발행한 간행물이다. 이 간행물은 발간 초기에는 소수의 편집부원이 집필하였으나 호를 거듭할

인 연극과 일본인 연극, 특히 같은 피식민자의 위치에 있었던 중국인 연극을 통해 보완하거나 유추하는 방식으로 극복하기로 한다.

이 글은 1차 자료의 발굴과 수집을 통해 그동안 『중국조선족연극사』에서 소외되었던 대중연극과 국책연극의 존재를 처음으로 소상히 밝히고자 한다. 『중국조선족연극사』는 만주국 시기 조선인 연극에 관해 항일연극에만 초점을 맞추고 있으며 만주국 통치권 안의 연극에 대해서는 협화회 수도계림분회의 연극 〈김동한〉에 대해서만 부분적으로 언급했다. 또한 조선 극단의 순회공연에 대해서도 일부만 밝혔을 뿐 구체적인 논의를 전개하지 못했다. 이에 본 연구는 1차 자료를 통해 기존 연구에서 밝히지 못했거나 상세하게 다루지 못한 부분을 보다 구체적으로 논의하고자 한다. 아울러 1차 자료를 통해 윤백남, 김영팔, 김진수 등 1930년대 조선 극작가들의 만주 행보에 대해서도 밝히고자 한다. 김영팔의 만주 행적에 관해서는 문경연, 최혜실의 글[55]을 통해 이미 논의된 바 있으나 윤백남과 김진수의 만주 연극 활동은 이 글을 통해 처음으로 밝혀지는 부분이다.

다음 이상의 기초 작업을 토대로 총 다섯 개의 장을 구성하여 본격적인 연구를 진행한다. 본론의 구체적인 연구 내용은 아래와 같다.

첫 째, 복합민족 구성의 특성상 만주국 문화는 각 민족에 따라 다양

에 따라 만주국 정부나 미디어 관계자, 거기에 일본의 논객 등이 기고하게 되었다. 이 잡지는 만주국의 선전 담당 직원들에게 무료로 배포되었으며 비매품이었기 때문에 선전 사업과 정책 및 각 지방 선무 공작의 실적 등이 솔직하게 게재되었다. 따라서 만주국 시기 일제의 선전 공작을 이해하는 데 있어서 매우 중요한 자료이다.

55) 문경연, 최혜실, 「일제말기 김영팔의 만주활동과 연극 〈김동한〉의 협화적 기획」, 『민족문학사연구』 제 38집, 민족문학사학회, 2008.

하게 분화되었다. 그러나 각 민족의 문화 활동은 공동의 국가체제 속에서 통일적인 문화통치의 영향을 받아야 했다. 따라서 만주국 조선인 연극을 본격적으로 탐구하기 전에 우선 그 문화적 배경으로서의 문화통치 상황에 대해 살펴보기로 한다. 이에 관한 기존 연구[56]에 의하면 만주국 문화통치는 주로 총무청總務廳 산하의 문화통치 기구의 설립 및 그 조직 개편에 따라 변화했다. 한편 만주국의 문화 활동은 대체적으로 그에 따른 통치변화 속에서 서로 다른 양상을 드러냈다.

1932년 건국 후 만주국 정부는 총무청 산하의 사상문화통치 기구인 정보처情報處 및 만일문화협회滿日文化協會, 만주홍보협회滿洲弘報協會, 만주국통신사滿洲國通訊社, 『출판법』 등을 통해 기존의 언론문화 활동을 통제하고자 했다. 그러나 건국 후 정치 · 군사적으로 불안했던 상황에서 만주국의 문화통치는 철저히 관철되지 못했다. 게다가 당국은 문화 활동을 통해 건국이념을 선전하고 불안한 민심을 안정시키려고도 했다. 그러한 까닭에 1937년 7월 만주국 최고 권력기관이었던 총무청의 조직 개편이 이루어지고 중일전쟁이 발발하기 전까지 만주국의 문화통치는 상대적으로 분산적이고 유연했다. 따라서 이 기간에는 비교적 자유로운 문화 활동 공간이 주어졌다. 1937년 7월 1일 정보처가 홍보처弘報處로 조직이 확대 개편되고 그 후 전시체제의 수요에 따

56) 呂元明, 「淪陷時期的思想文化統治」, 『僞滿文化』, 吉林人民出版社, 1993.
馮爲群, 「日本對東北淪陷時期的文藝統治」, 『東北淪陷時期文學新論』, 吉林大學出版社, 1991.
高曉燕, 『東北淪陷時期殖民地形態研究』, 社會科學文獻出版社, 2013.
그 밖에 東北現代文學史 編, 『東北現代文學史』(沈陽出版社, 1989) 역시 대체적으로 문화 통치기구의 조직 개편에 의거하여 '동북 윤함시기 문학'을 초기(1931.9-1937.7), 중기(1937.7-1941.3), 후기 (1941.3-1945.8)로 시기를 구분했다.

라 또 한차례(1939년)의 홍보처 조직 개혁이 이루어지면서 만주국의 문화통치는 홍보처 중심의 보다 집중적이고 일원적인 체제로 변모하게 된다. 하지만 이 시기 만주국 정권이 비교적 안정적인 궤도로 진입함에 따라 문화 건설사업이 적극적으로 전개되면서 연극을 비롯한 전반적인 문화 활동이 발전하는 양상을 보인다. 1941년 홍보처에 의해 『예문지도요강藝文指導要綱』이 반포되고 일련의 결전문예정책이 실행되면서 전 단계의 활발했던 문화 활동은 강압적인 통제를 받게 된다. 이에 따라 만주국이 패망하기까지 전국적으로 결전보국의 문화 활동이 기승을 부리게 된다. 요컨대 만주국의 문화통치는 주로 정보처 및 홍보처의 조직 개편에 따라 분산(1932.1-1937.7) - 집중(1937.71941.3) - 강압(1941.3-1945.8)의 변화시기를 거쳤으며 그 시기별 문화 활동의 양상이 서로 달랐다. 이에 Ⅱ장에서는 문화통치변화에 따라 서로 다른 문화 활동의 전개 양상 속에서 조선인 연극의 흐름을 파악해 보기로 한다.

둘 째, 건국 후 중일전쟁 전까지의 분산적인 문화통치시기에는 비교적 자유로운 문화 활동이 가능했다. 이를 증명할 수 있는 대표적인 문화 현상으로 항일 문화 활동을 꼽을 수 있다. 이 시기에 중국인 항일연극이 대두되어 통치권 안에서 과감히 그 존재를 알렸으나 동일한 공간 속에서의 조선인 연극의 흔적은 찾아볼 수 없었다. 그 원인은 무엇이며 건국 후의 조선인 연극은 과연 어떻게 존재했을까. 이에 대한 해답을 찾기 위해 건국 이전의 조선인 연극 상황으로 거슬러 올라간다. 그리하여 건국 이전에는 반제반봉건 성격의 조선인 연극이 성행했으나 건국 후의 언론통제 및 사상탄압, 그리고 간도 지역의 항일유격 근거지 창설 등 원인으로 말미암아 통치권이 아닌 항일무장투쟁 지역의 항일연극으로 발전하게 되는 과정을 확인한다. 다음 홍보처 중심의 집중적인 문화통치시기에는 그 전 시기에 비해 문화 활동에 대한 통제가 보다 더 강화된 한편 전국적인 문화건설사업이 전개됨에 따라 중일전쟁 후 개시된 신극운동의 고조 현상을 살펴 본다. 동시에 신극운동의 조류 속에서 조선인 연극이 본격적으로 통치권 안에 등장하는 과정을 면밀히 고찰한다. 이어서 『예문지도요강』이 반포된 후 더욱 강압적인 식민문화통치가 이루어지는 과정 및 그 과정 속에서 전개되는 연극보국운동과 조선인 연극의 기형적인 발전 면모를 고찰한다.

셋 째, Ⅲ장은 만주국 조선인 연극의 유형과 전개에 대한 부분으로 가장 먼저 조선 극단의 순회연극을 살펴보기로 한다. 만주국시기 가장 일찍 확인되는 조선 극단의 순회연극은 1933년 조선연극사의 순회공연이다. 이는 기존의 만주 조선인 연극이 만주국 통치권 안에서 사라진 뒤이다. 그 뒤 조선 극단은 꾸준히 만주국을 방문하여 순회 활동을 전개하면서 만주국 조선인들의 연극 활동에 일정한 영향을 미쳤다. 뿐만 아니라 순회연극은 만주국 조선인들에 의해 전개되었던 연극에 비해 더욱 빈번하고 활발했으며 무엇보다 관객들에게 큰 인기를 끌었다. 이러한 사실은 『만선일보』를 통해 소개되는 공연 기사의 양과 공연평을 통해서도 충분히 파악할 수 있다. 따라서 이 글에서는 순회연극을 가장 먼저 논의하도록 한다.

조선 극단의 순회연극에 대해서는 공연의 목적과 취지에서부터 『만선일보』와의 교섭, 순회공연의 전략과 공간 이동에 이르는 전반적인 기획 과정을 구체적으로 논의한다. 아울러 순회공연의 형식과 공연 양상에 대해 면밀히 살펴본다. 또한 순회연극 작품을 목록으로 제시하고 그 중 대중연극 〈춘향전〉과 국책연극의 성격을 일정하게 지닌 〈등잔불〉의 내용과 공연평을 통해 각각의 공연 효과를 집중적으로 논의한다. 이 두 작품을 선택한 이유는 우선 〈춘향전〉은 고협과 현대극장 등 두 극단에 의해 공연되었으며 대중극 중에서 만주의 조선인 관객들이 특별히 선호했던 작품으로서 주목해볼 필요가 있기 때문이다. 다음 〈등잔불〉을 분석 대상으로 삼은 이유는 공연 텍스트를 확인할 수 있는 순회연극 작품 중 유일하게 만주를 배경으로 조선인들의 생활과 만주국의 국책을 다루었다는 점에서 주목을 요하기 때문이다. 내용에서부터 무대 연출에 이르기까지 조선적인 정서가 강하게 묻어나는 〈춘향전〉은 타향살이를 하는 만주 조선인 관객들의 향수를 자극함으로써 성공적인 공연을 이끌어낸 것으로 보인 반면 조선인들의 비참한 삶과 대조되는 만주국의 국책을 내세운 〈등잔불〉은 관객들의 공감을 자아내지 못함으로써 긍정적인 공연 효과를 거두지 못했을 것으로 보인다.

넷째, 만주국 통치권 안에는 성인, 아동, 라디오 방송 청취자 등 구체적인 수용 대상에 따라 성인 연극(대중연극과 국책연극), 아동극, 방송극(라디오 드라마) 등 다양한 형태의 극이 존재했다. 그러나 아동극과 방송극의 활동은 극히 미미했던 것으로 확인되므로 이 절에서는 그 존재 형태에 대해 간략하게 언급하는 것으로 만족하기로 한다. 반면 상대적으로 활발한 활동을 전개했던 성인 연극에 대해서는 그 존재 형태와 활동 양상을 보다 구체적으로 살펴보고자 한다.

통치권 안의 조선인 연극은 협화회 조선인분회와의 긴밀한 관계 속에서 전개되었다. 따라서 Ⅲ장 2절에서는 협화회 조선인분회의 역할과 성격을 우선적으로 파악하고 그것이 연극 활동에 관여하는 양상을 구체적으로 살펴본다. 한편 만주국의 조선인 연극은 주로 관객들의 기호에 영합한 통속적인 대중연극과 만주국의 국책 의식을 목적으로 한 국책연극으로 구분되므로 그 존재 형태와 활동 양상을 각각 고찰해보기로 한다. 당시의 대중연극은 일반적으로 희극이나 가벼운 촌극, 넌센스, 멜로드라마 등 관객들의 웃음이나 눈물을 자극하는 통속극으로 확인된다. 하지만 현재 전해지는 공연 텍스트가 거의 없으므로 구체적인 작품 분석까지는 나아가지 못하게 될 것이다. 국책연극은 대부분 협회회 조선인분회의 기획 하에 각종 국책 선전에 주력했다. 이 점에 대해서는 계림분회연극반의 〈김동한〉과 안둥협화극단의 〈한낮에 꿈꾸는 사람들〉을 통해 구체적으로 알아본다. 〈김동한〉의 국책적 기획 배경과 과정 및 공연 효과에 대해 알아보고 〈한낮에 꿈꾸는 사람들〉을 공연 당시 만주국 도시 조선인 사회에 부각되었던 문제와 연관시켜 봄으로써 이 작품이 안둥협화극단에 의해 공연되었던 이유를 구체적으로 논의해 본다.

다섯 째, Ⅲ장 3절에서는 만주국 통치권 밖에서 전개되었던 항일무장단체와 항일연극의 전개 양상을 구체적으로 논의한다. 아울러 당시 항일연극의 대표작이라 칭송되는 〈혈해지창〉과 〈싸우는 밀림〉에 대한 구체적인 분석을 통해 항일연극의 특징을 파악한다. 기존 연구에서 구체적으로 논의되지 못했던 프롤레타리아 계급의 각성과 계급적 연대의식 및 항일무장투쟁에 대한 협조, 그리고 항일투사들의 영웅적 이미지의 형상화 과정에 대해 집중적으로 논의하기로 한다. 아울러 이 글에서는 항일무장투쟁 지역 내에서 전개되었던 작품을 장르별로 목록을 작성하고 해방 후 북한의 혁명 가극과 혁명 연극으로 수렴된 작품들을 정리하여 밝히기로 한다.

여섯 째, 마지막(Ⅳ장)으로 만주국 조선인 연극의 특성과 의의 및 한계를 통해 그 위상을 규명해보고자 한다. 초민족적인 연극의 다양성 속에서 존재했던 조선인 연극의 가장 큰 특성을 조선어를 바탕으로 한 조선민족 고유의 정체성 표현에서 찾기로 한다. 또한 조선인 이민자로서 부여받게 되는 새로운 정체성 체현을 통해 만주국 조선인 연극의 특성이 드러남을 밝힌다. 아울러 그것이 곧 일본인이나 피식민 주체였지만 원주민이었던 중국인 연극에서는 발견되지 않는 조선인 연극만의 특수성임을 밝힌다.

조선인 연극의 의의는 우선 연극을 통해 문화적으로 소외된 만주의 조선인들을 위안하고 그들에게 조선 민족의 정체성을 환기시켰다는 점에서 찾아볼 수 있다. 다음 항일연극이 해방 직후의 중국 조선족 연극 및 북한의 혁명가극과 혁명연극의 형성, 발전에 영향을 미친 측면에서 그 의의를 찾아보고자 한다. 또한 만주국 시기 활동했던 연극인들이 해방 후 조선족 연극과 한국 연극의 발전에 일정한 영향을 미친 점으로부터 조선인 연극의 의의를 도출하기로 한다.

만주국 조선인 연극은 여러 측면에서 의의를 지니는 한편 한계도 지니고 있다. 그 한계점은 주로 국책연극과 항일연극의 공리 목적성 즉 프로파간다의 성격에서 찾을 수 있다. 이 두 연극은 각각의 이념 선전에 치우친 나머지 연극 본연의 예술성을 상실하고 말았다. 게다가 만주국의 식민문화통치, 전문 극작가와 조선어 지면의 부족 등 객관적인 조건의 한계로 인해 대중연극을 포함한 전반적인 연극 활동이 비교적 저조했으며 예술적인 성과와 발전을 이루지 못했다. 이것이 곧 만주국 조선인 연극의 한계이며 이는 만주국이라는 특수한 정치·역사적 공간의 한계로부터 비롯된 것임을 밝힌다.

Ⅱ. 만주국의 문화통치와 조선인 연극의 흐름

1. 분산적인 문화통치시기

1.1. 분산과 회유 속 자유로운 문화 활동의 전개

만주국은 '왕도낙토'와 '민족협화'를 건국이념으로 내세웠지만 민심은 여전히 혼란과 불안에 휩싸여 있었다. 뿐만 아니라 건국 후, 북만지역 하얼빈에 중국공산당 지하조직이 결성됨에 따라 항일운동이 점차 거세졌다. 이와 더불어 간도 지역을 중심으로 전개되었던 조선인들의 민족독립운동 역시 만주국의 존재에 위협을 가하고 있었다. 한편, 1932년 국제연맹에서 파견한 릿튼조사단의 보고서에 의해 만주국은 독립적인 주권국가로서 인정받지 못했다. 좀 더 정확하게 말하자면 일본제국은 영국과 미국을 비롯한 기타 제국주의 국가들로부터 만주에 대한 그의 독점권을 인정받지 못했던 것이다.[1] 이처럼 대내외

---

1) 만주는 영국과 미국을 비롯한 여러 제국주의 국가들의 이익이 얽혀있는 공간이었

적으로 혼란스럽고 고립된 국면은 만주국 당국으로 하여금 빠른 시일 내에 만주 지역 내의 모든 '반만항일反滿抗日'세력을 소탕하고 민심을 획득하여 국가 정권을 안정시키고 나아가 국제 사회의 인정을 받을 수 있도록 요구했다. 국가 안정의 절실한 요구에 따라 만주국은 건국 후 첫 번째 문화통치기구인 정보처를 수립하게 되었다.

정보처는 1933년에 자정국홍법처를 폐지하고 만주국 국무원 총무청 산하에 설립한 문화통치기구이다. 정보처의 전신인 홍법처는 주로 '건국정신 선전', '민심 선도와 함양', '자치사상 보급' 등 임무를 수행하고 있었지만 소속 기관인 자정국이 관동군과 갈등을 빚으면서 결국 폐지되고 말았다.[2] 그 뒤 만주국 당국은 인사, 자금, 물자 등을 장악하며 국무원의 실권을 장악하고 있던 최고의 권력기관인 총무청[3] 산하에 정보처를 설립함으로써 보다 효율적인 문화통치를 꾀했다. 정보처가 수립됨에 따라 만주국의 제반 문화 활동은 서서히 일제의 거대한 식민권력 속으로 편입하게 되었다. 그 전의 홍법처 역시 일본인 관리들로 구성된 국무원의 하부 조직이었지만 관동군의 직접적인 지도를 받지 않았다. 반면 총무청은 철저히 관동군의 지도에 따라 움직이는

으므로 그에 대한 일본의 독점을 흔쾌히 인정할 수 없었다. 이에 따라 국제연맹은 만주에 대한 중국의 주권을 인정하는 한편 만주의 자치를 주장함으로써 자신들의 기존의 권익을 유지하고자 했다. 그러나 이 주장은 만주의 독립을 기획했던 일본의 국제연맹 탈퇴로 결국 받아들여지지 않았다. (만주국에 대한 국제연맹의 입장과 만주의 주권을 둘러싼 중국과 일본의 이론적 주장에 대해서는 프래신짓트 두아라 저, 한석정 역의 『주권과 순수성 - 만주국과 동아시아적 근대』, 나남, 2008, 113~127쪽, 참고.)

2) 高曉燕, 위의 책, 2013, 241~242쪽.

3) 岡部牧夫, 「"滿洲國"的統治」, 『僞滿洲國的眞相』, 社會科學文獻出版社, 2010, 40쪽.

기구였는데 그의 권력은 국무원 총리의 권력을 능가할 정도였다.[4] 환언하자면 국무원 총무청은 관동군이 만주국의 정권을 조종하고 지휘하는 창구였던 셈이다. 일제 말기로 갈수록 만주국의 정권은 관동군이 지휘하는 총무청 중심으로 집중 · 강화된다.

정보처의 기능은 주로 선전 업무를 담당했던 홍법처에 비해 한층 더 확대되었다. 신문, 출판, 방송 등 선전 미디어를 통합적으로 관리함과 동시에 만주국의 건국이념 및 국책 선전을 주도했다. 만주사변 후 관동군이 가장 먼저 장악했던 것은 바로 신문, 출판, 방송, 전보, 전화 등 통신 사업이었다. 다름 아닌 무력으로 만주를 점령한 자신들의 침략적 만행에 대한 폭로와 반만항일사상의 전파를 방지하기 위한 조치였던 것이다. 1932년 10월 24일에 반포된 『출판법』은 바로 그러한 목적으로부터 비롯된 만주국의 첫 번째 문화통치법령이었다. 이 법령은 '국가 기반을 위협하는 내용', '질서 안정과 풍속을 헤치는 내용'을 비롯한 총 8가지 금지 항목[5]을 명시함으로써 언론사상의 자유를 제한

---

4) 만주국의 정권은 극소수의 일본인 관리들로 구성된 '총무청중심주의'체제로 운영되었다. 실제로 국무원 총리 정샤오쉬鄭孝胥마저 그의 부하인 일본인 총무장관의 지휘를 받아야 했다.(齊福森, 『僞滿洲國史話』, 社會科學文獻出版社, 2011, 33쪽.) 일개의 하부 조직이 상급 기관을 통제하는 비정상적인 통치형식이 만주국의 괴뢰성을 다시 한번 확인시켜 준다.

5) 『출판법』은 총 45개 조항으로 이루어졌는데 그 중 제 4조 조항을 통해 다음과 같은 8가지 사항을 금지시켰다.
1. 국가 기반을 위협하는 내용; 2. 외교 및 군사 기밀에 관련된 내용; 3. 외교에 심각한 영향을 미치는 내용, 4. 범죄를 선동하는 내용. 5. 공개할 수 없는 법정 소송의 변론 내용, 6. 민심을 미혹하고 재정을 교란하는 내용, 7. 검찰관과 경찰이 금지한 내용, 8. 질서 안정과 풍속을 헤치는내용. 그 밖에 이 법령은 또한 외교, 군사, 재정, 치안을 침해하는 출판물에 대해 국무원 총리가 수시로 제한 또는 금지시킬 수 있음을 규정했다. 이와 같은 애매모호한 규정은 이상의 8 가지 금지사항 외에도 당국의 이익을 훼손할 우려가 있는 모든 출판 내용을 범주화한 것이나 마찬가지였다 (이상

하고 금지했다. 이에 따라 일제 및 만주국의 이익에 부정적인 영향을 미치는 교과서를 비롯한 많은 좌익 성향의 서적들이 불태워졌으며 신문, 잡지 등과 같은 기존의 많은 간행물도 정간 또는 폐간되었다.[6)]

『출판법』 반포에 이어 만주국 당국은 일원적인 통신 네트워크를 형성하여 보도기관을 보다 용이하게 통제 · 관리하기 위해 '일국일통신사一國一通信社'의 정책을 따른 만주국통신사를 설립했다. 만주국통신사는 국내외의 뉴스 정보를 직접 수집하고 편집하여 여러 언어의 신문사 또는 방송국에 기사를 제공[7)]하는 방식으로 운영되었다. 또한 수도 신징新京의 본사를 중심으로 각 지역에 지사 및 지국을 설립하여 뉴스 수집과 보도 및 국책 선전의 범위를 확대하고 그 내용을 철저히 검열했다. 당국은 만주국의 통신 사업을 한층 더 강화하고 일원화하기 위해 1936년에 만주홍보협회를 설립한다. 이 협회는 전적으로 정보처의 감독과 관리를 받는 조직으로서 든든한 정치적 배후가 있었을 뿐만 아니라 경제적 기초 또한 매우 튼튼했다. 권력과 금전적 배경을 토대로 만주홍보협회는 타 신문사를 매수하고 합병하거나 아예 철폐하는 방식으로 만주국의 통신과 신문 사업을 독점해나갔다.[8)] 만주국통

『출판법』에 관련된 내용은 高曉燕의 위의 책, 254쪽, 참고.)

6) 『출판법』의 금지사항에 근거하여 1932년 3월부터 7월까지 650만여권의 서적들이 불태워졌고, 1935년부터 1938년까지 신문 7440여권, 잡지 2310여권, 일반 독서물 3500여권이 발행 금지되었다. 그밖에 중국 본토의 일부 신문과 서적의 수입도 금지시켰다.(薑念東, 『僞滿洲國史』, 吉林人民出版社, 1980, 436쪽.)

7) 郭君, 陳潮, 「日本帝國主義對僞滿新聞報業的壟斷」, 『僞滿文化』, 吉林人民出版社, 1993, 306쪽.

8) 1940년에 이르면 전 만주국의 40개 신문사 중 4분의 3이 '만주홍보협회'의 소관으로 넘어갔는데 이는 전 만주국 신문 발행총량의 85%에 달하는 수치였다. (郭君, 陳潮 위의 책, 308쪽.)

신사마저 그의 통제를 받아야 했다. 이로써 만주홍보협회는 뉴스 보도, 언론과 경영, 이 세 분야를 한 손에 장악함으로써 만주국의 "신문왕국"으로 거듭나게 되었다.[9] 1940년에 이르러 만주홍보협회는 29 개의 신문사를 갖게 되는데[10] 그 중 유일한 조선어 신문사가 곧 만선일보사다. 그 전신인 만몽일보사는 만주홍보협회가 설립된 후 1936년 11월에 기존의 조선어 신문 『간도일보』를 매수하여 『만몽일보』와 통합시켰다. 중일전쟁 후 만몽일보사는 주식회사 만선일보사로 개편되었고 1937년 10월 21일부터 『만몽일보』는 『만선일보』로 제호를 변경하고 지면을 조석간 8면제로 확대했다. 만주국은 이러한 방식을 통해 조선인들의 언론을 더욱 압축적으로 감독 · 관리하고자 했다. 『만선일보』는 만주국이 패망할 때까지 유일한 조선어 신문으로 그 명맥을 유지하면서 당국의 국책 선전에 일조한 한편 조선인들의 문화생활에도 큰 역할을 했다.

한편 만주국은 전보, 전화, 방송 등 통신 네트워크를 일원화하기 위한 목적으로 1933년 9월 1일에 만주전신전화주식회사滿洲電信電話株式會社(이하 '만주전전'으로 약칭)를 설립했다. 이 회사는 명분상으로만 일본과 만주국의 합작이었을 뿐 실질적으로는 일본이 독점 · 경영하는 이른바 '국책회사'였다. 1936년에 이르러 이 회사는 기존의 남만철도와 중동철도 연선 및 관동주와 옌지延吉 지역의 통신사를 합병하여 전보, 전화, 방송 관련 통신 사업의 일원화를 실현했으며 각 지역마다 '무선방송영업소'를 설치하여 저렴한 가격 또는 외상이나 할부로 방송 수

9) 郭君, 陳潮 위의 책, 307쪽.
10) 西原和海, 「"滿洲國"的出版-雜志與報紙」, 『僞滿洲國的眞相』, 社會科學文獻出版社, 2010, 185쪽.

신기를 판매함으로써 무선방송의 보급을 촉진했다.[11] 이에 따라 1940년에 옌지를 제외한 신징, 펑톈奉天, 안둥安東 세 지역 방송국의 조선어 방송을 폐지[12]하기 전까지 만주국의 조선인들은 다양한 조선어 방송을 청취할 수 있었다.

이처럼 건국 후 만주국은 홍법처, 정보처 등 문화통치기구의 설립 및 『출판법』, 만주국통신사, 만주홍보협회, 만주전전 등 법령 반포와 신문 · 통신 독점 사업을 통해 기존의 모든 문화 사업을 독점하고 강화해 나갔다. 그럼에도 불구하고 만주국시기의 전반적인 문화통치를 살펴보건대, 건국 후 중일전쟁 이전까지의 문화통치는 상대적으로 분산적이고 유연했다. 우선, 건국 후 일제는 가장 먼저 만주국의 정치 군사적 불안감을 해소하고 그 정권을 제국주의 궤도로 안착시키는 일에 열중했다. 군사적인 측면에서는 관동헌병대를 관동군 계열로 합병한 후 만주국 각 지에 헌병부대를 설립함[13]으로써 만주를 군사적으로 장악하고 나아가 만주국의 치안을 유지하고자 애썼다. 또한 건국 초기에는 정치적으로 매우 불안정한 상황에 놓여 있었다. 조선인과 중국인들의 항일운동이 만주국의 정권 유지를 위협하는 한편 국제적으로도 만주국은 독립국가로서 인정받지 못해 대내외적인 곤경에 처해 있었기 때문이다. 설상가상으로 초기 만주국은 랴오닝성遼寧省, 지린성吉林省, 헤이룽장성黑龍江省, 러허성熱河省 등 네 개의 큰 행정구역으

11) 王家棟, 「僞滿"滿洲電電電話股份有限公司"始末記」, 『僞滿文化』, 吉林人民出版社, 1993, 365쪽.

12) 「四處 조선어방송 廢止」, 『만선일보』, 1940.1.10.

13) 李茂傑, 「治安機構」, 『僞滿洲國眞相』, 社會科學文獻出版社, 2010, 53쪽.(관동헌병대는 일본 관동군육군 소속으로 일본군에 협력하여 정보를 수집하는 한편 군사경찰의 의무를 부여받아 만주의 '반만항일사상'을 진압하는 활동을 했다.)

로 나뉘어져 있었으며 각 성의 자치 세력이 상당한 정치적 영향력을 지니고 있어 중앙정권이 충분한 권력을 행사하지 못했다. 예컨대 지린성 성장省長이었던 시챠熙洽는 재력은 물론 3000명의 개인 병사를 거느리고 있을 정도로 막강한 지방 세력가[14]였기에 일제는 처음부터 그와 같은 지방 세력에 대해 강경하게 대응하지 못했다. 게다가 각 성의 면적이 매우 커서 중앙 정책이 곳곳에 깊이 침투되기도 어려웠다.[15] 이에 만주국 당국은 지방 자치세력을 약화시키고 중앙정권의 정치적 역량을 강화하기 위해 1934년의 체제전환을 계기로 각 성의 분할과 재편을 시작[16]하는 등 행정개혁에 주력했다.

요컨대 건국 후 만주국 행정기구의 전면적인 개혁이 이루어지고 중일전쟁이 발발하기 전까지 만주국은 정치 · 군사 · 문화적으로 기존의 틀을 깨고 새로운 제국주의 질서를 정립해 나가는 데 몰두했다. 새로운 정권의 재편 과정에서 모든 정책사업이 투철하게 관철되기를 기대하기는 어려울 것이다. 가령 건국 후 신문 등 간행물에 대한 취체와 검열은 헌경憲警이 담당했는데 그 소속인 관동군 헌병대는 개편과 강화를 통해 1935년 9월에 이르러 비로소 제국주의 궤도로 진입하게 되었다. 게다가 그 전 해인 1934년에 체제변환 및 행정개혁을 진행했기 때문에 적어도 1935년 말까지는 헌경의 취체업무가 만주국 곳곳에 침투되지 못했을 것으로 판단된다. 만주홍보협회 또한 기존의 통신과 신

---

14) 解學詩,『僞滿洲國史新編』, 人民出版社, 1995, 224쪽.

15) 岡部牧夫, 위의 글, 49쪽.

16) 1934년 푸이가 집정에서 만주국의 황제로 정식 등극하면서 체제변환이 이루어진다. 이를 계기로 같은 해 12월에 원래의 네 개의 큰 성을 14 개의 작은 성으로 세분화함으로써 중앙집권화와 치안유지를 보장하게 되었다. (解學詩, 위의 책, 224~225쪽.)

문 사업을 장악하려는 목적으로 출범했지만 1930대 초반에는 겨우 8개 신문사를 소유했을 뿐 전반적인 신문업계를 장악하지 못했다. 이 시기에는 여전히 중국인과 외국인이 경영하는 신문사가 많이 존재했으며 중국어 신문의 발행량이 절대적인 우세를 점하고 있었다.[17] 당시의 신문사 또한 각 지역에 분산되어 있었기 때문에 신문의 구체적인 내용에 대한 검열과 취체가 압축적으로 이루어지지 못했다. 즉 만주국 수립 초반에는 비록 새로운 문화통치기구와 정책을 통해 기존의 문화 사업과 활동을 빠르게 장악해나가는 듯 보였지만 실제로는 새로운 국가 질서가 재편되는 과정에 놓여 있었던 탓에 전반적인 문화통치가 분산적으로 이루어질 수밖에 없었다. 이에 따라 신문을 주요 활동무대로 삼았던 문학을 비롯한 기존의 각종 문화 활동은 비교적 자유롭게 전개될 수 있었다.

건국 초기에 자유로운 문화 활동 공간이 주어진 데에는 또 하나의 중요한 원인이 있었다. 그것은 바로 기존 문화 활동에 대한 당국의 회유책이었다. 건국 후 만주국 당국은 새로운 문화통치를 실행하는 한편 기존 문화 활동을 적극적으로 이용하여 건국이념과 '반만항일사상'을 보다 효율적으로 선전함으로써 새로운 정권을 안정시키려 했다. 선전의 효과를 고려할 때 정치적 이념을 막연하게 호소하는 것보다 문화 활동과 결부하여 자연스럽게 일반 민중들에게 전달하는 편이 더 효과적이었기 때문이다. 이상적인 효과에 도달하기 위해 만주국은 1933년에 들어와 각종 문화단체를 조직하고 각 신문에 문예란을 개

17) 解學詩, 위의 책, 373쪽.(1933년 초, 중국어 신문의 발행량은 55만부였던데 반해 일본어 신문은 겨우 6930부였다. 이는 2.5만부의 발행량에 달했던 러시아 신문에도 훨씬 못 미치는 수치였다. 解學詩, 위의 책 373쪽 각주, 참고.)

설하는 등 일시적으로 위축되었던 문화장을 다시 활성화시켰다. 이에 만주영화연구회滿洲映畫硏究會, 만일문화협회滿日文化協會 등과 같은 관변 단체가 결성되어 각종 선전문화 활동을 전개한 것은 물론 『하얼빈공보哈爾濱公報』의 「공전公田」, 『대동보』의 「야초夜哨」, 『만주보滿洲報』의 「요일星期」등 각 신문의 문예란이 잇따라 개설되어 절정을 이루었다.[18] 그 분위기에 힘입어 민간 문화 활동 또한 활발하게 전개되었다. 이를테면 공산당(진젠샤오金劍嘯, 뤄펑羅峰 등)을 필두로 한 만주의 애국청년들이 「야초」를 기반으로 여러 장르의 문학 작품을 게재하고 냉무사冷霧社, 표령사飄零社, 신사新社, 백광사白光社 등 문예 단체가 출현하여 동인지를 발간하는 등 매우 다채로운 분위기가 연출되었다. 문화 활동을 정치적으로 이용하려 했던 만주국 당국은 이러한 현상에 대해 표면적으로 방관하는 태도를 취했다. 그런데 이는 일제의 야심을 폭로하고 잃어버린 땅을 되찾으려던 만주의 애국청년들에 의해 역이용되었다. 그들은 만주국의 분산적인 문화통치와 문화 활동에 대한 회유의 심리를 이용하여 항일 색채를 지닌 문화 활동을 과감하게 전개해 나갔다. 이에 관해 가장 주목되었던 것은 바로 중국현대문학사에 큰 족적을 남긴 '동북작가군'의 활약이었다.

분산적인 문화통치시기에 '동북작가군'은 중국공산당의 지도 하에 하얼빈 지역을 중심으로 구국 또는 항일 문화 활동을 전개했는데 그들 중에는 실제로 중국공산당에 가입한 혁명가들도 있었다. 공산당원이자 문학청년이었던 진젠샤오, 뤄펑, 장춘팡薑春芳 등은 적극적으로

18) 馮爲群, 「東北淪陷時期的文藝副刊」,『東北淪陷時期文學新論』, 吉林大學出版社, 1991, 120쪽.

항일 문화단체를 조직하고 그 활동을 이끌었다. 그들의 활동은 문학, 연극, 음악 등 다양한 측면에서 이루어졌다. 당시 '동북작가군'의 활동 진영은 주로 『대동보』와 『국제협보國際協報』, 『헤이룽장민보黑龍江民報』의 문예란 「야초」, 「문예文藝」, 「무전蕪田」 등이었다. 그들은 신문의 문예란을 통해 일본제국의 만주 침략과 항일게릴라전을 묘사한 문학 작품들을 과감하게 게재했다. 결국 그 때문에 『대동보』의 「야초」는 개설된지 1년도 되지 않아 폐지되고 말았다.[19] 당시의 희곡 작품으로는 1933년 『대동보』의 「야초」에 게재되었던 진젠샤오의 〈가난한 교사窮教員〉, 〈예술가와 운전기사藝術家與洋車夫〉, 그리고 1934년 『국제협보』의 「문예」에 게재되었던 〈황혼黃昏〉, 〈어머니와 아들母與子〉 등이 있다. 그 중 〈황혼〉과 〈어머니와 아들〉은 진젠샤오가 조직한 항일 극단 백광극사白光劇社에 의해 북만 지역 치치하얼齊齊哈爾에서 공연된 바 있다. 이 두 작품은 만주국 최하층 인민들의 고달픈 생활을 반영함으로써 관객들의 공감을 불러일으켰다.[20] 하지만 식민지배의 현실을 우회적으로 비판한 이유로 백광극사는 곧 요절하고 말았다. 만주 항일 극단의 효시로 불리는 성성극단星星劇團의 운명은 더욱 비참했다. 이 극단은 1933년 7월 공산단 뤄펑과 진젠샤오 등이 '한점의 불씨가 뭇산을 태우리星星之火可以燎原'라는 취지 즉 지금은 보잘 것 없는 항일의 불씨가 언젠가는 일제를 타도하리라는 취지를 갖고 조직한 항일 극단이다. 그러나 창립공연을 준비하던 도중에 뤄펑이 공산당 혐의로 검거

19) 이에 해당하는 작품으로 「야초」에 실린 산랑三郎의 〈추엽집秋葉集(二) 뼈를 꽉 깨물다骨顎緊咬〉, 뤄훙洛虹 의 〈자공自供〉, 싱星의 〈길〉 등이 있는데 그중 〈길〉은 항일게릴라전을 직접적으로 묘사함으로써 결국 「야초」의 위기를 초래했다.

20) 劉叔聲, 裏棟, 「金劍嘯年譜」 『金劍嘯集』, 黑龍江大學出版社, 2011, 290쪽.

되면서 극단은 빛도 보지 못한 채 강제적으로 해산되고 말았다.

이와 같은 사실은 만주국 당국이 제반 문화 활동에 대해 방관하는 태도를 취하는 듯하면서 실제로는 그에 대한 감시의 시선을 놓치 않았다는 것을 말해준다. 당국은 만일문화협회와 경찰 기관을 통해 '반만항일'을 주도하는 작가, 단체 및 그들의 활동에 대해 은밀히 조사하고 감시하고 있었다. 당시 「야초」를 기반으로 항일 색채를 띤 문화 활동을 적극적으로 전개했던 '동북작가군'은 그들의 주요 감시 대상이었다. 결국 '동북작가군'은 당국의 감시와 탄압을 피해 1934년과 1935년 사이에 잇따라 중국 본토로 도피했다. 반면 여전히 만주에 남아 있던 작가들은 당국의 감시를 받으면서도 북쪽의 치치하얼을 중심으로 지속적인 항일 문화 활동을 펼쳐 나갔다. 하지만 그 결과는 1936년의 이른바 '헤이룽장민보사건黑龍江民報事件'[21]이라는 참사로 이어지고 말았다. 이 사건은 만주국 건국 이래 처음으로 진행된 공개적인 문화 탄압으로 분산적인 문화통치시기에 반짝했던 항일문화운동의 역량을 대대적으로 약화시켰다.

한편 만주국 시기 내내 조선인들의 문화 활동은 보다 더 제한적인 환경 속에서 이루어졌다. 문학을 비롯한 각종 문화 활동의 기반이었던 조선어 지면은 그나마 분산적인 문화통치시기에 가장 많았다. 친

21) '동북작가군'이 본토로 망명한 후, 만주국의 전반적인 중국어 문단은 크게 약화되었다. 그럼에도 불구하고 진젠샤오를 중심으로 한 애국청년들은 『헤이룽장민보』의 「무전」을 이용하여 항일 문학 활동과 독서회를 개최하고 백광극사의 좌익극 공연을 전개하며 남아있는 불씨를 밝히고자 했다. 하지만 그들은 결국 공산당 혐의로 검거되어 참살당하거나 또는 훗날 탈출하거나 붓을 꺾고 말았다. 당시 이 사건으로 잡혀 들어간 사람들이 90 여명이었는데 그중에는 『헤이룽장민보』의 문예란 「무전」을 이용하여 항일 문화운동을 주도했던 진젠샤오를 비롯하여 학교, 우체국, 철로국 등의 다양한 사람들이 포함되었었다.(高曉燕, 위의 책, 268쪽.)

일 성향의 『간도일보』와 만주국 기관지 『만몽일보』, 문학동인지 『북향』(1935.10-1936.8)과 교회에서 발행했던 아동문학 잡지 『가톨릭소년』(1936.4-1938.8) 등이 이 시기 조선인 발표기관들이었다. 하지만 현재로서는 그 중에서 비교적 온전하게 보존되어 있는 『북향』과 조선인 간도 이주사 및 그와 관련된 사료를 토대로 당시의 문화 활동을 재구성한 글들을 통해 초기 만주국 조선인들의 문화 활동을 대체적으로 파악할 수 있을 뿐이다. 『북향』은 1935년에 북간도 지역에서 조직되었던 문학동인단체 '북향회'에서 발간한 비정기 간행물이다. '북향회'는 1930년대 초반 안수길, 강경애, 모윤숙 등을 비롯한 북간도 지역의 문학청년들에 의해 자발적으로 결성된 문학단체였다.

> … 우리들은 문학의 힘을 천하에 공포한다. 분투를 선언한다. 무력보다 더 위대한 필을 쥐고 있는 사람들이여, 그대들의 가슴에 청신한 젖이 용솟을 것이고… 우리들은 황야에서 방황하며 문화의 젖을 먹지 못하는 백의대중들에게 절규한다. 어서 빨리 깨어나라, 어서 빨리 환상과 착각에서 깨여나라, 명랑한 기치아래 모여라. 방황과 주저 속에서 빨리 각성하여 당당한 진영으로 향해 나아가자… [22]

그들의 취지는 『북향』의 창간사에서 드러나듯이 문화적으로 소외되어 있는 조선인들을 지식인들에 의한 민족문화교육을 통해 각성시킴으로써 희망찬 새 터전을 만들어 나가자는 데 있었다. 아울러 '북향회'는 '기회의 땅'으로서의 만주 또는 '왕도낙토'로서의 만주국에 대한

22) 고재기, 「만주선계문학」, 『신만주』, 1942,6, 92~93쪽.(김장선 위의 책, 104쪽 재인용.)

조선인들의 '환상과 착각'을 동인지 『북향』을 통해 일깨우고자 했다. 그 취지에 맞게 『북향』에는 식민지 치하의 조선과 만주국의 암흑한 식민지 현실을 반영한 작품들이 적지 않게 실렸다. 가령 이학인의 〈노선생〉, 안수길의 〈함지쟁이영감〉과 〈장〉, 김국진의 〈설〉 등과 같은 작품들이다. 그중 만주를 배경으로 설정하고 있는 〈장〉과 〈설〉은 만주에 대한 환상을 품고 이주해 왔지만 결국 식민지 조선이나 다를 바 없는 현실 속에서 여전히 어둡고 불안정한 삶을 살아야 하는 하층민(〈장〉)과 지식인(〈설〉)의 비운을 사실적으로 그려냈다. 작가는 조선인들이 이러한 내용을 통해 '낙토만주'에 대한 환상에서 깨어나 만주/만주국의 실상과 본질을 직시할 것을 요구하고 있으며 나아가 그에 대한 저항 의지를 간접적으로 전달하고 있다. 앞에서 살펴본 중국인들의 항일 문화 활동과 같은 맥락에 위치한 것으로 볼 수 있는 이러한 문학 활동 즉 식민지 조선 및 '왕도낙토' 만주국의 식민적 현실을 폭로한 『북향』의 문학 활동은 분산적인 문화통치시기였기에 가능했던 것이다. 그러나 항일문화 활동에 대한 통치정책 중 하나였던 사전검열제도인 납본제가 실시되면서 『북향』은 1936년 8월에 폐간되고 말았다.

중일전쟁 이전 분산적인 문화통치시기의 조선인 연극 활동에 관해서는 『중국조선족연극사』, 『중국조선족문학사』, 『20세기 중국조선족문학사료전집』(희곡편) 등을 통해 알 수 있다. 이 저서들에 의하면 그 시기 만주국 내에는 조선인들로 조직된 전문 극단이 거의 없었고 대부분 일시적인 공연에 그치고 말았다. 또한 그 공연 대부분은 만주국의 통치권 안에서 이루어진 것이 아니라 공산당이 지휘하는 항일무장투쟁 지역 내에서 이루어진 항일연극이었다. 그러므로 이 시기 조선인 항일연극은 신문을 통해 홍보되고 극장에서 공공연하게 공연되었던 중국 연극과 달리 탄압되지 않았다.

연극을 비롯한 항일 색채의 문화 활동이 분산적인 문화통치시기 만주국 문화장의 주류였다고는 할 수 없을 것이다. 그러나 이는 '반만항일' 운동에 민감하게 대응했던 식민 당국에 대한 일종의 도전으로서 기타 장르에 비해 부각된 것만은 부정할 수 없는 사실이다. 기억해야 할 것은 분산적이고 느슨했던 문화통치 배후에 항상 감시의 시선이 도사리고 있었으며 발각될 경우 즉시 탄압되었다는 사실이다.

1.2. 건국 전후 조선인 연극의 활약과 타격

만주국 조선인 연극을 고찰하기 위해서는 건국 이전으로 거슬러 올라갈 필요가 있다. 근대극 형태의 만주 조선인 연극은 만주국이 수립되기 전인 1910년대에 이미 존재했다. 지희겸池喜謙[23]의 회고에 따르면 1914년 경, 간도 지역의 용정, 옌지 등 조선인들이 밀집한 지역에서 일부 지식인들과 학생들에 의해 민권자유, 남녀평등, 자유혼인, 미신타파 등 계몽 성격을 지닌 연극(〈신가정〉, 〈미신타파〉 등)이 공연되었다고 한다.[24] 그 밖에 '지린성 조선족문화관'의 조사자료에 의하면 1915년 4월 10일부터 17일까지 조선을 침략한 일제의 죄행을 폭로한 가두선전극 〈원흉〉이 지린의 조선인 학생들에 의해 공연된 바 있다.[25] 이러한 학생연극은 1920년대에도 이어졌으며 1910년대에 비해 보다 더

23) 지희겸(1903~1983)은 함경북도 경성 출신으로 1910년에 가족과 함께 만주로 이주했다. 그는 1920~1930년대에 사회주의 운동가로 활약했다. 해방 후 연변대학 교수 및 중국인민정치협상회 지린성위원회 상무위원을 역임했다.

24) 권철, 『조선족 문학연구』, 헤이룽장성 민족출판사, 1989, 12쪽.

25) 김운일, 위의 책, 24쪽.

뚜렷한 목적의식을 갖고 조직적으로 전개되었다. 그 목적의식이란 곧 사회주의혁명의식이었다.

조선의 '3 · 1 운동'과 중국의 '5 · 4 운동' 및 러시아 사회주의 10월 혁명 등 거대한 정치운동은 만주의 조선인 사회에도 사회주의혁명사상을 전파시켰다. '3 · 1 운동'이후 만주로 건너와 독립운동을 하던 독립투사들과 일부 사회주의를 지향하던 사람들에 의해 마르크스주의 서적과 간행물이 만주 조선인 사회에 전파되었다.[26] 그 결과 '동만청년연맹', '남만청년총동맹', '북만조선인청년총동맹' 등 사회주의 혁명을 선도하는 단체들이 만주 각 지역에서 잇따라 결성되었으며 그들의 주도 하에 반제반봉건투쟁이 거세게 일어났다. 이와 함께 중국의 '5 · 4 운동'을 계기로 발간된 『신청년』, 『소년중국』, 『새 물결』 등 사회주의 성향의 중국어 간행물들이 조선인 집거 지역으로 전해지면서 반제반봉건 성격의 조선인 문화 활동에 사상적 기반을 마련했다.[27] 이상의 내용으로부터 알 수 있는 사실은 1920년대 간도 지역의 사회주의 사상 전파를 주도했던 주체 및 그 수용 주체가 주로 청년과 학생들이었다는 점이다. 반제반봉건 성격의 학생연극이 1920년대 만주 조선인 연극의 주류를 형성했던 것은 바로 그러한 배경과 밀접하게 연관된다.

26) 1920년대 초 러시아 사회주의 혁명의 영향을 받은 사회주의자들이 상하이와 베이징(北京) 등 지에서 '노동동맹연합회', '사회과학연구회' 등 단체를 조직하여 마르크스 사상과 사회주의혁명을 선전했다. 이 단체들에서는 마르크스주의 서적과 간행물을 번역, 출판하여 만주 지역에 전파한 것은 물론, 조선인 밀집 지역인 간도에 진출하여 '독서회', '학생친목회', '사회과학연구회' 등과 같은 단체들을 조직함으로써 보다 직접적으로 사회주의 사상을 선전했다. (조성일, 권철, 『중국 조선족 문학통사』, 이화문화사, 1997. 110~111쪽.)

27) 조성일, 권철, 위의 책, 113쪽.

1920년대 만주 조선인 학생연극의 부흥에 영향을 미친 또 한 가지 요소로 조선 극단의 순회공연과 중국 본토에서 전개되었던 조선인 연극을 빼놓을 수 없다. 1920년대에는 극단 갈돕회가 간도까지 순회공연을 한 바 있다.[28] 당시의 공연 작품은 알 수 없지만 동경 유학생들로 조직된 극단이 만주에서 순회공연을 한 사실은 만주의 학생들에게 큰 자극제가 되었을 것이다. 비슷한 시기 상하이上海에서는 일부 조선인 민족독립단체가 연극을 통해 독립운동을 전개하기도 했다. 1923년 3월, 난징南京 조선인 기독교 여자청년회에서는 "독립운동을 위하여 활동하다가 적에게 잡혀 곤욕당하던 관경으로써 각본을 만들어 연극을 하였"[29]고, 1925년에도 "독립운동을 배경으로 한 연극 〈백년의 공〉을 공연하였다."[30]

이러한 연극은 1920년대에 중국 본토의 조선인 사회주의단체가 만주 조선인 사회에 영향을 준 바와 같이 그곳의 조선인 연극, 특히 학생연극에 직접적인 영향을 미친 것으로 보인다. 1920년대 만주에서는 조선인들이 집중적으로 거주하는 간도 지역을 중심으로 학생연극이 성행했다. 당시 활약했던 학생연극 단체로는 문우사文友社, 예우사藝友社, 황금좌黃金座, 애극호愛劇豪 등이 있었다. 이들은 대부분 중학교 학생들로 구성된 연극 단체로 과외 활동의 성격을 지니고 있었다. 문우사는 용정대성중학교, 예우사는 용정광명중학교 학생들로 조직된 단체이며, 황금좌와 애극호의 소속 학교는 전해지지 않았다. 그 중 예우사의 사장은 당시 광명중학교의 음악교사이자 오늘날 아동문화운동

28) 이두현, 위의 책, 1981, 83쪽.
29) 『獨立新聞』, 1923.3.1.
30) 『獨立新聞』, 1925.7.8.

가로 널리 알려진 윤극영이었으며 25명의 단원으로 조직된 비교적 큰 단체로 연극을 포함한 다양한 문예 활동을 펼친 것으로 전해진다.[31]

1920년대의 학생연극은 사회주의사상의 영향을 받아 반제반봉건 성격이 농후했다. 1925년 문우사에서 공연한 〈파랑새〉는 의인화 수법을 사용한 동화극으로 갑작스러운 홍수에 의해 보금자리를 잃게 된 파랑새 일가족이 슬피 울면서 삶의 터전을 떠난다는 내용을 통해 일제의 침략으로 부득이하게 고향을 떠날 수 밖에 없었던 조선민족의 비참한 운명을 우회적으로 표현했다. 이러한 내용을 보다 직접적으로 표현한 작품으로 〈괴청년怪青年〉(일명 〈이상한 청년〉)과 〈이렇다!〉가 있다.

〈괴청년〉은 애극호에서 창작 · 공연한 작품으로 서울을 배경으로 삼고 있다. 서울 종로 사거리에 밤마다 이상한 청년이 나타나 공포를 조성한다는 소문이 떠돌자 순사들의 경계가 심해진다. 그러던 어느 날 밤, 순사들의 눈을 피해 어떠한 청년이 등장하여 담벼락에 삐라를 붙인다. 그 때, 마침 이 광경을 목격한 순사들이 청년과 격투를 벌이던 끝에 그에게 총을 겨누게 된다. 이 위기의 순간에 청년의 연인이 나타나 청년을 구하고 총으로 순사를 처단한다. 위기에서 빠져 나온 청년과 그 연인은 이곳을 떠나 우랄산으로 가자는 대사를 남기며 떠난다. 밤마다 삐라를 붙이는 내용과 죽음을 무릅쓰고 순사들과 격투를 벌이는 내용 및 '우랄산으로 가자'는 대사를 통해 알 수 있듯이 이 작품은 사회주의 국가 소련에 대한 당시 조선 청년들의 동경심과 사회주의혁

---

31) 연변대학 조선문학연구소, 『20세기 중국조선족문학사료전집』 제 16집 희곡, 연변인민출판사, 6쪽.

명의식을 반영하고 있다.

예우사의 공연 작품인 〈이렇다!〉는 무언극으로 전해지고 있다. 막이 오르면 한 노동자가 열심히 일한 대가로 빵 세 개를 얻는다. 노동자가 기뻐하던 그 순간에 양복차림에 중절모를 쓴 뚱뚱보, 긴 다부산즈에 비단조끼를 입은 지주가 차례로 나타나 노동자의 빵을 한 개씩 빼앗아 간다. 그런데 뒤이어 하오리를 입고 게다짝을 신은 키 작은 일본인이 나타나 다짜고짜 남은 빵 한 개를 빼앗으려 하자 노동자는 더 이상 참지 못하고 손에 든 망치를 일본인에게 휘두른다. 이때 마침 낫을 들고 등장한 농민이 노동자와 합세하여 일본인을 단죄한다. 이처럼 작품은 지주와 일제에 수탈당하는 노동자의 처지를 무언의 행동으로 관극의 몰입도를 높이는 효과를 연출함과 동시에 노동자와 농민으로 대표되는 조선 하층민들의 혁명적 각성을 고취하고자 했다. 당시 이 극을 관람했던 관객들의 회고담에 의하면 공연을 감시하던 임석경관이 마지막 장면에 이르러서야 내용의 '심각성'을 깨닫고 "공연 금지!"를 외치고 호루라기를 불며 무대 위에 뛰어 올랐지만 때는 이미 늦었다고 전해진다.[32] 이와 같은 연극은 간도가 아닌 다른 지역에서 공연되기도 했다. 예컨대, 박영석의 글에 의하면 1920년에 남만주의 길흥학교에서 안중근이 하얼빈역에서 이토히로부미伊藤博文를 저격하는 실화를 바탕으로 한 연극이 공연된 바 있다.[33]

〈이렇다!〉의 사례를 통해 보았 듯이 당시 극장에는 이른바 '불온한 연극'을 감시하는 임석경관이 배치되어 있었기 때문에 일제의 침략성

32) 김운일, 위의 책, 39쪽.
33) 박영석, 「일제 하 재만 한국 유이민 촌락 형성」, 『한국인민독립운동사』, 일조각, 1982, 31쪽.

을 겨냥한 작품은 완곡한 표현수법을 동원하여 일제의 감시를 피할 수 밖에 없었다. 간혹 그 내용이 직접적이거나 심각할 경우 경찰에 체포되어 탄압받기도 했다. 예컨대, 1928년 3월 31일에 공산주의를 지향하는 연극을 공연한 이유로 관련자 4명이 구치소에 수감된 적이 있었다.[34)]

그 밖에 〈경숙의 마지막〉, 〈어디로 갈 것인가〉, 〈야학으로 가는 길〉, 〈민며느리〉 등 봉건지구계급의 착취와 문맹 퇴치, 봉건인습 타파 등 조선인의 생활 속에 박혀있는 봉건적인 지배구조 및 그 악습을 폭로, 규탄한 작품도 공연되었다. 그 중 〈경숙의 마지막〉과 〈야학으로 가는 길은〉은 비교적 구체적인 줄거리가 전해진다. 〈경숙의 마지막〉은 1925년 즈음, 왕칭汪清과 훈춘琿春 일대에서 공연된 장막비극으로 줄거리가 전해진다. 제목이 암시해주는 바와 같이 이 작품은 주인공 경숙의 비참한 최후를 그렸다. 경숙이는 병석에 누워 있는 아버지를 모시고 어린 동생과 함께 빚독촉에 시달리며 힘들게 살아간다. 경숙이네가 빚을 갚지 못하자 김선달은 빚 대신 경숙이를 불구자인 자신의 아들에게 시집오게 하려고 음모를 꾸민다. 경숙의 아버지가 이를 알고 김선달의 청혼을 거절하자 오두막집조차 빼앗길 위기에 처하게 된다. 또한 그때 경숙의 동생이 지주집 송아지를 잃어버려 설상가상의 상황이 되버리자 경숙은 결국 김선달의 며느리로 들어가게 된다. 그러나 불구자와의 강제 결혼을 도저히 참을 수 없었던 경숙은 첫날 밤에 우물에 빠져 자살하고 만다. 이처럼 작품은 지주계급의 착취적 본

---

34) 이 사건은 1928년 4월 5일부 『간도신문』에 실렸는데, 기사 내용에 의하면 경찰이 불온한 연극을 상연했다는 이유로 한우韓愚, 유일劉一 을 15일간 구류시키고 이범래李范來, 강근유姜根裕은 10일 구류시키기로 했다고 한다.(김운일, 위의 책, 38쪽.)

성을 적나라하게 폭로함과 동시에 경숙의 죽음을 통해 소극적이나마 봉건 세력에 대한 저항의식을 표현했다.

해방 후, 〈딸에게서 온 편지〉로 공연되었다고 하는 〈야학으로 가는 길〉은 문맹퇴치의 중요성을 희극적으로 표현한 작품이다. 노부부가 딸에게서 온 편지를 읽지 못해 여기저기 아는 사람을 찾아다니다 길가에서 양복 입은 신사를 만나게 된다. 그리하여 그 신사에게 편지를 읽어달라고 부탁했으나 무슨 영문인지 편지를 들고 난처해한다. 사실 그 역시 문맹이었다. 마침 그 광경을 발견한 야학 선생님이 편지를 대신 읽어준다. 편지의 내용인즉 딸이 출산했다는 기쁜 소식이었다. 이어 선생님은 문맹의 고통스러움과 글을 배워 그 고통에서 벗어나야 한다는 점을 깨우쳐 주게 되며, 이에 설득된 노부부는 결국 야학으로 향하게 된다. 즉 이 작품은 일종의 계몽희극이라 할 수 있다.

이상에서 살펴본 작품들은 제목과 줄거리만 전해지고 있을 뿐, 작가나 창작 과정에 대한 정확한 기록은 없다. 하지만 단체와 작품의 성격을 볼 때 이 작품들은 당시 연극을 주도했던 학생 및 그 지도 교사들이 조선인 사회를 병들게 하는 제국주의 및 봉건주의를 타파할 목적으로 창작 · 공연했을 것으로 짐작된다.

당시의 학생연극은 극장에서 공공연하게 공연되었으며 꽤 인기를 끌었던 것으로 보인다. 이를테면 청년회의 여학생들이 간도극장에서 공연한 연극 〈최후의 승리〉, 〈순애의 희생〉 과 걸만동杰滿洞 운동부의 주최로 남양촌 보흥학교에서 공연한 비극 〈선악의 결과〉와 〈삼야종성三夜鐘聲〉 및 희극 〈도박쟁이의 말로〉와 〈조혼早婚〉 등은 상당한 인기

를 끌었던 것으로 기록되어 있다.[35]

이와 같은 일련의 사실들은 1920년대 만주의 조선인 학생연극이 비록 직업극단은 아니었지만 사회주의혁명을 지향하며 조선인 사회의 연극문화를 주도했다는 것을 말해준다. 뿐만 아니라 이 시기 학생연극은 1910년대의 민족계몽을 뛰어넘어 민족독립 및 민족해방이라는 보다 더 뚜렷하고 원대한 목적의식 하에 전개되었다. 그런 점에서 이 시기 학생연극을 사회주의혁명 나아가 민족해방운동의 일환으로 볼 수 있을 것이다.

만주의 조선인 연극을 이끌었던 1920년대의 학생연극은 만주사변 발발 및 만주국 수립으로 큰 타격을 받게 된다. 1930년대에 들어와 신문기사에 더 이상 학생연극과 관련된 소식이 전해지지 않았던 점을 통해 그 일면을 알 수 있다. 김운일의 『중국 조선족 연극사』에 의하면 1920년대에 일본어 신문 『간도신보』를 통해 조선인 연극의 소식이 종종 전해졌으나 1930년대에 들어와서는 조선 극단의 순회공연 소식이 간간히 전해질 뿐 만주의 조선인 연극에 관한 소식은 당시의 공식적인 기록을 통해 거의 전해지지 않았다. 현재의 연극사 자료에 의하면 1930년대 초반에 활동한 조선인 극단으로는 애극사愛劇社가 유일하다. 이 극단은 1932년에 유치화가 용정에서 20여명의 배우를 동원하여 조직한 극단으로 조선까지 진출했지만 경비난으로 결국 해산되었다고 한다.[36]

요컨대 1930년대 초반에는 조선인 연극 활동이 극히 저조했다. 이

---

35) 김운일, 위의 책, 40쪽.

36) 김운일의 위의 책과 연변대학 조선문학연구소 편저에서는 애극사 관련 정보를 자료의 기록에 의지하고 있으나 그 자료의 출처는 명확하게 밝히지 않았다.

는 비록 만주국 건립 초기에 새로운 질서로의 재편 및 건국이념 선전을 위한 문화적 회유 등으로 인해 비교적 자유로운 문화 활동이 전개되었지만 그 이면에는 항상 감시의 시선이 존재했기 때문이다. 이러한 상황 하에 1920년대에 성행했던 학생연극이 만주국 통치권 안에서 여전히 그 맥을 이어가기는 매우 어려웠을 것이다.

기존의 연극이 타격을 받음에 따라 중일전쟁 전까지 만주국 통치권 안에서는 더 이상 조선인 연극(조선 극단의 순회연극 제외)을 발견할 수 없었다. 대신 1930년대 초반 간도 지역에 항일유격근거지가 창설됨에 따라 1920년대의 학생연극은 항일연극으로 수렴된 것으로 보인다. 지주와 일제의 침략성 및 그에 대한 농민과 노동자들의 계급적 각성과 혁명으로의 진출 등과 같은 내용을 다룬 1930년대의 항일연극에서 1920년대 학생연극의 반제반봉건성을 읽어낼 수 있기 때문이다. 건국 전에 활약했던 조선인 학생연극이 건국 후 통치권 밖의 항일연극으로 이어지면서 항일전쟁의 승리에 일조하게 된다.

현존하는 자료에 따르면 건국 후, 중일전쟁이 일어나기 전까지 만주국 통치권 안에는 조선 극단의 순회공연이 종종 펼쳐졌다. 『간도신보』에 의하면 조선의 유일단이 1936년 2월 3일부터 5일까지 옌지의 신부극장新富劇場에서 공연을 했는데 당시의 공연 레퍼토리는 비극 〈울고 갈 길을 왜 왔는가〉(1막), 풍자극 〈목동과 신녀성〉(1막), 캬크극 〈사별〉(1막), 어촌애화 〈섬의 처녀〉(3막), 향토비극 〈고향에 가는 사람들〉 등 대중연극이었다. 그 밖에 1936년도에 태양극단이 북간도를 순회공연했고 조선연극사, 청춘좌, 황금좌 등 조선의 극단이 만주 지역을 순회했다고 알려져 있다.[37] 조선 극단의 만주 순회공연은 중일전쟁 이후 더욱 활발하게 이루어지면서 만주국 내 조선인 연극문화의 형성에 일정한 영향을 미쳤다.

한편 1930년대 초중반에 동인지 『북향』과 신문인 『만몽일보』가 창간되고 조선의 문인들이 만주로 이주하거나 잠시 머물게 되면서 만주국에도 점차 조선인 문인 계층이 형성되고 있었다. 이러한 조선어 지면의 등장과 이를 무대로 한 조선 문인들의 활동은 훗날 만주국 조선인 연극의 형성에 일정한 토대를 마련했다.

2. 집중적인 문화통치시기

2.1. 집중과 강화 속 독자적인 문화 건설의 전개

만주국은 정치, 군사, 경제의 안정을 한층 더 강화할 목적으로 1936년에 '치안숙청 3년 계획'을 실행하고 1937년 4월부터 '만주산업개발 5개년 계획'을 실시함과 더불어 같은 해 7월에 대대적인 행정개혁도 진행했다. 우선 국무원 산하의 총무청과 대립하던 감찰원을 철폐하여 그 기능을 총무청에 인계하고 기존의 국무원 민정부民政部는 산업개발계획에 만주 민중을 동원하기 위해 문교부文教部의 행정업무를 접수하여 그 명칭을 민생부民生部로 변경했다. 다음 치안숙청계획을 원활하게 완수하기 위해 치안기관과 군사기관을 통일하여 치안부로 재

37) 김운일, 위의 책, 31쪽.

조직했다.[38] 그 밖에 재정, 외교 등 분야의 개혁도 진행함에 따라 만주국 국무원은 기존의 12개 부문으로부터 총무청, 민생부, 치안부, 경제부, 산업부, 교통부, 사법부, 외무국外務局, 흥안국興安局 등 9개 부문으로 축소 · 화되었다. 이를 통해 만주국의 중앙 정권이 보다 압축되었음을 알 수 있다. 여기서 좀 더 주목하려는 것은 만주국의 실권을 장악하고 있었던 총무청의 조직 개혁, 특히 문화통치기구 정보처의 개혁이다.

1937년 7월 1일, 만주국은 정보처의 명칭을 홍보처로 변경함과 동시에 그 기능을 한층 더 확대했다. 홍보처 내부에 감리과監理科, 정보과情報科, 선전과宣傳科를 두어 문화 활동에 대한 감독과 관리, 정보 수집, 선전 등 기능을 세분화했다. 아울러 1938년 1월에는 총무, 정보, 감리 등 세 과를 폐지하고 총무, 정보, 선전교화, 신문, 라디오, 영화, 지방, 편집, 도서 등 9 개의 반을 설치하여 각각의 기능을 보다 더 세분화했다.[39] 개혁 후 홍보처의 기능에는 구체적으로 "여론 통제, 문화예술 통제, 정책발표의 주관, 신문보도기관에 대한 지도와 감독, 자재 선전의 통제, 출판물, 영화 및 기타 선전물에 대한 관리, 라디오와 통신기관에 대한 관리와 통제, 정보 장악, 상술한 내용 이외의 모든 대내외 선전"[40] 등 9가지 항목이 포함되었다. 이로써 분산적인 문화통치시기에 국무원 산하의 치안부, 민정부, 문교부가 담당했던 일부 문화 통제 기능이 홍보처의 수중으로 장악되었으며 그에 따라 만주국의 문화통치가 점차 홍보처 중심의 중앙으로 집중되었다. 나아가 1940년 12월

38) 岡部牧夫, 위의 글, 41쪽.
39) 高曉燕, 위의 책, 245쪽.
40) 呂元明, 위의 글, 1993, 306쪽.

에 홍보처는 신문사업을 통제하던 만주홍보협회를 해산하고 그의 기능을 인수함과 동시에 치안부가 담당했던 신문, 출판물, 영화 등에 대한 심사, 교통부가 주관했던 라디오 방송, 그리고 민생부가 담당했던 문예, 미술, 음악, 희극戱劇[41], 영화, 레코드 발행업무 등[42] 만주국의 모든 문화 활동에 대한 지도, 심사와 통제를 맡게 되면서 최고의 문화통치기관으로 거듭나게 되었다. 재차 확대된 홍보처의 기능은 일본인 관리들의 직접적인 감독 하에 1941년부터 정식으로 시행되었다. 요컨대 중일전쟁 이후 만주국은 홍보처 중심의 중앙집권적인 문화통치체제를 형성했다.

홍보처의 조직 개편과 더불어 만주국의 제반 문화 사업과 활동은 훨씬 더 조직적이고 집중적으로 변모해 갔다. 분산적인 문화통치시기에 설립되었던 만주국통신사 및 만주홍보협회는 중일전쟁 이후 언론 통제 사업을 보다 더 강화하여 1940년에는 만주국의 거의 모든 신문·통신업을 독점하기에 이른다. 뿐만 아니라 1932년에 반포했던 『출판법』을 더욱 충실히 이행할 목적으로 1937년 2월에는 만주도서주식회사滿洲圖書株式會社를 설립하여 만주국의 도서 출판에 대한 독점 사업도 개시했다. 그 결과 『만주건국사滿洲國建國史』, 『건국정신강화建國精神講話』, 『역사상의 일만曆史上的日滿』등과 같은 소위 '국책우량도서國策優良圖書'가 만주국의 도서 시장을 거의 점유하게 되었다.[43] 홍보처는 만주도서주식회사를 비롯한 각 국책 기관의 독점 사업을 통해 '일

41) 중국문학에서 일컫는 '희극戱劇'은 구극(경극 등과 같은 전통극), 신극(연극), 인형극, 영화, 등 모든 극장르에 대한 총칭이다. 본고는 필요할 경우, 자료의 원문 표기는 당시의 명칭을 존중하여 '희극'으로 칭하기로 한다.

42) 西原和海, 위의 글, 186쪽.

43) 高曉燕, 위의 책, 255쪽.

만일체', '왕도낙토', '오족협화' 등 건국정신과 각종 국책사상을 더욱 효율적이고 광범위하게 선전하고자 했다. 이를 통해 사상 선전에 대한 만주국 정부의 인식이 더욱 강화되었음을 알 수 있다.

특히 치안숙청계획이 본격적으로 개시되고 중일전쟁 이후 1938년 4월에 『전시총동원법』이 제정 · 공포되자 만주국 정부는 문예 활동을 통한 사상 선전을 더욱 절실하게 필요로 하게 되었다. 그리하여 여러 관변 기관이 신문, 통신, 도서 등을 독점했던 것과 마찬가지로 홍보처 주도 하의 각종 관변 문예 단체가 조직되었다. 당시 사상 선전의 도구로서 가장 주목받았던 문예 장르는 영화와 연극이었다. 1937년 8월 21일 만주국은 만영을 설립하여 사상 선전에 필요한 모든 영화를 자체적으로 제작 · 배급함과 동시에 영화의 수출과 수입까지 전적으로 통제하게 되었다. 일종의 국책회사였던 만영은 만주국 문화의 상징이었다. 같은 해, 8월에 국책연극을 위한 관변 연극 단체인 대동극단도 결성되었다. 이를 계기로 만주국 각 지역에 관변 연극 단체가 잇따라 조직되었다. 1940년대에 더욱 발달한 관변극단은 만영과 함께 끝까지 프로파간다로서 중요한 역할을 발휘했다.

1937년 홍보처의 역량이 확대 · 강화된 후 도서 출판, 영화, 연극 등이 새로운 국책 기관(만주도서주식회사, 만영, 협화회 등)의 집중적인 관리와 통제를 받게 된 한편 기존의 분산적이던 문학 활동 역시 수도 신징과 만주문화회로 집중하게 된다. 중일전쟁 이전 각 민족 문학 활동은 지역적으로 분산되어 있었다. 일본인 문학은 다롄과 신징, 중국인 문학은 하얼빈, 신징, 펑톈, 조선인 문학은 간도 지역에 분포되어 있었다. 중일전쟁 전까지 국익을 크게 손상시키지 않는 문화 활동에 대해 방관적인 태도를 취하던 정부는 중일전쟁 후 문화 활동에 대한 정치성 인식이 보다 더 강화되면서 통일적인 문화 조직의 필요성을 통감하게 되었다.[44] 이에 정부는 1937년에 문화인들의 친목을 목적으로 다롄에서 조직된 일본인 단체인 만주문화회를 포섭했다. 1939년에 만주문화회는 본부를 신징으로 옮기게 되었는데 이는 일본인 문화의 중심이 다롄으로부터 신징으로 이동했음을 의미한다.[45] 신징으로 이동한 만주문화회는 1940년 6월의 조직 개혁을 거쳐 문학, 연극, 영화, 미술, 음악 등 종합적인 문화단체로 거듭남과 동시에 홍보처와 관동군의 영향을 강하게 받게 되었다.[46] 이 시기 신징으로 옮겨진 중국인과 조선인의 문화 활동 역시 만주문화회와의 긴밀한 연락 속에서 전개되었다.

그런데 흥미로운 것은 중일전쟁 및 홍보처의 출범과 더불어 기존의 문화 활동이 점차 하나의 국책 기관으로 집중 · 강화되는 과정에서 만주국의 독자적인 문화건설에 대한 담론이 제기되고 그 사업이 적극적으로 전개되면서 오히려 문화 활동의 전성기를 맞이하게 된다.

1930년대 중반을 지나면서 정치, 군사, 경제 제반 분야의 국가적 기반이 대체적으로 안정적인 궤도로 진입하자 정부는 문화 건설에도 주목하게 된다. 그 이유는 크게 두 가지였다고 본다. 하나는 근대국가 건설의 일환으로 문화 건설이 중요했고 다른 하나는 중일전쟁 및 전시 총동원으로 나아가면서 문화 활동을 통한 사상 선전이 더욱 중요해졌기 때문이다. 이 시기 문화 건설은 문학을 비롯한 연극, 영화 담론 및 문학, 극본, 가사, 미술 등 작품 공모, 각종 문화 좌담회와 민족 간 문화

44) 오카다 히데키, 위의 책, 40쪽.

45) 尹東燦, 『「滿洲」文學の硏究』, 明石書店, 2010, 41쪽.

46) 尹東燦, 위의 책, 42쪽.

교류 및 복합문화단체의 설립 등 다채로운 방식으로 체현되었다. 그 중 반드시 짚고 넘어가야 할 것은 '만주문학의 독자성'에 관한 담론이다. 이 담론은 일본인 문인측의 '만주문학논쟁'을 통해 가장 먼저 제기되었다. 만주국이 점차 독립국으로서의 면모를 갖추어 가게 됨에 따라 일본인 문인들은 만주 문학에 대한 기존의 논리에 의문을 던지게 되었다. 즉 만주 문학을 일본의 식민지 또는 일개의 지방 문학으로 간주하던 논리에 의문을 품고 독립국가로서의 만주국 문학에 대해 새로운 고민을 갖게 되었던 것이다. 그리고 그 고민은 『만주일일신문』의 학예란을 통해 격렬한 필전으로 표출되었다. 1937-1939년 동안 전개되었던 논쟁의 핵심은 '만주문학의 독자성' 및 그것이 나아가야 할 방향성에 관한 문제였다.

당시 이에 대한 관점은 크게 두 가지로 양분되었다. 하나는 '만주문학의 독자성'은 '왕도낙토', '오족협화' 등 만주국의 건국이념을 통해 발현되어야 하고 그 건국이상을 추구하는 것만이 독자적인 만주국 문학이 나아갈 길이며 이는 타 민족에 대한 일본인 문인들의 지도적 역량을 통해 실현되어야 한다는 주장이었다.[47] 다른 하나의 주장은 '만주문학의 독자성'은 오로지 만주국의 사회현실에 대한 사실적 반영에서 비롯되며 이는 만주국 각 민족의 다양한 문학을 통해 실현되어야 한다는 것이었다. 즉 전자가 문학의 정치성에 입각한 국책문학과 일본인이 주도하는 '만주문학'을 주장했다면 후자는 문학의 순수성에

47) 이를 주장한 대표 인물은 西村眞一郎과 上野凌嵱 이였다. 이들은 복합적인 민족문화의 공생보다는 일본 문화의 우수성을 근거로 타 민족 문화에 대한 일본인의 지도를 강하게 주장했다. 당시 이를 주장한 문인들이 대다수였다. 이에 관한 글은 오카다 히데키, 「따렌이데올로기와 신징이데올로기의 상극」, 위의 책, 참고.

입각한 사실주의문학과 만주국 각 민족의 문학으로 구성된 '만주문학'을 주장한 것이었다.[48] 양자의 논쟁이 근본적으로 일본에서 독립된 만주국 문학의 독자성을 전제로 하고 있었지만 그 성격 및 방향성에 관해서는 시종 대립구도를 이어갔을 뿐 결과적으로 별다른 합의점을 찾지 못한 것으로 보인다. 즉 '만주문학의 독자성'에 관한 논쟁은 한 가지 통일된 이론으로 수렴되지 못했다. 그러나 일본인 문인들로부터 촉발된 '만주문학논쟁'은 중국인과 조선인 문단, 나아가 만주국의 독자적인 문화 건설 담론에 영향을 미친 것으로 보인다.

일본인 문인들의 '만주문학논쟁'이 시작된 지 2개월 뒤인 1937년 7월에 중국인 문단에서도 만주 문학에 대한 한 차례 논쟁이 일어났다. 이는 곧 '향토문학논쟁'으로 만주 문학이 만주의 현실, 특히 농촌의 현실을 반영한 '향토문학'으로 나아가야 한다는 주장과 이를 편협한 '지역주의'로 간주하며 '방향 없는 방향' 즉 특정한 '주의'에 얽매이지 않는 문학이 곧 만주 문학이 나아가야 할 방향이라는 주장 사이의 논쟁이었다.[49] 전자의 관점은 일본인 문인들이 주장했던 사실주의 문학과 같은 맥락에 놓인 것이라고 할 수 있다. 결국 이 논쟁 역시 하나의 이론으로 매듭짓지 못한 채 흐지부지되고 말았다.

---

48) 이를 주장한 대표 인물은 青木實와 大內隆雄이였다. 青木實는 문학의 정치성 이론이 다수인의 지지를 획득하는 가운데에서도 시종 문학의 순수성과 사실성을 주장했다. 北村謙次郎의 문학관은 青木實와 완전히 일치하지는 않았지만 문학의 순수성에 대해서는 같은 입장을 취했다. (이에 관한 글은 오카다 히데키, 「따롄(大連)이데올로기와 신징(新京)이데올로기의 상극」, 위의 책 참고.) 大內隆雄은 각 민족 문학의 공생을 주장한 측면에서 青木實와 의견을 같이 했다.

49) 吳郎,「我們的文學的實體與方向」, 『東北現代文學大系』第1集, 沈陽出版社, 1996,327쪽.(만주 중국인문학이 향토문학으로 나아가야 한다고 주장한 작가는 산딩山丁이었고 그것을 편협한 지역주의로 간주한 작가는 구딩이었다.)

조선인 문단에서는 만주문학의 일부분으로서의 조선인 문학에 관한 담론이 이루어졌다. 조선인 작가들은 1940년 『만선일보』의 학예면을 통해 '만주조선인문학건설에 대한 제의'라는 테마로 각자의 주장을 논했는데 그 핵심은 만주국 조선인 문학이 나아가야 할 방향이었다.

> 문화, 문학은 원래 그 속성이 초민족적이며 인류적인 곳에 그 우위성이 있는 것이겟다. …(중략)… 그리고 이 인류적이기 위하여서의 문학이란 그 개유의 속성을 가장 원만히 발전할 수 있는 때에만 기대할 수 있는 것이다. 이곳에서 기억에 떠오른 것은 "가장 개성적인 때에 가장 사회적일 수 있다"는 지-드의 말이나 우리들에게는 금일 민족협화를 모토로 하는 만주국에 있으므로 하여 더 의의있는 시련장이 부여되어 있는 것인지도 모른다. …(중략)… 금일의 의의란 래일의 준비에 있는 것이 아니라 금일은 또한 금일로서의 불가침의 자주성을 개유하고 있는 것이다. 여기에서만 우리들 인간생은 성실스러울 수 있다고 경○할 수 있는 것이다. 만주에서 생활함은 고향에 돌아가기 위하여서만의 준비에서가 아니라 만주에서 생활하는 그 생활자체 속에 있지 않으면 안될 것이다. 그것이 ○출조성하는 순차적인 결과나 의도를 부인함은 결코 아니나 자주성을 보다 더 존중히 하고 싶은 의미에서이다. 말하자면 현재라는 것을 더 의의있게 살리는 것으로 하여 미래까지 더 빛나게 하자는데 있다. 그럼으로 하여 우리는 우리가 가진 환경이며 시대를 소홀이 하여서는 안되는 것이며 여기서만 만주에서의 조선인문학의 진실한 활동과 발전이 시작되는 것이다.
>
> 물론 우리들 만주조선인문학은 만주국에 뿌리를 박은 동시에 그 출발을 비롯한 선내 문단과 영원히 불가분리의 관련을 가질 것이다.

…(중략)… 고향을 떠나는 의의는 고향에서 못본 것을 체득, 창조하는 데서만 그 귀중한 의의가 발현되는 것이다. 여기에는 반듯이 선구한 그들이 생활을 개척하여주었음과 마찬가지로 이 세대의 문화를 짊어진 우리들에게도 소위 "捨石"의 역할이 요청되는 것이다. 위대한 건설, 위대한 인간 업적의 밑에는 상당위대한 "사석"의 선구가 있었던 것이다. 위대한 사석적 정신의 선구가 있었던 곳에만 실로 위대한 기념비가 따라섰던 것이다. 만주조선인문학의 빛나는 장래는 오늘의 또한 빛나는 사석의 정신을 불러 마지 않는 것이다.[50)]

「만주문학건설 신제의」 첫 편에 글을 게재한 황건은 우선 문학과 문화의 초민족성과 독자성을 강조했다. 아울러 '민족협화'를 모토로 한 초민족적 공간에 자리잡은 조선인들에게 새로운 의의를 지닌 문학을 창조할 것을 요구했다. 그가 요구하는 만주 조선인문학이란 곧 '만주국에 뿌리를 박은 동시에 그 출발을 선내 문단과 영원히 불가분의 관련을 가지는 문학', 즉 만주국과 조선의 특성이 결부된 문학이었다. 만주 조선인 문학에 대한 황건의 건의를 좀 더 직접적으로 말하자면 만주국의 역사적 및 민족적 특수성과 조선의 전통성을 결부함으로써 이른바 초민족적이고도 독자적인 조선인 문학을 창조해야 한다는 것이다. 윤도혁 역시 만주국의 특이성과 조선민족의 전통성에서 만주 조선인 문학의 독자성을 구현해야 한다는 주장을 펼쳤다. 한편 '만주조선인문학'이 '농민문학'의 성격을 취해야 한다는 김귀의 관점에 관해서는 대부분의 논자들이 편협하다는 이유로 반박했다. 김귀가 주장한 '농민문학'은 개척정신의 반영을 요구한 일종의 국책문학이었기에 반

50) 황건, 「만주조선인문학과 문학인의 신념」, 『만선일보』, 1940.1.12.

박당했을 가능성도 없지 않다. 어쨌든 '만주조선인문학건설'은 조선민족문학의 전통과 만주국의 지리적, 역사적 및 민족적 특징을 결합한 문학으로 나아가야 한다는 관점으로 수렴된 셈이었다.

일본인 문인들이 독립적인 만주국의 문학적 정체성을 정립하고자 제기한 '만주문학의 독자성 논쟁'은 결과적으로 피식민 주체의 민족문학이 나아가야 할 방향 내지 정체성을 고민하도록 했다. 중국인과 조선인들이 주장한 만주 문학 논리 속에는 독립적인 한 국가의 문학적 독자성/정체성보다는 각자의 민족 문학의 독자성/정체성에 대한 의식이 더 강하게 드러났다. 이는 근본적으로 식민과 피식민 주체의 의식 차이에서 비롯된 것이라 생각한다. '만주 문학'에 대한 논쟁이 가열되는 과정에서 만주국 문학은 각자의 언어를 기반으로 한 민족 문학으로 발전해 나갔다. 한편 그 과정에서 담론의 중심에 있던 일본인 문단에서 각 민족 언어문학의 교류를 통한 만주국 문학의 독자성 체현이 새롭게 제기되었다. 이를 이론적으로 주장한 사람은 오우치 다카오大內隆雄였다.

> 우리가 만주에서 가질 수 있는 獨自性이라는 것은 어써케 하여야 창조할수잇슬까. 다시 말하면 우리들 만주문학은 어써케 하여야 만주문학다웁게 발전할 수 있을까. 이는 각자 민족문화의 自由스런 協和를 그 胎盤으로 하는 것이 아닐수업다. (중략) 여러개의 민족이 한 국가 안에서 각자 민족어와 개성을 가지고 문학운동을 하게 되는時 그 각자가 함께 지향하는 한 개 목표에 도달하는 것-즉 多民族協和 이후에 올 만주문학의 수립에 대하여 비관할 필요는 조금도 업다. (중략) 보다 더 개성적인 발전에의 契機부여와 독자적인 개성에의 부축이 잇서야 할것이

다. 이곳에서 國民文化는 圓滿히 발전하여 갈줄 안다.[51]

이에 잇서서 내가 鮮系文學人에 대하여 가장 희망하고 시픈 것은 문학인 각자가 各個 민족문학의 合流的 교류에 적극적으로 진출하여달라는 것이다. 이것은 만주국 문학운동의 근본적인 요소라 하겟다. 때때로 좌담회를 연다든지, 강연회를 가진다든지 하는 것도 활발히 필요한 것이지만 무엇보담도 各系 문학작품의 만흔 번역이 필요하다.[52]

한 국가 안에서 각자의 민족어로 창작된 문학들이 서로 교류하는 과정에 비로소 만주국의 문학적 독자성을 갖게 되며 그것이 곧 만주국의 국민문학이 될 것이라는 것이 오우치 다카오 이론의 요점이라 할 수 있다. 그는 '국민문학 수립'이라는 원대한 목표를 실현하기 위해 문화적 교류를 강조하면서 조선인 작가들이 번역을 통해 그 교류에 적극적으로 참여할 것을 희망했다. 오우치 다카오의 이러한 주장은 각 민족의 개성을 토대로 문화적 교류를 진행함으로써 복합적인 민족문화를 수립하는 것이야 말로 만주국 문화의 독자성을 체현하고 나아가 국민문화를 수립하는 길이라는 것으로 좀 더 확대하여 해석할 수 있을 것이다.

그의 주장대로 이 시기에는 각 민족 간의 문화 교류를 통해 복합민족문화를 창조함으로써 독자적인 만주국 문화를 건설하려는 노력이 다양한 방식으로 전개되었다. 이를테면 만주문화회와 만일문화협회의 주최로 문화인 좌담회가 빈번하게 개최되었고 번역을 통해 각 민

---

51) 大內隆雄, 「文化人의 意見-國民文學樹立을目標로」, 『만선일보』, 1940.6.22.
52) 大內隆雄, 「文化人의 意見- 文化交流의 積極化」, 『만선일보』, 1940.6.25.

족 문학이 서로에게 소개되고 문학집으로 출판되었으며 복합민족문화 단체가 결성되기도 했다. 그런데 흥미로운 것은 일본인이 문화 교류의 중심에서 늘 주도권을 행사하고 있었음에도 불구하고 중국인과 조선인들은 종종 그 권력의 범주에서 이탈하곤 했다. 1940년 4월에 개최된 '내선만문화좌담회'를 예로 들어보자.

> 仲賢禮 : 조선작가가 조선어로 대게 쓰고 있는 것은 일본어로 쓰는 것이 이단시되기때문입니까 혹은 그것이 주류로 되어 있기 때문입니까.
>
> 李甲基 : 문학의 國籍이나 族籍을 분류할 때 아직 문학개론의 과정에 속하는 일이나마 우선 그 문학이 씌워진 언어의 族籍이 무엇보담도 제일의 문제가 아니겠습니까. 이렇게 결정하면 문학의 민족정서니 작가의 族籍이 다른 언어에 의한 制作이니 또는 그 素材의 여하로 이야기는 상당한 복잡성을 가지나 무엇보담 支那문학이기에는 먼저 지나어문학임이 필요함과 같이 조선문학이기에는 우선 조선어문학임이 第一의 조건이겠습니다. 그런 점에서 조선작가가 조선문학을 한다는 의미에서 조선어로 쓰게 되는 것이며 둘째는 역시 제 言語에 대한 愛著으로 그런 것이 아니겠습니까.[53]

'조선인 작가들이 일본어 창작을 이단시하는 것이 아닌가'라는 일본인의 질문에 이갑기는 그렇다기보다는 '조선문학이기에 조선어 문학이 제일의 조건'이며 다음으로 '제 언어에 대한 애착'으로부터 조선어

53) 「內鮮滿문화좌담회」(2), 『만선일보』, 1940.4.6.

로 창작하는 것이라고 답한다. 즉 이갑기는 조선인으로서, 그리고 조선 민족 문학으로서의 조선어 창작의 당위성을 강조하고 있다. 좌담회에서 핵심적으로 토론되었던 일본어 창작 또는 번역에 관한 일본인의 지적에 박팔양은 한 민족의 전통적인 생활이 지니는 특수성을 다른 민족의 언어로 번역하기란 상당히 어려운 일이기에 조선어 창작을 고집하는 것이라며 이갑기와 동일한 입장을 취했다.[54] 아울러 각 민족 간의 문화 교류를 위해 조선인 문학을 일본어 또는 중국어로 소개할 것을 약속했으나 일본어 창작에 대해서는 어떠한 의향도 내비치지 않았다. 실제로 그 뒤에 안수길의 작품 〈부엌녀〉가 중국어로 번역되어 『재만일만선아각계작가전특집在滿日滿鮮俄各系作家展特輯』에 수록되었다. 또한 당시 조선인 문단에서도 이미 일본화한 이마무라 에이지今村榮治[55]를 제외한 조선인 작가들의 일본어 창작은 쉽게 찾아볼 수 없었다. 이러한 사례는 일본인 담론 중심으로부터의 이탈로 볼 수 있을 뿐만 아니라 만주의 조선인 작가들이 식민지 조선의 연장선에서 자신들에게 요구되는 '내선일체'의 논리를 거부하고 만주국의 '오족협화'의 논리 속에서 조선어문학을 통해 민족의 정체성을 유지하려던 노력으로도 볼 수 있다.

---

54) 「內鮮滿문화좌담회」(3), 『만선일보』, 1940.4.8.

55) 본명 장환기로 전해지는 이마무라 에이지는 만주에서 일본어로 창작 활동을 전개한 대표적인 인물이다. 만주국 내에서 그는 주로 일본인 문단에서 활동했으며 그의 의식은 이미 일본화했다고 보아도 과언이 아니다. '내선만문화좌담회'에서의 그의 발언을 통해 그 점을 파악할 수 있다. 좌담회에서 그는 일본인 문인들의 입장에서 조선인 작가들에게 '조선인들이 일부러 일본어로 쓰지 않고 조선어를 고집하는 것이 아니냐'며 문제제기를 함과 동시에 그러한 현상에 대해 다소 불평의 목소리를 드러냈다.(「內鮮滿문화좌담회」(3), 『만선일보』, 1940.4.8. 이마무라에이지에 관한 연구는 김장선, 「이마무라 에이지 연구」, 위의 책, 참고.)

이 시기에 결성된 복합민족문화 단체 중 가장 대표적인 것은 바로 만주문화회다. 만주문화회는 원래 1937년, 다롄에서 조직된 일본인 민간문화단체였다. 그러나 홍보처와 관동군의 개입 하에 1939년에 본부를 신징으로 옮김과 동시에 관변 단체로 변모하게 된다. 새롭게 거듭난 만주문화회는 각 민족 간의 문화 교류를 추진하는 것 외에 정부로부터 종합적인 문화예술단체로서 '건국정신을 선양하고 민족협화를 실천하며 민중을 동원'[56]해야 한다는 의무를 부여받게 되었다. 즉 정부는 만주문화회를 통해 이른바 국책문화를 건설하려 했다. 이에 따라 만주문화회는 만주국 전 지역에 총 9개의 지부를 두게 되었고 회원 총수는 1000명을 넘게 되었다.[57] 뿐만 아니라 중국인, 조선인은 물론 백계 러시아인까지 참여하게 됨으로써 만주국에서 가장 큰 복합민족문화 단체로 거듭나게 되었다. 만주문화회는 『만주문예연감』을 발행하고 기관지 『만주통신』을 발행하는 것 외에 각 민족 문화인들의 교류를 주도하는 데 주력했다. 그러나 1941년 『예문지도요강』이 반포됨에 따라 "자유주의 경향을 가졌다"는 이유로 만주문화회는 해산되었다.[58] 앞에서 언급한 대동극단과 같이 여러 민족의 언어부로 구성된 관변극단 역시 복합민족문화 단체로 간주할 수 있을 것이다. 그 밖에 일, 선, 만 각 민족으로 구성된 복합문화단체의 결성 소식이 들리기는 했지만 뚜렷한 활동 기록은 찾아보기 어렵다.[59] '민족협화' 이념의 체

56) 오카다 히데키, 위의 책, 42쪽.
57) 尹東燦, 위의 책, 56쪽.
58) 오카다 히데키, 위의 책, 45쪽.
59) 가령 1941년 3월 16일자 『만선일보』에는 「복합민족문화창조 꾀하야 각계문화인 결속, 간도서 협화동인회 결성」이라는 제목과 함께 본 회의 구성원, 취의서 등을 소개하고 있는데 그 뒤에는 별다른 활동 기록이 없었다. 또한 1941년 2월 10일자

현이자 이상적인 문화 건설 사업이었던 복합민족문화 창조는 1941년 『예문지도요강』이 반포되고 태평양전쟁이 발발함과 더불어 결전문예 체제로 돌입하면서 흐지부지된 것으로 보인다.

이 시기 문화 건설의 또 다른 형태의 하나로 부각된 것은 바로 문학, 음악, 미술 등 각종 문화 장르에 대한 공모전이다. 공모전은 민족을 불문하고 대체적으로 한 가지 공통된 지향성을 지니고 있었다. 즉 건국정신과 각종 국책사상을 근간으로 한 공리목적성이었다. 이와 같은 국책 문화는 일본인을 비롯한 중국인과 조선인 문화장에 공동으로 체현되었으며 정부의 기획과 지원 속에서 대대적으로 전개되었다. 그중 문학 작품에 대한 공모전은 『만주일일신문』, 『대동보』, 『만선일보』를 비롯한 각종 신문과 잡지를 통해 활발하게 전개되었는데 대부분의 작품 공모는 명확한 주제를 제시했다. 국책사상을 반영한 '건국정신', '협화미담', '금연문예', '징병', '개척' 등이 공모전의 단골 주제였다. 한편 당선작에 대해서는 포상금 외에 신문에 작품을 게재할 수 있는 기회까지 제공했다. 연극의 경우에는 공연 기회까지 주어지기도 했다. 조선인 연극의 경우 공산당을 상대로 귀순공작을 하다 희생한 실존인물 김동한의 일대기를 주제로 『만선일보』가 극본 공모를 한 사례가 가장 대표적이다.

『대동보』에도 「곧 가극단 탄생 각 민족을 망라한 만주예술의 조직」이라는 제목과 더불어 가극단의 구성원(일, 선, 만, 몽, 백계 러시아)을 소개했으나 이 역시 그 뒤의 정식 출범과 활동 기록을 찾을 수 없었다.

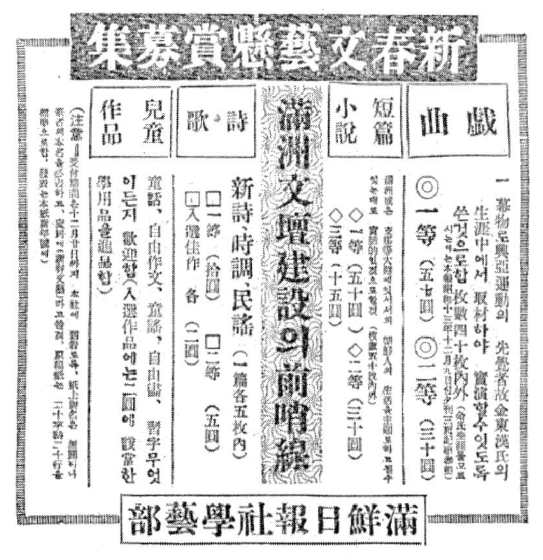

新春文藝懸賞募集

戲曲

一幕物로 興亞運動의 先覺者故金東漢氏의 生涯中에서 取材하야 實演할수잇도록 쓴것으로함 枚數四十枚內外

◎一等（五十圓）◎二等（三十圓）

短篇小說

◇一等（五十圓）◇二等（三十圓）

◇三等（十五圓）

滿洲文壇建設의前哨線

詩歌

新詩,時調,民謠（一篇各五枚內）

□一等（拾圓）□二等（五圓）

□入選佳作 各（二圓）

兒童作品

童話、自由作文、童謠、自由畵、習字무엇이든지 歡迎함(入選作品에는二圓에 該當한 學用品을進呈함)

滿鮮日報社學藝部

신춘문예 현상 모집[60]

“1막물로 흥아운동의 선각자 고 김동한씨의 생애중에서 취재하야 실연할 수 있도록 쓴 것으로 함. 매수 40매 내외, 1등 50원, 2등 30원”(위 공모전 인용문)으로 주제와 포상금 및 공연 기회까지 명확하게 제시한 이 극본 공모의 1등 당선작은 김우석金寓石의 〈김동한〉이었다. 이 작품은 『만선일보』의 연재에 이어 1940년 2월 11일에 협화회 계림분회연극반에 의해 공연되었다. 〈김동한〉은 『만선일보』와 계림분회의 주도 하에 좌담회에서부터 연극 공연에 이르기까지 철저히 기획된 국책 작품이었다. 귀순공작을 하다 공산당에게 살해된 김동한의 실화적 이야기가 지니는 ‘진정성’을 바탕으로 반공사상을 고취하려 했던 것이다.

60) 「신춘문예현상모집」, 『만선일보』, 1939.12.2.

정부의 각종 기관지를 통해 활발하게 전개되었던 공모전의 취지가 국책 문화 건설이었다는 점은 그 주제를 통해 명확하게 알 수 있다. 돈과 명예가 얽힌 이러한 제도는 실제로 많은 사람들을 참여시킴으로써 양적인 면에서 일정한 성과를 거두었다. 그러나 질적인 면에서 볼 때 그 성과는 긍정적이지 않았던 것으로 보인다. 박영준이 〈김동한〉에 대해 주인공의 행동이 결여된, 정치적 구호만 내세운 작품이라는 혹평을 한 사실을 통해 그 일면을 파악할 수 있다.[61] 같은 시기 극본공모를 통해 '극본창작의 붐'을 일으켰던 중국인 희곡 역시 양적으로는 대성황을 이루었지만 질적인 수준은 높지 않았다.[62] 공리목적성을 지닌 작품 대개가 예술성보다는 특정한 이념이나 사상에 대한 호소만을 강조하기 때문에 양질의 작품을 기대하기 어려운 것은 사실이다.

만주국의 독자적인 문화 건설은 이상에서 살펴본 내용 외에도 영화와 연극의 순회 활동, 라디오 보급운동, 박람회, 전시회 등을 통해 매우 다채롭게 추진되었다. 감히 단언컨대, 이 시기는 만주국이 존속하는 동안 가장 다채롭고 풍부하며 활발한 활동이 전개되어 그야말로

---

61) 박영준, 「김동한 독후감」(상), 『만선일보』, 1940.2.22.

62) 극본공모 활동은 중국인 연극계에 '극본창작의 붐'을 일으킴과 더불어 단막극, 장막극, 촌극, 가극, 방송극 등과 같은 다양한 형태의 극본 생산을 양산했다. 하지만 확인한 바에 의하면 공모에 당선된 작품들은 대부분 신문이나 잡지에 게재되는 것으로 그치고 말았으며 연극으로 공연되는 경우는 극히 적었다. 대부분의 관변 극단이나 지명도가 있는 민간극단들은 주로 외국(일본, 러시아)작품을 각색하거나 자체적으로 창작한 극본을 사용한 것으로 확인된다. 간혹 공모에 당선된 작품은 모 기관의 일회적인 공연에 머무는 것이 전부였다. 필자가 확인한 바에 의하면 이 시기에 실제로 공연된 당선작은 1937년 2월 23일, 신징자선연예회가 '빈민구제'를 목적으로 공연한 〈망아산望兒山〉('제 1차 만주국국민문고' 당선작)뿐이었다. 이처럼 당선작의 공연이 저조했던 이유는 작품의 질적 수준이 높지 못했던 점과 밀접히 연관된다. 연극의 예술성을 무시한 채 오로지 건국이념이나 국책사상만을 부르짖는 공연이 결코 관객들의 호응을 불러일으킬 수 없었기 때문이다.

문화적 전성기를 구가하던 때였다. 물론 홍보처 중심으로 문화통치가 집중 · 강화되어 그 전시기에 비해 보다 조직적이고 제약적인 문화 환경 하에서 국책문화가 전면에 부각된 것은 사실이다. 하지만 그 이면에서는 만주국의 국익에 역행하지 않는 이상 문화 건설의 명목으로 보다 다양한 활동이 허락되었다.[63] 만주국 농촌의 현실을 반영한 사실주의 문학이 이 시기 각 민족 문학의 일종의 창작경향이었다는 점이 이 사실을 대변해준다.

요컨대 중일전쟁 이후 만주국은 제반 문화에 대한 통치를 중앙으로 집중시키고 강화하는 한편 독자적인 문화 건설을 통해 '민족협화'와 '왕도낙토'의 건국이상을 실현하고 나아가 만주를 무대로 대동아문화를 실현하고자 했다. 아울러 문화 건설 과정에서 부각된 국책 문화를 자신들의 정치적 목적에 동원하고자 했다. 정부의 이러한 목적 하에 문화 건설 사업이 적극적으로 추진됨에 따라 만주국은 1940년대에 이르러 문화 활동의 성황을 이루게 되었다. 여기에는 국책 문화뿐만 아니라 만주의 농촌 현실을 반영한 사실주의 문학 등과 같은 다양한 성격의 문화예술이 일조한 것으로 보인다. 일정한 성과를 거둔 만주국의 독자적인 문화 건설은 제국 일본을 비롯한 외부 세계에 대한 과시이자 끊임없이 독립국가로 인정받으려는 식민주의 욕망의 체현이었다고 할 수 있다.

63) 1940년에 개최되었던 '내선만문화좌담회'에서 정부가 문학을 정치적으로 동원하려는 경향이 없느냐는 김영팔의 질문에 일본인 스기무라 유조杉村勇造는 국책에 벗어나지 않는 문학이라면 그 어떤 문학도 무방하다고 답했다. (「內鮮滿문화좌담회」(4), 『만선일보』, 1940.4.11.)

2.2. 신극운동과 조선인 연극의 등장

만주국의 연극이 본격적으로 전개된 것은 중일전쟁 이후이다. 그 전에 통치권 안에는 중국인들의 항일연극이 일시적으로 존재했고 조선 극단의 순회연극과 다롄예술좌와 등의 일본인 소인극이 간간히 활동하는 정도였다. 그러다 중일전쟁 이후 연극의 프로파간다적 성격이 중요시되고 독자적인 문화 건설이 추진되면서 연극 활동이 비로소 본격적으로 전개되고 발전하게 되었다. 그 계기가 바로 대동극단의 출현이다.

대동극단은 1937년 8월 10일 홍보처 및 만주국 사상교화기관이었던 협화회의 주도 하에 조직된 관변극단으로서 국책선전을 명확한 취지로 내세웠다. 대동극단은 연출부와 연기부를 비롯하여 총 12개 부문[64]으로 세분화된 매우 전문적이고도 방대한 조직이었다. 특징적인 것은 이 극단이 여러 민족의 언어부로 구성된 복합적인 민족언어극단이었다는 점이다. 조직 당시에는 중국어부(제 1부)와 일본어부(제 2부)만 있었는데 그 이듬해에 조선어부가 제 3부로 추가되었다. 당시 이러한 형태의 관변극단은 비교적 일반적이었다. 대표적인 극단을 예로 들면 펑톈협화극단奉天協和劇團과 하얼빈극단哈爾濱劇團은 중국어부와 일본어부를 두었고 안둥협화극단은 중국어부와 조선어부를 두었다. 여러 민족의 언어로 구성된 이러한 극단은 만주국 문화 건설 과정에서 나타난 복합민족문화의 일종이었다. 이러한 형태의 관변극단들은

64) 대동극단은 연출부, 연기부, 총무부, 문예부, 미술부, 음악부, 무용부, 조명부, 효과부, 의상부, 기록부, 연구부 등 12개 부문으로 구성되었다.(「大同劇團成立本月下旬擧行紀念公演」, 『大同報』, 1937.8.22, 7면.)

대체적으로 각각의 언어로 씌어진 극본으로 공연했으며 경우에 따라 하나의 극본으로 각각 번역하여 공연하기도 했다. 〈왕속관王屬官〉이 가장 대표적이다.[65] 정부는 이와 같은 형태의 관변극단을 통해 보다 집중적이고 효율적인 국책 선전을 꾀함과 동시에 근대적인 연극문화를 대중화시키고자 했다.

대동극단은 일본 '축지소극장築地小劇場'의 일원이었던 후지카와 켄이치의 인솔 하에 만주 전 지역은 물론 중국 본토와 일본까지 순회공연을 다니면서 만주국 및 그 국책 선전에 앞장섰다. 물론 신극에 익숙하지 않은 관객들을 동원할 목적으로 〈허풍쟁이 의사吹牛醫生〉, 〈사랑의 큐피트愛的箭〉 등과 같은 대중연극 공연도 펼쳤다. 이와 같은 대동극단의 활약은 펑톈협화극단, 극단하얼빈 등을 비롯한 각 지역의 관변극단은 물론 민간극단의 출현을 촉진함으로써 전국적인 신극대중화운동을 이끌었다.

당시의 신극운동은 극단창립과 극본창작의 붐을 통해 뜨겁게 가열되었다. 1940년 7월 만주국을 방문한 무라야마 토모요시村山知義는 만주국의 극단범람현상에 대해 다음과 같이 서술했다.

> 나는 만주에 이렇게 많은 아마추어극단이 있으리라고는 전혀 생각하지 못했다. 펑톈성내에만 30여개의 극단이 있고 전만에는 거의 100개에 가까운 극단이 있다고 하지 않겠는가. 게다가 최근 1, 2년 사이에 생겨났다고 한다. 그리고 수적으로는 만인의 극단이 압도적으로 많다.

---

65) 〈왕속관〉은 1937년과 1938년에 신징에서 중국어로 공연되었고 같은 해에 일본(나고야名古屋, 도쿄東京, 요코하마橫濱, 오사카大阪)에서는 일본어로 공연되었다.

> (중략) 이 극단들은 모두 독자적으로 생겨난 것이지만 연극의 문화정책적 의의에 눈을 뜬 민생부, 시공서, 협화회 등이 연극의 싹을 극진하게 조장하고 육성하는 방침을 택하고 있는 것으로 보인다.[66] (인용자 역)

그는 우선 1, 2 년이라는 짧은 기간 내에 만주 전 지역에 100개에 달하는 극단이 출현한 사실에 놀라움을 금치 못했다. 이어 극단의 범람 현상은 정부가 정책적으로 연극 활동을 조장하고 선동한 결과라는 점을 간파했다. 즉 만주국 정부가 신극대중화운동이라는 미명 하에 각 지역의 극단 조직과 활동을 조장함으로써 연극의 프로파간다성을 보급하고자 했다는 것이다. 그러나 실제로는 '이름만 걸어놓고 연극 활동은 하지 않거나[67] 한두 차례 공연 한 뒤 사라지는 극단이 대부분이었다. 만주국이 붕괴되는 날까지 각 지역에 협화회의 명의로 조직된 관변극단이 많았지만 큰 도시의 일부 협화극단을 제외한 극단들 대부분은 소인극단이었기 때문에 정기적인 공연을 하지 않았으며 기념행사와 같은 특정 수요에 따라 공연하는 방식으로 존재했다. '극단창립의 붐' 속에서 민간극단 또한 많이 등장했지만 대부분은 경제난이나 인력난으로 요절의 운명을 면치 못했다. 1945년 1월 22일자 『대동보』에 실린 「근래의 극운近來的劇運」에 의하면 이러한 현상은 만주국이 붕되어가는 무렵에도 지속되었으며 그 원인은 주로 청년들의 호기심과 경제력 문제에 있었다.[68] 좀 더 구체적으로 해석하자면 연극에 대

---

66) 村山知義,「明確な區別－滿洲のアマチュア劇團に」(上),『滿洲日日新聞』, 1940,7,18.

67) 牧司,「奉市劇運小史」,『盛京時報』, 1941.10.10.

68) 「進來的劇運」,『大同報』, 1945.1.22.

한 인식이나 특정한 목적을 상정하지 않은 채 단순히 신극대중화운동의 조류에 휩쓸려 극단을 조직했지만 현실적으로는 경제력 및 배우, 연출자 등 인력을 확보하지 못함으로써 결국 유명무실한 극단이 되고 말았다는 것이다. 또 다른 원인으로 극본이나 연출 등 공연의 질적 문제도 배제할 수 없을 것이다. 중일전쟁 이후의 문화 건설 과정에서 나타난 만주국의 극단 범람 현상은 사상 선전을 위한 정부의 선동정책과 신극대중화라는 시대적 조류에 의한 표면적인 현상에 불과했다.

'극본창작의 붐'도 마찬가지였다. 이는 공모전의 포상제도로부터 비롯된 현상이라 할 수 있다. 당선된 작품에 대해 상금을 주는 것은 물론 해당 신문이나 잡지에 게재하고 공연까지 할 수 있는 기회를 제공하는 제도는 청년들의 물욕과 출세욕을 자극하기에 충분했다. '극본창작의 붐'이 많은 양의 극본을 양산했지만 실제로 공연된 작품이 극히 적었다는 사실은 공모에 응한 대부분의 사람들이 창작에 대한 의욕보다는 물욕이나 출세욕에 더 큰 의미를 두었다는 것을 말해준다. 결국 질보다는 양적 효과를 이룬 '극본창작의 붐' 역시 신극운동에는 큰 역할을 하지 못했다.

이 시기 연극 유형은 크게 국책연극과 대중연극으로 구분된다. 국책연극은 주로 대동극단과 같은 관변극단이 주도했다. 1941년부터 홍보처의 일원적인 체제가 정식으로 가동되고 『예문지도요강』이 반포되면서 민간 극단 또한 협화회와의 긴밀한 관계 속에서 국책연극 활동을 전개해야 했다. 하지만 국책연극 대부분은 〈김동한〉과 마찬가지로 특정한 선전 구호만을 공허하게 부르짖는 경향이 강했다. 또한 중국인 작가 우랑吳郎에 의하면 당시의 신극운동은 내용보다는 형식적인 측면에 치중했으며 그것을 신극으로 간주하기도 했다.[69] 이는 신극 운동의 이론적 지향에 대한 그릇된 실천방식이었다.

> 만주는 民族複合의 協和國家인 것 만큼 민족은 각자 민족어와 정서에 의한 개성적인 연극운동을 전개하여 그의 원만한 발전을 도모하여야 할 것이다. 방향과 목표도 이곳에 잇다고 하겟다. (중략) 그러나 연극도 어디까지든 국가가 허용하는 길을 향하여 나아가야 할 것은 물론이다.
>
> 만주문화의 성격이라든지 방향을 생각할 째 우리는 우리가 영향을 받아온, 예하면 日系면 일본내지, 鮮系면 조선반도, 滿系면 지나본토 등의 연극전통을 망각할 수 업다. (중략) 그러나 이것은 현재 우리가 과도기적에 처하여 있는 피치 못할 한 성격으로서 장래의 우리 연극이 향하여야 할 방향은 滿洲演劇藝術에의 길이며 滿洲國民으로서의 독특한 연극예술창조에 있는 것이다.
>
> 將來할 滿洲國藝術은 만주에서 생활하는 滿洲國民만이 창조할 수 있는 독특한 것이겠다. (중략) 이 경우에 나는 만주문화며 연극의 근원적인 情緖를 모든 현상의 저류를 흐르고 있는 建設的인 明朗性이라 하겟다.[70]

만주국의 신극운동을 주도했던 후지카와 켄이치는 우선 각 민족의 언어와 정서 및 각 민족의 연극 전통에서 비롯된 복합적인 민족연극 예술을 통해 만주국의 독자적인 연극이 발현됨을 강조했다. 그리고

---

69) 吳郎,「滿洲劇運所要求滿洲文化界的」,『大同報』, 1940.8.21.
70) 藤川硏一,「建設적 明朗性 - 만주신극운동의 방향」,『만선일보』, 1940.6.20.

만주국의 독자적인 연극예술은 오로지 만주국 국민에 의해 창조된 것임을 강조하고 있는데 이는 당시 만주를 잠시 방문했던 일본 내지 작가들에 의해 창작된 작품 - 투철하지 못한 만주생활의식을 반영한 작품 - 에 빗대어 한 말이었다. 이어 그는 연극도 문학과 마찬가지이며 그 창작의 근원적인 정서는 만주의 암흑면이 아닌 '건설적인 명랑성'으로부터 비롯된다고 주장했다. 그가 주장한 '건설적 명랑성'이란 곧 '왕도낙토'와 '민족협화'의 만주국 건국이념의 건설이라는 점은 자명한 것이었다. 즉 후지카와 켄이치는 만주국 각 민족이 건국이념을 토대로 하여 각자의 민족적 정서 및 그 전통을 체현한 연극을 신극운동의 방향으로 제시했다.

그의 이러한 이론적 주장은 각 민족의 문화예술이나 '민족협화'의 장면 등과 같은 형식적인 장치들로 표현되었다. 예를 들면 그가 이끌었던 대동극단의 창립공연작 〈왕속관〉과 같이 가오쥐에高蹺, 사자춤 등 만주의 민간예술을 등장시키거나 '민족협화'를 체현하기 위해 조선어, 중국어, 일본어를 뒤섞어 쓰는 장면을 연출하는 것 등이다.[71] 신극의 요소로 간주되었던 이러한 장치들은 만주국의 독자적인 연극예술의 표현이기도 했다. 그러나 한편으로는 내용보다 표현장치들에 치중했다는 문제점을 안고 있었다. 과도한 표현장치는 관객들이 극의 흐름을 파악하고 이해하는데 혼선을 주어 오히려 극의 효과를 약화시킬 수 있었다.[72] 신극운동에 대한 우랑의 비평은 바로 이러한 우려에서 비롯된 것이었다.

---

71) 何爽, 위의 글, 22쪽.

72) 吳郎,「滿洲劇運動所要求滿洲文化界的」,『大同報』, 1940.8.21..

한편 연극 역시 문학과 마찬가지로 만주국의 국책에 역행하지 않는 작품은 비교적 쉽게 공연되었던 것으로 보인다. 관변극단도 대중연극을 공연했는데 그 목적은 주로 대중들의 취향에 영합하여 영리를 획득하는 한편 신극에 익숙하지 않은 만주의 관객들을 동원하려는 데 있었다고 본다. 대중연극의 구체적인 상황은 당시의 공연 텍스트를 꼼꼼히 확인해 봐야 알겠지만 연극의 프로파간다성이 강조되던 시기에 대중연극의 발전과 그 예술성을 기대하기는 어려울 것이다.

국책연극과 대중연극의 이와 같은 문제점에 있어서 조선인 연극의 경우 당시의 공연 텍스트가 거의 없기 때문에 구체적으로 확인할 방도가 없다. 지금까지 만주국 조선인에 의한 창작극으로 확인되는 작품은 조봉녕의 〈신아리랑〉, 작가 미상의 〈아리랑 그 후 이야기〉, 김우석의 〈김동한〉, 김정동의 〈갱생의 길〉과 〈여명의 빛〉, 김정훈의 〈숙명의 황야〉, 하얼빈 금강극단 문예부 안, 황영일 각색의 〈바다의 별〉과 한진섭 각색의 〈벙어리 냉가슴〉, 윤백남의 〈국경선〉과 〈건설행진보〉, 〈횃불〉, 이영일의 〈애로제〉, 김진수의 〈국기게양대〉 등 13개다. 그 중 완전한 텍스트를 확인할 수 있는 작품은 〈김동한〉 뿐이다. 때문에 현재로서는 앞에서 논의했던 신극운동의 경향을 통해 이상의 작품 역시 국책 성향이 강했을 것이라고 추정해 볼 뿐이다. 분명한 것은 조선인 연극이 만주국 신극운동의 조류 속에서 비로소 등장하게 되었다는 점이다.

중일전쟁 후 만주국 내 조선인에 의한 연극은 『선무월보』에 실린 「대동극단의 조직」[73]이라는 글을 통해 처음으로 확인된다. 이 글은 대

---

73) 藤川研一,「大同劇團の組織」,『宣撫月報』, 1949. 六月號(第四卷 第六號)

동극단의 조직에서부터 현 단계까지의 구체적인 활동 정보 및 앞으로의 활동 방향을 기록한 것이다. 이 글에 의하면 1938년에 조선어부가 대동극단 제 3부로 설립되어 제 2회 공연까지 마쳤다. 1938년 2월의 제 1회 공연 작품은 조봉녕의 〈신아리랑〉과 이타가키 모리마사板垣守正의 〈국경의 안개〉(國境の霧)였다. 조봉녕과 〈신아리랑〉에 관한 정보는 알려지지 않았다. 1920년대 일본의 극작가로 활동했던 이타가키 모리마사는 1929년에 만주로 건너와 만주국의 관리 겸 극작가로 활동했다. 그는 만주국의 건국사상을 고취한 작품인 〈건국사편단〉을 창작하여 대동극단의 창립 공연에 참여했으며 중국어부는 그의 이 작품을 중국어로 번역하여 공연한 바 있다. 그런데 〈국경의 안개〉는 텍스트가 전해지지 않는다. 같은 해, 12월, 만철사원구락부에서 개최된 제 2회 공연 작품인 후지카와 켄이치의 〈창공〉(蒼空)과 〈바람〉(風)의 정확한 내용 역시 파악할 수 없다. 하지만 이타카기 모리마사와 후지카와 켄이치가 만주국의 관리로서 국책연극을 창작한 경험이 있다는 점, 그리고 국책선전을 취지로 내세운 대동극단에 의해 공연되었다는 점을 고려할 때 이 작품들은 국책연극의 범주에서 크게 벗어나지 않았을 것으로 추측된다. 제 2회의 공연을 끝으로 해체된 대동극단 조선어부의 운명적 사례가 이러한 추측에 일정한 신빙성을 더 해줄 수 있다.

일즉이 大同劇團안에 第三部가 잇섯슬 시, 나는 적지 안은 贊意 미테 협력자가 되는 것으로 이곳 연극문화의 향상을 도모하려 하엿섯다. 제 2회까지 공연을 가진 일이 잇지만 연극인 서로의 사이에 시종 의견을 달리 하게 되어 원만히 일해갈 수 업섯슬뿐 아니라 나중에는 막을 수 업는 충돌까지 생겻든 것이다. 蘇星君가튼 사람은 ○○○○○ 연습

> 하는 곳에 와서 벽에 붓처노흔 공연포스타까지 찌즈며 조치 못한 태도를 보잇섯다. 끗내 나는 헛수고만 한다는 것을 자각케 되어 그들과 손을 끈엇지만 그러한 誠實치 못하고 明確치 못한 태도로서는 도저히 안되리라고 생각한다. …(중략)… 보담 더 명확한 태도와 진중한 의도 미테 滿洲演劇의 수립에 참가하여 주기를 바라는 것이다. 배암인지 배암장어인지 몰으는 그러한 애매한 태도는 가장 금물이다. 明澈한 포-즈와 方向을 가지고 재출발하여야 할 것이다. 이번에 "연극연맹"이 탄생된다. …(중략)… 이에 가입할 수 있는 단체는 소인극단이라도 좋다. 그러나 명확한 性格표시와 矜持가 요구되는 것이다. 방향활동의 엄격한 규정이 요구되는 것이다. 선계 연극인들은 이때에 잇서 보담 더 진지한 창의와 태도 미테 연극예술의 발전을 위하여 再出發하여야 할 것이다.[74)]

위의 인용문에 따르면 조선어부의 해체는 연극인 사이의 갈등 즉 '성실하지 못하고 명확하지 못한 태도'를 둘러싼 대동극단 운영자와 조선어부 단원 사이의 갈등에서 비롯되었음을 알 수 있다. 아울러 후지카와 켄이치가 조선인 연극인들에게 '뱀인지 뱀장어인지 모르는 애매한 태도'가 아니라 '명철한 포즈와 방향을 가지고 재출발해야 할 것'을 경고하고 있음을 알 수 있다. 그가 말하는 '명확한 태도와 방향'이란 곧 대동극단의 창립 취지인 '국책에의 협력'을 암시하는 것임은 자명한 사실이다. 그렇다면 '국책에의 비협력'이 대동극단 조선어부의 요절에 일정한 원인으로 작용한 것으로 볼 수 있을 것이다. 즉 조선인 연극인의 자주적인 작품 선정보다는 극단의 취지에 부합하는 일부 국

74) 藤川研一, 「建設적 明朗性-만주신극운동의 방향」, 『만선일보』, 1940.6.20.

책연극 상연에 대한 극단 운영자측의 요구가 강요되면서 양자의 갈등이 격화되었고, 종국에는 조선어부의 해체로 나아갔던 것이다.

대동극단 조선어부가 해체된 후, 1939년 1월에 계림분회연극반이 등장한다. 계림분회연극반은 협화회 조선인분회 산하의 문화부에 소속된 단체였다. 당시 문화부 부장이자 연극반 반장이 바로 조선의 극작가였던 김영팔이었다. 같은 해, 2월에 안둥 지역에서도 안둥협화극단(조선어부)이라는 관변극단이 조직된다. 이 두 단체가 조직된 후 다른 지역에서도 조선인 연극 단체들이 잇따라 등장하게 된다. 간도협화극단間島協和劇團, 하얼빈금강극단哈爾濱金剛劇團, 계림극단雞林劇團, 극단만주劇團滿洲, 극단동아劇團東亞, 예원동인藝原同人 등이다. 안둥협화극단, 간도협화극단, 하얼빈금강극단은 계림분회연극반과 함께 각 지역(남만주 안둥, 간도-용정, 북만주 하얼빈) 협화회 조선인분회에 소속된 연극 단체였다. 김영팔의 신년 인터뷰[75]와 안둥협화극단에 대한 소개[76]를 통해 이들 극단은 대부분 협화회 직원들로 구성된 소인극단임을 알 수 있다. 소인극단의 특성상 이 단체들은 지속적으로 활발한 활동을 전개하지 못했다.

그중 비교적 활발한 활동을 전개했던 극단은 안둥협화극단이었다. 이 극단은 두 개의 언어부를 두고 있었는데 제 1부가 중국어부였고 제 2부가 조선어부였다. 안둥협화극단은 조선인 관변극단 중 가장 많은 공연을 기록했다. 김영팔이 주도했던 계림분회연극반은 제 3회 공연까지 기획했으나 공식적인 기록상으로는 제 3회 공연 여부가 확인되

75) 「演劇班强化提議 - 協和會首都雞林分會文化部新年의새抱負를打診」, 『만선일보』, 1940.1.1.

76) 藤川研一, 「滿洲の演劇界展望」, 『宣撫月報』, 1939.6.第四卷.第六號.

지 않는다. 1940년 5월 20일, 제 3회 공연 작품 및 공연 일정[77]과 관련된 소식을 전한 뒤 계림분회연극반의 활동은 자취를 감춘다. 그러나 안둥협화극단은 1939-1941년에 총 5회의 공연 기록을 남겼다. 이는 당시의 연극 단체 중 가장 많은 공연 횟수였다. 한편 조선인 민간 극단은 강압적인 문화통치가 시행되던 1941년 이후에 등장한다.

그 밖에 이 시기에는 각 지역의 협화회 조선인분회의 주도 하에 위안이나 기념행사 등 특정한 수요에 의한 특별 공연이 개최되기도 했다. 이를테면 조선인이 집중적으로 거주하는 지역에서 매년 개최되었던 전통명절행사를 통해 체육대회, 음악, 무용 등과 함께 연극 공연도 펼쳐졌다. 1940년 추석을 맞이하여 협화회 조선인 반석분회에서 소인가무극과 촌극을 개최[78]했던 사실, 그리고 그해 구정을 맞이하여 계림분회 교륜반交輪班이 반원들의 친목을 다지고 가족을 위안하려는 목적으로 「촌극과 음악의 밤」[79]을 개최했던 사실을 구체적인 예로 들 수 있다. 이와 같은 공연은 비록 일회적으로 그치고 말았지만 타 민족에 비해 문화오락적으로 소외되었던 조선인들에게 위안을 제공했다는 점에서 그 의미를 찾을 수 있을 것이다. 조선인 연극은 문화 건설 및 신극운동의 물결 속에서 대두했으나 그 열기 속으로 들어가지는 못했다. 당시 신극운동의 열기는 극단창립과 극본창작의 붐을 통해 느낄 수 있는데 이 점에 있어서 조선인의 연극 활동은 극히 미미했다. 1940년 7월 기준으로 만주국에 100여개의 극단이 존재했다고 하는데 같은

77) 「문화부夏季공연 7월上旬에 上演결정, 레파토리와 스타프」, 『만선일보』, 1940. 5.20.

78) 「秋夕을 기하야 寸劇을 개최」, 『만선일보』, 1940.9.1.

79) 「寸劇과 音樂의 밤」, 『만선일보』, 1940.2.9.

시기 조선인 극단은 겨우 계림분회연극반과 안동협화극단 뿐이었다. 물론 100여 개의 극단이 명실상부한 존재는 아니었지만 극단의 수만으로 신극운동의 열기를 가늠할 때 조선인 극단의 수는 극히 적은 것이었다. 뿐만 아니라 극본 공모나 창작에 있어서도 당시의 붐을 쫓아가지 못했다. 여기에는 여러 가지 복합적인 원인이 작용했다고 본다.

우선 지면의 한계가 그 중 하나이다. 당시 조선어 지면은 『만선일보』 하나뿐이었다. 그러므로 대중성이 약한 공연 극본보다는 시나 소설과 같은 보다 대중적인 장르에 더 많은 지면을 할애했던 것으로 보인다. 다음 만주국 전반에 거쳐 극본 창작이 저조했는데 가장 큰 원인은 바로 극작가 부족이었다고 할 수 있다. 당시 만주에는 조선에서 이미 극작가로 명성을 알린 김영팔, 김진수, 윤백남이 있었는데 그들의 창작 활동은 활발하지 않았다. 만주국시기 이들에 의해 창작된 작품은 김우석(김영팔) 작 〈김동한〉[80], 김진수 작 〈국기게양대〉, 〈세발자전거〉, 윤백남 작 〈국경선〉, 〈건설행진보〉, 〈횃불〉 등 6 개 뿐이다. 그 중 지면에 실린 것으로는 〈김동한〉과 〈세발자전거〉뿐이었다. 현재 이 두 작품의 텍스트는 남아 있으나 기타 작품들의 텍스트는 행방을 알 수 없다. 기성 극작가들의 창작이 이처럼 저조했던 것은 지면 부족 외에 극단 부족이 하나의 원인으로 작용했을 가능성도 있다. 즉 극단의 부

---

80) 1940년 12월 22일자 「話題」란 기사에서 "寓石 金永八은 東風이 불어 通化로 가고"라는 구절이 발견되는데 최삼룡은 『재만조선인 친일문학작품집』(보고사, 2008, 60쪽.)에서 '우석이 김영팔의 호'라고 밝혀놓았다. 문경연과 최혜실은 김영팔이 「通化 이구석 저구석」이라는 글을 게재한 사실을 비롯하여 〈김동한〉의 공연 경위 및 그 내용에 비추어 김우석이 곧 김영팔이라는 사실에 무게를 두었다.(문경연, 최혜실, 「일제말기 김영팔의 만주활동과 연극 〈김동한〉의 협화적 기획」, 『민족문학사연구』 제 38집, 민족문학사학회, 2008, 312~313쪽.) 필자 역시 이 관점에 무게를 싣고자 한다.

족으로 극본 창작의 필요성을 못 느꼈을 수도 있었다는 것이다. 그 밖에 뒤에서 구체적으로 논의하겠지만 이 시기에는 조선 극단의 순회공연이 매우 활발하게 이루어지고 있었으며 상당한 인기를 얻고 있었는데 이로 인해 만주의 극작가들이 극본 창작 및 극단 조직의 필요성을 특별히 느끼지 못했을 가능성도 있다.

3. 강압적인 문화통치시기

3.1. 강제 동원 속 결전문화 운동의 전개

1937년, 1939년의 행정개혁에 따라 1940년 12월에 이르러 홍보처 중심의 일원적인 문화통치체제가 이루어졌음을 앞에서 살펴보았다. 이에 따라 문화정책의 제정은 물론 문화 기관 및 그 활동에 대한 조직, 지도, 통제 등 일체 문화 관련 업무가 홍보처에 의해 장악되었다. 확대 · 강화된 홍보처의 통치 권한과 기능은 1941년부터 정식으로 시행되었다. 그해 3월에 홍보처는 『예문지도요강』의 반포를 통해 처음으로 만주국 문화예술의 특징과 성격 및 그 지향성을 공식적으로 규명했다. 그 핵심 내용은 다음과 같다.

> 1. 취지 : 문화의 개념은 광의와 협의의 두 가지 의미가 있다. …중략… 현재 문화라는 용어는 매우 분산적인 의미로 사용되고 있다. 특히 일부분의 '예술'만을 '문화'로 간주하는 자들이 있다. 이는 개념상의 혼란을 초래했으며 '문화' 자체의 건강한 발전을 저애했다. 따

라서 이러한 폐단을 소거하기 위해 '문화'의 개념으로부터 문예, 미술, 음악, 희극, 영화, 사진 등을 추려서 '예문'으로 통칭함으로써 그 개념을 명확하게 한다.

2. 특징 : 우리 나라 예문은 건국정신을 토대로 하여 팔굉일우의 거대한 정신적 미를 체현하며 우리 나라 국토에 이식된 일본문예를 종축으로 삼고 각 민족 고유의 예문을 횡축으로 삼아 세계문예의 정수를 흡수하여 독특한 예문을 만든다. …중략… 예문의 발전은 국민의 단결에 침투되고 국민의 단결을 강화하며 훌륭한 국민성을 창조한다. 그러므로 예문을 통해 국가 기반을 강화하고 국가 건설의 성장을 추진하며 동아신질서, 나아가 세계문화의 발전을 위해 공헌한다.

3. 예문단체조직의 확립

(1) 예문가의 창작을 활성화하고 서로 간의 교류를 긴밀하게 하기 위해 문학, 음악, 미술, 연극 각 부문의 전문가들로 하여금 각각 단체를 조직하고 공고히 하도록 한다. 단체 결성에 있어서 음악, 연극은 악단 및 극단 조직을 구성하고 문학, 미술은 개인 구성원을 조직한다. 아래 단체는 원칙적으로 본부 하나만을 설립할 수 있으나 중요한 지역에는 지부를 설립할 수 있다. 만주영화협회의 성격에 따라 별도의 조직을 결성하지 않는다. 연극은 발전 정도에 따라 점차 유형별로 단체를 조직한다. 사진촬영은 사진 등록의 발달에 따라 사진작가로 등록된 구성원으로 단체를 조직한다.

(2) 예문의 종합적인 발전을 위해 각 단체를 구성원으로 하는 "만주예문연맹"(잠정적으로)을 결성한다.

(3) 각 단체는 정부가 직접적으로 지도한다. 단 연극 단체와 공연

> 단체는 만주연예협회의 발전에 따라 점차 이 협회의 지도를 받는다.[81](인용자 역)

『예문지도요강』은 우선 광의와 협의의 문화 개념에서 비롯된 혼란으로부터 문예, 미술, 음악, 희극, 영화, 사진 등을 간추려서 '예문'이라는 명칭으로 예술문화의 개념을 확정했다. 아울러 만주국의 독자적인 예술문화란 곧 '팔굉일우'의 정신적 체현임을 명확하게 밝힘과 동시에 그러한 예술문화를 통해 동아신질서를 구축하려는 목적을 분명하게 밝혔다. 독자적인 문화 건설을 통해 국책 문화를 양성하려던 의도가『예문지도요강』의 반포로 노골화된 것이다. 이는 곧 만주국 예술문화의 파시즘적 성격과 프로파간다적 성격을 정책적으로 규명한 것이나 마찬가지다. 그 속에는 이러한 예술문화 창조를 통해 아시아 나아가 세계의 패권을 장악하려는 일본 제국주의의 야심이 도사리고 있었다.

『예문지도요강』이 반포된 후 문화 활동에 대한 강제 동원이 급속도로 추진되었다. 만일문화협회, 만주문화회 등 기존의 관변 문화단체가 해산되고 '예문단체조직의 확립'이라는 조항에 따라 만주극단협회(1941.7),만주문예가협회(1941.7.27.) 만주악단협회(1941.8.10),만주미술협회(1941.8.17) 등 각종 협회가 잇따라 결성되었다. 그 후 홍보처는 이 네 단체를 소집하여 만주예문연맹의 결성(1941.8.25)을 추진했다. 예문연맹이 조직된 후, 만주극단협회를 비롯한 네 단체 외에도 많은 단체들이 연맹에 가입했으며 이들은 모두 예문연맹 사무국의 통제를 받아

81) 「確立我國文化方向制定藝文指導要綱, 藝文關系者懇談會上發表」,『大同報』, 1941.3.24.

야 했고 사무국은 또한 홍보처의 통일적인 지도에 따라 움직여야 했다. 이렇게 수직적인 통치구조가 형성되었다. 홍보처는 각 예문단체의 조직에 대해 '예문가의 창작을 활성화하고 서로 간의 교류를 긴밀하게 하기 위함'이라고 『예문지도요강』을 통해 밝혔지만 사실은 장르별로 분산되어 있던 단체와 문화인들을 예문연맹이라는 하나의 큰 조직 속으로 집중시킴으로써 예문의 정치적 기능을 보다 용이하고 효율적으로 실현하려는 데 그 목적이 있었던 것이다. 이는 만주문화회에 대한 홍보처의 태도를 통해 분명하게 알 수 있다. 애초에 민간 단체로 출발했던 만주문화회의 일부 회원들은 예문연맹 가입을 반대했다. 예문연맹에의 가입은 문화 활동의 자율성을 완전히 상실하는 것이기 때문이었다. 문화회의 반기에 홍보처 처장 무토 토미오武藤富男는 "문화회가 협화회 내지 민간단체로서 존재할 수 있지만 정부는 이에 대해 경제적 지원을 할 수 없다"[82]는 입장을 표명했다. 이미 전국적으로 큰 조직체로 발전한 문화회에 대한 경제적 지원의 단절은 곧 그의 생존 자체를 위협하는 것이었다. 정부와 문화회의 충돌은 결국 문화회의 해산으로 끝맺고 말았다.

한편 홍보처는 1940년에 신문통제기관이었던 홍보협회를 해산하고 이듬해 8월에 『만주국통신사법』, 『신문사법』, 『기자법』 등에 관한 이른바 '홍보삼법弘報三法'을 반포하여 고도의 언론통제를 시작했다. 신문사와 국내외 기자의 활동을 규제한 이 '홍보삼법'의 반포는 만주국이 제국 일본의 태평양전쟁에 협력하여 국내외로 더욱 효율적인 선

82) 「滿洲文化的方針」,『滿洲日日新聞』, 1941.3.24.

전공작을 수행하기 위한 홍보신체제를 구축하려는 것이었다.[83] 요컨대 홍보처는 문화회를 비롯한 모든 예문단체가 만주국 및 일제의 정치적 목적을 위해 복무하도록 강제 동원했다.

1941년 12월 8일, 태평양전쟁이 발발하자 만주국은 정식으로 전시체제에 진입했음을 선포[84]했으며 이에 따라 대동아성전의 구호가 명확하게 제기되었다. 1942년부터 1944년까지 세 차례에 거쳐 개최된 '대동아문학자대회'는 일본을 비롯하여 중국 본토(화베이華北, 화둥華東 지역), 만주국, 타이완, 조선의 작가들을 동원하여 대동아성전에 동참할 것을 호소함과 더불어 대동아전쟁의 승리, 나아가 대동아신질서의 수립을 위한 문학을 창조할 것을 호소했다. 특히 1943년 '제 2차 대동아문학자대회'에서 '결전'의 구호가 강렬하게 제시되었는데 이에 만주국은 같은 해에 '전국문예가결전대회全國文藝家決戰大會'를 개최하여 공식적으로 결전문예 단계에 진입했음을 선언했다.[85] 또한 이를 토대로 홍보처는 1944년 12월에 『결전문예지도요강決戰文藝指導要剛』을 반포했는데 이는 1월에 반포한 『예문지도요강』을 수정한 것[86]이었다. 전쟁에서 일본이 열세에 처함에 따라 예문의 선전기능성을 한층 더 노골적으로, 그리고 강제적으로 요구하기 위함이었다.

결전문예 강령이 반포됨에 따라 만주국 정부는 '문예보국'을 부르짖

---

83) 전경선, 「전시체제 하 만주국 선전정책」, 부산대학교 박사학위논문, 2012, 104쪽.

84) 태평양전쟁이 폭발한 후 관동군은 『시국조서時局詔書』를 통해 만주국이 전시체제에 진입했음을 선포함과 동시에 만주국의 일체 국력을 동원하여 우방 일본의 전쟁을 지원하며 사상적으로 일만일체를 견지할 것을 공식적으로 표명했다.(高曉燕, 위의 책, 259쪽.)

85) 何爽, 위의 글, 23쪽.

86) 高曉燕, 위의 책, 265쪽.

으며 문예가협회의 문인들을 대거 조직하여 그들을 공장, 광산, 농촌 및 일본군 부대, 심지어 전장에 파견하여 '증산보국', '근로보국', '성전필승'을 주제로 한 시찰보고서를 작성하고 전황을 보도하도록 했다. 이와 같은 파시즘문화 체제 속에서 만주국에도 이른바 펜부대가 나타났고 그들에 의해 『헌납시 · 영미격멸시獻納詩 · 擊滅美英詩』, 『결전시특집決戰詩特輯』을 비롯한 수많은 전쟁보고문학이 탄생했다. 이처럼 결전문예체제시기 문예 활동은 일제 당국으로부터 특정 내용을 쓰도록 강요받음과 동시에 특정 내용을 쓰지 않도록 강요받기도 했다. 즉 문화 활동에 대한 취체가 더욱 가중되었던 것이다.

1. 시국을 역행하는 내용.
2. 함부로 국책을 비판하는 내용.
3. 민족대립을 유발하는 내용.
4. 건국전후의 암흑상 폭로를 목적으로 하는 내용.
5. 퇴폐적인 내용.
6. 정욕, 살인, 삼각관계, 정조를 멸시하는 내용, 변태성욕 또는 정사, 패륜, 간통 등 내용.
7. 범죄를 잔혹하게 묘사한 내용.
8. 매파, 하녀를 주제로 화류계 특유의 풍속을 다룬 내용.[87] (인용자 역)

1941년에 반포된 이 취체 내용은 크게 만주국의 국익을 손상하는 내용(1-4)과 풍속을 교란시키는 내용(5-8)에 대한 금지로 요약할 수 있

87) 黃萬華, 『史述和史論 : 戰時中國文學研究』, 山東大學出版社, 2008, 180쪽.

다. 이 시기 문화예술은 만주국의 국익을 손상하는 내용 특히 '건국전후의 암흑상 폭로를 목적으로 하는 내용'⑷을 묘사하지 못하는 대신 만주국의 건설적이고 명랑한 모습을 반영해야 했다. 즉 전시체제 하의 어둡고 침략적인 현실을 건설적이고 명랑한 현실로 포장함으로써 동요하는 민심을 진정시켜 개척, 봉사, 증산 등 결전보국운동에 나아가도록 동원해야 했던 것이다. 이와 같은 식민문화권력의 강제성 속에서 태평양전쟁 이전의 다채로운 문화적 분위기는 더 이상 찾아보기 어렵게 되었다.

이 시기 부각된 것은 오로지 전쟁보국과 관련된 문화 활동들이었다. 특정 내용을 쓰도록 강요받았던 '전쟁보고문학' 외에도 대동아전쟁을 격려하고 그 사상을 고취하려는 '관동군보도대전', '개척단근로봉사보도전', '보도미술' 등 전시회가 적극적으로 개최되었다. 연극도 물론 이와 같은 결전문화 운동에 동참했으며 상당히 중요한 역할을 발휘했다. 『예문지도요강』이 반포되고 전시체제로 돌입하는 과정에서 만주국의 연극은 미처 성숙되기도 전에 연극보국이라는 보다 더 거대한 정치적 사명을 짊어지게 되었다. 1941년 7월에 만주극단협회가 결성되자 기존의 많은 극단들이 협회에 가입하게 되었다. 그 과정에서 소극단과 민간 극단은 해산되거나 관변극단으로 재편되었다. 1941년 10월부터 1942년 6월까지 『성징시보盛京時報』에 게재된 「극단소사劇團小史」에 의하면 만주극단협회에 가입한 극단이 15개, 가입하지 않은 극단이 14 개였다.[88] 당시 협회에 가입한 조선인 극단으로

88) 「劇團小史」,『盛京時報』, 1941.10.24, 11.14, 28, 12.12, 1942.1.9, 23, 30,2.12, 3.6,13.(본고 〈표-4〉 참조.)

는 안동협화극단이 유일했고 금강극단, 계림극단, 극단만주 등은 가입하지 않은 극단의 명부에 올랐다(〈표 4 참고). 그 밖에 예원동인, 간도협화극단, 극단동아 등 극단들도 활동하고 있었지만 아예 언급되지 않았는데 이는 「극단소사」가 밝혔듯이 각 지역에 대한 조사 · 정리가 충분히 이루어지지 않았기 때문인 것으로 보인다. 당시 만주극단협회의 주요 사업은 "첫 째, 회원 간 상호 비판과 지도, 둘 째, 극본 교환, 무대설계, 의상 및 기타 자료에 대한 협조 및 각 회원 활동에 대한 협력, 셋째, 회원 이외의 조직에 대한 지도 협조"[89] 등으로 규정되었다. 그 중 세 번 째 조항으로부터 짐작컨대 각 지역의 비회원 극단들도 점차 만주극단협회에 의해 장악되었을 가능성이 높다. 이렇게 만주극단협회라는 하나의 큰 조직체에 포섭된 각 지역의 극단들은 통일적으로 홍보처의 지도와 통제를 받으며 거대한 식민문화권력 속으로 편입되었다.

3.2. 연극보국운동과 조선인 연극의 발전

『예문지도요강』이 반포되고 전쟁이 가열되는 과정에서 연극의 역할은 점점 더 가중되었다. 1943년 결전문예의 구호가 제기되었던 '전국문예가대회'에서 중국인 작가 우랑은 만주국 연극은 '일본정신과 일본예능의 전통을 토대로 대동아전쟁을 위해 공헌해야 한다'[90]며 제국 일본의 입장을 대변했다. 연극을 비롯한 만주국의 문화 활동이 건

89) 「滿洲劇團協會組織要剛」, 『大同報』, 1941.7.4.
90) 吳郎, 「話劇」, 『盛京時報』, 1944.1.9.

국정신을 근간으로 해야 한다던 논리가 태평양전쟁이 일어나고 전세가 악화되면서 일본정신 즉 국가주의를 토대로 해야 한다는 논리로 바뀐 이 대목을 통해 연극이 오로지 국가를 위한 선전도구로만 강요되고 있음을 알 수 있다. 이에 따라 대동극단을 비롯한 관변극단은 도시는 물론 이동연극반을 내부적으로 조직하여 농촌의 산간벽지까지 진입하여 일제의 대동아전쟁에 필요한 물력과 인력 동원으로 나아갔다. 연극보국운동으로 선전했던 이동 연극은 중앙 극단뿐만 아니라 지방 극단에 의해서도 적극적으로 수행되었다. 지방 극단은 "정부가 예문가와 예문단체들을 양성하고 지도하여 지방과 도시의 예문을 발전시키고 보급시켜야 하며 특히 도시에서 창조한 예문을 지방에 보급하고 침투시켜야 한다"[91]는 『예문지도요강』의 방침에 의해 만주국 각 지역으로 확산되었다. 협화회 주도 하에 조직되었던 당시의 지방 극단은 대부분 각 정부 기관의 직원들로 구성된 소인극단이었다. 『예문지도요강』이 반포될 무렵에 이미 '모 기관의 후원 하에 조직된 소인극단이 거의 모든 현성縣城에 하나씩 있었다"[92]는 사실로부터 정부가 이미 이동 연극을 위한 지방 극단의 중요성을 파악하고 있었음을 유추할 수 있다. 이처럼 지방의 극단이 활발하게 조직된 것은 지방의 예문 보급을 명목으로 중앙 극단의 역할을 대체하기 위한 것이라 판단된다. 우선 접근성의 측면에서 볼 때 중앙 극단보다는 지방의 극단이 가까운 농촌 지역으로 이동하기가 더욱 용이했기 때문이다. 다음 즉시성의 측면에서 볼 때 이동 시간의 단축에 따라 비상시국 하의 국책을

91) 「確立我國文化方向制定藝文指導要綱, 藝文關系者懇談會上發表」,『大同報』, 1941.3.24.

92) 「演劇漫談」,『大同報』. 1941.3.24.

보다 즉각적으로 전달할 수 있기 때문이다. 이는 이동 연극의 효율성과도 맞닿아 있는 문제이다. 실제로 당시의 지방 극단은 일부 기관의 요청이나 협화회의 파견에 의해 해당 지역의 농촌에 진입하여 각종 국책 사상을 전달했다. 1942년 이안현依安縣의 협화 극단이 협화회의 요청 하에 증산장려를 목적으로 이안현 농촌 지역을 9일 동안 순회하여 좋은 성적을 거두었다[93]는 사실을 일례로 들 수 있다.

지방 극단과 이동 연극 외에 연극보국운동의 일환으로 또 한 가지 주목할 것은 연극경연대회이다. 1943년 가을 식민지 조선의 경성에서 '제 2회 국민연극경연대회'가 개최될 무렵 만주국의 수도 신징에서도 '전만연극경연회全滿演劇競演大會'가 개최되었다. 방송국당국의 주최로 개최된 이 경연회에는 만주국 각 지역의 12 개 극단이 참여했는데 모두 만주극단협회 산하의 관변극단이었다. 경연회는 극단상과 극본상을 마련했는데 당시 극단상을 받은 단체는 순서대로 신징만영극연구회新京滿映劇硏究會, 신징문예화극단新京文藝話劇團, 극단하얼빈劇團哈爾濱, 펑톈극단연구회奉天劇團硏究會 등이었다. 극본상으로는 "시국을 소재로 건전하고 명랑하게 표현"[94]했다고 평가 받은 리챠오李喬의 〈대지의 외침大地的呼喚〉과 청셴成弦의 〈자매姐妹〉가 수상했다. 수상 근거로 밝혀진 '건설'과 '명랑'은 전시체제기 문화 활동에 요구되었던 중요한 키워드로 만주국의 신극운동을 이끌었던 후카와 켄이치가 조선인 연극계에도 요구한 바 있다.[95]

중일전쟁 이후 신극운동의 전개 속에서 형성되었던 조선인 연극은

---

93) 「農村演劇慰問班員完成使命成績良好」,『大同報』, 1942.9.20.
94) 姚遠, 「一年來的放送界」,『藝文志』 第1期, 1944.1.
95) 후지카와 켄이치, 위의 글.

연극보국의 사명을 수행하는 과정에 보다 많은 극단이 출현하여 정기적인 공연 활동을 전개하고 극본 창작을 하는 등 보다 발전적인 모습을 보여주게 된다.

지방 극단 창립이 국책적으로 격려됨에 따라 기존에 활동했던 안둥협화극단과 간도협화극단 외에 하얼빈 지역과 펑톈 지역에도 협화회 소속의 관변극단이 조직되었다. 협화회 하얼빈 조선인분회 금강분회 소속으로 조직된 금강극단은 『만선일보』에 총 두 차례의 공연기록을 남겼다. 1941년 7월에 결성된 금강극단은 1942년 12월 3일 하얼빈 상무구락부商務俱樂部에서 〈바다의 별〉(2막 3장)과 〈벙어리 냉가슴〉(1막 2장)이라는 예제로 제 2회 공연을 했다. 극본은 금강분회 문예부에서 기획하고 분회 회원 황영일과 한진섭이 각색을 맡았다. 금강극단에 관련된 정보는 이 기사를 끝으로 더 이상 찾아볼 수 없다.

1940년에 결성되었지만 그 시기의 공연 정보가 확인되지 않았던 간도협화극단은 1941년 3월 16일자 『만선일보』를 통해 제 2회 공연 소식을 전한다. 이 기사에 의하면 간도협화회 산하의 간도협화극단은 조직 이래 매우 활발한 활동을 했다. 그들의 활동은 "일선만 각계 주민들의 민족협화에도 좋은 결과를 남기고 있다"[96]고 한다. 또한 제 2회 공연은 "관중에게 다대한 감명을 주었"는데 "그중에도 협화무용을 비롯하여 최후의 〈인생 제 1과〉 등"[97]에 관중들이 매료되었다고 한다. 작가와 작품 내용에 대한 정보는 전해지지 않았다.

대동극단, 펑톈협화극단, 극단하얼빈이 만주국 중국인과 일본인의

96) 「間島協和劇團 제 2회 공연 盛況」, 『만선일보』, 1941.3.21.
97) 「間島協和劇團 제 2회 공연 盛況」, 『만선일보』, 1941.3.21.

3대 관변극단이었다면 안둥협화극단, 간도협화극단, 하얼빈금강극단은 만주국 조선인의 3대 관변극단이었다고 할 수 있다. 다른 점이라면 대동극단을 비롯한 세 극단이 직업극단이었던 데 반해 조선인 극단은 소인극단이었다는 점이다. 소인극단의 특성상 상대적으로 활발한 공연은 하지 못했다. 그러나 생계를 영위해나가는 과정에서도 1년에 두 차례 정도의 정기 공연을 함으로써 조선인 연극의 맥을 유지해나갔다.

이 시기에는 민간 극단도 출현하여 조선인 연극계에 활기를 더했다. 푸순의 계림극단, 신징의 극단민협과 극단만주, 펑톈의 예원동인과 신흥극연구회, 청더承德의 극단동아 등 민간 극단이 새롭게 조직되었다. 그중 가장 활약했던 극단은 계림극단이었다.

> 滿洲가 나은 藝文運動의 선구, 鷄林劇團에서는 來月上旬 新京 공연을 하기 위하여 雞林에서 맹연습을 하고 있는데, 新京 공연을 마친 다음에는 鮮滿 연극 투어의 첫 실시로 滿洲가 나은 극단으로서 全鮮 순회공연을 하리라는 바 今翻上演藝題는 다음과 같다. 尹白南氏 作 〈建設行進普〉(原名 첫눈오는 날 밤), 金健 作 〈風雲〉, 李英一 構成의 協和祭[98]

> 만주연극운동의 希望인 만주계림극단에서 금번 鐵道總局의 愛路慰安公演을 지난 3일 당지 青道驛에서 개최하고 일반 주민들에게 애로에 대한 사상과 시국에 대한 것을 철저히 인식시키었는데 일행은 10여명으로 비록 무대와 배우는 적으나마 그들의 가진 기능과 가진 성의를 다

98) 「雞林劇團 全鮮 순회공연」, 『만선일보』, 1941.11.1.2.

하여 공연하는데는 관람자로 하여금 감복시키었다. 시작은 오후 2시부터 먼저 청도 분소장의 인사가 있은 다음 朝陽川警備隊隊長의 '交通如何'에 나라가 盛衰한다는 것과 일반 民衆이 더욱 가진 힘으로 애로하여 달라'는 훈사가 있고 이어 애로단장의 '계림극단'의 소개가 있은 다음 애로의 무용으로부터 무대의 막은 열리었다. 일반 관람자에게 웃음을 한바탕 주고 4시경에 폐막하엿는데 일행은 和龍에서 하룻밤 자고 떠나리라 하며 본보지국에 撫順市로부터 이러한 엽서가 지난 4일에 왔었다. 今般鐵道總局의 愛路村慰問公演을 하게 됨에 대하야 貴地附近에서 다음 일정과 같이 공연이 있게 되겠으니 잘 지도하여주기를 바라나이다. 29일 懷慶街, 30일 半在, 1일 龍水坪, 2일 官地, 3일 靑道(撫順市松岡諸拜), 이 엽서는 본보지국에 늦게 배달된 탓으로 쓸쓸한 대륙에 끝으로 매진, 이 계림극단을 기쁘게 맞어드리지 못한 것이 유감이나 이렇게 지방공연을 하여 일하는 鮮系들을 위로하여주어 깊이 사례하는 동시에 많은 노력을 바란다.[99)]

위의 두 인용문은 계림극단의 연극 활동과 그 위상을 일정하게 파악할 수 있는 기사이다. 1941년 7월 31일에 결성된 계림극단은 '만주가 나은 예문운동의 선구'이자 '만주연극운동의 희망'으로 불릴 정도로 영향력을 지닌 극단이었다. 초기에 17명의 단원으로 출발했던 계림극단은 1942년에 극단 원앙선을 조직했던 김진문과 극단 민협을 조직했던 김도일 및 그 단원 20여 명을 새롭게 맞이하면서 단원을 확충하고 진용을 강화했다. 김진문은 1930년대 조선의 극단 김희좌를 이끌었던 연극인이었다. 그는 1940년대 만주에서 순회공연을 하던 와중

99) 「愛路村慰問公演에 靑道驛에서 개최, 민중도취」, 『만선일보』, 1941.12.7.

에 무단장牡丹江에서 극단 원앙선을 조직했다. 원앙선의 탄생 시기와 극단 성격에 대한 정보는 알 수 없으나 김희좌와 함께 만주는 물론 조선까지 진출했던 극단으로 알려져 있다. 김진문이 계림극단에서 구체적으로 어떤 역할을 했는지 파악되지 않지만 그의 연극 활동 경험으로 볼 때, 그리고 그 뒤 계림극단이 보다 더 활발한 활동을 한 것으로 볼 때 그의 영향력을 간과할 수 없을 듯하다. 김진문은 만주국 붕괴 후에도 만주에 남아 연극 활동을 지속한 인물로 주목되는 연극인 중 한 사람이다. 앞으로 그가 계림극단으로 들어가게 된 경위를 비롯하여 그의 만주 행적 전반에 대해 자료가 발굴되는 대로 소상히 밝힐 필요가 있겠다.

김진문과 같은 시기에 계림극단으로 영입되었던 극단 민협은 1941년 12월에 결성된 직업극단이다.

> 國都에 또 하나의 극단이 誕生하엿다. 조선서 일즉 극단 樂園을 조직하여 연극활동을 조직하여 오던 金道日氏가 기타 約二十名의 團員이 大擧入滿, 國都太平街 五洲賓館에 事務所를 두고 극단 '民協'을 조직하야 만주국의 昻揚과 민중의 시국인식의 철저를 期하는 동시에 健全한 娛樂의 제공을 목표로 좋은 연극을 생산할 것을 旗幟로 삼고 明年一月 중앙공연을 가지리라는바 同團員一同은 十二日 극단 결성인사차 來社하여 同團의 씩씩한 前進이 기대된다.[100]

극단 민협을 조직하게 된 정확한 경위는 알려져 있지 않지만 20 여 명의 단원을 이끌고 만주로 건너왔다는 점, 그리고 당시 조선 극단의

100) 「國都에 신극단 民協 결성」, 『만선일보』, 1941.12.17.

만주 순회공연이 활발했던 점으로부터 미루어 짐작컨 대 애초의 목적은 순회공연에 있었으나 흥행 성적이 좋지 않았다거나 외래 단체에 대한 제한을 받았다거나[101] 등과 같은 연유에서 만주국의 극단으로 재조직했을 가능성이 있다. 그런데 국책연극의 취지까지 명확하게 내세우고 1942년 1월의 창립공연까지 기획했으나 그해 3월에 단원 전체가 계림극단으로 들어가게 된다. 어쨌든 계림극단은 김진문과 김도일 및 민협의 단원들을 영입하면서 더욱 크고 전문적인 조직으로 거듭나게 된다. 그 후 계림극단은 전국 각지를 순회하며 적극적인 연극 활동을 전개해 나갔다. 또한 조선 순회공연도 기획했으나 실제로 이루어졌는지에 대해서는 확인되지 않는다.

위의 두 인용문을 통해서도 알 수 있듯이 계림극단은 창립 이래 도시 공연은 물론 농촌 지역의 순회공연도 꾸준히 전개해 나갔다. 『만선일보』의 기록을 통해 확인한 결과 계림극단은 당시의 조선인 극단 중 유일하게 농촌 순회공연을 했던 단체였다. 극단 창립 후 2개월 뒤인 1941년 9월 말부터 약 2개월 동안이나 지방 순업을 할 정도로 농촌 순회공연에 열중했다.

> 지난 九月 下旬부터 근 2개월동안 제 1차, 제 2차의 地方巡演 마침, 이번에는 鐵道總局과 提攜하여 愛路村위문공연을 써나기로 되엇다. 新京공연의 관계로 全員이 아닌 團員중 移動演藝班을 편성. 이는 조선인

101) 당시 조선 극단은 만주 순회공연에서 종종 흥행에 실패하기도 했다. 또한 만주국은 만주연예협회를 통해 외래 단체에 대한 활동을 통제했다. 이와 관련된 내용은 본문 제 3장 1절의 순회연극에서 소상히 다루었다.

극단으로서는 최초의 시험, 앞으로도 계속할 예정.[102]

우선 위 기사를 통해 계림극단은 이동연예반을 따로 편성할 정도로 규모가 꽤 컸던 극단이었음을 짐작할 수 있다. 다음 정부 기관인 철도총국과 제휴하여 '일반 주민들에게 애로에 대한 사상과 시국에 대한 것을 철저히 인식시키려는 목적'(각주 156)으로 애로촌 위문 공연을 했다는 점으로부터 민간 극단마저 연극보국운동에 휩쓸려 들어갔음을 알 수 있다. 지방 극단의 활동이 성행하던 당시에 주로 협화회 소속의 지방 극단이 해당 지역의 농촌으로 진입하여 이동 공연을 전개했음을 앞에서 살펴 보았다. 그러나 결전문예체제 속에서 민간 극단이라고 해서 연극보국의 사명을 회피할 수는 없었으며, 또한 생존을 위해 정부 각 기관과 긴밀한 관계를 유지할 수밖에 없었을 것임을 계림극단의 사례를 통해 확인할 수 있다. 당시의 삼엄한 검열 또한 민간 극단의 국책연극 활동에 일정한 영향을 미친 것으로 보인다.

결전문예체제 속에서 연극 공연에 대한 검열은 매우 엄격히 진행되었다. 우선 취체규칙[103]에 따라 국책을 위반하고 암흑하며 퇴폐적인 현실을 반영한 작품은 1차적으로 검열에 통과할 수 없었다. 당시 검열을 맡았던 경찰국 특고과特高科에서는 "매 하나의 글자와 문장을 분석하여 조금이라도 문제가 생기면 공연 연습을 중단시킴은 물론이고 극작가의 안전마저 위협했다."[104]고 한다. 이어 검열에 통과한 작품은 공연 도중에 임석경관의 감독을 받아야 했으며 심지어는 공연 후의 효

102) 「계림극단에서 愛路村 위문 공연」, 『만선일보』, 1941.11.28.

103) 각주 140 참고.

104) 弓月,「沈陽話劇活動的濫觴」,『僞滿文化』, 吉林人民出版社, 1993, 245쪽.

과마저 심사를 받아야 했다[105]고 한다. 이처럼 고도로 긴장되어 있던 분위기 속에서 민간 극단이 순수한 힘으로 생존해나가기란 거의 불가능했을 것이다.

극단만주는 1941년 7월 25일 신징에서 결성된 극단으로 그해 12월에 제 1회 공연으로 하얼빈을 비롯하여 무단장, 투먼圖們, 용정, 밍웨거우明月溝 등 동만과 북만지역을 순회했으며 당시의 공연레퍼토리는 유치진의 〈흑룡강〉이었다. 1941년 12월 9일의 기사에 의하면 순회공연을 성황리에 마치고 신징으로 돌아와 곧바로 제 2회 공연에 착수한다고 했으나 그 뒤의 소식은 확인할 수 없다.[106] 전 5막으로 구성된 〈흑룡강〉은 1941년 6월 유치진의 '대륙 3부작' 중 하나로 창작되었는데 이는 조선 국민연극의 첫 작품이자 현대극장의 창립공연작으로 19416.6~8일까지 부민관에서 공연되었다.[107] 조선에서 공연될 당시 〈흑룡강〉은 대체적으로 호평을 받았다. 작품은 만주국 건국 직전인 1932년 2월 말, 북만주 지역을 시 · 공간적 배경으로 설정하고 있다. 핵심 내용은 만주사변 이후 중국인과 조선인의 갈등이 점차 해소되고 서로 협력하여 새로운 국가 만주국을 맞이한다는 이야기로 작품이 강조한 것은 곧 만주국의 건국이념인 '민족협화'이다. 아울러 작품은 조선인들의 벼농사를 통해 대륙 개척의 정신을 그려냄으로써 만주국의 국가 건설 나아가 대동아 건설의 이상을 고취하고자 했다.

〈흑룡강〉에는 조선인을 비롯하여 한족, 만주족, 몽고족 등 여러 민족이 등장하는 것은 물론 만주의 민요와 풍속, 언어 등 만주의 사회 ·

---

105) 弓月, 같은 글.

106) 「劇團滿洲 지방공연 마치고 歸京」, 『만선일보』, 1941.12.9.

107) 이상우, 「일제 말기 유치진의 만주 체험과 친일극」, 『근대극의 풍경』, 2004, 155쪽.

문화적 특징이 잘 표현되었다. 〈흑룡강〉의 이와 같은 내용과 형식은 만주국의 독자적인 문화 건설에 부합될 뿐만 아니라 전시체제 하에 정부가 강조했던 국책사상에도 부합되었으므로 만주국에서 공연하기에 안성맞춤이었다.

예원동인은 1941년 봄 펑톈 지역의 청년들에 의해 조직된 문예단체이다. 이 단체는 주로 문예 연구, 동인작품 비판, 명작 낭독 등 문학 공부에 주력했던 단체로 순수 극단은 아니었다. 하지만 총 2회 공연 기록을 남겼는데 두 차례의 예원동인 연극은 모두 협화회의 한 형태인 '펑톈시 본부 선계 보도분과위원회奉天市本部鮮系輔導分科委員會'의 주최 하에 무료로 상연되었다. 제 1회는 1941년 6월 '시민위안 예원동인 연극의 밤'이라는 주제로 창립 공연을, 제 2회는 1942년 6월 22일 '건국 10주년 기념과 징병제 실시 경축'을 주제로 기념 공연을 전개했다. 그런데 제 2회 상연작은 행사 주제와 동떨어진, 이복남매의 비극적인 사랑 이야기를 다룬 함세덕의 〈해연〉이었다. 두 차례의 연극 공연을 계기로 1942년 5월에 예원동인의 구성원을 중심으로 신흥극연구회라는 순수 극예술 단체를 결성했다. 신흥극연구회는 '펑톈시 본부 선계 보도분과위원회'와의 긴밀한 연락 속에서 "신흥만주에 있어서 극예술의 정당한 발달을 도모하는 동시에 극예술을 통하여 건국이상의 실현 및 문화 향상에 기여"[108]하려는 것을 취지로 내세웠다. 윤백남이 회장을 맡았던 이 극단은 같은 해 8월 추석에 창립공연을 올릴 예정이라고 했으나 자료의 유실로 그 뒤의 공연 정보가 확인되지 않기 때문에 구체

---

108) 「文化向上기도, 在奉鮮系 藝原同人 중심 新興劇硏究會 탄생」, 『만선일보』, 1942.7.15.

적인 활동 양상은 파악할 수 없다.

하이룽海龍에서 탄생한 극단동아에 대해 알려진 정보는 매우 적다. 극단의 결성 시기는 제 1회 공연 시기인 1942년 6월 무렵으로 추정된다. 제 1회 공연은 6월 11일 '재하이在海동포 위문'을 목적으로 비극 〈기생의 자식〉(1막)과 〈만약 백만원이 생긴다면〉(1막)이라는 작품을 상연했다. 그중 〈기생의 자식〉은 인간의 보편적인 생활에 대한 내용과 아역배우의 명연기로 깊은 감명을 주었다고 한다.[109]

이 시기에는 1940년부터 활동하기 시작했던 용정 은진고교의 학생들도 꾸준한 연극 활동을 펼쳤다. 영어교사이자 극작가였던 김진수의 지도 하에 1942년까지 총 3회 공연 기록을 남겼다. 제 1회 공연은 은진교우회 주최로 1940년 2월에 일본 작품 〈생명의 관〉을 공연했다. 이어 1941년 12월과 1942년 6월에 제 2, 3회 공연을 했다. 제 2, 3회 공연의 작품은 〈국기게양대〉였다.

> 간도 龍井에 있는 恩眞國校에서는 작년에 山本有三의 〈生命의 冠〉을 학생극으로서 번안 상연하여 연극에 주릴 동포에게 큰 위안의 제공과 아울러 계몽한바 많았는데 來 12월 6일 밤 龍井劇場에서 다시 제 2회의 공연을 가지리라는바 각본은 특히 새로운 국민무대를 제시하려는 의도로 극작가 김진수씨가 집필한 〈국기게양대〉(전 3막)와 上泉秀信 작 〈暗箱〉(전 3경)을 국어로서 상연하게 되었다. 근래 만주에서 학생극이란 전혀 볼 수 없는 현상에 시국인식의 앙양을 무대를 통하야 양심적인 연출로서 기획한 동극은 실로 의의깊은 일로서 더욱 상연으로서 얻은 수입 전부를 국방헌금한다 하여 기대되는바 자못 크며 상연각본의

109) 「극단 동아 공연 성황」, 『만선일보』, 1942.6.17.

내용을 소개하면 다음과 같다.[110]

〈국기게양대〉는 '새로운 국민무대를 제시하려는 의도로', 그리고 '시국인식의 앙양을 무대를 통하야' 보여줄 목적 하에 국어로 상연된 김진수의 창작극이다. 전 3막으로 구성된 이 작품은 줄거리만 전해지는데 그 중심 내용은 일은 하지 않고 방탕한 생활을 일삼던 영식이가 만주로 건너갔다가 금의환향하여 동네에 국기게양대를 세우고 사랑하는 연인과 결혼을 하게 된다는 이야기기다. 즉 작품은 영식이의 개과천선 및 애국심을 상기시키는 국기게양대 설치의 내용을 통해 국가에 대한 애착과 함께 전시체제의 시국인식을 고취한 것으로 보인다. 뿐만 아니라 제 2회 공연 수익금 전체를 국방헌금으로 헌납함으로써 연극보국의 사명을 실행했다.

그 밖에 1942년에 만주 건국 10주년을 맞이하는 문화 행사가 전국적으로 거행됨에 따라 각 지역에서 이를 기념하는 연극 활동이 펼쳐지기도 했다.

대동아 건설은 오족협화의 정신에 잇는지라 이를 좀더 철저히 일반 민중에 인식시키기 위하야 牡丹江省永安縣新安鎭 협화분회에서는 이번 건국 10년 기념일을 계기로 國防婦人團 후원을 얻어 「협화의 밤」을 열고 소인가극을 연출하야 진정한 협화정신을 고취시키는 一方 수입된 입장료 66원 80전을 國防金으로 밧치기로 하엿는데 그 외에도 다음과 같은 기증자가 나와 錦上添花의 協和美談을 이루었다 한다.[111]

---

110) 「恩鎭國校 학생극 상연, 12월 6일 龍井劇場에서」, 『만선일보』, 1941.12.5.
111) 「협화의 밤 盛況, 소득금 전부 국방부 獻金」, 『만선일보』, 1941.3.15.

> 빛나는 만주 건국 10주년을 맞이한 全滿洲 각지에서는 경축행사와 기념사업이 성대히 거행되는데 우리 在承鮮系는 25일에 承德劇場에서 소인극을 공연하게 되었다. 극은 〈고향의 나무〉라는 開拓劇이며 연출 총지휘는 星野增馬씨이며 이것이 在承鮮系의 첫 위안행사인만큼 이날의 盛況은 말할 것도 없고 일후 在承鮮系로 조직된 建設工程隊 위문도 할 것이며 또는 第一線의 軍警慰問도 단행하야 鮮系의 보국정신을 철저히 발휘하리라는데……[112]

이와 같은 기념 공연은 대부분 일회적인 소인극 공연이었으며 공연 수익금은 국방용 자금으로 헌납하는 경우가 많았다. 또한 증산보국을 위해 공연 수익금으로 밭을 사는 경우도 있었다. 1942년 9월 간도 허룽현和龍縣 밍신촌明新村의 협화청년단은 소인극을 준비하여 수입금 50원으로 밭을 사서 공동경작으로 증산에 기여하고자 했다.[113]

한편 『예문지도요강』이 반포된 후에도 조선인 창작극이 꾸준히 나타났다. 윤백남의 〈건설행진보〉와 애로극 〈횃불〉, 이영일의 〈애로제〉, 김진수의 〈국기게양대〉, 황영일의 〈바다의 별〉, 한진섭의 〈벙어리냉가슴〉 등이다. 그 중 줄거리가 확인되는 작품은 시국인식을 고취한 〈국기게양대〉와 통속적인 내용의 〈바다의 별〉이다. 윤백남과 이영일의 작품 내용을 알 수 없지만 '애로'(愛路)라는 수식어가 붙은 것으로 보았을 때 당시의 국책 중 하나였던 애로사상 고취를 목적으로 한 작품으로 짐작된다. 애로사상은 철도경무국이 비적과 반만항일유격대

---

112) 「건국 10주년 기념 在承 鮮系소인극의 밤」, 『만선일보』, 1942.3.25.

113) 「소인극 수입금으로 밭을 사서 공동경작, 羅月屯協青隊 증산보」, 『만선일보』, 1942.9.1.

로부터 철도를 방어하기 위해 철도 연선의 주민들에게 선전했던 '철도보호사상'이다. 즉 6개의 작품 중 절반 이상이 국책연극일 가능성이 있는 것이다.

이처럼 모든 문화 활동이 강제 동원되는 환경 속에서도 조선인 연극계에는 꾸준히 창작극이 나타나고 새로운 극단이 보다 많이 출현하여 극장 공연은 물론 농촌 이동 공연, 기념 공연 등 다양한 방식으로 연극 활동을 전개하면서 발전적인 모습을 보였다. 문제는 그 활동 양상으로 보았을 때 연극보국을 위한 국책연극에 경도되었다는 점이다. 연극의 자율성과 예술성이 배제되고 정치성만 강조된 이러한 발전은 일종의 기형적인 발전이라 하지 않을 수 없다.

Ⅲ. 조선인 연극의 유형 및 그 전개 양상

1. 조선 극단의 순회연극[1]

1.1. 순회연극의 기획과 전개

1.1.1. 순회공연의 목적

만주는 식민지시기 조선의 극단들이 조선인 관객을 대상으로 공연할 수 있었던 특별한 지역이었다. 1922년 7월과 8월 사이에 동경유학생들로 조직된 갈돕회 순회극단이 북선北鮮에 이어 간도까지 순회공연했다[2]는 내용은 현재까지 확인되는 조선 극단 최초의 만주 순회공연에 대한 기록이다. 그 후의 공연 기록은 1930년대에 들어와서야 찾아볼 수 있는데, 이때는 보다 전문적인 극단들이 만주 전 지역을 순회

1) 조선 극단의 순회연극은 필자의 졸고 「일제 말기 조선 극단의 만주 순회공연 연구」(『한국극예술연구』 제 45집, 한국극예술학회, 2014.)를 토대로 삼았다.

2) 이두현, 위의 책, 83쪽

하며 공연한 것으로 확인된다. 지금까지 확인된 자료에 따르면 1940년대 즉 일제 말기는 조선 극단의 만주 순회공연이 가장 활발했던 시기였다.

1930년대는 해방 전까지 조선의 연극계가 가장 번성했던 시기였다. 이 시기에는 30여 개의 군소 극단이 조선 전 지역에서 활발한 활동[3]을 펼치고 있었던 만큼 극단의 경쟁도 매우 치열했다. 실제로 1930년대는 '배우 쟁탈전', '극작가의 유동', '레퍼토리의 고갈', '극장 대관의 어려움' 등과 같은 현상이 매우 심각했던 시기였다. 당시의 이러한 현상들은 극단의 경영 및 생존을 위협하는 문제들이었다. 따라서 1930년대 조선의 극단들은 생존위기의 타개책으로 경쟁이 극심한 중앙공연보다는 지방 순회공연을 택하게 되었다. 유치진은 당시 중앙의 극장 대관료가 비쌌기 때문에 지방 순회공연을 택할 수밖에 없었으며, 극장 환경은 열악했지만 그래도 극단의 생계는 유지할 수 있었다[4]고 술회했다. 또한 최독견의 말에 의하면 1930년대 조선의 극단들은 경영난을 해결하기 위해 서선, 북선은 물론 멀리 만주까지 순회공연했다."[5] 고설봉 역시 지방 순회공연은 '흥행이 잘되는 이벤트'였으며 일년에 한번쯤은 꼭 만주 공연을 했다[6]고 한다. 이는 1930년대 조선 극단의 지방 및 만주 순회공연이 극단의 생존을 위한 영리 획득을 목적으로 이루어졌음을 말해준다.

그렇다면 왜 굳이 만주까지 가야 했을까. 사실 중앙공연의 경쟁이

---

3) 김미도, 『한국 근대극의 재조명』, 현대미학사, 1995, 327쪽.
4) 유치진, 『동랑 유치진 전집 9』, 서울예대출판부, 1993, 164쪽.
5) 최독견, 「낭만시대」(77), 『조선일보』, 1965.5.18.
6) 고설봉, 위의 책, 60~61쪽.

치열하고 지방 순회공연이 성행하던 시기에 조선의 극단은 생존을 위해 보다 더 넓은 활동 지역을 필요로 했을 것이다. 그런 점에서 만주는 아주 특별한 지역이었다. 비록 만주는 국경 너머의 타국이었지만 북선과의 경계에 위치해 있으며, 일찍부터 조선의 이주민들이 거주하고 있는 지역으로서 당시의 조선인들에게는 북선 지역에 위치한 하나의 '지방'으로 간주되었을 수 있다.[7] 게다가 당시에는 북선을 경유하여 만주까지 운행하는 열차가 있어 이동에도 큰 무리가 없었을 뿐만 아니라 고설봉의 증언에 따르면 식민지시기 지방을 순회하는 극단들은 교통기관으로부터 일정한 혜택까지 받았다. 그 혜택은 조선연극협회가 결성된 후 더 강화되었다. 협회 결성 후, 순회 극단들은 40% 할인된 '특별단체 할인권'을 통해 교통비를 훨씬 절약할 수 있었다.[8] 그 외의 극장 대여, 숙박 등 경비는 현지 단체의 후원을 통해 해결했을 것으로 짐작된다. 이처럼 이동과 공연 경비의 절감, 관객의 보장 등 객관적 여건들은 만주 순회공연을 기획하는 조선 극단들에게 분명 큰 동력으로 작용했을 것이다. 다시 말하면 조선의 극단들은 만주를 순회공연하는데 필요한 최적의 조건을 보장받은 상황 하에 극단의 영리를 도모할 목적으로 국경을 넘었던 것이다. 그러나 그 목적은 일제 말기

---

7) 고설봉은 일년에 6개월 정도 지방순업을 다녔는데 일년에 한번은 꼭 만주까지 다녔다고 한다(고설봉, 위의 책, 61쪽). 또한 최독견의 회고에 따르면 "관북으로 청진 회령, 관서로는 평남북 · 강계 · 초산 · 호남 · 영남 등지는 물론 좀더 멀리로는 남북 만주서북간도 하얼빈까지도 순업의 코스로 되어 있었다."(최독견, 위의 글) 이처럼 일제시기 만주 순회공연을 경험했던 연극인들의 기억을 되살려보면 그들은 만주를 타국이 아닌 북선 가까이에 위치한 한 지방으로 여기고 있었음을 알 수 있다. 그러한 생각은 당시 비교적 용이하게 만주를 드나들 수 있었던 기차가 있었고 또한 공연을 관람할 수 있는 조선인 관객이 보장되어 있었기에 가능했을 것이다.

8) 고설봉, 위의 책, 92쪽.

전시총동원체제로 돌입하면서 변화의 조짐을 보이기 시작한다.

1940년대 조선의 연극계는 전시총동원체제로의 진입과 더불어 큰 지각변동이 일어나게 된다. 그것은 다름 아닌 일제 말기 문화 활동을 통한 사상선전에 앞장섰던 조선연극협회의 결성이다. 극단의 극심한 경쟁을 해소하고자 일제 당국에 협회 조직을 요청한 연극인들의 적극적인 움직임 및 그것을 대동아전쟁의 선전도구로 이용하고자 했던 조선 총독부의 적극적인 협조 하에 결성된 조선연극협회는 기존의 극단과 연극인들을 재정비함으로써 조직적인 통제에 나섰다. 그 결과 협회에 소속되지 못한 극단과 연극인들은 자연적으로 해산되거나 퇴출되었다. 이는 1941년 만주극단협회가 결성된 후의 만주국의 연극계와 거의 비슷한 상황이었다. 관변 단체의 성격을 띤 협회에 소속된 단체들은 기존의 자유로운 움직임으로부터 보다 조직적인 통제를 받아야 했다. 만주 순회공연도 예외는 아니었다. 『만선일보』의 순회공연기록을 살펴보면 1940년 한해 동안 9개의 극단이 총 14차례 만주를 순회공연했는데, 그 중엔 협회에 소속되지 못한 극단들도 포함되었다. 반면 1941년부터 1943년까지는 겨우 9개의 극단이 총 9차례 만주를 순회공연한 것으로 확인되었다. 한 극단이 1년에 1~2회 만주를 순회공연하던 상황이 1년에 1회 정도 순회공연한 것으로 바뀐 셈이다. 또한 1941년부터 만주를 방문한 극단은 거의 모두 조선연극협회 또는 조선연예협회에 소속된 극단들이었다. 이와 같은 기록은 조선의 극단들이 협회 결성 후, 그의 조직적인 통제에 따라 움직였다는 사실을 증명한다. 뿐만 아니라 그들은 만주연예협회의 통제도 받아야 했다. 이에 관련해서는 '순회공연의 양상'을 논의하는 부분에서 살펴 보기로 한다.

중요한 것은 조선연극협회(조선연예협회 또는 조선연극문화협회)가 일제 당국의 관변 단체인만큼 신체제 선전의 도구로 이용되었다는 점이다. 1940년 12월과 1941년 1월에 각각 조선연극협회와 조선연예협회가 결성되고 1942년 7월에 이 두 협회가 조선연극문화협회로 통합되면서 조선의 연극계는 국민연극[9]의 시대로 들어서게 된다. 이른바 국민연극의 목적이란 곧 국책연극을 통한 연극보국이었다. 당시 협회에 소속된 극단들은 국민연극을 창작하고 '국민연극경연대회'에 참여함으로써 연극보국의 목적을 실현하고자 했다. 즉 어업 증산, 만주 개척, 대동아성전 등을 내용으로 한 연극 공연을 통해 전시체제 하의 국책을 선전하려는 것이었다. 당시 극단의 활동이 협회의 조직적인 통제를 받은 만큼 공연 목적에도 변화가 따를 수밖에 없었다. 협회 소속의 극단은 자의든 타의든 연극보국이라는 목적을 전제해야 했던 것이다. 전시체제 하의 모든 미디어가 프로파간다로 강제 동원되던 상황에서 조선총독부와 만주국 정부 등 일제 당국은 분명 조선의 극단을 이용하여 만주 조선인들에게도 시국의 메시지를 전달하려 했을 것이다. 전시체제로 진입하면서 변화된 순회공연의 레퍼토리를 통해 그 일면을 파악할 수 있다.

1940년 말까지의 공연 레퍼토리를 보면 거의 대부분이 조선 내에서 이미 인기를 입증 받은 관객 성향이 농후한 대중연극이었다. 그러나 1941년에 들어서면 제목에서부터 신체제 선전의 뉘앙스를 풍기는 레퍼토리들이 한 두 작품 눈에 띄기 시작한다. 예컨대, 악극단에 의해 공연되었던 〈가수출정기〉, 〈전우〉, 〈단오절〉(일명 〈목란종군〉), 〈지원병과

9) 이 글의 연구 대상인 국책연극과 같은 성격의 연극이지만 일제 말기 조선에서는 국민연극으로 지칭되었으며 그에 대한 당시의 기록을 참고해야 하는 관계로 이 절에서는 편의상 국민연극을 그대로 쓰기로 한다.

해전의 도〉 등이다. 그 밖에 1942년 극단 아랑이 공연했던 〈삼대〉와 〈동학당〉이 있다. 송영의 〈삼대〉는 조선에 있는 영국과 미국의 선교사를 비방하고 그들을 몰아냄으로써 일본군의 승리를 찬양한 작품으로 영미귀축, 대동아성전 기원 등에 일정한 목적이 있었다. 현존하는 임선규의 〈동학당〉은 1941년의 공연 대본을 1947년 재공연 때 부분적으로 개작한 것으로 원본에 언급되었던 대동아공영에 대한 내용이 전혀 없다. 그런데 1942년 아랑에 의해 만주에서 공연되었던 〈동학당〉은 문수영이 일본인과 손잡고 영국과 미국을 배척하며 대동아공영을 선전하는 내용[10]으로 원본을 공연했을 가능성이 높아 보인다. 만주국의 건국이념이나 국책을 선전한 작품도 있었다. 기존 연구에서 많이 논의되었던 유치진의 〈흑룡강〉, 〈대추나무〉, 그리고 박영호의 〈등잔불〉이 그러한 작품들이다. 만주국의 건국이념이나 국책 및 '지원병의 출정', '영미귀축', '증산' 등 신체제 하의 시국사상을 선전하는 주제는 일제 말기 만주국에서도 장려되었다. 만주국 조선인에 의한 연극 활동이 결핍했던 상황에서 이러한 주제를 더욱 폭넓게 전달할 목적으로 만주국 정부가 조선 극단을 이용했을 가능성은 매우 충분하다.

전시체제 하의 조선 극단들은 연극보국을 위해 국민연극에 주력한 한편 관객 동원과 흥행을 위해 대중연극도 소홀하지 않았다. 사실 일제 말기 조선의 극단들은 국민연극만으로는 소기의 목적을 달성할 수 없었을 뿐더러 오히려 극단의 생계를 위협받기도 했다. 이를 극복하기 위해 당시 국민연극 활동에 종사하던 대다수의 극작가들이 대중극

10) 「극단 阿娘 국도 공연, 20, 21일 公會堂에서」, 『만선일보』, 1942.7.20, 4면. 이날의 기사에는 아랑이 무단장 군인회관에서 공연하다 화재를 만나 손실을 본 사건과 〈동학당〉의 줄거리가 비교적 상세하게 소개되고 있다.

창작에도 열중했으며 많은 극단들이 전통 설화와 소설을 각색한 작품이나 널리 알려진 작품을 재공연했다.[11] 이러한 사실은 현대극장이 1941년의 〈흑룡강〉과 그 이듬해의 〈북진대〉 공연으로 적자를 낸 후 〈춘향전〉의 재공연으로 그 적자를 메우려 했던 사례가 가장 잘 말해준다.[12]

만주국 국책에 역행하지 않는 내용이라면 대중연극 공연도 허용되었기 때문에 조선의 극단들은 만주 순회공연에서도 꾸준히 대중연극을 무대에 올렸다. 전시체제 하에 공연되었던 레퍼토리를 보면 국책연극과 대중연극이 양적인 면에서 거의 비슷했다. 공연 연보(〈표 1〉)에 제시된 1941년-1943년까지의 총 29개 레퍼토리 중에서 대강의 내용을 알 수 있는 작품은 16 개이다. 그 중 국책연극은 〈전우〉, 〈가수출정기〉, 〈신체제신랑모집〉, 〈노래의 세상〉, 〈삼대〉, 〈동학당〉, 〈등잔불〉, 〈흑룡강〉, 〈대추나무〉 등 9 작품이 확인된다. 대중연극은 〈청춘호텔〉, 〈청춘의 광란〉, 〈정열부인〉, 〈청춘극장〉, 〈바람부는 시절〉, 〈검사와 여선생〉, 〈춘향전〉 등 7 작품이 확인된다.

요컨대 전시체제기 조선 극단의 만주 순회공연에는 연극보국의 목적뿐만 아니라 생계유지를 위한 영리목적도 여전히 수반되었다. 이와 같은 이중의 목적은 조선 극단뿐만 아니라 만주국 내의 극단에도 똑같이 부여되었다. 일본 제국의 식민지로서 공동의 운명을 가질 수밖에 없었던 것이다.

---

11) 양승국, 「일제 말기 국민연극의 존재형식과 공연 구조」, 『한국근대극의 존재형식』, 연극과 인간, 2009, 395~396쪽.

12) 양승국, 위의 책, 399~400쪽.

1.1.2. 순회공연의 전략과 이동경로

조선의 극단들은 이러한 목적 하에 만주 순회공연을 기획하게 되었는데, 그 기획단계에서 상당히 중요했던 부분은 바로 만주 현지를 사전에 답사하는 것이었다. 사전답사는 주로 각 극단 소속사(또는 소속극장)나 극단 내의 연구생들이 책임지고 진행했다. 동양극장을 예로 들면, 일반적으로 중앙 공연을 마치고 지방순업에 나서는데, 그 전에 동양극장의 사업부에서 우선적으로 사전답사를 진행했다고 한다.[13] 당시 조선 극단들의 만주 순회공연 광고 기사를 보면 대부분 공연 날짜와 장소를 명확히 기재하고 있다. 이는 만주 순회공연 역시 사전답사가 선행되었음을 말해준다. 사전답사는 주로 현지 후원 단체의 섭외, 순회공연 경로와 일정의 안배, 숙박 예약 등으로 이루어졌다. 그 중 가장 중요한 것이 후원 단체를 섭외하는 것이었다. 후원 단체를 통해 공연 경비, 극장 대여, 공연 홍보 등 여러 측면에서 편의를 볼 수 있었기 때문이었다. 그런 점에서 『만선일보』는 가장 중요한 섭외대상이었다.

『만선일보』는 조선어 언론매체로서 만주에서 파급력이 가장 강하고 광범위했다.[14] 따라서 조선 순회극단에게 있어서 『만선일보』는 최고의 홍보매체로서 상당히 중요한 섭외대상이었다. 『만선일보』를 섭외

---

13) 고설봉, 위의 책, 60~61쪽.

14) 1939년 말까지 신징에서 발간되던 조선어 정기간행물로는 『만선일보』 외에 『만선일보사보』(滿鮮日報社報, 월간), 『조선문벽신문』(朝鮮文壁新聞, 주간), 『만주조선인통신』(在滿朝鮮人通信, 월간, 1936년 10월 펑톈 발간) 등이 있었다(김경일 외, 위의 책, 231쪽). 이 책에서는 『만주조선인통신』이 1936년 10월에 창간된 것으로 기록하고 있는데, 정확한 발간 날짜는 1936년 4월 1일이다. '만주조선통신'에 관한 연구는 황민호, 「만주지역 친일언론 "재만조선인통신"의 발행과 사상통제의 경향」, 『한일민족문제연구』 제10집, 한국민족문제학회, 2006 참고.

하는 과정에 대해서는 알려지지 않았으나 『만선일보』가 경성에 지국을 두었던 사실과 조선인 인력들이 『만선일보』에 적을 두었던 사실을 감안하면 그 섭외 과정이 퍽 어렵지는 않았을 것으로 짐작된다.

노동좌 공연 광고 및 독자 할인권[15)]

극단 아랑 일행 만선일보사 방문[16)]

중요한 것은 조선의 극단들이 『만선일보』의 후원을 통해 여러 면에서 혜택과 편의를 보았다는 점이다. 그들은 우선, 『만선일보』를 통해 공연 소식을 전국적으로 홍보함으로써 만주 각 지역의 조선인 관객을 동원할 수 있었다. 순회 극단들은 『만선일보』의 지면을 빌어 공연 일정과 장소는 물론 공연 레퍼토리 소개와 배우들의 배역 소개, 그리고 공연평에 이르기까지 순회공연의 전반적인 일정과 내용을 상세하게 홍보하고 기록[17)]하여 문화오락적으로 소외되었던 조선인 관객들을 동

---

15) 『만선일보』, 1940.4.17.

16) 『만선일보』, 1940.6.21.

17) 1941년 2월 25일, 28일 양일간 『만선일보』는 김연실 악극단의 공연 일정과 장소 및 레퍼토리를 매우 상세하게 기재하고 있다. 특히 28일자 기사에는 김연실에 대한 소개와 공연 레퍼토리에 대한 소개에 거의 지면의 반을 할애했다. 또한 1940년 6월과 11월에 고협과 아랑의 공연에 관한 김리유의 관극평을 각각 4회, 2회

원했다. 당시 『만선일보』는 홍보전략으로 '『만선일보』 애독자 할인권'을 제공하기도 했다.

조선 극단의 만주 순회공연은 대부분 만선일보사의 후원 하에 이루어졌기 때문에 일반적으로 신문사를 방문하여 감사의 인사를 표하고 견학도 했던 것으로 보인다. 공연장소의 대관도 『만선일보』를 통해 이루어졌을 것으로 추정된다. 조선의 극단들이 만주에서 공연했던 장소는 공회당이나 협화회관, 군인회관 등 주로 만주국의 특정한 정치·문화 활동이 진행되던 장소들이었다. 이를테면 공회당이나 협화회관 등은 주로 정부 및 관변 기관의 집회나 국책 활동이 거행되던 장소로서 민간 단체의 문화 활동이 쉽게 이루어질 수 있는 공간은 아니었다. 당시 만주국 내의 조선인 관변 연극 단체들이 주로 협화회관이나 기념회관을 이용했고 민간 단체들이 학교 강당이나 민간 극장을 이용했던 사실을 통해 알 수 있다. 군인회관 역시 관동군이나 만주국 군인들의 휴식과 오락장소로서 대중적인 문화 공간이 아니었다. 따라서 극장 대여는 『만선일보』의 역량에 의지했을 가능성이 높다. 외래 단체를 통제했던 만주연예협회가 발족되면서 이 협회가 극장대여에 일정한 힘을 발휘했을 가능성도 있다.

『만선일보』가 만주의 조선인들에게 만주국 건국이념과 국책사상을 전달하고 조선인들의 전반적인 생활을 압축적으로 감독·통제하는 기관지였다는 점은 주지하는 사실이다. 즉 『만선일보』는 조선인들의 문화 활동에 대한 감독 기능을 지니고 있었다. 그리고 그 기능은 중

에 거쳐 구체적으로 기록하고 있다(『만선일보』, 1940.5.31, 1940.6.1, 1940.6.2,, 1940.6.4,, 1940.11.7, 1940.11.8,).

일전쟁 이후 야마구치 겐지山口源二라는 일본인이 취체역 주간을 맡고 1941년 만주국 언론통제기관인 홍보협회가 국무원 총무청 직속 관할로 재편되면서 더욱 강화된다. 이러한 기능으로 인해 『만선일보』는 조선 순회 극단에 여러 가지 편의를 봐주는 한편 그들의 활동을 적극적으로 감독하기도 했다.

> 최근 각종의 여흥단이 우리 만주국의 建設景氣의 潮流에 타서 수차 대중 來滿하는 틈에 끼여 조선내 극단도 接踵하야 조선인이 상당수로 밀집되어 잇는 주요 도시에 巡業하는 일이 많케 된바 본사로서도 특히 지적하야 害毒을 끼칠 염려없는 흥행에 대하야는 어느 정도까지의 便益供與와 後援의 勞를 아끼지 않고 잇는 것은 周知하는바이다. 언어, 전통, 풍습 등이 ○합되고 잇는 이 곳에 잇서서 귀에 익숙하고 풍습에 저즌 조선어에 의한 연극 기타를 보고싶어하는 자연스러운 감정에는 무리가 업는 것임으로 잘 이해치 못하는 다른 興行物洋畫其他로써 충족되지 못하는 鄕土劇에 대한 愛○情緖를 존중하는 老婆心에서나 온 것이다. 그러나 상세히 이곳에 와서 흥행되는 조선어에 의한 극을 보면 대체로 連綿한 향토에 대한 懷古적 애착심에서 發露된 一夜의 慰安의 가치는 있다. 할지라도 예술 본연의 姿態 및 만주국의 國是的見地로서는 적극적으로 推薦할만한 것은 비교적 드문 것이 사실이다.[18]

"해독을 끼칠 염려 없는 흥행"에 대해 적극적으로 지원한다는 대목을 통해 『만선일보』가 후원을 결정하기 전에 우선적으로 공연 가능성 여부를 심사했다는 사실을 알 수 있다. 일종의 사전검열인 셈이었다.

---

18) 「鮮語劇 육성의 必要-鮮內劇團來滿的敎訓」, 『만선일보』, 1940.5.18.

이 사설은 당시 조선 극단의 순회공연이 예술성이나 만주국의 국익적인 측면에서 볼 때 그다지 이상적이지는 않았지만 조선의 문화정서를 그리워하는 조선인들을 위안할 목적으로 적극적인 후원을 제공하고 있다는 점을 피력하고 있는데 이를 통해 순회공연의 질이 그다지 높지 못했으며 만주의 조선인들이 문화적으로 소외되어 있었다는 사실을 알 수 있다. 조선 순회 극단에 대한 『만선일보』의 이러한 이중적인 태도는 그의 이중적인 성격 즉 일제의 기관지적 성격과 조선인 언론 미디어적 성격에서 비롯된 것이라 할 수 있다. 요컨대 일제 말기 조선 극단의 순회공연은 『만선일보』의 후원과 감독 속에서 이루어졌다.

기획단계에서 다음으로 할 일은 곧 순회공연의 경로를 정하는 것이었다. 일제 말기 조선의 극단들이 만주로 들어올 수 있는 경로는 대체적으로 두 갈래였다. 하나는 신의주를 통해 남만주南滿洲로 들어오는 경로였고, 다른 하나는 만포선을 거쳐 동만주東滿洲로 들어오는 경로였다. 당시의 만주 순회공연 기록을 보면 대다수 극단들은 주로 첫 번째 경로를 이용했음을 알 수 있다. 남만주로 들어올 경우, 대체적으로 펑톈성(펑톈)-지린성(신징)-빈장성賓江省(하얼빈)-무단장성(무단장)-간도성(용정)[19]의 순으로 순회공연했다. 즉 남쪽에서 북쪽으로, 북쪽에서 동쪽으로 이동했다.[20] 그들이 이 경로를 애용했던 이유는 만주국 각 성

19) 펑톈성, 지린성, 빈강성, 무단장성, 간도성은 만주국 시기의 행정구획이었다. 펑톈성은 지금의 랴오닝성遼寧省이고, 빈장성과 무단장성은 지금의 헤이룽장성이며 간도성은 현재의 연변조선족자치주이다.

20) 1941년 2월의 기사에 의하면 '김연실 악극단'이 3월에 만주의 남쪽끝인 안둥에서부터 가장 북쪽끝인 자무스佳木斯 까지 순회공연할 예정이었다(3월 3일, 4일 안둥 협화회관, 3월 5일 펑황성鳳凰城 협화회관, 3월 6,7일 펑톈 기념회관, 3월 8일 톄링鐵嶺 공회당, 3월 9일 카이웬開原 공회당, 3월 10,11일 지린 공회당, 3월 12,13일 신징, 장소 미정, 3월 14,15일 하얼빈, 장소 미정, 3월 17,18일 무단장, 장

의 수도를 경유하는 열차가 있어 이동에 편리했기 때문이었을 것이다.

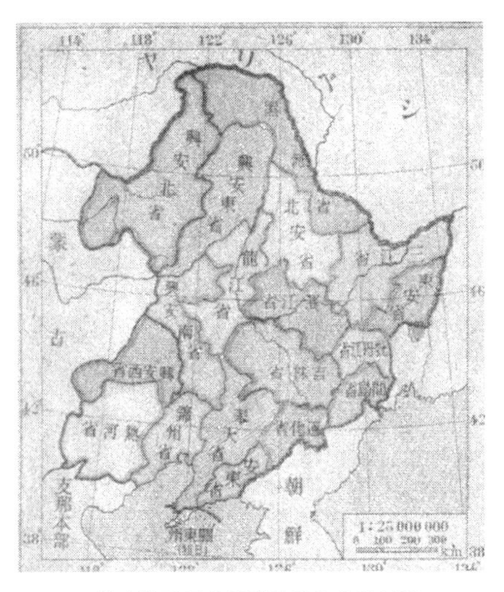

일제 말기 조선 극단의 주요 순연 지역

반면, 만포선을 통해 동만주로 들어오는 극단들은 드문편이었다. 이 경우, 주로 지린성 지역이 첫 흥행지로 선정되었다. 그런데 향후 일정에 대한 기록이 없는 것으로 보아 애초에 지린성을 포함한 동만주 위주의 공연을 계획했을 가능성이 높아 보인다. 그 이유는 1940년 5월의 기사를 통해 당시의 부득이했던 사정을 어느 정도 유추해볼 수 있다. 우선, 1940년 5월에 연협과 김희좌가 동만주로 들어와 주로 그 지역에서만 순회공연한 것으로 확인된다. 다음, 5월 한달 동안 예원좌,

소 미정, 3월 19,20일 린커우林口, 장소 미정, 3월 22,23일 자무스, 장소 미정, 3월 24일 닝안寧安, 장소 미정, 3월 26,27일 투먼극장圖門劇場). 이 기사는 「김연실 악극단 全滿巡回 대공연, 신징 공연은 3월 12, 13일」, 『만선일보』, 1941.2.25, 3면 참고). 또한 김연실 악극단과 공연 예제에 대해 자세하게 소개하고 있는데, 이는 만주 순회공연 중 가장 긴 이동 경로였으며 가장 많은 지역을 방문한 공연이었다.

황금좌, 연협, 김희좌, 고협 등 5개의 극단이 만주에서 흥행하는데 평소에 대체적으로 한달에 2~3개의 극단이 흥행했던 사정에 비추어 볼 때 이 기간은 순회 극단 간의 경쟁이 꽤 치열했던 시기임을 알 수 있다. 이러한 상황에서 뒤늦게 순회공연을 기획한 연협과 김희좌의 입장에서는 주로 조선인들이 밀집한 간도 지역을 선택할 수밖에 없지 않았을까 생각한다. 이 시기의 경쟁 상황을 대변해주는 또 하나의 예가 있다. 1940년 5월 21일부터 3일간 하얼빈 상무구락부에서 예원좌의 공연이 있었는데 입장자 소수로 막대한 수익손실을 보았던 사례이다. 신문 기사에서는 그 전까지 호화선과 황금좌의 공연이 있었기 때문에 일반 관객들이 연속적인 관극료를 지불하기엔 무리가 있었기 때문이라고 해석하고 있다.[21] 이와 같은 현상은 극단들 간의 경쟁이 조선 내에서뿐만 아니라 만주 순회공연에서도 매우 치열했음을 말해준다.

일제 말기 조선의 극단들이 순회공연 지역을 선정할 때, 교통의 편리성 외에 또 한 가지 중요시했던 것은 극장이었다. 만주의 극장은 주로 열차가 정착하는 대도시나 그 주변 지역을 중심으로 개설되었는데, 이는 철로부속지 건설과 직접적인 연관이 있다. 러일전쟁 전에 러시아가 설치한 중동철로연선과 러일전쟁 후 일본이 설치한 만철연선에 철로부속지가 개설됨에 따라 만주에도 근대적인 도시 공간과 문화가 생겨났다.[22] 그 과정에서 철도연선의 도시 중심으로 상설극장이 설

21) 「입장자 소수로 인해 순회극단 결손」, 『만선일보』, 1940.5.30,

22) 장동천, 「철로부속지가 형성한 중국 동북지역의 초기 영화문화」, 『전쟁과 극장』, 소명, 2015, 413~422쪽.(이 글은 20세기 초반부터 만영이 설립되기 전인 1937년까지 만주의 철로부속지 건설 과정과 그를 토대로 근대 도시 공간과 문화가 형성해가는 과정을 소상히 논의했다. 그 밖에 중국인 영화 관객의 성격과 역할에 대해

립되었다. 일제 말기 조선의 순회 극단이 도시를 중심으로 공연했던 데에는 바로 이동의 편리성과 도시 중심으로 발달한 극장이 중요한 원인으로 작용했다. 도시에 집중된 조선인 인구 문제도 중요한 원인으로 작용했다. 1936년에 서울과 신징에 각각 선만척식주식회사와 만선척식유한공사가 설립되고 중일전쟁 및 전시체제로 나아가면서 조선인 인구는 도시로 집중하게 된다. 1940년 말에 이르러 펑톈성, 지린성, 헤이룽장성 등 3성에 총 145만 384명의 조선인이 거주하게 되는데 그 중 17개 주요 도시에 거주하고 있던 조선인은 14만 1,845명으로 전체 조선인 인구의 9.8%였다.[23] 게다가 도시에는 근대 문화를 소비할 수 있는 학생 노동자, 특히 지식인 등 다양한 계층의 소비주체들이 있었기 때문에 이를 중심으로 활동하는 것은 순회 극단에게 여러모로 유리했다. 그러나 조선 극단의 순회공연을 찾았던 관객들 속에는 농민들도 적지 않게 포함된 것으로 보인다. 당시 문화적으로 소외된 데가 조선의 정서가 그리워 조선 극단의 순회공연이 떴다 하면 몇 십리길도 마다하지 않고 극장을 찾았다'[24]는 사실이 이를 증명한다. 따라서 조선 극단의 순회공연을 관람했던 관객을 소급할 때 주요 소비주체였을 도시의 지식인 계층뿐만 아니라 노동자 농민 등 다양한 계층을 염두에 두어야 한다.

한편, 만주국시기에 중국인 전용 극장과 일본인 전용 극장이 따로 구별[25]되어 있었으며 조선인 전용 극장은 없었다. 따라서 상술한 바와

서도 집중적으로 고찰했다.)

23) 김경일, 윤휘탁, 위의 책, 18쪽.

24) 고설봉, 『이야기 근대 연극사』, 창작마을, 2000, 140쪽.

25) 만주국시기 중국인과 일본인 극장에 관한 글은 김려실, 「조선영화의 만주 유입-『만선일보』의 순회영사를 중심으로』, 『한국문학연구』, 제 32집, 동국대학교 한국

같이 당시 조선인 극단들은 주로 협화회관, 기념회관이나 공회당과 같은 공공 기관을 이용했다. 그 중, 조선의 극단들이 신징에서 가장 많은 공연을 가졌던 장소는 바로 만철사원구락부滿鐵社員俱樂部와 신징기념공회당新京紀念公會堂이었다.

신징 만철사원구락부 전경[26]

신징 만철사원구락부 내부 모습[27]

문학연구소, 2007, 참고.

26) 渡橋, 「長春旧影 182-長春滿鐵俱樂部和幼稚園」, https://www.sina.com.cn/.

27) 渡橋, 위의 글.

만철사원구락부는 1936년에 만철이 일본인 사원을 대상으로 세운 집회당이자 구락부였다. 이 구락부는 영화나 연극을 상연할 수 있는 극장을 비롯하여 도서관, 체육관, 무술관, 실외운동장까지 겸비한 멀티 오락시설이었다. 극장은 상, 하 2층으로 1150여 개의 좌석을 갖추고 있었으며 내부 시설은 아주 간결하고 실용적이었다. 연극 외에 종종 강연회나 영화회, 전시회 등이 개최되었다.[28]

1939년 신징기념공회당 전경[29]

1941년부터 조선의 극단들이 이용한 신징기념공회당은 1939년의 화재로 인해 1941년에 재건된, 당시 신징 최대의 공적 공간으로 알려져 있다. 당시의 공회당이나 회관은 1920년대 식민지 조선의 '공회당 겸 극장'의 기능을 했던 공락관 등과 과 마찬가지로 주로 집회나 강연

---

28) 만철사원구락부는 1941년경 만철후생회관滿鐵後生會館으로 개칭되었다. 해방 후, 1948년, 만철후생회관은 동북철로총국東北鐵路總局에 접수되어 창춘철로구락부長春鐵路俱樂部라는 이름으로 사용되다가 1956년 창춘철로문화궁長春鐵路文化宮으로 개칭한 이래 지금까지 사용되고 있다.

29) 王新英,『長春近代史跡圖志』, 吉林文史出版社, 2012. 기념공회당은 일본의 대정천황 등기 10주년 기념으로 세워졌다. 화재로 재건되기 전에는 주로 일본인들의 집회장소였다. 이 사진은 1939년 8월 20일 화재로 훼손되기 전의 모습이다.

회 등 공중의 의제를 공론화하는 비영리적인 공간으로 운영된 한편 때때로 대중들에게 연극, 영화 등 오락문화를 제공하는 영리적 공간으로 운영되기도 했다.[30] 물론 '공회당 겸 극장'으로 불렸던 공락관과 같은 식민지 조선의 공적 공간은 조선인 민간자본에 의해 만들어졌다는 점에서 만주의 공회당과 다르지만[31] '공공의 미디어 공간'역할을 했다 점에서는 공통점을 지니고 있었다. 즉 1920년대 조선의 연극과 일제 말기 조선 극단의 만주 순회연극은 식민과 피식민의 욕망이 공존하는 공공의 미디어로서의 극장 경험을 했다고 볼 수 있다.

조선 극단의 순회 연극이 매우 드물게 조일좌朝日座, 창춘좌長春座와 풍락극장豊樂劇場 등과 같은 일본인 전용 극장에서 공연된 경우도 있었다. 이 세 극장은 각각 1934년, 1919년, 1935년에 세워진 만철부속지 소속과 일본상인 소유의 극장으로 모두 천여 명을 수용할 수 있는 극장들이었다.[32] 지역에 따라 극장의 규모나 시설에 차이가 있었을 것으로 생각된다. 이와 같이 천여 명의 관객을 수용할 수 있는 공간을 당시 조선의 순회공연은 2,3일 연속 천명 정도를 무난하게 채울 정도[33]로 인기가 많았다.

30) 「공공미디어로서의 극장 조선민간자본의 문화정치-함경도 지역 사례 연구」, 『대동문화연구』 제 69권, 성균관대학교 대동아문화연구원, 2010, 221쪽.

31) 1920년대 식민지 조선의 '공공미디어로서의 극장'에 관한 글은 이승희, 위의 글, 참고.

32) 창춘좌는 1919년에 세워진 만철부속지 내의 최초의 일본극장이었다. 이 극장은 주로 일본인을 상대로 외화 및 일본극을 상영했으며 1050명을 수용할 수 있었다. 1935년, 일본상인이 세운 풍락극장(오늘의 춘성극장春城劇場)은 천 여명을 수용할 수 있는 공간으로 주로 일본인을 상대로 가부키를 공연했다.

33) 「鮮語劇 육성의 必要-鮮內劇團來滿的敎訓」, 『만선일보』, 1940.5.18.

신징 조일좌 전경[34]

신징 풍락극장 전경[35]

1.1.3. 순회연극의 활동 양상

조선 극단의 만주 순회공연이 1930년대부터 시작되기는 했지만, 그 활동이 활발하지는 않았다. 현존하는 신문 자료를 정리한 결과, 1930년대 한해 동안 만주를 방문한 극단 수는 1940년대 반년 동안 만주를 방문한 극단 수와 거의 비슷했다. 이로부터 1940년대의 만주 순회공연이 보다 더 활발했음을 알 수 있다. 1930-1940년대 조선 극단의 만주 순회공연 정보를 표로 제시하면 다음과 같다.

34) 長春檔案信息資源网, http://www.ccda.gov.cn.
35) 長春檔案信息資源网, http://www.ccda.gov.cn.

〈표 1〉 조선 극단의 만주 순회공연 연보(+ 합동공연 ; *국책연극; ** 대중연극)

공연 연도 및 기사 출처	공연 극단	공연 날짜 및 장소	공연 작품 및 관련 정보
1933년 12월 23일 『동아일보』	조선 연극사		
1936년 2월 3일 『간도신보』	유일단	3,5일 연길 新富劇場	비극 〈울고 갈 길을 왜 왔는가〉1막, 풍자극 〈목동과 신녀성〉1막, 캬그극 〈사별〉1막, 어촌애화 〈섬의 처녀〉3막, 향토비극 〈고향에 가는 사람들〉3막
1937년 6월 3일 『동아일보』	청춘좌		
1939년 12월 『만선일보』	황금좌	7,8일 신징 만철사원구락부, 9,10일 지린기독청년회관	
1940년 2월 『만선일보』	노동좌	15,16,17일 奉天大鳳劇場	
1940년 4월 『만선일보』	호화선	3,4,5일,奉天大鳳劇場, 6,7일 신징만철사원구락부, 8,9일 하얼빈 캬피톨극장,11,12,13일 무단장新安電影院, 14,15일 圖們國際劇場, 16,17일 延吉新富劇場, 18,19일 용정극장	이광수 원작, 송연 각색의 비극 〈무정〉5막, 이운방 작 비극 〈그 여자의 방랑기〉 3막7장, 김건 작, 비극 〈장한가〉3막 7장, 임선규 작, 비극 〈정열의 대지〉4막5장, 송영 작, 비극 〈인생의 향기〉3막4장, 백수봉 작, 비극〈귀향〉4막5, 이운방 작, 비극 〈나는 고아요〉4막 6장, 송영 작, 비극 〈선인가〉3막 4장, 태백산인 작, 희극 〈애처와 미인〉1막, 낙산인 작, 희극 〈따귀가 한근〉1막, 백수봉 작, 희극 〈연애특급〉1막, 달성산인 작, 희극 〈부인시험〉3장

1940년 4월 『만선일보』	노동좌	13,14,15일 지린공회당, 17,18일 신징만철사원구락부, 23,24,25일 펑텐극장	김건 작, 사회비극 〈여수구〉4막5장, 희극 〈혼일변〉1막, 화류애화 〈정조와 싸우는 사람〉3막, 희극 〈장기광봉변화〉 1막, 음악 OB 스윙그쑈-
1940년 5월 『만선일보』	예원좌	13,14,15일 奉天大鳳劇場, 16,17,18일 신징만철사원구락부, 21,22,23일 하얼빈, 25,26,27일 敦化, 28,29,30일 무단장	김춘광 작 〈인생안내〉3막4장, 김춘광 작 〈신생활설계〉4막?장, 강도봉 작 〈우리들의 실정〉, 예원좌쑈- (이업동, 황순덕 희극)
	황금좌	17,18일 하얼빈	
	연협	21,22일 敦化日滿會館	
	금희좌	20,21,22일 지린시공회당, 23,24,25일蛟河, 26,27,28일 敦化	김진문 작, 재판극 〈애욕의 십자로〉4막5장, 인정극 〈아버지의 눈물〉2막, 〈사나히들의 세계〉1막 3장, 김진문 작 〈천리타향〉 4막, 금희쑈- 대연주.
	고협	22,23,24일 奉天大鳳劇場, 26,27일 지린시공회당, 28,29일 신징사원구락부, 30,31일 하얼빈 모데른극장, 6월 2,3일 무단장군인회관, 5일부터 북선공연	유치진 작, 〈춘향전〉5막, 박영호 작 〈등잔불〉3막 4장, 〈버들피리〉 1막.
1940년 6월 『만선일보』	반도악극좌	7일 안둥극장, 8,9일 펑텐공회당, 10,11일 신징만철구락부,	
	아랑	18,1920일奉天大鳳劇場, 20,21일 만철사원구락부, 22,23일 하얼빈 外國頭道街商務俱樂部	임선규 작 비극 〈청춘극장〉3막 6장, 임선규 작 〈김옥균〉

1940년 8월 『만선일보』	조선 악극단	3,4일 신징 [illegible]樂劇場	
1940년 10월 『만선일보』	아랑	21,22일 안둥 협화회관, 23일本溪號공회당, 24일 開原 공회당, 신징 朝日座(날짜미정), 28,29일 하얼빈 大勝劇場, 31,1일 무단장 일만군인회관.	〈바람부는 시절〉
1940년 11월 『만선일보』	아랑	2,3일 圖門극장, 5,6일 延吉新富劇場.	〈바람부는 시절〉
	김연실 악극단 / 김연실 악극단+ 노동좌	5,6일 신징 長春座, 7,8일 하얼빈 大勝劇場(노동좌와 합동공연)	제 1부 〈춘향광상곡〉,〈상해의 가각에서〉, 〈봄꿈〉, 〈호○애○〉, 〈추○장한몽〉, 〈인연의 노래〉, 〈자이나당고〉, 〈춘향상곡〉. 제 2부 경희극 〈唄의 世上〉. 제 3부 〈불타는 청공〉, 〈풍년가〉, 〈애○야곡〉, 〈춘풍○수〉, 〈수○무용〉, 〈연언덕〉, 〈시어머니의 편지〉, 〈백두산조망〉, 〈항구의 연시〉, 〈불타는 청공〉
	금희좌+ 원앙선	20,23일 무단장 東安劇場	〈돌아오는 어머니〉3막, 〈고향〉 2막 3장, 〈○일의 일야〉 4막
1941년 1월 『만선일보』	금희좌+ 원앙 선	2,3,4일 신징 만철사원구락부, 6,7,8일 신의주 신선좌, 27,28,29일 평텐.	만담(개막), 인정비극 〈빰 맞은 그 여자〉, 비극 〈흘러가는 그 여자〉, 원앙선의 연주.

1941년 3월 『만선일보』	김연실 악극단	3,4일안둥협화회관, 6,7일 펑톈기념회관, 8,9일 開原공회당, 10,11일 지린공회당, 12,13일 신징(장소미정), 14,15일 하얼빈 丸商백화점, 17,18일 무단장, 29,20일 東安, 21일 林口, 22,23일 佳木斯, 24일 勃利, 25일 寧安, 26,27일 圖門劇場	*시국극〈전우〉,**〈청춘호텔〉1경 *〈가수출정기〉4경, *희가극 〈신체제 신랑모집〉,**가극〈청춘의광란〉1경.*희가극 〈노래의 세상〉, 그 외 가요.
	예원좌	5,6일 신징滿鐵後生館, 7일 公主嶺, 7,8일 開原, 11,12일 지린 공회당, 13,14일 敦化日滿會館, 16,17일 하얼빈 商工會館, 19,20,21일 무단장, 22일汪┌劇場, 23,24일圖門劇場	김화 작 〈생활설계〉4막5장, 〈대지의 봄〉4막,6장. 〈지나의 봄〉
1941년 11월 『만선일보』	조선 악극단	4,5,6일 신징 기념공회당, 7일 開原.	
1942년 4월 『만선일보』	청춘좌	6,7,8일 奉天大鳳劇場 9,10일 신징後生會館, 11,12일 하얼빈亞細亞劇場, 14,15,16일 무단장군인회관, 17일 동경성공회당, 18일寧安劇場, 19,20일 圖門劇場, 21,22일 龍井劇場.	新井勝夫작 〈정애천리〉 3막 6장, **송영 작 〈정열부인〉 3막 7장, 이서구 작 〈해바래기〉 3막 7장.
1942년 4월 『만선일보』	반도 가극단	25,26일 신징	〈군국의 봄〉8경, 〈단오절〉(일명 〈목란종군〉 10경, 〈옷 산 가정교사의 권〉 4경 외 노래와 무용.

1942년 6월 『만선일보』	성보 악극대	6월 1일	
	황금좌 +황금 악극부	10,11일 신징後生會館	극단부: 〈어머니의 노래〉2막 3장, 〈선구자〉2막, 악극부: 〈지원병과 해전의 도〉(일명 〈지원병〉) 5막
1942년 7월 『만선일보』	아랑	20,21일 신징 공회당	*송영 작 〈삼대〉4막 7장, *임선규 작 〈동학당〉 4막, **임선규 작 〈청춘극장〉 3막 6장, **임선규 작 〈바람부는 시절〉 4막 6장.
1943년 3월 『매일신보』	예원좌	29,30일 신징後生會館, 31일, 4월 1일 하얼빈 모데른극장	〈홍콩의 밤〉3막 5장, **〈검사와 여선생〉 4막 5장.
	현대 극장		〈흑룡강〉, 〈대추나무〉, 〈춘향전〉

〈표 1〉을 보면 1940년 한 해 동안 9개의 극단이 총 14차례 만주를 방문했는데 이는 1940년대 만주를 순회공연했던 조선 극단의 수나 공연 횟수의 측면에서 최고의 기록이었다. 그러나 1940년 말, 조선과 만주국의 급변한 형세와 더불어 그 이듬해부터 그들의 활동은 확연히 줄어듦과 동시에 보다 조직적인 변화를 보이기 시작한다.

앞에서 언급했듯이 1940년 12월, 조선의 연극계는 조선연극협회가 결성되면서 큰 변화를 맞게 된다. 한편, 1940년 3월경에 만주연예협회가 설립됨에 따라 만주국 내의 공연 활동은 이 협회의 통제를 받게 되었다. 만주연예협회는 정부의 관제 개혁과 『예문지도요강』의 반포에 앞서 홍보협회의 적극적인 추진 아래 자본금 백만 원으로 설립된 주식회사이다. 만주연예협회의 설립 취지는 만주국내의 각 민족과 각 계층에게 건전한 오락을 제공하는 동시에 새로운 만주국의 연예문화를 창조하자는 것이었다.

1. 국외(주로 일본 및 지나)에서 수입하는 연극 기타의 연예를 精査嚴選하고 이것을 조절하야 영업자에 배급하고 또는 스스로 上演興行할 일.
2. 從來採算上의 입장에서 돌보지 않은 벽지의 상연 興行과 慰安義捐의 興行을 풍부히 할 일.
3. 국내에 있어 연극의 향상 발달, 나아가서는 만주국극(滿洲國劇) 기타의 滿洲的 연예의 창조를 도모할 일.
4. 연예, 음악 등의 연구단체에 대하야 물심양면의 조성을 할 일.
5. 연예에 관련하는 각본, 가사 등의 발달을 원조할 일.
6. 업자에 대한 강습회 養成所 등을 개설하고 진보 향상을 기할 일.
7. 국가의 각 기관과 연락을 긴밀히 하야 그 지도를 받어가지고 사상선전과 취체의 효과를 내게 할 기구를 만들 일.
8. 영업의 전체적 기구를 합리화하는데서 業者와 觀衆과의 공영공리를 도모할 일.[36]

그런데 만주연예협회의 구체적인 경영 목표(특히 1,4,7)를 좀 더 살펴보면 사실 만주의 연극, 음악, 연예 등 단체들의 활동을 효율적으로 취체하고 통제함과 동시에 만주국의 국책 선전에 도움이 되는 연예 활동을 추진시키는 데 그 목적이 있음을 발견할 수 있다. 이는 만주연예협회가 처음부터 홍보협회의 주도 하에 설립된 회사로 사실상 홍보처의 직접적인 통제를 받았으며, 근본적으로 국가의 이익을 대변할 수

---

36) 「資本金 백만원으로 滿洲演藝協會 설립」, 『만선일보』, 1940.3.3.

밖에 없었기 때문이다. 또한 중요한 것은 만주연예협회가 『예문지도요강』의 반포에 앞서 실질적으로 만주의 공연단체를 통제하는 기능을 담당하고 있었으며 강령의 반포와 함께 그 기능이 강화되었다는 점이다. 여기서 주목할 것은 만주연예협회가 외래 단체와의 제휴 사업을 통해 그들의 공연 활동을 통제했다는 점이다. 만주연예협회는 1940년 7월부터 본격적으로 사업을 개시하기 시작했는데 그 첫 사업 파트너가 바로 조선악극단이었다.

① 본사에서는 일즉부터 국도에 流入하고 잇는 조선인 관계의 흥행계가 점점 지속하고 잇슴을 우려 최근 만주의 흥행물을 통제하고자 탄생한 만주연예협회와 협력하야 조선의 참문화를 소개하고자 계획하고 벌서부터 그 대상을 조선악극단에 두고 관계방면과 교섭중이든바 만주연예협회에서도 이것이면 협회의 최초의 제공으로서 충분하다는 의견이 일치되엿슴으로 드디어 만주연예협회 제공 본사후원하에 오는 八월 三, 四兩日 丰樂劇場에서 매일 주야 2회식 공연하기도 되어 국도를 비롯하야 全滿의 인기를 독차지하게 되엿다.[37)]

② 조선악극단 국도공연의 준비차로 24일 입경한 동단영업부장 洪燦씨와 기획부 金尙鎭씨는 만주공연에 대하야 아래와 같이 말하얏다. 사변을 계기로 하야 급작히 발전한 조선의 참문화를 고새함으로써 이나라의 理想인 동시에 전동양인의 理想인 민족협화를 문화적 궤도에 데우랴든 것으로 만주연예협회와 우선 3년간 3회 공연의 계약을 한 것이다. 우리는 이것으로 더욱 영속할 예정으로서 만주의 특정에 적응하

37) 「大衆娛樂의 最高峰, 朝鮮樂劇團來演」, 『만선일보』, 1940.7.26.

기 위하야 벌서부터 밤낮을 불구하고 만주어를 연습, 공연에 잇서는 日鮮滿 三語로 하게 되얏다. 좌우간 우리는 십년간 고절로 이 단을 길러 내인 것으로 무대와 객석이 함께 질겨하고 감격하야 協和 실현에 貢獻하랴는 것이다. 우리는 藝術家로서보다도 건실한 國民으로서 활약하랴는 것이 전 목적이다.[38)]

①을 통해 만주연예협회의 설립 목적이 만주에 유입되고 있는 외래 흥행물에 대한 통제에 있음을 재차 확인할 수 있다. 또한 협회 사업에 『만선일보』가 적극적으로 협력하고 있으며 대망의 첫 제휴 단체가 조선악극단이라는 점을 파악할 수 있다. 아울러 ②를 통해 조선악극단이 '3년간 3회의 공연'을 계약했음을 알 수 있다. 구체적인 계약 내용은 밝혀지지 않았지만 인터뷰를 통해 핵심 내용을 얼마간 유추할 수 있다. 즉 조선악극단의 공연이 예술적 목적보다는 '건실한 국민으로서'의 '민족협화의 실현'에 근본적인 목적을 두었다는 점이다. 여기서 일컫는 '민족협화'란 만주국이라는 특정한 공간을 초월한 대동아의 '민족협화'라는 점은 위의 인터뷰를 통해 충분히 알 수 있다. 요컨대, 일본의 거대한 제국적 사업인 대동아공영권의 이상을 실현하는 데 있어서 '민족협화'가 매우 중요한 요소로 작용하고 있고 만주연예협회가 그 원대한 사업을 운영하는 주체로서 활약하고 있으며 거기에 조선악극단이 동참하고 있다는 사실을 위의 인터뷰를 통해 알 수 있다. 물론 조선악극단뿐만 아니라 조선과 일본의 보다 많은 극단들이 만주연예협회와의 제휴를 통해 제국의 원대한 사업에 참여했다.[39)]

---

38) 「大衆娛樂의 最高峰, 朝鮮樂劇團來演」, 『만선일보』, 1940.7.26.

39) 1940년 7월 『만선일보』에 실린 기사에 따르면 만주연예협회와 제휴한 단체로는

보다 특기할 점이라면 조선악극단이 만주연예협회의 첫 제휴 단체였던 만큼 그에 대한 홍보가 대대적으로 이루어졌다는 것이다.

演藝協會提供

大衆娛樂의最高峰

朝鮮樂劇團來演

世界的大그렌드쇼―

國都大公演은

八月三,四兩日

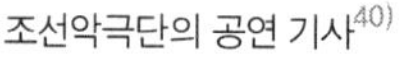
조선악극단의 공연 기사[40]

世界的水準에完成된

グランド・ショウ

ジャズと舞踊과노래의大饗宴!

全員八十餘名近日來演

朝鮮樂劇團

滿洲演藝協會提供

豐樂劇場

滿鮮日報社

배우 소개 및 스틸 사진[41]

『만선일보』는 1940년 7월 26일부터 31일까지 연속적으로 조선악극단의 공연 광고를 게재함과 동시에 만주연예협회 주최 하의 조선악극단의 전시회, 만영 여배우와의 교류 소식도 전했다.

> 예술조선의 자랑 조선악극단이 만주연예협회 제공, 본사 후원으로 오는 七월 三, 四, 兩日에 丰樂劇場에서 호화로운 공연을 보이게 되어 벌서부터 滿都의 인기를 독차지하고 잇는데 同악극단에서는 昨報한바와 가티 드디여 명 26일부터 8월 2일까지의 일주일간 宝山 백화점 5층

조선악극단뿐만 일본의 신협도 있었다. 이후, 조선과 일본의 많은 극단들이 협회와의 제휴 사실을 간접적으로 제시하는 '만주연예협회 제공' 또는 '만주연예협회 주최'라는 명목 하에 공연 활동을 전개해 나갔다.

40) 『만선일보』, 1940.7.26.

41) 『만선일보』, 1940.7.24.

갸라리에서 동단이 금일 세계적 수준을 갓게된 십년 간의 苦節史를 비롯하야 호화찬란한 무대 사진과 스틸 전람회를 개최하고 널리 일반에 무료로 공개하는데 국도팬의 많은 참관을 희망하고 있다.[42]

전시회는 조선악극단의 발전사와 공연 및 스틸 사진에 대한 관람을 무료로 제공함으로써 '세계적 수준'에 도달한 조선악극단 또는 조선예술 나아가 대동아 예술의 우수성을 과시하려는 데 일정한 목적을 두지 않았나 싶다. 중요한 것은 조선악극단의 전시회가 만주의 조선인들에게 분명 조선예술의 정서 및 그 우수성을 환기시켰을 것이라는 점이다.

만주연예협회에서는 국도 공연을 하루 압둔 2일에 동악극단원들과 滿映 여배우들과의 교환좌담회를 개최하기로 되엿는데 동좌담회를 계기로 악극단원과 만영 배우 사이의 철저한 친목이 예상되는바 적지 않게 더욱 공연 좌담회에는 鮮系 여류인사들의 출석을 환영한다.[43]

만주연예협회는 또한 만영 여배우들과의 '교환좌담회'를 통해 '민족협화'를 실천하고 서로의 공연 경험을 교류함으로써 예술적 발전을 도모하고자 한 것으로 보인다. 아울러 『만선일보』는 「조선악극단의 명화들」이라는 제목으로 조선악극단의 배우들을 한명씩 소개하기도 했다.

42) 「조선악극단에서 전람회 개최」, 『만선일보』, 1940.7.27.
43) 「조선악극단 만주여배우 교환좌담회」, 『만선일보』, 1940.7.31.

조선악극단 여성중창단 저고리 시스터즈[44]

만주엔예협회와 『만선일보』의 이러한 노력들은 당시 조선악극단의 위상을 여실히 보여준다. 한편, 만주연예협회는 제휴 단체의 수를 제한했던 것으로 보인다.

> 극단 원앙선은 牡丹江에서 조직하여 그간 조선의 중앙공연까지 하여 극계에 다대한 수확을 얻고 금번에 조선연극 등재로 조선연극으로는 열단채밖에 두지 않기로 되엇기 째문에 김희좌와 합동하여 그 전통을 한층 더 충실히 하여가지고 …… 오는 20일부터 23일까지 牡丹江東安劇場에서 本報 牡丹江支局의 후원으로 다음의 푸로와 같이 공연하게 되엇는바...[45]

위의 기사에서는 10개의 조선 연극 단체가 어느 기관에 등재되었는지 명시하지 않았다. 하지만 만주연예협회의 첫 번째 경영 목표가 곧 '국외(주로 일본 및 지나)에서 수입하는 연극 기타의 연예를 精査嚴選하고 이것을 조절하는 것'이었고 실제로 당시 외래 단체의 활동에 직접

44) 왼쪽부터 이난영, 장세정, 이준희, 홍청자, 서봉희.(『만선일보』, 1940.7.22., 25-28.)

45) 「김희좌와 원앙선 합동대공연, 본보독자 후원으로」, 『만선일보』, 1940.11.19,

적으로 개입했던 기관이 만주연예협회였다는 점으로부터 볼 때, 위의 인용문에서 언급한 10개의 조선 극단이 등재된 기관(혹은 제휴 기관)은 만주연예협회였을 가능성이 매우 높다. 또한 이후의 공연 극단을 조사한 결과(〈표 1 참조〉 고협, 아랑, 예원좌, 황금좌, 김희좌, 청춘좌, 조선악극단, 김연실 악극단, 반도가극단, 성보악극대 등 10개의 극단이었을 것으로 추정된다. 지금까지 확보한 자료상으로 그 이외의 극단(합동공연의 극단 제외)을 찾아볼 수 없기 때문에 그 가능성은 충분하다. 이 10개의 극단들은 1940년 8월부터 11월까지는 매월 한, 두 극단씩 돌아가며 공연하지만 1941년이 되면 매월 거의 한 극단만이 공연하게 된다. 이는 1940년 7월, 만주연예협회가 사업을 개시하기 전까지 매월 거의 두 극단씩 공연하던 상황과 비교할 때 절반이나 줄어든 셈이다. 이는 만주연예협회가 조선의 극단을 협회 산하에 두고 보다 효율적으로 통제했다는 것을 보여준다.

만주연예협회가 결성된 후 공연 방식이나 내용에도 약간의 변화가 나타난다. 우선, 1940년 말부터 두 극단의 합동공연이 종종 등장한다. 이는 만주연예협회의 방침을 통해 알 수 있듯이 협회에 등재되지 않은 극단은 단독으로 공연할 수 없었기에 협회에 등재된 극단과 합동공연을 할 수밖에 없었던 것으로 보인다. 예를 들어 1940년 11월의 김연실악극단과 노동좌의 합동공연, 1940년 11월의 김희좌와 원앙선의 합동공연, 1941년 1월의 김희좌와 원앙선의 합동공연, 1942년 6월의 황금좌와 황금악극부의 합동공연 등이다. 이 합동공연의 특징은 곧 대중 극단과 악극단의 조합이다. 여기서 원앙선이 무단장에서 조직된 극단이라는 점 외에 그 정체성에 대해 잘 알 수 없지만 1941년의 합동공연에서 원앙선이 연주를 맡은 것으로 볼 때 주로 밴드 연주를 담당한 것으로 보인다.

위의 변화와 더불어 만주연예협회가 결성된 후 조선악극단을 시작으로 김연실악극단, 반도가극단, 성보악극대 등 악극단의 만주 순회공연이 빈번해진다. 황금좌와 합동공연했던 황금악극부도 사실은 황금좌의 또 다른 분신이라 할 수 있는 극단이다.[46] 1940년부터 만주연예협회가 결성되기 전까지 악극단으로서는 6월에 반도가극단 하나만이 만주를 방문했다. 이러한 상황에 비추어보면 만주연예협회 결성 후의 악극단의 활발한 만주 활동은 그야말로 획기적인 변화였다.

이와 같은 일련의 변화들은 만주연예협회가 결성된 후, 악극이 매우 중요시되었음을 말해주고 있다. 그렇다면 왜 악극이 급부상했을까. 우선 협회가 결성된 후 막간의 묘미인 '쇼'의 기능이 점점 약화되었다. 노래와 춤, 재즈 밴드의 연주, 희극 등 다양한 장르가 혼합된 막간 공연은 관객들의 관심을 끌기 위한 기능으로 작용했다. 하지만 비상시국 하에 가요와 무용, 연주 등으로 혼합된 막간 공연이 만주연예협회의 관계자들에게는 오히려 혼란스럽고 불건전한 오락으로 오인될 가능성도 있었다. 조선의 일부 연극인들이 막간을 저급한 여흥으로 취급[47]했던 것을 상기할 때 이는 충분히 상상가능한 일이다. 이에 따라 만주연예협회는 종래의 막간의 기능을 약화시키고 서사성과 음악성

46) 1940년대에 황금좌는 실제로 자매극단인 악극단을 두고 있었다. 황금좌의 진용의 변동과 관련된 글은 김남석, 「극단 황금좌 연구 -1930년대 공연 활동을 중심으로」(『조선의 대중극단들』, 푸른사상, 2010) 참고.

47) 협회 설립 전에는 대체로 인정극 또는 비극-쇼(노래, 춤, 연주, 희극 등)의 순으로 공연되었고 그 후에는 대체로 연극-악극-노래 또는 연주의 순으로 공연되었다(1930년대 조선 대중연극과 막간에 관한 내용은 김남석, 「대중극 공연 양식으로서 '막간'」, 『조선의 대중극단과 공연미학』, 푸른사상, 2013. 「극단 예원좌의 막간 연구」, 『조선의 대중극단들』, 푸른사상, 2010. 참고.)

이 구비된 악극으로 그 빈자리를 채우거나 아예 악극단의 공연을 전문적으로 보여줌으로써 장르의 혼합성이 초래할 수 있는 비非건전성을 통제하고자 했을 수 있다. 이는 또한 협회가 만주 조선인들에게 보다 효과적으로 시국의 메시지를 전달하려는 차원에서 채택한 방법으로 볼 수도 있다.

일제 말기 악극의 부상은 우선 1940년대 조선 내에서의 악극의 위상과 연관시켜보면 좀 더 쉽게 이해할 수 있다. 1940년대 초, 조선 내에서 악극은 이미 막간 무대나 연주회 등의 구성요소가 약화되고 일정한 서사구조를 지니게 됨으로써 대중적인 장르로 자리 잡았다.[48]

> 다음으로 조선 연극에 부여된 큰 문제는 문화 내지 오락의 보편화이다. 문화 내지 오락의 보편화, 특히 농촌 어촌 공장 광산 등 근로대중에 대한 건전 오락의 공여문제는 전쟁의 장기화에 수반되어 더욱 그 중요성이 강조되어 왔다. 근로대중의 생산력 증강을 촉진하면서 그들에게 기쁨을 주고, 그들을 즐겁게 하고, 동시에 시국인식을 철저하게 하고, 국책에의 협력을 촉진하는 지도계몽을 해서 전시하 생산전사의 사기를 앙양시키는 것은 외국에서나 내지에서나 적극적으로 수행되어야 할 것이다.[49]

위의 인용문에서 드러나듯이 전시체제기에는 '오락성과 선전성을 통한 문화보급'이 강조되었다. 오락을 통해 국책사상의 선전효과를

48) 김호연, 「한국 근대 악극 연구」, 단국대학교 박사학위 논문, 2003, 83쪽. 그 밖에 식민지 조선에서의 악극의 부상에 대한 글로 이화진, 「전시체제기 경성에서 악극과 어트랙션의 유행」, 『전쟁과 극장』, 2015, 참고.

49) 星出壽雄, 「조선 연극의 신발족」, 『조신』, 1942.10.

보다 높이려는데 그 목적이 있었음은 더 운운할 필요가 없겠다. 한편 전시체제기에 오락이 강조된 것은 선전효과를 높이려는 목적 외에도 전쟁으로 인한 민심의 동요를 막기 위함도 있었다.[50] 그런 점에서 서사성과 오락성을 동시에 지닌 악극이 더욱 각광받았던 것으로 보인다. 전시체제기 만주국 역시 '건설적'이고, '건전'하고, '명랑'한 문화오락을 통한 사상선전을 정책적으로 요구했기 때문에 이 시기 만주 순회공연에서 악극단이 부상하게 된 것은 매우 자연스러운 현상으로 해석할 수 있다. 실제로 1941년 이후의 만주 순회공연에서 사상선전을 위한 국책연극이 만주연예협회와 제휴한 조선악극단을 비롯하여 여러 악극단에 의해 수행되었다는 사실은 일제 말기 악극의 위상을 잘 말해준다.

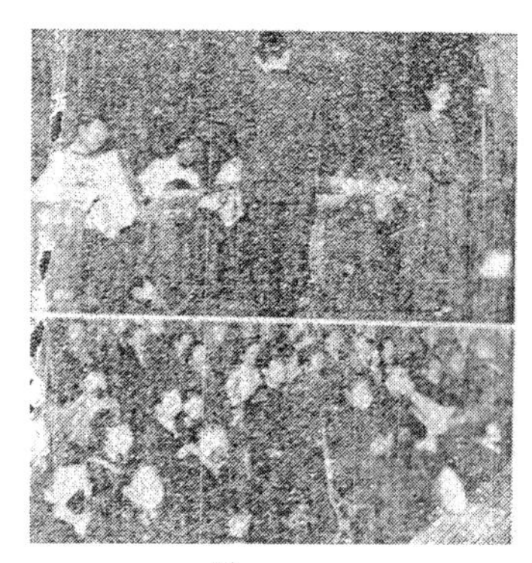

김연실과 그 악극단의 공연 장면 및 관객[51]

조선악극단을 비롯하여 만주를 방문했던 일제 말기의 악극단들은

50) 전경선, 위의 논문, 2012, 115쪽.
51) 『매일신보』, 1941.2.28. 1940.11.6.

전시체제기 식민지 전반에서 고취되었던 시국사상 외에도 만주국의 건국정신을 오락을 통해 보다 좋은 선전효과를 내고자 했다. 당시 악극단의 공연 레퍼토리를 통해 알아보도록 하자.

김연실악극단의 레퍼토리는 대부분 짤막한 스토리로 구성된 가벼운 가극이었다. 이는 이 극단이 일제 말기 주로 가요나 무용, 촌극이나 만담 등을 위주로 위문공연을 했던 위문대의 성격이 강했기 때문이다.[52] 〈가수출정기〉는 지원병과 간호부로 출정한 남녀 두 가수가 중국인에게 대동아정신을 선전하는 내용이다. 레코드 회사의 전속 가수 이성용과 김성녀는 각각 지원병과 황군 위문대에 출정하여 전지에서 만난 왕서방에게 일본의 대동아정신을 선전한다. 결국 두 사람의 따뜻한 정에 감동한 왕서방이 동양의 평화를 위해 싸우게 된다는 이야기다. 희가극 〈노래의 세상〉은 한 레코드사의 사장이 겨우 신인가수를 발견했으나 비상 시국에 유행가란 천만 부당한 존재라고 엄담하는 안여사의 출현에 졸도한다는 넌센스이다. 그 밖에 '시국경악극'이란 용어가 전제된 〈전우〉는 군인의 사명감과 용맹함을 다룬 작품이다. 결사대로 출전한 조선 군인이 적진에 돌입하여 성문을 파괴하려던 찰나에 적진에 발각되어 죽음을 맞이하게 된다. 바로 그때 그 군인은 친구로부터 구원되어 사명을 완수한다. 이러한 작품들은 모두 지원병, 대동아정신, 비상시국 등과 같은 국책 서사에 그들이 강조했던 '조선정서'의 멜로디가 가미되었다. 이로써 김연실악극단은 '오락에 굶주린

52) 일제 말기 위문대나 이동연극대와 관련된 글은 김호연(「일제 강점 후기 연극 제도의 변화 양상과 그 의미 이동극단, 위문대를 중심으로」, 『인문과학연구』 제30집, 강원대 인문과학연구소, 2008), 이화진(「전시기 오락 담론과 이동연극 연구」, 『상허학보』 제23집, 상허학회, 2008; 「일제 말기 이동극단 활동의 전개 양상과 그 한계」, 『한국학연구』 제30집, 인하대 한국학연구소, 2013.)의 논문 참고.

만주 조선인들에게 건전한 오락을 제공하고자 했다.[53]

반면 반도가극단과 황금악극부는 상대적으로 극요소가 강한 악극을 선보였다. 반도가극단의 〈단오절〉은 '일명 〈목란종군〉'으로 표기되어 있는데, 〈목란종군〉은 중국 북위시대에 목란이라는 여자애가 늙은 아버지를 대신 출정하여 외세의 침략을 물리친 이야기다. 작품의 구체적인 공연 내용을 알 수 없지만 '외세'를 영국과 미국 등 일본 제국의 적대국으로 상정하여 '영미귀축'을 고취했을 가능성이 있어 보인다. 분명한 것은 조선 내에서 워낙 조선의 고전을 소재로 한 작품을 공연하는 것으로 유명했던 반도가극단이 만주 공연에서도 그 특징을 잘 살렸다는 것이다. 황금악극부의 〈지원병과 해전의 도〉는 5막으로 된 비교적 긴 악극으로 구체적인 내용이 전해지지 않지만 제목에서 보이듯이 지원병에 대한 선전 내지는 찬양의 내용에서 크게 벗어나지 않을 것으로 짐작된다.

이처럼 악극단별로 극요소의 농도에 약간의 차이가 있지만 오락성과 선전성을 겸비하고 있다는 점에서는 공통점을 지닌다 하겠다.

1.2. 〈춘향전〉의 공연 효과와 만주의 관객들

〈춘향전〉은 조선의 고전으로서 만주의 관객들에게도 아주 익숙한 이야기다. 실제로 만주의 관객들은 〈춘향전〉과 같은 역사적 소재의

53) 「노래와 춤의 프리마돈나, 김연실악극단 전만 공연」, 『매일신보』, 1941.2.28.(이 기사에서는 김연실을 소개함과 동시에 "만주동포에게 있어 오락에 굶주린 현재 건전한 오락을 제공하려"는 의도를 분명히 밝히고 있다.)

연극을 아주 선호했다고 한다.[54] 조선정서에 대한 그리움 때문일 것이다. 〈춘향전〉이 여러 극단에 의해 다양한 형식으로 공연되었던 점으로 보아 만주의 관객들에게 특히 인기 있는 소재였던 것 같다. 유치진의 연극 〈춘향전〉 외에 이를 소재로 한 악극도 공연되었다. 전자는 고협과 현대극장에 의해 공연되었고 〈청춘의 광란〉이라는 제목의 악극이 김연실악극단에 의해 공연되었다. 〈청춘의 광란〉은 춘향의 외출로 인해 이도령이 춘향으로, 방자가 이도령으로 대역하여 오리정의 이별 장면을 희극화한 것이다. 〈춘향전〉은 해방 후 연변연극단 창립기념작으로도 공연되어 열광적인 환호를 받음과 동시에 '중앙문화부'의 '1등상'이라는 명예를 얻기도 했다.[55] 이와 같은 일련의 사실들은 만주에서의 〈춘향전〉의 인기를 충분히 가늠할 수 있게 한다.

작품 내용에 관해서는 더 논할 필요가 없겠다. 여기서 주목하려는 것은 〈춘향전〉(고협)의 만주 공연에 대한 김리유金利有의 관극평[56]이다. 그의 관극평을 통해 〈춘향전〉의 공연 효과를 알아보는 한편 특히 〈춘향전〉을 선호했다는 만주의 관객 성향에 대해 알아보기로 한다.

우선 김리유의 정보에 대해서는 알려진 바 없다. 다만 1940년 5월과 11월에 각각 극단 고협화 아랑에 대해 비교적 전문적인 평을 했다는 점, 그리고 신극 추구의식을 드러냈다는 점으로부터 연극 애호가였거나 연극에 종사했던 인물이었을 것으로 추정해 본다. 김리유는 〈춘향전〉의 극본에서부터 연출기법에 이르기까지 비교적 구체적인

54) 고설봉, 위의 책, 64쪽.

55) 「춘향전」은 1950년대 초연이래, 열광적인 인기에 힘입어 80년대까지 계속 재공연되었다고 한다(방미선, 「연변조선족연극의 회고와 현실상황」, 『드라마연구』 제25집, 한국드라마학회, 2006).

56) 김리유, 「고협 만주공연 춘향전을 보고서〉(1~4), 1940.5.31. 6.1. 6.2. 6.4.

평을 남겼는데 대체적으로 부정적인 분위기였다. 우선 극본각색과 관련해서 두 가지 문제를 언급했다. 하나는 춘향과 이몽룡의 이별 장면이다. 유치진의 〈춘향전〉은 소설과 달리 춘향과 이몽룡의 이별 장면이 오리정이 아닌 춘향의 집으로 설정되어 있다. 김리유는 이에 대해 아쉬운 심정을 드러냈다.

> 극전체로 보아 각본자에게 하고 싶흔 말은 오리정을 빼버리고 춘향집에서 이별을 끌어내는 것은 오히려 수긍할 수 잇는 방법이다. 오리정의 장면이란 춘향 전체에 흐르는 전면한 정서와 이별이라는 이 말이 현대에 와서는 프랫트홈과 완전히 연결된 개념인 것 가치 왕시 조선민속을 생각할 때 오리정이니 무슨 동구박 느티나무니 하는 것과 연결되어 이슨 시대성으로 보아 춘향전의 정서에는 역시 오리정의 장면이 조곰이라도 필요한 것이 아니엿든가.[57]

김리유는 정자나 동네의 느티나무가 조선인들의 전통적인 의식 속 이별 장소이며 그것이 〈춘향전〉의 시대성과도 어울림에도 고협은 이 점을 간과하고 춘향의 집을 이별 장소로 설정함으로써 전통성과 시대성을 부각시키지 못한 고협의 각본연출에 대해 유감을 표했다. 이는 〈춘향전〉의 전통성과 시대성 연출이 조선정서를 향한 만주 조선인들의 특별한 애착심에 부응하지 못했다는 점에 대한 유감으로도 읽힌다. 아울러 그는 배역의 이미지에 맞게 극본을 각색하지 못한 점에 대해서도 불평을 드러냈다. 특히 주인공 이몽룡의 역할을 맡은 박창환이 나이나 이미지상 이몽룡과 어울리지 않아 극의 몰입도를 반감시킨

57) 김리유, 위의 글, 1940.6.2.

다는 점을 강조했다. 그 밖에 김리유가 집중적으로 문제삼고 있는 것은 바로 배우들의 신파조의 과장된 연기였다.

> 그 지나치게 날뛰는 폼이 아무리 하여도 17,8되는 절문 총각으로 생각되지 않으며 아무리 책방도령의 근대라 하드래도 행동과 범절이 방자로서 상상할 수 업시 지나친 점이 만타. 방자의 헛턴 수작으로 관객을 웃길녀면 문제는 물론 달라지니라.[58]

> 춘향모에게 극 전체의 된 품으로 보면 그 비난할 정도는 아니다. 그러나 기생 퇴물의 인상을 주느라고 그런지 거름을 일부러 엉둥이를 좌우로 흔들고 가는 모양은 극의 분위기를 파괴한 春○적 ○覺박게는 잇지 못하다.[59]

방자의 과잉된 행동거지와 춘향 어머니의 과장된 걸음걸이를 지적하고 있는데 이는 관객의 웃음을 자극하고 인물의 특성을 살려내기에는 적합하지만 그 정도가 지나쳐 극의 분위기와 효과에 부정적인 영향을 미친다는 것이다. 이처럼 〈춘향전〉에 대한 김리유의 평가는 대체적으로 부정적이었다. 한마디로 〈춘향전〉의 연출기법이나 배우들의 연기가 너무 과장되고 비현실적이라는 것이 극 전체에 대한 평가이다. 그런데 이는 비단 고협의 〈춘향전〉에만 나타나는 문제는 아니었다. 비슷한 시기 극단 아랑 공연에 대한 관극평에서도 김리유는 같은 문제를 지적했다. 1940년 11월에 아랑은 송영의 〈삼대〉를 비롯하

58) 김리유, 위의 글, 1940.6.2.
59) 김리유, 위의 글, 1940.6.4.

여 임선규의 〈동학당〉, 〈청춘극장〉, 〈바람부는 시절〉 등을 무대에 올린 바 있는데 김리유는 그 중 〈바람부는 시절〉에 대해 구체적인 평론을 했다. 그는 주인공역을 맡은 황철의 연기가 가장 세련되었다고 하면서도 시골청년의 역할을 다소 과장된 몸짓과 말투(충청도사투리)로 연기한 점을 문제 삼았다.[60] 너무 작위적이고 과잉되었다는 것이다. 그런데 이처럼 눈물과 웃음 혹은 과잉된 몸짓과 말투로 점철된 연기와 연출은 조선 극단의 순회공연기사를 통해 쉽게 확인된다. 순회공연에 나타나는 이러한 특징에 대해 김리유는 비판적인 시선을 보냈지만 관객의 시선은 달랐다. 예원좌의 공연 상황을 통해 만주 관객들의 시선을 어느 정도 파악할 수 있다.

요사이 계속하야 비비하게 내리는 느진 봄비를 마지가며 정각전부터 장내는 만원을 이루어왓다. 째는 일곱시반경 막은 김춘광작 신생활설계 4막5장을 상연하야 써나듯 요란하는 장내는 갑자기 고요해지고 천재소녀 황순덕양의 어른을 압도할만한 초인적 연기에 아릿자릿한 매력을 느끼면서 자기도 모르게 눈물을 짜내는 이가 만헛다. 그리고 거기에 명물남 리업동군의 희극이 간간이 잇서 관객은 그야말로 웃다가 울고 하는 연극을 스스로 송도리채 빼앗기엇다. 열한시가 되어 막이 다치자 유모어 백퍼-센트의 스케취가 잇서 관중을 포복절도케하고 동 30분에 이날 밤의 막을 다치엇다.[61]

---

60) 김리유, 「아랑 공연을 보고」, 『만선일보』, 1940.11.7.
61) 「천재소녀의 妙技에 만장팬들은 贊歎, 예원좌공연 第二夜 성황」, 『만선일보』, 1940.5.18.

첫 날의 성공적인 공연에 대한 얘기로부터 시작되는 이 기사는 우선 이튿날의 공연임에도, 그리고 비가 내리고 있음에도 공연 전부터 극장을 만원으로 가득 채웠던 현장을 통해 관객들의 열기를 보여주었다. 다음 아역배우 황순덕과 희극인 리동업의 연기 및 스케취 공연이 눈물과 웃음으로 관객들의 감정을 자극했던 공연 분위기를 '자기도 모르게 눈물을 짜내고', '웃다가 울고 하는 연극을 스스로 송도리채 빼앗기엇다', '관중을 포복절도케 하고' 등과 같은 묘사를 통해 눈물과 웃음으로 충만한 연기에 몰입한 관객들을 연상시켜 주고 있다. 즉 1930년대 조선의 관객들과 마찬가지로 만주의 조선인 관객들 역시 여전히 신파적이고, 과잉된 대중연극을 선호했던 것이다.

만주 관객들의 이러한 취향에 대해 김리유는 매우 직접적으로 토로했다. 그는 "관극자층의 대다수는 신극의 사실성과 예술의 표현보담도 오히려 하나의 무대의 영웅을 요구하며 따라서 연기의 현실성보담 극도로 과장된 소위 신파조를 요구하게 된다"[62], 그리고 "관객 대중의 다수가 충분한 연극 교양을 갖지 못했다"[63]며 만주 조선인 관객들의 미성숙한 관극 성향을 꼬집었다. 고협의 〈춘향전〉과 아랑의 〈바람부는 시절〉에 대한 그의 비판은 곧 이러한 관극 성향에 영합하여 상업적인 흥행을 노린 순회 극단의 타협적인 태도였다. 신극의 예술성을 추구하는 사람으로서 고협을 비롯한 조선 극단의 상업성을 용납할 수 없었던 것이다. 하지만 극단 나름대로 연극의 예술성과 상업성 사이에서 치열한 고민을 거쳐 생존을 위한 연극을 선택할 수밖에 없었던

62) 김리유, 「고협만주공연 춘향전을 보고서(1)」, 『만선일보』, 1940.5.31.
63) 김리유 위의 글.

사정을 고려하지 않을 수 없다.

이는 그 시대 한 연극인으로서의 그러한 내면적인 갈등과 생존을 위한 부득이한 선택 과정을 치밀하게 보여준 만주의 무명 극단 〈인생좌〉[64]의 이야기를 통해 얼마간 이해할 수 있다. 극단과 배우의 명성, 그리고 자극적인 내용의 연극을 선호하는 관객을 대상으로 '인생탐구'의 심오한 연극을, 그것도 무명의 극단(〈인생좌〉)이 이에 도전한다는 것은 그야말로 계란으로 바위 치는 격이 아닐 수 없었다. 그러한 도전이 지속될수록 극단 〈인생좌〉의 생계와 단장의 생명은 점점 위기에 봉착하게 된다. 현실과 이상의 충돌 속에서 끝없이 방황하던 주인공 철이는 죽어가는 순간 결국 단원들이 흥행극단으로 들어가도록 허락한다. 물론 당시 극단 각각의 사정에 따라 상업극의 길로 나아간 구체적인 경위는 다르겠지만 어쨌든 그 결과 순회 극단들의 상업극이 만주 관객들의 호응을 이끌어낸 것은 분명하다.

요컨대 〈춘향전〉은 과장된 몸짓과 말투 등 관객 성향에 부합한 연출, 거기에 만주의 조선인들이 특히 좋아하는 조선정서가 충만한 고전 이야기의 소재 선택으로 만주 조선인 관객들의 사랑을 한몸에 받을 수 있었던 것이다. 여기서 보다 더 큰 인기 요인으로 작용했던 것은 바로 〈춘향전〉에 충만한 조선정서였다. 당시 만주의 조선인들은 조선정서를 향한 애착과 갈망이 매우 컸다. 만주국이라는 혼합적인 종족 공간 속에서 때로는 협화적으로, 때로는 배타적으로 존재하면서 조선인으로서의 정체성을 스스로 환기할 수 밖에 없었을 것이다. 정체성에 대한 확인은 자연스럽게 '민족의 체취'를 응축하고 있는 조선정서

---

64) 현경준, 「인생좌」, 『현경준』, 보고사, 2006, 참고.

에 대한 갈망으로 연결되었다.

> 조선내에서 오는 극단의 全滿地興行성적은 어느정도까지 良好한 성적을 示하고잇다 국도신경의 例에서볼지라도 일부의 약간의 밀집구를 제하고는 이곳저것 어느 틈에 끼여사는지도알수도 업스리만큼 분산되여잇는 鮮系市民이 조선내의 극단이 興行하는 장소에 遠距離의 이곳저곳에서 하나를 求心的으로 모여드러 千名내외를 수용하는 장소를 二三日 계속하야 무난히 채우는 사실은 실로 奇跡적인 감을 준다. 이것은 두말할것업시 조선말劇에 대한 열정적인 愛好가 잇는 것을 확증하는 것이다. (중략)우선, 만주국에 적절한 模範적인 鮮系 극단의 ○성(결성)이 고려되여야 할 것이다. 大同劇團의 확충 강화가 실현된 오늘 그 3부(조선어)가 해체만 된채도 그 使命이 新京朝鮮人協和文化部에 옴겻을 뿐으로 아직 이렇다 할 활동업는 協和文化部 諸君의 刷新노력이 잇슴직한 일이다. 특히 아무 娛樂慰安 의 시설도 업시 쓸쓸한 생활을 하고 잇는 鮮系 개척지의 정경을 생각할 때 이들에게 인생의 기쁨의 눈물과 웃음과 희망을 줄 만주국에 적절한 朝鮮語 劇團 건설양성의 필요를 절감하는바이다. 더욱이 일야 慰安격의 선내 朝鮮劇團은 교통과 ○산 관계로 도회지 이외는 발을 드려 놓지도 않음에 잇서서이다.[65)]

조선 정서에 대한 애착과 갈망의 정도는 만주에 조선 순회 극단의 공연 소식이 들리기만 하면 몇 십리 길도 마다하지 않고 극장을 찾으며 천여명을 수용할 수 있는 공간을 2,3일 연속 가득 메울 정도였다는 내용을 통해 체감할 수 있다. 그들에게 극의 내용과 성격은 중요하지

---

65) 「鮮語劇 육성의 필요」, 『만선일보』, 1940.5.18.

않았다. 중요한 것은 '조선말극'이었다. 이러한 사실들은 만주의 조선인들이 문화적으로 소외되었다는 점을 반증하는 한편 조선정서에 대한 그들의 강렬한 욕구를 드러낸다. 만주의 조선인 관객들이 다른 민족에 비해 문화적으로 상당히 소외되었던 것은 사실이다. 조선인 상설 극장이 없었던 점만 보더라도 충분히 짐작할 수 있다. 영화는 차치하고 연극을 보더라도 1941년 이후 만주국 조선인에 의한 연극이 조금씩 활발한 모습을 보이기는 했지만 1년에 겨우 두 차례 정도의 정기 공연을 하는 관변극단과 몇몇 민간 극단이 있었을 따름이다. 민간극단 역시 계림극단을 제외하면 특별히 선전하는 모습을 보여주지 못했다. 게다가 도시별로 한 두 극단밖에 없었기 때문에 오락적으로 더욱 소외될 수 밖에 없었다. 1941년 전에는 조선인 연극이 더욱 결핍했다. 위의 인용문에서 드러나듯이 당시의 만주 조선인 사회에는 대동극단 조선어부가 해체된 이래 협화문화부가 그 중임을 맡게 되었지만 별다른 활동을 하지 않았다. 이처럼 조선정서, 조선어 연극에 대한 만주 조선인들의 갈망, 그리고 만주국 조선인 연극의 부재로부터 만주국 내 '선계/조선인 극단을 양성해야 할 필요성'이 제기되었던 것이다.

뿐만 아니라 당시 만주의 조선인들, 특히 조선인 집중 거주 지역이 아닌 도시에 살고 있던 조선인들은 일부 제한된 곳을 제외하고 대부분 중국인, 일본인과 섞여 살았다.[66] 따라서 평소 조선정서를 느낄 수

66) 1930년대 후반에 이르러 조선인들이 급속도로 도시로 집중되었는데 그들 대부분은 중국인 거주 지역에 모여 살았으며 일부가 일본인 거주 지역에 살았다. 그리고 중국인 거주 지역 일부에는 별도의 조선인 집거지가 형성되기도 했다. 예를 들면 펑텐의 시타西塔, 스젠팡十間房, 신징의 메이지딩梅枝町, 파리바오八裏堡 등 지역이다. (김경일, 윤휘탁 외, 위의 책, 22쪽.)

있는 기회와 공간이 극히 제한적이었다. 이처럼 생활문화와 오락문화의 소외로 인해 조선정서를 향한 욕구가 더욱 극대화될 수밖에 없지 않았을까 생각한다.

만주의 조선인들이 그토록 갈구하는 조선정서는 추석, 명절, 단오 등 전통명절 행사나 운동회, 그리고 극장을 통해 일시적으로나마 해소하고 위안을 받을 수 있었다. 이런 의미에서 볼 때 조선어, 조선인 배우, 조선인 관객, 조선인 의복, 조선인 생활 등 조선적인 정서들이 응집되어 나타나는 극장(조선어극이 상연되는 극장)은 협화와 갈등, 포섭과 배제, 억압과 저항이 공존하는 '상상의 공동체' 공간이 아니라 공통의 민족의식과 공통의 정체성 감각이 표출되는 '진정한 공동체' 공간이었다. 일제는 이처럼 식민지인들의 종족적 정체성이 응집되어 발현되는 공간을 불온한 공간으로 인식하며 감시의 시선을 놓지 않았다.[67] 식민지시기 조선의 극장이나 만주국의 중국인 극장에 임석경관이 배치되었던 이유는 바로 그 불온한 종족공간의식 때문이었다. 조선어극이 상연되는 만주의 극장도 예외는 아니었을 것이다. 무대에서 연기를 하는 도중, 연적에 대한 적개심으로 칼을 빼들었다가 임석경관의 지체없는 제지를 당했다는 〈인생좌〉의 이야기가 이를 확증할만한 자료는 못된다. 하지만 만주가 조선인들의 독립운동 공간이었다는 점, 그리고 읍지에서 항일운동이 여전히 전개되고 있었다는 점에 대한 의식은 일제로 하여금 식민지 조선의 극장보다 오히려 만주의 극장(중국

67) 식민지 조선을 비롯한 동아시아 극장의 종족성과 정치성에 관한 글은 이승희의 「조선극장의 스캔들과 극장의 정치경제학」, 『대동아문화연구』 72권, 성균관대학교 대동아문화연구원, 2010.「동아시아 근대 극장의 식민성과 정치성」, 『월경하는 극장들』, 소명, 2013, 참고.

인 극장이나 조선어가 상연되는 극장)을 더욱더 불온한 종족공간으로 인식하도록 하지 않았을까.

1.3. 〈등잔불〉에 나타난 만주 조선인 사회와 등잔불의 의미

박영호의 〈등잔불〉[68]은 1940년 5월 극단 고협이 만주 일대에서 공연했던 작품이다. 이 작품은 만주국 건국 전후의 간도를 시공간적 배경으로 선부와 최가를 비롯하여 함흥집, 뽕나무군수, 시누이, 노파, 채표광, 몽술 아버지, 박가 등 다양한 인물군상을 통해 조선 이주민들의 비참한 삶의 모습을 그렸다. 〈등잔불〉은 여관방이라는 하나의 공간 속에서 다양한 인물들의 삶의 모습들을 번잡하게 나열하듯 보여주고 있는데, 그 장면들이 서로 치밀하게 연결되어 있지 않은 듯하면서도 비참한 현실 및 그에 대한 극복이라는 주제로 향해 가는 '확산희곡의 서사구조'를 지니고 있다.[69]

작품의 등장인물들은 꿈을 안고 만주로 이주해 왔지만 정작 집 한 채 없이 여관방을 전전하며 살아간다. 선부의 계모가 운영하는 여관방은 만주 이주민들의 삶의 축도와 같았다. 그 속에서 술과 여자, 도박, 복권 등에 빠져 살아가는 남자들의 퇴폐적인 삶의 모습들이 적나라하게 그려진다. 그들은 현실에 정착하여 더 나은 미래를 향해 도약할 꿈을 꾸는 것이 아니라 일확천금의 허황된 꿈만 쫓는다.

---

68) 이 작품은 1940년 2월 『문장』2권 5호에 발표되었다. 이 글에서는 『해방전 공연희곡집』1(이재명, 윤석진 외, 평민사, 2004.) 에 수록된 〈등잔불〉 참고.

69) 김향, 「박영호 희곡연구 - 〈인간일번지〉와 〈등잔불〉을 중심으로」, 『한국극예술연구』제 16집, 한국극예술학회, 2004, 201쪽.

①崔哥: …자네뿐이 아니구 만주에 와 있는 조선사람들이란 저순 이 지경이란 말야. 노름을 노라서 한목 만 환을 잡는다는 게 한목 만 환을 노친다는 말두 되네. (중략) 팔지 마우, 팔지 마우, 하는 마차를 욱여서 팔게 한 게 나 아니냐 말야. 그 피가 나는 돈을 소 구루마도 사기 전에 노름판에 죄 뿌렸으니
夢父: 설마 딸 쭐 알었지, 잃을 줄야 알었나.[70]

②뽕나무군수 그래 자넨 옥환 못믿두 채표 믿나
彩票狂: 믿어요. 그걸 안 믿구 멀 믿어요. 만주판에 사는 사람치고 채표에 안 미친 사람이 어딧서요.[71]

③崔哥: 강만 얼어붙으면 북황령으로 댈 실어 내리거든요. 그 운반곡까지 얼만데요. 금년엔 돈 천이나 잡아야 겠습니다.[72]

④뽕나무: 해해해, 돈야, 돈만 있으면 색시가 없나. 고래당 같은 개와집이 없나. …(유성기속에서 돈뭉치를 끄낸다.) … 해해 틀림없는 오백환이야. 요것이 어서 색기를 치구 알을 까지 천 환만 되는 날이면, 조선 가서 광을 하나 산단 말이야.[73]

극 중 '우차부牛車夫'로 등장하는 몽술 아버지(①)는 여덟식구의 생계를 책임져야 함에도 도박에 빠져 허우적댄다. 그는 생계 수단인 마차까지 놀음판에 밀어 넣고도 아내에게 되려 큰소리를 친다. 몽술 아버지가 도박에 빠졌다면 채표광(②)은 이름 그대로 복권에 빠진 인물이다. 여자는 못 믿어도 복권은 믿는다며 광적인 모습을 보일 정도이다.

70) 박영호, 「등잔불」, 『해방전 공연희곡집』 1, 평민사, 2004, 20쪽.
71) 박영호, 위의 작품, 24쪽.
72) 박영호, 위의 작품, 13쪽.
73) 박영호, 위의 작품, 36쪽.

교활하고 물욕에 가득 찬 뽕나무군수(④)는 오백 환을 천 환으로 불려서 탄광을 사려는 비현실적인 꿈을 꾸고 있다. 그 꿈을 위해 여관방 주인 '함흥집'을 부추기고 계략을 꾸며 이익을 챙기고자 한다. 그나마 선부와의 미래를 꿈꾸며 현실에 안주하며 살아가는 듯한 최가(③)마저도 마차를 소차로 바꾸어 일확천금할 꿈을 꾼다. 그 밖에 작품에는 술, 도박, 여자에 빠져 살다 모든 것을 잃게 되는 인물도 등장한다. 이처럼 작품 속 남자들은 하나같이 현실 생활에 정착하지 못하고 타락적이고 부도덕한 삶을 살아가는 인물군상으로 부각되었다.

작품은 물욕에 가득 찬 여자들의 이미지도 부각시켰다. 여관방 주인 '함흥집'은 전남편의 아내 즉 선부의 어머니를 쫓아내고 안주인 자리를 꿰찬 부도덕한 여성인물이다. '함흥집'은 선부의 아버지가 죽은 후, 선부와 그녀의 고모를 부엌대기로 부려먹는 것도 모자라 선부가 차지하게 될 재산을 가로채고자 뽕나무군수와 계략을 꾸민다. 즉 선부를 '조대서'라는 인물에게 팔아 남겨 돈도 챙기고 집과 땅 등 모든 재산을 가로채려는 것이었다. 그녀의 탐욕으로 빚어진 음모와 계략은 선부를 죽음으로까지 몰고 가게 된다. 사악할 정도로 교활하고 부도덕한 '함흥집' 외에도 술집 작부 금분과 옥화, 채표광의 여동생 등이 물욕에 빠져 한때 사랑했던 남자나 가족의 돈을 훔쳐 달아나는 이야기가 그려졌다.

작품은 이처럼 술과 도박, 사기, 절도 등 타락적이고 비도덕적이며 비정하기까지 한 공간을 건국 무렵의 시기로 설정하고 있다. 그런데 작품의 발표와 공연 시점이 1940년이라는 점, 그리고 공연 공간이 만주의 펑톈, 신징, 하얼빈 등 대도시였다는 점에서 작품의 내용을 1940년대 만주 도시의 조선인 사회와 연결시켜 보는 것은 그 시기 〈등잔불〉의 공연 의미와 효과를 파악하는 데 매우 유용하다. 그런 시각에서 볼 때 〈등잔불〉은 1940년대 만주 도시 조선인 사회의 한 단면을 매우 집약적으로, 그리고 상당히 사실적으로 재현했다고 할 수 있다. 그것은 〈등잔불〉이 만주국 수립 후 도시 경제 성장과 더불어 도시 조선인 인구가 증가하면서 나타난 현상을 반영하고 있기 때문이다. 당시 조선인들은 보다 더 나은 생활을 희망하며 도시로 몰려들었지만 현실은 만만치 않았다. 농촌에서는 그나마 조선인 마을도 형성하고 벼농사로 나름 장점을 살리며 비교적 안정적으로 살아갈 수 있었다. 하지만 도시에서 조선인들은 일본인, 중국인들과의 취직 경쟁에서 늘 뒤처졌다.[74] 이에 따라 만주의 도시에는 조선인 무직자들이 많이 생겨나게 되었으며 이는 그들의 생계를 직접적으로 위협했다. 연명하기 위해 여자들은 유곽으로 흘러들었고 남자들은 마약이나 밀수, 절도, 도박, 사기 등과 같은 범죄행위에 말려들었다.[75] 〈등잔불〉에는 바로 그러한 현실들이 고스란히 재현되었다.

한편 작품은 열심히 살지만 좀처럼 나아지지 않는 현실에 절망하는 인물들도 등장한다. 주인공 선부는 계모에게 친어머니도 빼앗기고 아버지까지 잃은 채 계모의 온갖 구박을 받으며 살아간다. 그럼에도 함

74) 1943년 펑톈의 민족별 구인 · 구직자 · 취직자 비율을 보면 공업을 비롯하여 건축업, 상업, 교통운수업, 공무원, 자유업 등 구인 분야에서 일본인 구인 비율이 가장 높았다. 또한 조선인들의 구직자수에 있어서 조선인이 중국인보다 더 많았음에도 취직률은 중국인이 훨씬 낮았다. 1938-943년의 취직률을 보면 일본인이 약 60%로 가장 높았고 다음 중인인이 52.4%로 일본인과 거의 대등했으며 조선인은 겨우 21.1%밖에 되지 않았다.(김경일, 윤휘탁 외, 위의 책, 145~148쪽.) 물론 도시별, 시기별로 차이는 있지만 만주국시기 도시 조선인들의 취직률은 늘 일본인과 중국인에 뒤처졌다.

75) 김경일, 윤휘탁 외, 위의 책, 84쪽.

께 할 미래를 꿈꾸는 애인 최가가 있기에 나름 희망을 안고 살아간다. 그런데 그녀의 희망은 계모 '함홍집'과 뽕나무군수의 계략으로 산산조각 나고 만다. '함홍집'이 자신을 '조대서'에게 팔아넘기려는 사실을 전해 듣고 비관해 있는 차에 애인 최가마저 마적의 습격으로 죽었다는 소식까지 듣게 되자 결국 절망하여 우물에 빠져 자결하고 만다. 극중 몽술 어머니의 삶도 퍽 비극적이다.

> 夢母: 글세 할머니레 이런 법이 잇슴넥가. 색끼레 여섯식 낳두 미역꾹 한 그 릇 못먹구 타작마당으루 이삭을 주러 댕긴다. 싹바느질을 한다, 품방알찐다, 매가리낀에서 쌀을 골은다 가진 고생을 해서 모든 돈입네다 그려. 아이구 분통이 터져서.[76]

몽술 어머니는 가족들의 생계를 위해 출산 후에는 물론 출산 전 만삭의 몸으로도 '타작', '이삭줍기' 거기에 '삯바느질', '품방아', '쌀고르기' 등 온작 궂은 일을 찾아 하며 아득바득 살아왔다. 이러한 노력에도 불구하고 그녀에게 되돌아 오는 현실은 도박으로 재산을 탕진한 남편으로부터 딸만 낳는다며 구박과 멸시를 받는 정신적, 육체적 고통의 현실뿐이었다. 가족임에도 불구하고 '함홍집'에게 몸종취급당하는 선부의 고모나 훔치지도 않은 돈을 훔쳤다고 누명을 쓰게 되는 '노파老婆'가 마주하는 현실도 마찬가지로 비참했다. 비참한 현실 속에서도 끝까지 살아가려 노력하지만 나아지기는 커녕 살아갈 희망마저 무참히 유린당하는 현실에 그녀들은 절망하게 된다.

---

76) 박영호, 위의 작품, 21~22쪽.

이렇듯 〈등잔불〉은 여관방에 모여 사는 다양한 인물군상과 그들의 삶에 대한 묘사를 통해 타락적이고 비도덕적이며 비정한, 그리고 비참하고도 절망적인 삶의 공간으로 만주를 표상했다. 작품은 이처럼 만주 조선인 사회의 현실을 적나라하게 보여줌과 동시에 그에 대한 극복의 대안을 제시한 것처럼 보인다. 극복의 대안이란 곧 신흥 만주국의 협화적 이상과 낙토 건설에 대한 희망이다.

① 雨村: 협화의 아이데안 어서 온 걸까요.
支局長: 만주에는 일, 선, 만, 몽, 이 민족 외에도 20여개의 민족이 깔려 있잖어 이러한 전통도 다르고 생활 감정이 다른 민족을 한 기빨 아래다 모아놓고 소위 배타적민족주의를 없앨 일, 또는 네가 잘라구 내가 잘라구 하는 정치상이나 지배력을 없앨 일, 다아 똑같다 그런 말씀야, 그 모든 전통과 이념을 초월한 아의 새로운 질서를 맹글자는 게 협화의 정신일깹니다.[77]
② 支局長: 사실 만주라는 데가 지질루 보나, 토성으로 보나 바람이구 습기구 간에 농사에는 고만이란 말씀이야. 늦게 심어 빨리 먹는데가 만줍니다 그려.
雨村: 머니머니 해두 만주는 농업이 주때로군요.
支局長: 여부가 있습니까. …중략… 개간할 땅이 2천만 정보나 됩니다 그려. 머니머니 해도 만주의 국가 경제는 농업이니까요.[78]

여러 민족의 화합으로 "전통과 이념을 초월한 동아의 새로운 질서

77) 박영호, 위의 작품, 47쪽.
78) 박영호, 위의 작품, 48쪽.

를"건설하자는 이른바 '협화정신'(①)과 비옥하고도 넓은 개척지를 보유한 '낙토만주'(②)를 선전하는 이 대목은 앞에서 살펴본 조선인 사회와는 퍽 대조적이다. 건국 전의 조선인 사회가 비참하고 절망적이었다면 건국 후의 조선인 사회는 평화롭고 희망적이다. 〈등잔불〉은 바로 이 점으로 인해 기존 연구에서 친일극으로 규정된 바 있다.[79)]

즉 이 대목은 비참한 현실을 마주하고 있는 조선인들에게 현실 극복의 대안으로 만주국을 제시하고 있는 듯하다. 그런데 문제는 이 대목이 등장하는 시점과 등장 인물이 앞의 내용 또는 인물과 아무런 연관성을 지니지 않는다는 것이다. 심지어 이 대목을 없앤다 하더라도 작품의 주제와 내용 전개는 아무런 영향을 받지 않는다. 뿐만 아니라 연극의 특성상 관객들의 시선은 3막의 뜬금없는 만주국 선전 대목이 아닌 1, 2막의 조선인들의 비참한 삶의 내용에 집중되어 있을 것이다.[80)] 즉 이 선전 대목은 작품의 중심내용과 유리되어 있기 때문에 관객들에게 아무런 설득력도 지니지 못한다. 편지를 통해 복권에 빠져 남의 돈까지 훔쳤던 채표광이 갑자기 만주의 개척자로 개과천선했다고 전해지는 결말 역시 마찬가지다.

---

79) 서연호는 〈등잔불〉이 만주국 건국 이전에 비참한 삶을 살던 조선 이주민들이 일제의 대동아정정책의 혜택을 받아 드디어 새로운 희망을 갖고 정착해나가는 과정을 미화했다며 친일극으로 규정했다.(서연호, 『식민지시대의 친일극 연구』, 태학사, 1997, 129쪽.)

80) 양수근은 연극의 특성상 관객들이 이 선전 대목에 이끌려가지 않는다고 말함과 동시에 만주 이주 정책이 무조건 희망과 환상만을 주지 않는다며 오히려 이 대목에서 작가 박영호의 '민족적 진정성'이 엿보인다고 했다.(양수근, 「일제 말 친일 희곡의 변모양상과 극작술 연구 : 박영호, 송영 극작품을 중심으로」, 명지대학교 박사학위논문, 2005, 27~28쪽.)

> 소리: 박가야, 최가야, 뽕나무 군수야 … 이 편지를 여럿이 읽어라. 나는 느이가 죽은 줄 알었을, 얼굴에 사마귀 붙은 채표광이다. … 느이들은 그 무덤 속 같이 캄캄 한 부엌방 돈짝만한 들창밑에 웅크리구 앉아서 무슨 꿈들을 꾸고 있늬여 … 내 손엔 독기와 괭이가 쥐였다. 나는 … 황무지를 개척하는 인부다. … 꿈은 영원히 꿈이다. 바람픽을 차고 푸른 하늘로 뛰어나오지 못한 꿈은 영원히 결박 된 꿈일뿐이다. 나오너라 창을 박차고 푸른 하늘로 뛰어나오너라 … 여긴 햇 빛과 흙을 가라가는 자유민의 새로운 건설의 역사가 있다. 우리네의 등잔불은 등피고 석유도 일없다. … 나오너라, 나오너라, 싫거든 죽어라, 죽어라.[81]

채표광의 편지를 통해 보다 더 직접적으로 작품 속 인물들, 나아가 만주의 조선인들에게 "꿈은 영원히 꿈이"며 "바람픽을 차고 푸른 하늘로 뛰어나오지 못한 꿈은 영원히 결박된 꿈"이라며 현실에 안주하지 못한, 허황된 꿈의 환영에서 깨어날 것을 호소하고 있다. 아울러 꿈에서 깨어나 현실 속으로 즉 낙토만주의 "새로운 건설"의 개척자가 될 것을 호소하고 있다. 그러나 아무런 개연성과 극적 전개가 전제되지 않음으로써 결국 관객들과의 공감대를 형성하지 못하게 된다. 일제의 강제적인 문화 동원 속에서 작가는 이와 같은 교묘한 극작기법으로나마 그들의 문화동원정치에 저항한 것이 아닐까 한다.

당시 만주의 조선인 관객들이 공감했을 부분은 허황된 이념이 아니라 자신들의 현실을 반영한 극 중 인물들의 비참한 삶의 현실이다. 이런 점에서 볼 때 〈등잔불〉은 밝고 희망찬 공간으로서의 만주를 표상

---

81) 박영호, 위의 작품, 58~59쪽.

한 것이 아니라 어둡고 절망적인 공간으로서의 만주를 표상했다고 할 수 있다. 이 점이 곧 제목 〈등잔불〉이 의미하는 바이다.

〈등잔불〉 속 만주가 비록 어둡고 절망적인 공간으로 표상되었지만 그것이 곧 만주 조선인 사회의 현실이었기에 관객들은 오히려 더욱 공감하며 공연에 호응했을 것이라 생각된다. 비슷한 시기 만주에서 공연되었던 현대극장 유치진의 〈대추나무〉에 대한 관객들의 거부반응을 통해 그 점을 유추할 수 있다. 주지하듯 〈대추나무〉는 '분촌운동' 즉 일제의 만주 이주정책을 선전하고자 한 작품이다. 만주를 밝고 희망찬 공간으로 미화한 이 작품은 식민지 조선에서 공연되었을 당시에는 별다른 문제가 없었다. 하지만 작품이 지향하는 공간인 만주에서 공연되면서 문제가 발생했다.

> 당시 연극 관중은 그런 주제에 대해서 강한 거부감을 표시하지 않았다. 적어도 도시의 관중들은 그것이 자기의 실제 생각과 부합되지 않았기 때문에 실감을 느끼지 못한 것이다. 그러나 그것이 그 무대가 되는 만주에서만은 달랐다. 즉 현대극장이 만주 순회 공연을 가서 그 작품을 공연했더니 둘째날부터는 썰물처럼 관객이 오지 않았다. 첫날 구경한 사람들이 실망해서 즉각 구두 전파된 것이었다. 결국 춘향전으로 레퍼터리를 바꾸어 공연했지만 현지 사람들은 그런 신체제의 분촌 정책에 배신감을 느낀 것 같았다. 만주 공연에서의 관객 반응은 나에게 더 큰 충격을 안겨주었다. 나는 깊은 자책과 수치심을 사는 것 같았다.[82]

82) 유치진, 『동랑 유치진전집 · 9』, 서울예대출판부, 1993, 160쪽.

〈대추나무〉 첫날 공연 후 이튿날부터 관객이 오지 않았는데 유치진은 '신체제 분촌 정책에 대한 현지 사람들의 배신감'이 그 원인이었을 것이라 회고한다. 해방 후의 회고담이긴 하지만 실제로 만주의 관객들이 〈대추나무〉를 거부했을 가능성이 충분하다고 본다. 그것은 이미 만주로 이주한 사람들에게 만주 이주를 장려하는 내용의 연극을 공연한다는 점도 그렇지만 무엇보다 〈대추나무〉가 예찬한 만주와 실제 만주 사이의 괴리가 너무 컸기 때문이다. 즉 당시의 만주 조선인 사회는 〈대추나무〉가 미화한 밝고 희망찬 공간이 아니라 〈등잔불〉이 보여준 어둡고 희망이 보이지 않는 공간에 근접해 있었기 때문이다. 따라서 비록 〈등잔불〉은 국책연극을 표방했음에도 불구하고 만주 조선인들의 비참한 생활 및 만주에 대한 환멸을 보다 더 집중적으로 보여줌에 따라 만주 조선인 관객들의 호응을 이끌어냈을 것이다.

2. 통치권 안의 조선인 연극

2.1. 협화회 조선인분회와 조선인 연극의 전개

2.1.1. 조선인분회의 성격과 활동

『만선일보』를 통해 확인되는 만주국 시기 조선인들의 각종 문화 활동은 대부분 협화회 조선인분회의 주최로 이루어졌다. 그러므로 연극을 비롯한 조선인들의 문화 활동을 고찰하기 전에 우선 협화회 조선인분회의 기능과 역할에 대해 알아볼 필요가 있다.

주지하는 바와 같이 만주국은 일日 · 선鮮 · 만滿 · 몽蒙 · 한漢 등 다민족으로 구성된 복합민족국가였다. 따라서 각 민족 간의 화합은 국민국가를 표방했던 만주국이 존재하는 데 있어서 가장 근본적인 요소였다. '오족협화'를 만주국의 건국이념으로 극력 선전했던 이유도 바로 여기에 있다. 하지만 새로운 국가체제 속에서 각 민족이 추구했던 이익은 서로 달랐다. 만주국의 최고 통치자이자 식민자로서의 일본인은 자신들의 식민적 이익에 초점을 두었고 만주족과 한족은 무너진 청淸왕조의 복벽을 꿈꾸었으며 조선인과 몽고족은 민족독립에 대한 이상을 품고 있었다.[83] 건국 초기의 불안정한 형세와 각 민족의 현실은 그야말로 동상이몽이었다. 이처럼 서로 다른 민족적 이익을 지향하고 있던 상황에서 민족 간의 사상통합을 이루려던 만주국 정부의 목적은 막연한 이념 선전만으로는 쉽게 이루어질 수 없었다. 진정으로 '오족협화'를 실현하기 위해서는 이념을 보다 구체적으로 현실화할 필요가 있었다. 다시 말하면 만주국 정부는 '오족협화'라는 이념 선전을 통해 하나의 공동체적인 인식을 심어줌으로써 각 민족 간의 사상통합을 이루어냄과 동시에 그것을 현실적으로 구현시킬 강력한 사상교화기관을 필요로 했다. 이는 만주국 존재의 기반을 다지고 사상적으로 통일된 '국민국가'로 거듭나기 위한 필수 조건이었다. 이와 같은 근본적인 요구에 따라 1932년 7월에 만주국협화회라는 사상교화기관이 탄생하게 되었다.

협화회의 창립 선언에서 밝혔 듯이 그의 창립 목적은 바로 "건국정신을 준수하고 왕도정치를 선양하며 '민족협화'를 실현하고 국가의

83) 王紫薇, 「"滿洲帝國協和會"研究」, 東北師範大學博士學位論文, 2015, 16쪽.

기반을 강화하는 것"[84]이었다. 그리고 푸이를 협화회의 회장으로 내세웠지만 실질적인 권력은 관동군의 수중에 있었으며 협화회의 모든 사업이 관동군의 철저한 계획과 통제 하에 이루어졌다.[85] 그러므로 협화회는 근본적으로 일제의 이익을 대변하는 기관이었다. 식민권력을 대변하는 기관이라는 점에서 근본적으로 그를 통한 '민족협화'의 실현은 불가능한 것이었다 하겠다. 사실 만주국에서의 '민족협화'의 실현이란 식민자 일본 제국이 피식민자 각 민족에게 식민주의사상을 주입함으로써 궁극적으로 자신들의 제국적 이익을 획득하려는 것이었다. 바꾸어 말하면 피식민 각 민족의 사상문화를 동화 내지 말살함으로써 황민화하려는 것이었다. 식민권력의 문화정치라 할 수 있는 이 부분은 언론 통제와 사상 탄압, 문화예술 활동에 대한 압축적인 관리와 감독 및 강제 동원 등으로 앞에서 살펴본 바와 같다.

만주국 조선인들의 협화회 편입은 1935년의 치외법권 철폐 방침의 확정 및 1936년의 조선인민회와 조선인민회 민합회의 해산 이후에야 비로소 이루어졌다. 만주국은 각 민족을 하나의 공동체로 통합하기 위해 1935년에 치외법권을 철폐하려는 방침을 확정하고 일본인과 조선인들의 행정업무 및 그 기관이나 단체를 점차적으로 처리해나갔다. 이에 따라 당시 만주국 조선인들의 행정업무를 담당했던 조선

---

84) 滿洲國史刊行會編, 東北淪陷十四年史吉林編寫組譯, 『滿洲國史』(分論), 1990, 124쪽.

85) 협화회의 실권이 관동군의 수중에 완전히 장악된 것은 1934년의 제 1 차 조직개혁 후이다. 그 전 까지 협화회의 모든 권력은 그 전신이었던 정당조직 협화당의 세력이 장악하고 있었다. 협화당의 세력 확대를 두려워했던 관동군은 1934년의 조직개혁을 통해 협화회 내의 정당 잔여 세력을 몰아내고 그 실권을 수중에 넣음으로써 만주국에서의 관동군의 독선적인 체제를 강화했다. 만주국 협화회의 조직변천에 관련된 내용은 王紫薇의 위의 글 참고.

인민회 및 그 통제 기구인 조선인민회 민합회도 해산되었다. 조선인민회는 1911년, 만주국 조선인의 '복리증진'을 목표로 간도 지역에서 설립되었다. 만주국 조선인을 위한 조직이라고 했지만 실질적으로는 일본 영사관의 지도와 관리 하에 분쟁조정 · 통신연락 · 교육 등 사업을 전개했던 친일단체였다.[86] 동시에 조선인민회는 당시 만주국에서의 조선인들의 이익을 대변하는 가장 유력한 단체이기도 했다. 따라서 조선인들을 협화회로 편입시키고 만주국에 통합하기 위해 정부는 우선적으로 조선인민회를 처리했다. 조선인 사회의 세력 단체를 가장 먼저 포섭한 후 그들을 이용하여 보다 효율적으로 조선인을 통합하려는 것이었다. 이는 협화회의 일관적인 조직 확대 방식이기도 했다.[87] 만주국 정부의 의지대로 조선인민회 및 조선인민회 민합회는 해산되고 조선인의 행정업무는 만주국의 각 지방행정기관으로, 기존의 회원은 만주국의 관리로 재편되었다. 그리고 남은 조선인민회의 기능 또한 협화회로 재편되었다.[88]이로써 조선인들은 조선이 아닌 만주에서 일제의 또 다른 식민체제 속으로 편입되었다.

---

86) 김주용, 「1920년대 간도지역 조선인민회 금융부 연구 - 한인사회에 대한 통제를 중심으로」, 『사학연구』 제 62집, 한국사학회, 2001, 239쪽.

87) 만주국 각계각층의 유력 단체와 인물부터 포섭해나가는 것은 협화회의 중요한 전략이었다. 협화회는 성립 후, 가장 먼저 만주 각 지역과 민족의 토호열신과 상인 및 사회적 지위가 있는 인물이나 단체들을 포섭했다. 이러한 단체나 특정 계층의 인물들이 새롭게 탄생한 '국가'의 핵심 권리 계층을 등에 업고 자신들의 이익을 도모하려는 목적을 지니고 있어 쉽게 포섭당할 수 있었을 것으로 판단했기 때문이다. 또한 그들을 통해 보다 더 빠르고 효율적으로 각 지역의 기타 계층 - 노동자, 농민, 지식인 등 - 의 인물들을 끌어들일 수 있을 것이라고 여겼기 때문이다. 일제의 바람대로 협화회의 회원은 매년 증가했으며 이에 가입한 회원은 복잡하게 착종된 사회 각 계층의 인물들이었다.(高承龍, 「僞滿協和會在間島」, 延邊大學碩士學位論文, 2002, 8~9쪽.)

88) 신규섭, 「만주국의 협화회와 만주국 조선인」, 『만주연구』, 만주학회, 2004, 111쪽.

기존의 조선인 행정기관이 만주국 협화회로 재편된 후, 조선인들은 1938년 7월 25일에 제정된 『만주조선인지도강요在滿朝鮮人指導綱要』(이하 '지도강요')에 따라 협화회의 사상 지도를 받게 되었다. 그 '지도강요'의 방침은 "만주 조선인은 만주국의 중요한 구성부분이므로 스스로 소양을 높이고 그 내용을 충실히 하여 만주국 국민의 의무를 이행함으로써 만주국의 발전에 공헌하며 타민족과의 융합과 균등의 조건하에서 각 방면의 건실한 발전을 도모"[89]하도록 지도한다는 것이었다. 그 방침이 제시한 '만주국국민'이라는 자각과 '기타 민족과의 융합'이란 사실상 조선인 고유의 민족성을 약화시키고 점차적으로 그의 피식민성을 강화하려는 의도에 지나지 않았다. 이는 '지도강요'가 제정한 조선인에 대한 협화회의 구체적인 '지도요령'에서 보다 명확하게 드러난다.

1. 만주 조선인이 만주국의 중요한 구성부분으로서 자신을 정화하고 그 정신을 충실하게 하며 각성하여 근로봉공勤勞奉公 정신의 이행, 만주국 협화회로의 통일, 자정교화自淨敎化의 진행 등에 주력하도록 한다.
2. 만주 조선인에 대해 필요한 물자를 보조해주며 자력갱생自力更生을 방해하지 않는다. 산업개발 및 교화 시설 등을 개선하고 근로자장의 미풍을 양성한다.
3. 구 동북 정권시기의 반동관념과 일부 그릇된 우월의식을 억제하고 민족협화의 건국정신을 철저히 관철하며 타민족과의 융합과 평등을 추구함으로써 각 방면의 건실한 발전을 이룩하도록 한다.

89) 高承龍, 위의 글, 18쪽.

4. 만주 조선인의 실제 능력에 따라 적재적소에 배치하고 기타 민족과 동등한 자격을 부여하며 관리로 임명한다. 특히 간도 지역과 동변도 지역에서의 선만 대립에 주의한다.
5. 조선농업이민에 대해서는 군사 및 기타 수요에 따라 적당한 지도를 하고 농민 정착을 지도하며 건실한 만주국 구성원이 되도록 하여 경제 발전의 기초를 확립한다.
6. 만주 조선인은 만주국 내에서 치안유지의 의무를 지니며 점차 국방의 책임과 의무를 가지도록 한다.[90]

위의 '지도요령'은 조선인에 대한 협화회의 지도는 주로 자정교화 및 민족 대립 해소를 통한 사상적 통합, 그리고 만주 정착과 근로봉공을 통한 경제 발전 도모, 치안유지를 통한 국방 강화 등 세 가지 내용으로 압축할 수 있다. 피지배민족에 대한 사상교화가 곧 만주국 협화회의 본질이라는 점에서 볼 때 '조선인에 대한 협화회의 지도 목적'은 근본적으로 조선인들의 민족성을 '만주국국민'이라는 허상으로 치환시켜줌으로써 조선인들이 만주국, 나아가 일본 제국주의 이익을 위해 희생하도록 하려는 것이었다.

'지도강요'가 반포된 후, 협화회의 체제와 강령에 근거하여 협화회 신징조선인민회분회新京朝鮮人民分會가 발족되었고, 이를 계기로 각 지역별 협화회 조선인민회분회가 결성되었다. 신징조선인민회분회 및 각 지역별 조선인민회분회는 협화회의 제 2차 조직 개혁 후 설립된 민족별 분회이다. 협화회의 분회 조직은 '협화회의 기본조직체이자

90) 滿洲國史刊行會編, 위의 책, 203쪽.

활동주체로서 그 주요 특징은 지도성'이었다.[91] 분회의 조직 방식은 대체적으로 협화회의 조직 개혁에 따라 네 차례 변모했다. 즉 초기에는 직업분회의 일원주의 조직 방식, 1935년부터는 직업분회와 민족분회의 이원주의 조직 방식, 그리고 1938년부터는 지역분회의 일원주의 조직 방식, 1941년부터는 다시 직업분회의 조직 방식으로 변모했다. 하지만 전반적인 조직변천 과정에서 현실적으로는 직업별, 민족별, 지역별 등 다양한 분회 형태들이 공존한 것으로 보인다. 1935년부터 이원주의 조직 방식으로 실행되는 과정에 세 가지 형태의 분회 조직이 공존했다는 점[92], 그리고 1943년까지 조선인 민족분회가 존재했다[93]는 사실이 유력한 증거이다. 이러한 사실은 민족별 분회가 그 조직 방식 변천의 영향을 크게 받지 않았다는 점을 말해준다. 그 이유는 1938년에 지역분회를 도입할 당시 안둥시 협화회 부속기관으로서 '협화회 안둥시 조선인 보도부'가 설립되었던 경위를 통해 알 수 있다.

> 안둥의 협화회 조선인 회원은 『協和會安東市朝鮮人輔導部』란 전만 유일의 獨創적인 기구내에 포함되여 잇다. 이 보도부가 생기기는 재작년 9월일이다. 종래의 조선인분회가 지역별분회조직에 의하야 職場職業別분회와 함께 해산한 뒤를 이어 새로운 신념밋해 출현한 것이 곳 이 안둥조선인보도부다. 이것은 새삼스러히 말할 것도업시 복합민족국가에 잇서 기하려는바 하의상달하의 혈맥으로서의 역할을 하자는 협화회내의 부속기관이다. 환언하면 안둥시의 조선인은 지역적으로 한 집단

91) 王紫薇, 위의 글, 49쪽.
92) 王紫薇, 위의 글, 49쪽.
93) 신규섭, 위의 글, 118쪽.(이 글에 의하면 1943년까지 신징, 하얼빈, 잉커우 3곳에 조선인분회가 남았다.)

> 을 이루지 못한 移動部落과 가튼 상태임으로 이들을 단순한 지역별 분회의 조직분자로 방임해둔다면 世態事情풍습 언어가 다른 조선인을 지역별 분회의 회원으로 조직하야 그 사명을 다하게 하는데 큰 곤난이 잇슬뿐더러 오히려 회공작의 침투상 지장이 업다 할 수 업는 상태임으로 이결함을 補足하기 위하야 조직된 기구다.[94]

즉 조선인이 지역별 분회의 조직 속으로 편입할 경우 타 민족과의 '세태사정, 풍습언어'가 달라 소통의 어려움이 있었으며 이는 결국 분회의 지도적 사업에 부정적인 영향을 미칠 우려가 있었기 때문이었다. 여기서 타 민족은 주로 중국인을 가리킨다. 지역분회의 경우 조선인이 집중 거주하는 간도 지역을 제외하면 분회의 주도권은 인구수가 많은 중국인이 장악하고 있었다. 이에 따라 중국인과 조선인 사이에 늘 소통과 감정 대립의 문제가 존재했다.[95] 이러한 문제점을 보완하기 위해 협화회는 지역분회를 도입할 때 각 민족이 집중 거주하는 일부 도시 지역의 민족별 분회를 허용했다. 다만 지역분회의 조직 방침에 따라 민족 명칭을 사용하지는 못했다. 예컨대 신징, 하얼빈, 무단장 등 지역의 조선인분회의 명칭은 각각 수도계림분회首都雞林分會, 금강분회金剛分會, 제 4분회의 명칭으로 지속적인 협화회 활동을 전개했다.[96]

---

94) 「協和會傘下에서 추진되는 각지 鮮系輔導機構의 현세(1)-안둥편(상)」, 『만선일보』, 1940.1.20.

95) 신규섭, 위의 글, 118~119쪽.

96) 신규섭, 위의 글, 117쪽.(이 글에 따르면 지역별 분회의 도입 후 협화회 내에 각 민족이 혼재함으로써 조선인의 입지는 크게 약화되었다. 즉 수적으로는 중국인과 대적하지 못했고 질적으로는 피식민의 위치에서 일본인의 지배를 받아야 했다. 따라서 협화회 분회의 조직 변천 후, 조선인들은 자신들의 이익을 감히 대변하지 못하는 처지에 놓이게 되었다. 다만 간도 지역은 조선인의 집중 거주지역으로 회원의 대다

'협화회 안둥시 조선인보도부'는 위의 인용문에서 밝혔듯이 조선인이 집중 거주가 아닌 분산 거주의 형태를 띠고 있었기 때문에 독립적인 조선인분회가 아닌 안둥시 협화회의 부속 기관으로 존재하게 되었던 것이다. 이와 같은 성격의 조선인 보도기구로 '펑텐시 선계 보도분과위원회奉天市鮮系輔導分科委員會'가 있었다. 지역별 분회의 부속기관으로서 조선인보도부의 지도 사업을 살펴볼 때 사실상 계림분회와 같은 민족별 분회와 크게 다를 바 없었다. 단지 존재 형태가 달랐을 뿐 모두 각 지역 협화회 본부와의 긴밀한 연락 속에서 조선인에 대한 사회 · 문화적 지도 사업에 주력했다. 하지만 이와 같은 민족분회는 사실상 '민족협화' 및 각 민족의 사상통합을 추구했던 협화회의 취지에 반드시 부합되는 형태는 아니었다. 이는 어디까지나 조선인에 의한 조선인 지도 단체로서 궁극적으로는 조선민족의 이익 추구에 경도될 가능성을 내포하고 있었기 때문이다.

1940년 1월 '협화회 산하의 조선인 보도기구의 현상태'에 대한 『만선일보』의 조사[97]에 따르면 전시총동원체제가 가동되기 전 각 분회의 대체적인 활동은 자정운동自淨運動, 직업 알선, 주택 해결, 문화 활동 등으로 주로 조선인들의 실생활에 대한 보도사업으로 이루어졌음을 알 수 있다. 안둥협화회선계보도기구, 무단장제 4분회, 하얼빈금강분회, 신징계림분회 등 네 조사 대상 중 계림분회는 협화회 중앙본부의 직속 분회로서 보다 더 구체적인 활동을 전개한 것으로 확인된다.

수가 조선인이었고 그 주도권도 조선인이 장악하고 있어 비교적 특수한 위치에 있었다. 같은 글 118쪽.) 조선인이 집중 거주하는 간도 지역에서는 조선인이 주도권을 장악하여 각종 협화 활동을 펼쳤는데 이에 대한 글은 高承龍의 위의 글 참고.

97) 1940년 1월 20~26일자 『만선일보』 제 2면에 실린 「協和會傘下에서 추진되는 各地 鮮系輔導機構의 현세」(1~6) 참고.

1939년 계림분회의 사업을 보면 이상의 활동 외에도 이민안내소 설치, 국방 헌납 및 위문품 헌납, 무료 진료, 무주고혼위령제거행 등이 포함되었다. 이 조사 내용에서 주목을 요하는 것은 조선인분회의 이러한 활동들은 '민족협화'의 건국이념이나 국책 선전 등 협화회의 사상선전업무보다는 불안정한 만주국 조선인들의 생활 안착에 도움을 주는 활동에 집중되어 있다는 점이다. 이는 일종의 '만주정착운동' 또는 자정운동으로서 그 목적은 크게 두 가지로 살펴볼 수 있다.

당시 자정운동은 조선인에 대한 협화회의 핵심 지도 내용 중 하나이자 1939년에 계림분회가 제창했던 조선인 보도사업의 핵심 공작으로서 전국 조선인 보도기구에서 실행되었다. 이 운동의 목적은 "조선인이 가지고 있는 주관적 조건을 만주국의 객관적 조건에 부합하도록 적응시킴으로써 만주국민적 생활을 확립하고 이어서 다시 그 발전을 꾀하자"[98]는 것이었다. 환언하자면 조선인들을 다민족 공존의 공동체적 생활에 정착시키고 그 속에서 그들의 역량을 발휘하여 만주국의 건설과 발전에 이바지하도록 하려는 것이었다. 가장 근본적인 생존조건조차 보장되지 않는 상황에서 국민 의식과 국가 발전의 문제를 운운하기 어렵기 때문이다.

또 한편으로 "자정운동은 민족잡거생활에 있어 너무나 유달리 나타내지는 조선인의 모든 불명예한 것을 숙청하여 조선인의 대외적인 명예를 향상시키는 동시에 내적으로 우리 자체의 내부적 정화를 실현함으로써 장래 발전에 선결 요건이 되는 내부적 충실을 기하자는"[99] 목

98) 「自淨運動을 전개시켜 만주생활건설을 提倡」, 『만선일보』, 1940.3.1.
99) 「鮮系국민의 제 문제」, 『만선일보』, 1939.5.29.

적 하에 전개되었다. 여기서 '불명예한 것'이란 아마도 당시 도시 조선인 사회에 만연하고 있었던 범죄행위(도박, 절도, 밀수, 마약 등)를 일컫는 것으로 보인다. 조선인들의 범죄행위가 다른 민족들에게 나쁜 이미지를 심어주기 때문에 그들을 지도하여 조선인들의 명예를 향상시키려는 것이었다. 요컨대 이 시기 자정운동은 '국가적' 이익과 '민족적'이익의 이중적인 목적 하에 이루어졌다. 이에 따라 당시 자정운동은 조선인들이 직면해 있던 여러 가지 현실적인 문제 해결에 집중되었다. 이를테면 주택, 식량 및 석탄 배급, 취직 등과 같은 근본적인 생존 조건과 직결된 문제들이었다. 실제로 자정운동은 이와 같은 생활 문제 해결을 중심으로 이루어졌으며 이상적인 결과를 이끌어내기도 했다. 예를 들면 신징의 교류반 결성과 펑톈의 실직자 취직 알선, 각 지역의 중등학교 설립과 안둥의 주택난 해결[100] 등이다. 특히 안둥 협화회 조선인보도기구는 가난한 조선인들의 주택난을 해결하고자 조선인주택위원회를 조직하여 노력한 결과 100호의 가옥을 조선인들에게 제공[101]하는 등 조선인들의 생활 개선에 큰 힘을 발휘했다.

조선인분회의 이러한 사업 결과가 궁극적으로 '민족협화'와 '왕도낙토'의 공동체적 이익으로 귀결되었을지 모르겠으나 현실적으로는 조선인들의 민족적 이익 향상으로 귀결된 측면이 강하다. 이에 따라 "各系 국민이 함께 번영하야 이 나라를 건설하여야 될 我國에 잇서 鮮系가 鮮系만의 행복을 위하야 노력한다는 것은 他系에 조치못한 인상을

100) 「鮮系국민의 제 문제」, 『만선일보』, 1939.5.29.
101) 「協和會傘下에서 추진되는 각지 鮮系輔導機構의 현세(2)-안둥편(하)」, 『만선일보』, 1940.1.21.

줄뿐아니라 태도가 좁은 소치라 할 것"[102]이라는 자성의 목소리가 흘러나오기도 했다. 이는 곧 당시의 조선인분회가 맹목적으로 '민족협화'내지 사상통합의 거창한 이상만을 추구한 것이 아니라 협화회 지도방침을 수행하는 범위 내에서 보다 현실적으로 민족적 생존과 그 이익 쟁취를 위해 노력했다는 사실을 간과하지 말아야 한다는 점을 말해준다. 그러나 전시총동원체제로 전환되면서 조선인 생활 문제 개선을 중심으로 이루어졌던 조선인분회의 자정운동의 역량은 크게 약화되었다. 대신 의용봉공대의 역할 및 치안공작과 국책선전이 강화되었다. 천황제 파시즘이 대대적으로 강화되던 시기에 일개 민족을 위한 노력은 더 이상 허용되지 않았던 것이다.

2.1.2. 조선인 연극의 전개 양상

조선인분회는 조선인의 만주정착을 위한 만주생활건설운동 및 전시동원 운동에 주력한 한편 다양한 문화 사업도 전개했다. 조선인분회 문화 사업의 목적 역시 크게 두 가지로 볼 수 있다. 하나는 문화적으로 소외되어 있는 조선인의 '망향望鄕적 감정'을 달래어 만주에 정착시킴과 동시에 조선인 문화를 향상시키려는 것이었고 다른 하나는 곧 각종 문화 활동을 통해 만주국의 건국이념과 시국사상을 주입하려는 것이었다. 즉 조선인분회의 사회지도 활동이 일종의 '생활정화운동'이었다면 문화 사업은 일종의 '정신정화운동'이었다. 이러한 문화 사업은 각 분회 내부 문화부의 기획 하에 이루어졌다. 확인한 바에 의

102) 「鮮系국민의 제 문제」, 『만선일보』, 1939.5.29.

하면 신징의 계림분회를 비롯하여 하얼빈의 금강분회, 안둥협화회 조선인보도분과위원회 내에는 문화부 또는 문예부가 존재했다. 각 분회 문화부는 조선인들의 '망향적 감정' 청산 또는 문화 향상, 그리고 시국 정책의 전달을 목적으로 다양한 문화 활동을 전개했다.

전자의 경우는 주로 각 지역 조선인분회가 개최한 단오, 추석, 구정 등 조선의 전통명절축제 또는 조선인 동포의 위안 행사를 통해 전개되었다. 이러한 행사는 주로 씨름, 그네 등 운동회와 무용, 음악, 연극 등 조선의 전통적인 문화 활동을 위주로 이루어졌는데 이는 특정한 정치적 목적을 염두에 둔 것이 아니라 문화적으로 소외된 만주의 조선인들을 위로하는 한편 조선인 문화 향상의 목적을 전제로 진행되었다. 당시 계림분회 소속 단체였던 교륜반의 문화 활동을 예로 들 수 있다. 자동차 운전기사들이 연락을 주고받는 일종의 친목 단체였던 교륜반은 강습회 외에도 매년 추석이나 구정 때 주로 '반원 가족 위안'을 목적으로 풍부한 오락문화 활동을 개최했다.

> 협화회 수도 계림분회 交輪班에서는 구정을 당하야 반원의 親睦과 生活向上을 도모하는 견지하에 오는 10일 오후 6시반부터 협화회관에서 가족원안의 밤을 개최하야 하로를 질기리라 함은 기보한바이어니와 하로밤을 압둔 同준비위회에서는 다음과 가튼 호화푸로를 발표하는 동시에 반원의 가족은 물론 일반 시민도 다시 來管을 환영한다고 한다.
>
> 當夜의 푸로:
>
> 第一部： 1. 開會辭, 오케스트라 京 택시뺀드, 2. 流行歌. 1) 紀元 2600年 趙泰根, 2) 大同江打令 具本榮 3)友情無情繩○情無情 樸富吉 4)青春日記 裴昌俊 1.新京모보 金基洪 1.스캣취 〈택시〉의 受難 石○均

1. 流行歌 1) 京 택시社歌 樸富吉 2)깃타 獨奏 權一聲 3)港口의 酒屋 金光潤 4)사랑에 울고 金光潤 1. 朝鮮古典樂

第二部 : 1. 오케스트라 京 택시뻰드 1. 連?唱-雨의 부루스 , 上海부루스 趙泰根 2)哀愁小夜曲 樸富吉 3)旅中子守唄 裵昌俊 4)無情 元泰植 1. 하모니카獨奏 1)京 택시의 노래 樸富吉 2) 四季의 노래 金基洪 1. 탭댄스 李義度 1. 愁心歌 尹燦吉 1. 넌센스 石 均 1. 農樂 安炳彦 1.閉會辭[103]

일반 시민들의 관람도 허용했던 이 행사의 프로그램을 보면 타령, 농악 등과 같은 조선의 전통음악에서부터 유행가, 연주, 탭댄스, 그리고 촌극 〈택시의 수난〉과 〈소문만복래〉에 이르기까지 여흥 위주의 오락 프로그램을 준비했음을 알 수 있다. 위에서 제시한 공연 프로그램만 봐서는 그 성격을 잘 파악할 수 없는데 1940년 1월 30일의 기사에 의하면 이 공연 프로의 1부는 "조선춤과 노래, 유행가 등 흥미진진한 조선정서를 갓득 실흔 토색이 농후한" 프로이고 2부는 "성악, 바이올린, 아코데혼, 탭댄스 등 양식을 가미한 만주색이 농후한 푸로"였다.[104] 즉 조선과 만주의 정서를 골고루 연출하려는 의도가 엿보인다. 가벼운 오락행사임에도 불구하고 조선과 만주의 정서를 동시에 보여줌으로써 조선인들의 '망향적 감정'을 위로함과 동시에 그들에게 '만주정착'의식을 심어주려는 의도를 담았던 것이다.

---

103) 「寸劇과 音樂의 밤-계림분회 交輪班에서 개최, 10일 밤 協和會館서」, 『만선일보』, 1940.2.9..

104) 「구정초를 장식할 交輪班의 演劇, 2월 10일 協和會館서 개최」, 『만선일보』, 1940.1.30.(촌극 〈소문만복래〉는 이날 기사에서 소개되었다. 그 뒤 2월 9일 기사에는 넌센스라는 장르만 언급하고 제목은 밝히지 않았다.)

당시 조선인분회 자체가 전개한 문화 활동 중 가장 특기할 것은 바로 운동회나 명절축제 행사이다. 그 활동은 매년 많은 수의 조선인들을 집합시켰다는 점에서 보다 특별한 의미로 해석된다.

> 금년도 예년과 같이 全滿各地에서 운동회, 씨름대회, 그네뛰기대회 등 각종의 단오절행사가 계획도고 있다. 이 행사는 滿洲에 있는 鮮系同胞의 연중행사 중 가장 큰 행사의 하나로 이때 우리는 男女老少를 막론하고 한자리에 동원되어 이 단오절을 즐겨하고 모국을 떠나있는 우리로서 1년 중 이때에 가장 母國情緒를 섭취한다.[105]

우선 단오절은 조선인 사회의 가장 큰 연중행사로 많은 사람들을 한자리로 동원시켰으며 그 자리를 빌어 조선인들은 가장 깊은 조선정서를 느꼈음을 알 수 있다. 단오절뿐만 아니라 구정이나 추석에 진행되는 행사도 마찬가지였을 것이다. 이러한 행사에는 여흥으로 만담이나 촌극, 스케취, 유행가, 무용 등 오락 활동도 전개되었다. 대규모로 진행되는 행사인만큼 많은 사람들을 운집시켰던 이러한 행사는 초민족적 공간에서 살고 있는 만주의 조선인들이 민족적 정체성과 "'실제적 공동체'를 실감하는 장"[106]이었다. 그러나 일제가 종족적 연대를 형성하는 공간으로서 극장을 불온한 장으로 인식했던 것과 마찬가지로 협화회 역시 대규모의 조선인들이 집합하는 행사장을 불온한 공간으로 인식했다. 즉 만주국의 민족통합을 추구하는 협화회의 입장에서 볼 때 이는 '민족협화로부터 분리된 장'이었다. 협화회가 조선인분회

---

105) 「금년도 단오절」, 『만선일보』, 1940.5.28.
106) 김경일, 윤휘탁 외, 위의 책, 255~256쪽.

의 활동이 "협화회로부터 유리되는 경향이 있다"[107]고 불만을 토로한 사실이 이를 증명한다. 한편 이는 조선인분회의 본분이 조선인들을 사상적으로 지도하여 민족통합에 이바지하는 것임에도 불구하고 일정한 측면에서는 조선인의 이익에 경도된 활동을 했다는 사실을 말해주기도 한다. 그러한 사실은 만주국 사상교화기관이자 민족지도기관으로서의 협화회의 이중성에서 비롯된 것이라 할 수 있다.

한편 만주국의 건국이념이나 국책 선전을 목적으로 한 문화 활동은 보다 상시적으로 전개되었다. 또한 이러한 활동은 황기 2600년, 건국 10주년 등 기념행사나 징병제, 군경위문 등 특정한 주제를 전제로 진행되었다. 1940년 2월 10~11일에 계림분회는 기원 2600년을 기념하는 '연극과 음악의 밤'을 개최하여 대성황을 이루었다. 공연은 신징 군악대의 연주, 신징고려음악연구회의 합창, 민생부의 강연 〈일본국민과 협화정신〉, 반공극 〈김동한〉 등 내용으로 이루어졌다.[108] 즉 이날 공연은 '협화와 반공 의식 고취'를 목적으로 전개되었다. 1942년 6월 22일에는 펑텐선계보도분과위원회의 주최로 건국 10주년과 징병제 실시를 경축하는 '연예의 밤'이 개최되었다. 이날 공연은 펑텐의 여러 조선인 시민 단체에 의한 합창, 연주 및 펑텐 예원동인의 연극 〈해연〉으로 이루어졌는데 특히 연극이 "預期이상의 좋은 성과"를 거두었다.[109]고 한다.

조선인분회의 이와 같은 국책문화 활동 중 아래에 주목하려는 것은

107) 「사설 - 연합회의에 잇서서의 선계의 태도」, 『만선일보』, 1940.5.21.
108) 「기원 2600년 봉축, '연극과 음악의 밤' 성황」, 『만선일보』, 1940.2.13.
109) 「호화한 '연예의 밤', 奉天市 본부선계보도분과위원회주최로 오는 22일에 개최」, 『만선일보』,1942.6.16.3.「문화향상 기도, 在奉선계 藝原同人중심 신흥극연구회 탄생」, 『만선일보』, 1942.7.15.4.

연극이다. 중일전쟁 후 프로파간다로서의 연극의 역할이 중요해지면서 협화회 주도 하의 관변 연극 단체들이 많이 생겨났으며 전시체제기의 민간 극단 역시 협화회와 긴밀한 관계 속에서 활동했음을 앞에서 살펴본 바 있다. 그러한 문화적 배경 하에 조선인 연극 역시 조선인 분회와 밀접한 관계를 유지하면서 그 활동을 펼쳤다.

우선 중일전쟁 이후 본격적으로 등장한 만주국의 조선인 연극 단체들을 정리하면 다음과 같다. 대동극단(제 3부 - 조선어부), 계림분회연극반, 안둥협화극단, 하얼빈금강극단, 간도협화극단, 예원동인, 신흥극연구회, 민협, 계림극단, 극단만주, 극단동아, 은진고교 학생극 단체 등 12개이다. 그 중 1941년 12월 7일에 결성 소식을 알렸던 민협은 이듬해 2월 3일에 극단 전원이 계림극단으로 통합되었다. 윤백남이 회장을 맡아 순수한 극예술단체로 출발했던 신흥극연구회의 활동 기록은 『만선일보』의 자료 유실로 그 뒤의 공연 정보를 확인할 수 없다. 따라서 민협과 신흥극연구회를 제외하면 총 10개의 연극 단체가 실질적으로 존재했던 것이다. 그 중 예원동인, 계림극단, 극단만주, 극단동아, 은진고교 학생극 등 5개는 민간 단체였고 나머지는 모두 관변 단체였던 것으로 확인된다. 각 극단의 공연 활동을 정리한 아래의 표를 통해 이들의 구체적인 활동(기타 비非 연극단체에 의한 일회적인 공연 포함)상황과 연극 유형을 파악해 보기로 한다.

〈표 2〉 만주국 조선인 연극 단체와 공연 작품[110)]

공연 단체	공연회차 및 기타	공연 작품	공연 날짜	공연 장소
대동극단 제 3부 조선어부	제 1회 공연	〈신아리랑〉(3막)(趙鳳寧 작) 〈국경의 안개〉(1막)(板垣守正 작)	1938.2.5~6	신징협화회관
대동극단 제 3부 조선어부	제 2회 공연	〈蒼空〉(3장) (藤川研一작, 森武 각색) 〈風〉(1막) (藤川研一작, 森武 각색)	1938.12.17.~18	滿鐵社員俱樂部
신징계림분회문화부연극반	제 1회 공연	향토극 〈아리랑그 후 이야기〉 (李台雨 연출)	1939.1.27	滿鐵社員俱樂部
신징계림분회문화부연극반	제 2회 공연 및 황기 2600년 기념 행사 (협화회 수도 본부 주최, 계림분회, 『만선일보』후원)	문예극 〈김동한〉(3막) (金寓石 작, 김영팔 연출) 특별연출-신징군악대 연주, 신징고려음악연구회 합창	1940.1.15	협화회관
신징계림분회문화부연극반	제 3회 공연	〈여명전후〉(3막) (이무영 작, 이갑기 각색) 희극〈假死行進曲〉(1막) (有道武郎 작, 김영팔 번안) 〈協和〉(金村榮造 작, 김영팔 번역)	1940.7월 공연예정이었음.	
안둥협화극단	제 1회 공연	〈한낮에 꿈꾸는 사람들〉 (이무영 작) 〈更生의 길〉(金晶動 작)	1939.2.10~11	

110) 이 표는 주로 『만선일보』, 『선무월보』에 기록된 공연 기사를 참고하여 작성한 것이다. 연극 단체가 아닌 조선인분회 및 그 산하의 일부 단체들에 의한 일회성 공연도 표에 포함시켰다.

안둥협화 극단	협화회 창립 8주년 기념공연	〈여명의 빛〉(金晶勳 작)	1939.7.25.	
안둥협화 극단	제 2회 공연	〈國境의處女〉 (藤川研一 작) 〈國境線〉(윤백남 작)	1939.10.13 ~14	
안둥협화 극단	제 3회 공연	〈숙명의 황야〉(2막 3장) (김정훈 원작)		
안둥협화 극단	제 5회 공연	〈목화〉(1막) (박영호 작, 심우암 연출) 〈맴도는 남편〉(죠르쥬 단단 작, 안기석 번역, 연출)	1941.12.11 ~12	協和會館
하얼빈 금 강극단	제 2회 공연	〈바다의 별〉(2막 3장) (문예부 案, 황영일 각색) 〈벙어리냉가슴〉(1막 2장) (문예부案, 한진섭 각색)	1942.1.2.,3	상무구락 부
간도협화 극단	제 2회 공연	〈인생 제 1과〉	1941.1.31	大和國民 優級學校 강당
계림극단	제 1,2차 지방 순회 공연	〈건설행진보〉 (원제 〈첫눈 오는 날 밤〉) 〈풍운〉(김건 작)	1941.9월 하순부터 약 2개월 간	
계림극단	철도총국과 제휴 하여 애로촌 위문 순회공연	愛路극〈횃불〉(1막) (윤백남 작) 〈愛路祭〉(15경) (이영일 구성)	1941.1125 ~20일간	간도성 내 沿線愛路 村
계림극단	건국 10주년 기념 공연	〈事員腐傳令三勇士〉 (3막5장, 永安人작)		

극단만주	제 1회 공연	〈흑룡강〉(5막) (유치진 작)	1941.12	哈爾濱 牡丹江 圖們 龍井 明月溝 등 동만, 북만 지역 순회 공연
극단동아	제 1회 공연 (海龍 조선인 위문 공연)	비극 〈기생의 자식〉(1막) 〈만약 백만원이 생긴다면〉(1막)		國民優級學校
예원동인	제 2회 공연 (평톈 선계 보도분과위원회 주최)	〈해연〉(1막 2장)(함세덕 작)	1942.6.22	萩町紀念會館
은진고교 학생극	제 1회 공연 (은진교우회 주최)	〈생명의 관〉(3막)(山本有三 작, 김진수 역)	1940.2.3	龍井劇場
은진고교 학생극	제 2회 공연	〈국기게양대〉(3막) (김진수 작) 〈暗箱〉(3경) (上泉秀信 작, 김진수 역)	1941.12.3	龍井劇場
은진고교 학생극	제 3회 공연 (은진교우회 주최, 시국인식연예회)	〈국기게양대〉(3막) (김진수 작)	1942. 6.13~14	龍井振興中學
용정협화회 회원	日滿軍警慰安 음악과 연극의 밤	현대극 〈어머니와 흙〉	1940. 12.21	弘中學校
			1940. 12.24	龍井劇場
협화회 수도 계림분회 교륜반	구정의 가족 위안 교륜반 연극과 위안의 밤	촌극 〈소문만복래〉(1막) 촌극 〈택시의 수난〉(1막) 창극 〈홍보전〉 기타 승무, 가야금 병창 등	1940. 2.10	協和會館

在承德鮮系(承德 조선인 소인극)		개척극 〈고향의 나무〉 (星野增馬 연출)		承德劇場
和龍 소인극	허룽의용소방대 주최	방공방첩극〈街路魂〉(2막) (松岡宮弘), 〈잊혀진 고향〉(3막)	1942. 3.3~4	東源泰

〈표 2〉를 보면 협화회 조선인분회 소속의 관변극단 중 2회 이상의 공연 기록을 남긴 극단은 대동극단(조선어부)(제 1~2회), 계림분회연극반(제 1회~3회), 안둥협화극단(제1~3회, 제 5회, 기념공연)이다. 나머지 하얼빈금강극단과 간도협화극단은 각각 1회의 기록 밖에 없다. 2회 이상의 기록을 남긴 극단 중 대동극단은 1938년 5월과 12월, 계림분회연극반은 1939년 1월, 1940년 2월과 7월, 안둥협화극단은 1939년 2월, 7월, 10월, 1941년 12월에 각각 공연했다. 이로부터 보아 당시의 관변극단은 대체적으로 1년에 1~2차례, 상반기와 하반기로 나누어 정기공연을 한 것으로 보인다. 당시 협화회 소속의 극단들은 대부분 협화회 회원들로 구성된 소인극단이었기 때문에 전문극단과 같은 빈번한 공연을 기획하기 힘들었다. 예외적으로 정기공연이 기념공연으로 대체되거나 한 차례의 기념 공연을 추가적으로 더 하는 경우도 있었다. 1940년 2월에 개최된 계림분회연극반의 '황기 2600년 기념'공연과 1939년 7월에 개최된 안둥협화극단의 '협화회 창립 8주년 기념'공연이 바로 그러한 경우에 해당한다. 특히 계림분회연극반의 제 2회 공연은 매우 철저한 국책 기획공연으로 대체된다.

계림분회연극반의 '황기 2600년 기념' 공연은 애초에 연극반의 제

2회 공연으로 기획된 것이었다. 1940년 1월 계림분회 문화부의 신년 총회에 의하면 음력 정월 15일 오후 7시, 서광장 만철사원구락부에서 〈김동한〉과 아리시마 타케오有島武郎의 작품 〈가사행진곡假死行進曲〉으로 제 2회 공연을 개최할 계획이었다.[111] 하지만 '황기 2600년'을 기리는 행사가 전국적으로 거행되면서 〈김동한〉은 계림분회연극반 제 2회 공연이 아닌 '기원절 봉축행사'라는 보다 거대한 국가적 행사로 승격하게 된다. 아래의 기사를 통해 확인할 수 있다.

> 협화회 수도 계림분회문화부에서는 신년도 공작방침의 하나로 구정 15일을 기하야 문화부 연극반 제 2회 공연을 만철사원구락부에서 공연키로 하고 본사 신춘당선 희곡 〈김동한〉 전 3막물을 선정, 에의 준비에 분망중이라 함은 투보한바이어니와 이 보를 접한 협화회 수도 본부에서는 만주 개척의 선구자요 건국 공로자의 일인인 고 김동한씨의 생애를 연극화식히여 선계 국민에게 널리 알니운다는 것은 우리 협화회로서 중차대한 거룩한 공작수단일 것이다. 이 위대한 선계 국민의 대표가 될 고 김동한씨를 추모하는 의미로서 보드래도 이를 문화부공연에 그칠 것이 아니라고 하고 2월 11일 기원절을 기하야 전지에서 거행되는 〈황기 2600년 기념행사〉의 하나로서 당당 공연케하기로 되어 수도 본부 주최와 계림분회급 만선일본사후원으로 2월 11일 오후 6시 반부터 협화회관에서 문화부원 총출동으로 당일 공연키로 되엇다.[112]

111) 「조선인 협화회 문화부 금년도 제 1회 총회, 기구개혁과 본년도 공작방침을 결정, 수도 계림분회에서 개최」, 『만선일보』, 1940.1.22.

112) 「기원절 행사의 하나로 연극 〈김동한〉 상연」, 『만선일보』, 1940.1.31.

협화회 수도본부는 연극 〈김동한〉을 통해 그를 '선계 국민의 대표' 즉 만주국 조선인의 영웅적 모델로 제시함과 동시에 반공사상을 고취하고자 했으며 이를 '중차대한 공작수단'으로 간주했다. 이 공연은 협화회 수도본부 주최와 계림분회 및 『만선일보』사의 후원 하에 김영팔 연출과 계림분회 문화부 직원 출연으로 무료 상연되었다. 이처럼 〈김동한〉은 협화회 수도본부의 주도 하에 보다 거대한 국가행사로 거듭나게 되었다.

안둥협화극단의 '협화회 창립 8주년 기념'공연의 기획 과정에 대한 정보는 알려진 바 없고 상연 작품인 〈여명의 빛〉의 내용도 확인되지 않는다. '협화회 창립 8주년'을 기념하는 공연이었기 때문에 협화의식을 고취한 작품을 공연했을 가능성이 높다.

물론 협화회 소속의 극단이라고 해서 모두 목적의식을 강조한 국책연극만 기획 · 공연한 것은 아니다. 이 점에 유의하면서 공연 작품에 주목해보자. 〈표 2〉에 제시된 관변극단들의 공연 작품은 총 20개이다. 그중 완전한 텍스트를 확인할 수 있는 것은 〈김동한〉, 〈가사행진곡〉, 〈한낮에 꿈꾸는 사람들〉, 〈목화〉, 〈맴도는 남편〉, 〈생면의 관〉 등 여섯 작품 뿐이다. 그 밖에 대강의 줄거리를 파악할 수 있는 작품으로 〈아리랑 그후 이야기〉가 있다. 이 작품들 중 국책의식이 드러난 작품은 〈김동한〉, 〈한낮에 꿈꾸는 사람들〉, 〈목화〉이다.

뒤에서 구체적으로 논의하겠지만 〈김동한〉은 한마디로 반공사상 고취를 목적으로 한 국책연극이다. 1931년 동아일보 신춘희곡에 당선된 이무영의 〈한낮에 꿈꾸는 사람들〉은 1939년 2월 안둥협화극단의 창립공연에 올려진 작품이다. 사실 이 작품은 조선 사회를 배경으로 한데다 특정한 목적 의식이 전면에 나타나지 않은 작품이다. 하지만

극 중 인물들이 처한 상황이 만주국 도시 조선인 청년들의 상황과 교묘하게 맞닿아 있으며 작품이 전달하는 메시지 또한 당시 조선인분회의 자정운동 사업과 연관되어 있다. 〈한낮에 꿈꾸는 사람들〉은 현실을 외면한 채 예술의 환영 속에서 부유하며 살아가는 청년들에 대해 현실 자각을 요구한 작품이다. 작품 속 청년들의 모습은 중일전쟁 이후 만주국의 도시에서 현실에 안주하지 못하고 특정한 직업없이 떠돌던 청년 '부랑자浮浪者'[113]들을 연상케 한다. 조선인청년들은 허황된 꿈을 쫓아 만주의 도시로 흘러들었지만 취직난으로 결국 부랑자로 전락하여 사회적 지도의 대상이 된다. 당시 조선인분회가 전개했던 자정운동에는 이와 같은 부랑자들에 대한 지도도 포함되었다. 부랑자들을 사상적으로 지도하고 물질적으로도 지원함으로써 결과적으로 그들을 만주에 정착시키는 것이 조선인분회의 의무였다. 따라서 안둥협화극단이 〈한낮에 꿈꾸는 사람들〉을 공연작품으로 선정한 것은 이러한 부분과 무관하지 않다. 이 문제는 2,3절에서 살펴 보기로 한다.

박영호의 〈목화〉는 1930년대 조선에서 공연[114]된 바 있으며 만주에서는 1941년 12월 11~12일 안둥협화극단에 의해 공연되었다. 극단은

113) '부랑자'는 특정한 직업이 없이 떠도는 사람을 가리킨다. 1930년대 후반에 이르면 만주국 도시에 조선인 무직자와 실업자들이 많이 생겨나는데 이들은 특정한 직업 없이 만주의 도시를 떠돌며 절도, 도박, 마약, 밀수 등 범죄행위를 일으키게 된다. 당시 협화회에서는 이들을 '부정업자', '도시부랑자 브로커류'로 규정했다.(김경일, 윤휘탁 외, 위의 책, 84쪽.)이 글에서는 그 사람들 중 많은 사람들이 만주에 대한 정착의지가 없었다는 점을 고려하여 '부랑자'라는 용어를 차용하기로 한다.

114) 〈목화〉는 1934년 11월 황금좌에서 가장 먼저 공연되었고 그 뒤 1935년 1월에 신무대에서 공연되었다. 조선에서의 공연 상황에 관해서는 김남석의 『조선의 대중극단들』, 푸른사상, 2010, 참고.

공연에 앞서 『만선일보』에 다음과 같은 광고기사를 실었다.

> 安東鮮系의 유일한 극단인 협화극단 제 2부에서는 제 5회 공연을 앞두고 진용을 강화한 후 目下 맹렬한 연습을 계속한 보람이 있어 드디어 오는 11,12 兩日간 협화회관 내에서 대대적으로 공연의 막을 내리게 되었다.
>
> 同극단은 과거 4회의 궁한 공연결과에 비추어 금번의 공연은 좀 더 쇄신한 맛을 넣어 각본 선택에도 의식적인 경향을 치중하야 실로 혁신한 공연을 대중앞에 내여놓기로 되어 벌써부터 安東 전시민의 기대와 주목을 받고 있다. 그리고 금번 상연할 〈목화〉(박영호 원작, 심우암 연출)와 〈죠르쥬단단〉(모리엘 원작, 안기석 역, 연출)의 배역은 다음과 같이 결정을 보았다고 한다.[115]

기사에 의하면 제 5회 공연은 극단의 진용 강화와 더불어 각본 선택에 보다 '의식적인 경향을 치중하여' 박영호의 〈목화〉와 모리엘의 〈죠르쥬단단〉을 상연하기로 되었다. 〈목화〉는 고구려와 백제의 전쟁을 역사적 배경으로 삼아 주인공 목화가 위기에 처한 국가 백제를 구하기 위해 자신의 몸을 기꺼이 포기하는 강인한 희생정신을 그리고 있다. 주인공 목화는 백제의 충신이었으나 역적으로 몰린 아버지 우인과 함께 신라에 숨어 살게 된다. 재능과 미모를 겸비한 목화는 신라의 뭇남성들로부터 구애를 받지만 모두 거절한다. 그녀의 마음 속에 이미 사랑하는 사람이 있기 때문이다. 그 남자가 곧 백제의 난을 피해 잠시 신라로 숨어든 태자 문주였다. 목화와 문주가 서로 사랑하는 사이

115) 「협화극단공연 11,12 양일 협화회관서」, 『만선일보』, 1941.12.6.

임을 눈치 챈 우인이 둘을 맺어주기로 할 때 백제의 또 다른 충신이 나타나 나라의 위기 소식을 전하게 된다. 이에 우인과 목화는 신라 성주와 혼인하는 대신 황금 천만 냥을 받아 백제의 군자금으로 헌납하고자 결심한다. 이 사실을 알게 된 문주는 목화와의 이룰 수 없는 사랑을 한탄하는 한편 그녀의 숭고한 희생정신에 탄복하며 자신 또한 전장에서 그러한 정신을 발휘할 것을 다짐한다. 이로써 극은 막을 내린다.

작품은 전반적으로 지고지순한 사랑을 지켜오던 목화가 국가 위기의 순간에 자신의 몸과 개인적인 사랑을 선뜻 포기하는 자아희생정신에 초점을 맞추고 있다. 전체/국가를 위해 개인을 희생하는 목화의 숭고한 희생정신은 곧 전시체제기 일제가 요구했던 전체주의 즉 파시즘의 정치 논리였다.[116] 이상으로 보았을 때 공연기사가 언급한 '의식적인 경향'이란 곧 국가를 위한 〈목화〉의 희생정신이었다. 태평양전쟁이 개시된 시점에서 안둥협화극단은 〈목화〉를 통해 전체주의적인 사상을 선전함으로써 연극보국을 실천하고자 했을 것이다.

하지만 유의해야 할 것은 〈목화〉가 내포하고 있는 이중적인 의미이다. 말하자면 〈목화〉 속 그녀와 우인이 백제의 유민이라는 점에서 일본제국에 나라를 빼앗긴 식민지 조선인들로 바뀌어 해석될 여지도 있다는 것이다.[117] 따라서 작품의 이러한 이중성이 공연 의도와는 전혀 다른 효과를 초래할 수 있다는 점에 유의해야 한다.

---

116) 이경숙, 「박영호의 역사극 연구」, 『한국극예술연구』 제 27집, 한국극예술학회, 2008, 154쪽.

117) 김남석, 『조선의 대중극단들』, 250쪽.(김남석은 작가 박영호가 일제의 식민침략에 허덕이는 조선인들의 처지를 백제의 상황에 우회적으로 대입하고 있으며 작품 결말에 나타난 독립과 투쟁의지를 바로 조선인들에게 제시한 하나의 대안으로 보았다. 같은 책, 250~252쪽.)

조선인 관객들은 식민지 조선에서 밀려나 만주로 이주해온 자신들의 신세를 신라로 망명한 우인 및 목화의 처지와 동일시하여 오히려 목화를 희생하게 만든 주체, 그리고 자신들에게 희생을 요구하는 식민주체 일제에 대해 적개심을 드러냈을 수도 있다. 1942년도에 대동극단과 펑톈협화극단에 의해 각각 공연되었던 〈임측서林則徐〉와 〈분노하라, 중국이여怒吼吧, 中國〉가 영미귀축의식을 고양하고자 했던 협화회의 본연의 의도와는 달리 오히려 식민당국 일제에 대한 중국인들의 저항의식을 불러일으키는 역효과를 초래하고 말았다는 사실[118]을 감안하면 〈목화〉 역시 일제에 대한 조선인들의 저항의식을 불러일으켰을 가능성이 충분하다.

이러한 역효과를 의식하여 예정된 공연을 취소하고 극단마저 해체한 것으로 짐작되는 사례가 하나 있다. 바로 계림분회연극반의 '실종사건'이다. 우선 계림분회연극반의 공연 작품(〈표 2〉 참고)을 보면 제 2회 공연작인 〈김동한〉 외에 뚜렷한 국책의식을 드러낸 작품을 선택하기 어렵다. 〈가사행진곡은〉 가벼운 희극으로 명시되어 있고 〈협화〉는 내용을 알 수 없지만 제목상으로는 만주국의 협화사상을 고취한 것으로 보인다. 그 밖에 〈아리랑 그후 이야기〉와 〈여명전후〉는 조선인들이

---

118) 중국인들의 정신을 마비시켰던 아편을 불태움으로써 영국 등 서양 식민주의 열강들에게 과감하게 대응한 임측서를 통해 영국과 미국 등 서양 열강들에 대한 적개심을 불러일으키고자 했으나 정작 연극인들을 비롯한 중국 관객들이 주목한 것은 일본을 비롯한 제국주의 침략에 대한 적개심이었다. 이러한 이중성은 안시, 신스辛實 등의 평론을 통해 공개되었다. 1924년에 일어난 '완센萬縣참사'를 다룬 반제국주의 성격의 〈분노하라, 중국이여〉 역시 〈임측서〉와 같은 공연 효과를 초래했는데 그 정도가 한층 심각했던 탓에 당국의 지시로 공연이 강제적으로 금지된 바 있다. (逄增玉,「殖民話語的裂痕與東北淪陷時期戲劇的存在態勢」,『廣東社會科學』第3期, 2012, 180~181쪽, 참고.)

직면한 사회현실에 대한 일종의 저항의식을 내면적으로 표현한 작품으로 여겨진다.

'향토극'이라는 수식어로 고향의 정서를 자극하고 있는 제 1회 공연작 〈아리랑 그후 이야기〉는 작품 개요에 대한 이우송의 평론을 통해 그 내용과 성격을 얼마간 파악할 수 있다. 평화로운 세계를 추구하는 주인공 영진이는 지주의 박해에 시달려야 하는 현실에 회의를 느끼고 마침내 미치게 된다. 그러다 여동생 영희를 겁탈하려는 지주 오기호를 낫으로 베어 죽이고 급기야 온전한 정신을 되찾는다. 하지만 여전히 그의 이상과 동떨어진 현실은 그를 또다시 미치게 만들고 만다. 그 상태로 영진은 만주로 이사를 가게 되지만 결국 정신을 회복하지 못한 채 죽음으로 끝을 맺는다. 영진이가 추구하는 평화로운 세상과 유리된 현실은 곧 오기호와 같은 강자들이 약자를 괴롭히는 불합리한 현실이었다. 그러한 현실이 영진이를 미치도록 만들었던 것이다. 결국 '왕도낙토' 만주에서도 그의 정신은 회복되지 못하고 결국 죽게 된다. 만주에서의 구체적인 내용은 더 이상 알 수 없지만 작품의 핵심은 영진의 죽음에 있는 것으로 보인다. 즉 영진의 죽음은 '왕도낙토'라는 유토피아-만주국 역시 영진이가 추구하는 평화와 행복의 세상이 아니라는 점을 말해주는 것이라 할 수 있다. 환언하자면 〈아리랑 그후 이야기〉는 주인공 영진의 죽음을 통해 식민지 조선과 '왕도낙토' 만주국을 부정하고 나아가 제국 일본의 침략성과 허위성을 우회적으로 폭로한 작품으로 간주할 수 있는 것이다. 작품의 결말에 대한 이우송의 비평은 바로 그러한 내면의식에 대한 불만으로부터 비롯된 것으로 보인다.

放浪性이라 할는지 生活潮水에 밀여드럿다 할는지 엇잿든 永鎭이가 만주로 移舍를 왓다. 作者는 아즉 建設途中에 定著되지 못한 우리 生活舞台위에 영진이를 이주식혓다. 그리하야 엇더한 理性格이 奈邊에 잇는가? 영진이를 죽이지 안코는 낙토건설을 창조할 수 업섯든가? 이 모든 질문성에서 作者의 행동이 크게 주목된다. 영진이는 절대로 죽을 수 업다. 우리는 죽일수 업다. 사러야 한다. 사러야 한다. 미친 정신에서 회복하지 못한채로 죽는다면 세상은 오즉 지옥이다. 만일 정신이 회복되지 못한채로 죽엇다면 도저히 낙토건설은 불가능하다. 굳이 낙토가 건설되엇다 하면 그것은 거짓 건설이요, 강제 건설이다. 재삼 영진이는 살어야 한다. 깨인 정신으로 회복되여 그로 하여금 낙토건설의 씩씩한 용사가 되어 그의 이상이 이땅 위에 뿌리 깊이 현실되여서 지난날에 애처러운 아리랑 노래가 우리 생활 위에서 영원히 사러지고 새로운 진군가가 명랑히 들려야만 비로소 낙토건설의 결백성이 시준될 것이다. 그러나 作者는 복잡한 현실의 권태를 느낀 모양이다. 성급한 作者는 복잡한 이유와 조건을 물리치고 오직 o裁 이상을 휘드르는 듯하다. 그러나 작자는 藝術은 법률이 아님을 알어야 하겟다. 그럼으로 건실한 藝術을 築成함에는 건실한 양심적 작가의 행동에서 시작될 것이다.[119]

영진이가 '정신을 회복하지 못한 채 죽었다면 도저히 낙토 건설이 불가능'하며 오직 영진이가 정신을 회복하여 낙토건설의 용사가 되어 그의 이상을 실현해야만 '낙토건설의 결백성'이 인정되므로 반드시 영진을 살렸어야 한다는 이우송의 관점은 '낙토건설'을 부르짖는 만주국 내지 제국 일본의 입장을 대변한 것이라 할 수 있겠다. 그러나 결

119) 「향토극 '아리랑 그후 이야기' - 작자의 態度와 疑問性에 대한 片想」(하), 『만선일보』, 1939.12.20.

과적으로 영진은 죽었고 그의 죽음을 바라보는 만주의 조선인 관객들은 '낙토건설'의 허무맹랑한 이상보다는 그와 유리된 비참한 현실에 더욱 공감하며 영진의 죽음을 동정하고 나아가 그를 죽음으로 몰고 간 현실 및 자신들이 처한 현실에 대해 일종의 저항의식을 갖게 되었을 가능성이 충분해 보인다.

계림분회연극반은 〈아리랑 그후 이야기〉에 이어 또 한번 내면 의식을 자극하는 작품 공연을 기획하게 된다. 그 작품이 바로 제 3회 상연 예정작이었던 〈여명전후〉다.

> 신징협화문화부에서 춘계공연 〈김동한〉을 상연하고 그다음으로 하기 공연을 준비중이든바 래 7월 상순에 결행하기로 결정하엿든바 이번 레파토리와 스탑은 다음과 가트며 캬스트는 공모출연자의 마큼을 기두려서 결정발표하리라고 한다.
>
> 상연각본: 1-〈여명전후〉전3막 이무영 원작, 이갑기 개편. 1-〈假死〉原名《とも？の死》全1幕, 有島武郎 作, 金永八 翻案. 1-〈협화〉, 전1막 金村榮造 原作, 金永八 翻案, 연출 김영팔, 장치 이갑기, 조명 고재기, 효과 송지영, 무대감독 김병삼.[120]

위의 기사에 의하면 계림분회연극반은 7월 상순에 제 3회 공연을 개최할 예정이었고 상연 예정작은 이무영 원작, 이갑기 각색의 〈여명전후〉를 비롯하여 제 2회 공연에서 무산되었던 아리시마 타케오의 〈가사행진곡〉과 이마무라 에이조金村榮造의 〈협화〉 등 세 작품이었다.

---

120) 「문화부하기공연 7월상순에 상연결정, 레파토리와 스타프」, 『만선일보』, 1940.5.20.

그 후 '계림분회문화부 하기공연상연각본'이라는 제목으로 〈여명전후〉가 1940년 5월 21일 ~ 6월 6일에 거쳐 총 12회 연재되었다. 그런데 제 1, 2막만 연재되고 제 3막의 연재는 중단되었다. 문제는 6월 6일 2막 연재를 끝으로 계림분회연극 제 3회 공연에 관한 모든 소식이 돌연 자취를 감추었으며 그 후 연극반의 존재여부조차 확인되지 않는다는 점이다. 1939년 제 1회 공연 이래 연극에 대한 열의를 보이며 정기적인 공연을 기획했고 무엇보다 협화회 수도본부의 지원을 받으며 국가행사까지 참여하여 좋은 업적을 거두었던 연극반이 왜 갑자기 아무런 예고없이 사라졌을까. 그 이유는 제 3회 상연예정작이었던 〈여명전후〉의 내용을 통해 얼마간 유추할 수 있을 듯하다.

이무영의 희곡 작품을 확인해본 결과 〈여명전후〉는 그의 희곡 〈어머니와 아들〉, 〈아버지와 아들〉, 〈탈출〉 등 세편[121]을 하나의 작품으로 묶은 작품이었다. 또한 『만선일보』에는 '이무영 원작, 이갑기 개편의 공연각본'이라고 적혀 있었지만 원본과 대조한 결과 원본 제 1막의 일부분이 누락되었고 일부 지문이 생략되었으며 제 2막의 마지막 부분과 제 3막의 연재가 중단되어 확인 불가능한 부분을 제외한 나머지 부분은 원본의 내용과 똑같았다. 작품은 표면적으로는 자식에 대한 부모의 무한한 사랑을 보여주고 있다. 하지만 내면적으로는 일제의 수탈로 인한 고달픈 식민지 현실을 문제 삼고 있다.

121) 이무영은 이 세편의 희곡을 〈어버이와 아들〉(3막)이라는 제목으로 『신동아』에 발표하려고 했다. 그러나 지면의 제한으로 부득이하게 세 편으로 떼어 각가의 제목을 붙인 채 각 1막씩 연재하게 되었다. 이 세 편의 희곡은 1933년 6월~11월 『신동아』에 수록되어 있다. 본고는 제 3막과 누락된 부분(『신동아』연재 참고) 외의 1,2막은 『만선일보』에 연재된 〈여명전후〉 참고.)

고　모 : 저이두 참 신세 고단할게라. …중략… 쇠돌아버지가 닢담배 한대 얻어피다가 들켜서 이 백 량 벌금을 해놓고는 저렇게 쩔쩔매잔어-

형　수 : 마뜩싸지요, 뭘 그걸 왜 물어줘요?

고　모 : 그까짓거 물어주고두 살어나갈 것 같았겠지. 그랫든 것이 세상이 망해서 그 모양 이지, 세상은 잘돼간다면서두 담배 한대를 맘놓고 못먹으니! 온![122]

아버지 : 하마터면 큰일날 번 했다. 채선달이 빗을 모두 일본사람한테 넘겼드구나. 그래서 모두들 저 아래서는 집행을 당한다니-- 필시 내게두 올텐데—이를 어쩌면 좋으냐?[123]

위의 인용문은 제 2막의 내용으로 당시 조선에서 일제가 실시했던 담배전매제도로 인해 담배조차 함부로 피울 수 없는 현실과 일본인에게 넘어간 빚을 갚지 못해 집행까지 당해야 하는 현실을 통해 일제의 경제 수탈을 간접적으로 보여주고 있다. 〈여명전후〉가 2막을 끝으로 더 이상 연재되지 않았는데 이 부분이 일정한 원인으로 작용하지 않았을까 한다. 게다가 연재되지 않은 제 3막은 주인공 박웅이 사사로운 감정에 얽매이지 않고 과감하게 자신 앞에 놓여진 현실로부터 탈출하여 더 나은 미래로 추구해 나가는 내용을 담고 있다. 유민영은 이러한 결말이 독립운동을 의미한다고 했다.[124] 이무영이 1930년대 동반자 작가

122) 〈여명전후〉, 『만선일보』, 1940.6.2.

123) 〈여명전후〉, 『만선일보』, 1940.6.2.

124) 유민영, 「이무영 희곡 연구」, 『연극평론』 제 18집, 1979.(유민영은 이 세 작품이 식민주의 현실을 반영하고 있으며 〈여명전후〉로 연재되지 못한 〈탈출〉은 식민주의 현실로부터의 이탈 및 독립운동을 의미한다고 보았다.

로 활동했던 점, 그리고 작품에서 일제의 경제 수탈을 문제 삼은 점, 박웅이 현실-식민지적 현실을 부정하며 탈출한다는 점, 등 일련의 정황으로부터 볼 때 주인공 박웅의 탈출이 독립운동 혹은 사회주의운동을 암시했을 가능성은 꽤 크다. 그런 점에서 볼 때 〈여명전후〉라는 제목은 어두운 식민지배현실로부터 광명을 되찾기 전후를 의미하는 것이다.

이처럼 일제의 침략성을 직접적으로 드러냄과 동시에 그 침략적 현실 즉 식민지적 현실로부터 각성하여 사회주의운동으로 나아갈 것을 암시한 작품이 일제의 이익을 대변하는 『만선일보』를 통해 버젓이 연재되기란 상당히 어려웠을 것이라 생각된다. 즉 〈여명전후〉는 『만선일보』 및 일제의 검열에 걸려 더 이상 연재할 수 없었을 것이다. 이 점이 사실이라면 계림분회연극반이 돌연 사라진 이유는 더 분명해진다. 성공적인 제 2회 공연에 이어 제 3회 공연까지 구체적으로 기획했던 연극반이 상연예정작 연재 중단은 물론 일언반구 없이 갑자기 사라진 점은 적어도 그들의 의지에 의한 것으로 보기는 어렵다. 보다 더 확실한 증거가 뒷받침되어야 하겠지만, 이 글에서는 잠정적으로 〈아리랑 그후 이야기〉를 통해 '불온성'을 잠재하고 있던 계림분회연극반이 〈여명전후〉의 기획으로 그 '불온'의 실체가 폭로됨으로써 결국 당국에 의해 탄압되었을 것이라 판단하기로 한다.

식민주의에 대한 우회적인 저항의식을 내포하고 있는 작품이 당시의 관변극단에 의해 공연되었거나 작품 일부가 신문에 연재되었다는 점은 국책을 위반하는 내용을 금지한다는 만주국의 문화통치정책이 항상 철저하게 관철되지는 않았다는 점을 말해주기도 한다.

한편 관변 단체는 대중들의 관극 성향에 영합하기 위한 대중연극도 공연했다. 〈표 2〉를 보면 한 극단이 일반적으로 두 개의 작품을 공연하는데 하나는 목적의식을 내세운 작품이고 다른 하나는 희극이나 비극과 같은 통속적인 연극임을 알 수 있다. 이러한 공연 형식은 오락성과 공리목적성 등 이중의 공연목적을 의도한 것이라 할 수 있겠다. 내용은 확인되지 않지만 희극과 촌극으로 표기되어 있는 〈가사행진곡〉과 〈소문만복래〉, 〈택시의 수난〉 등은 오락성을 염두에 둔 대중연극이다. 〈맴도는 남편〉도 마찬가지다. "모리엘의 〈조르쥬 단단〉"으로 표기되어 있는 이 작품은 프랑스 극작가 몰리에르의 〈조르주 당댕〉이다. 3막으로 구성된 이 작품은 귀족과 결혼한 농업 부르주아인 주인공 당댕이 부인의 불륜사실을 고발하기 위해 갖은 방법을 동원하지만 결국 부인과 처가 식구들로부터 수모를 겪게 되는 이야기를 희극적으로 표현했다.

그 밖에 하얼빈금강극단의 〈바다의 별〉이 1941년 12월 30일자 기사를 통해 대강의 줄거리가 전해진다. 북선 어느 바다의 어부로 살아가는 주인공 인길이 어느 날 바다에 익사한 사람이 자신의 딸 옥분을 요정에 팔아먹은 사실을 알고 옥분을 동정하여 그녀를 요정에서 빼내려고 한다는 내용이다. 작품 속 어촌이라는 배경과 '딸 팔기' 모티프는 1930년대 조선의 대중연극에서 흔히 나타나는 특징 중 하나로 그와의 영향관계 속에서 생각해볼 필요가 있다.

〈표 2〉를 보면 알 수 있듯이 민간 단체의 연극 활동은 그다지 왕성하지 못했다. 특히 예원동인, 은진고교 학생극, 극단동아 등은 1년에 1회 정도의 저조한 공연을 기록했다. 계림극단과 극단만주는 그나마 전국 각지를 돌아다니며 상대적으로 활발한 공연을 한 것으로 보인다. 이 차이는 직업극단과 소인극단의 차이에서 비롯되었을 것이라 생각한다. 계림극단과 극단만주는 직업극단으로서 시간적으로나 경

제적으로 지방 순회공연을 다닐 여유가 있었다. 반면 예원동인을 비롯한 소인극 단체는 시간적, 경제적 여유가 없었다. 예원동인은 펑톈의 조선인 청년문학동인으로 연극보다는 문학 활동에 열중했다. 말하자면 연극은 과외 형식을 취했던 셈이다. 극작가 김진수가 이끌었던 은진고교 학생극 단체는 학생 신분이기에 활발하지는 않았지만 비교적 꾸준한 활동을 펼쳤다. 이들의 연극 활동은 주로 은진교우회의 지원으로 이루어졌다. 계림극단과 예원동인은 철도총국, 펑톈협화회조선인보도분과회 등 정부 기관과의 밀접한 관계 속에서 연극 활동을 전개했다. 그래야만 보다 원활한 활동을 유지할 수 있었기 때문이다.

이상의 민간 단체들이 공연한 12 개의 작품 중 완전한 텍스트를 확인할 수 있는 작품은 유치진의 〈흑룡강〉과 〈생명의 관〉이다. 그 외에 줄거리를 파악할 수 있는 작품은 〈국기게양대〉와 〈암상〉이다.

〈흑룡강〉과 〈국기게양대〉는 앞에서 살펴본 바와 같이 국책연극이다. 그 밖에 내용은 전해지지 않지만 '애로촌 위문공연'으로 공연되었다는 점, 그리고 제목에 들어있는 '협화', '애로' 등 용어로부터 〈협화제〉, 〈애로제〉, 애로극 〈횃불〉 등 역시 만주국의 협화사상과 애로사상을 고취한 국책연극임을 알 수 있다.

그 밖에 은진고교의 학생극 〈생명의 관〉과 〈암상〉은 일제의 식민논리를 겨냥한 작품이다. 〈생명의 관〉은 1920년대 일본의 유명한 극작가 야마모토 유조의 작품으로 1926년 조선의 조선극우회에 의해 공연되기도 했다.[125] 이 작품은 상업도덕과 신용을 숭상하는 자본가와 탐욕스럽고 음흉한 자본가, 그리고 사리사욕을 위해 도덕과 양심까지

---

125) 이두현, 위의 책, 153쪽.

팔아먹는 자본가 등 세 명의 자본가를 형상화했다. 이 세명의 자본가가 대량의 통조림 가공권을 놓고 각축전을 벌이다 결국 도덕적인 자본가가 두 명의 간교한 자본가에 의해 파산된다는 내용이다. 작품은 이러한 내용을 통해 약육강식의 자본주의논리를 비판하고자 했다. 아래는 은진고교 학생들에 의한 〈생명의 관〉 공연 장면이다.

〈생명의 관〉 1막(위), 3막(아래) 공연 장면[126]

1940년 12월, 은진교우회의 주최 하에 용정극장에서 공연된 〈생명의 관〉은 입장하기 힘들 정도로 초만원을 이루었으며 관객들로부터 큰 호평을 얻었다고 한다.[127]

〈암상〉 은 밀매상인들의 부도덕함을 다룬 내용이다. 구체적인 내용은 알 수 없으나 당시 만주에 밀매, 밀수 등 불법적인 상업 활동이 많았던 점으로부터 볼 때 이 작품을 통해 밀매상인들의 부도덕성을 비판하

126) 『만선일보』, 1940.12.10.
127) 「은진교우회 주최 음악과 연극의 밤」, 『만선일보』, 1940.12.10.

려 했던 것으로 짐작된다.

함세덕의 〈해연〉은 동복남매의 이룰 수 없는 사랑을 다룬 비극이며 내용은 알 수 없지만 〈기생의 자식〉 역시 비극으로 관객들의 감성과 눈물을 자극했던 멜로드라마였다. 요컨대 만주국의 조선인 연극은 국책의식을 강조한 이른바 국책연극 외에 희극과 비극, 촌극 등 오락성과 영리성을 강조한 대중연극도 공연했다. 대부분의 작품 내용을 알 수 없는 상황에서 어떤 유형의 연극이 주류였는지 함부로 단언할 수 없다. 분명한 것은 협화회가 관여한 극단의 연극이라고 해서 무조건 국책연극으로 간주해서는 안된다는 점이다. 앞에서 살펴본 바와 같이 그 속에 종종 저항의 논리들이 내재되어 있기 때문이다.

그 밖에 만주국 통치권 안에는 조선인 아동극과 방송극도 존재했다. 만주국 조선인 아동극은 1936년 『가톨릭소년』[128]이라는 아동잡지에 실린 안수길의 〈꽃과 나비〉를 통해 가장 먼저 확인된다. 그 후, 『만선일보』의 어린이란을 통해 〈리야왕〉(김상덕, 1939), 〈세 동무〉(김련호, 1940), 〈요술모자〉(신고송, 1940), 〈세발자전거〉(김진수, 1940), 〈복동의 부활〉(임백호, 1940), 〈이상한 종〉(김용복, 1940) 등 아동극도 발견된다. 그러나 현존하는 자료로는 이 작품들을 비롯한 기타 아동극의 실제 공연 여부에 대해 확인할 수 없다. 다만 1941년 '소국민의 밤'[129]이라는 주

128) 『가톨릭소년』은 1936년 4월부터 1938년 8월까지 간도 옌지에서 발간되었던 아동잡지로 문학과 종교의 이중적인 성격을 띠었다. 최기영은 재정 부족과 황민화 정책의 압박을 『가톨릭소년』의 폐간 원인으로 지적했다. (이와 관련된 글은 최기영, 「1930년대 「가톨릭소년」의 발간과 운영」, 『교회사연구』 제 33집, 2009, 참고.) 『가톨릭소년』은 『만선일보』의 어린이란과 함께 만주국의 조선인 아동문학을 살펴볼 수 있는 자료로서 중요한 가치를 지닌다.

129) 東堂人, 「아동극을 위하여 - '소국민의 밤' 감상」, 『만선일보』, 1941.11.2.

제로 개최되었던 아동문화 공연을 계기로 교육을 목적으로 한 조선인 아동극 및 공연 단체 양성에 대한 필요성이 제기되었던 사실 및 국민총동원과 결전문예 체제의 전개 사실을 감안하여 조선인 아동극의 공연 가능성을 열어두고자 한다.

만주국의 방송극은 무대라는 제한적인 공간에서 벗어나 전파를 타고 전국 방방곡곡에 울려 퍼지면서 신극대중화운동의 일익을 담당했다. 당시 중국인과 일본인의 경우, 일반 연극 단체는 물론 전문적인 방송극 단체를 조직하여 방송극 활동을 활발하게 전개했다. 반면 조선인 방송극은 인력, 재력 및 방송 요건 등의 제약으로 상대적으로 큰 활약을 하지 못했던 것으로 추정된다. 1938년 대동극단에 의해 조선어 방송극이 전파를 탄 바 있다는 기록과 만선교환방송滿鮮交換放送을 통해 방송극이 종종 교환되었다[130]는 기록이 지금까지 확인되는 조선인 방송극 관련 정보이다. 『선무월보』에 의하면 1938년에 조직된 대동극단 조선어부는 같은 해에 조선어 방송을 8 회 진행했다.[131] 또한 당시 일본어, 중국어, 조선어 세 개의 언어부로 조직되었던 대동극단은 한 작품을 언어별로 무대 공연은 물론 방송도 진행한 것으로 확인되었다. 이러한 사실로부터 1938년에 전파를 탔던 조선어 방송극은 〈표 2〉에 정리된 대동극단의 제 1, 2회 공연작인 〈신 아리랑〉, 〈국경의 안개〉, 〈창공〉, 〈풍〉 등 네 작품 중에 있을 것으로 판단된다. 이후 대동극

---

130) 강희주의 글에 의하면 만선교환방송의 내용 중에 대중음악과 전통음악 외에 드물게 방송극도 교환되었다. (강희주, 「만주국의 선전전과 라디오 방송」, 연세대학교 석사학위논문, 2009, 53쪽.)당시 만선교환방송은 주로 조선의 방송이 만주로 중계되는 형식을 취했기 때문에 조선의 방송극이 만주로 송출되었을 가능성이 높다.

131) 大同劇團, 「大同劇團組織」, 『宣撫月報』, 66~69쪽.

단에 의한 조선어 방송극은 조선어부의 해체로 더 이상 찾아볼 수 없게 되었다. 자료의 한계로 조선인 방송극의 활동상에 대해 더욱 구체적으로 살펴볼 수 없다. 그러나 분명하게 알 수 있는 것은 방송극이 만주국의 조선인들에게도 최첨단 과학기술을 이용한 근대 미디어문화를 인식시켜 주었다는 점이다.

2.2. 반공영웅 〈김동한〉의 기획 배경과 효과

연극 〈김동한〉은 협화회와 『만선일보』에 의해 철저히 기획된 국책연극이다. 〈김동한〉의 기획 배경과 그 과정을 파악하기 위해 우선 실존인물이었던 김동한에 대해 알아볼 필요가 있다. 1892년 함경남도 단천군에서 출생한 김동한은 평양대성중학을 거쳐 러시아 사관학교를 졸업한 후 공산주의자가 된다. 그 뒤 고려혁명군 장교단장까지 역임했으나 1922년에 반유대인운동을 벌이다 소련군에 체포되어 당적을 박탈당하고 투옥당하는 등 고초를 겪은 뒤 1925년에 조선으로 송환되었다. 이후 김동한은 만주로 건너와 간도협조회를 조직하면서 본격적으로 친일 행보를 걷게 된다.[132] 김동한을 필두로 1934년 9월 6일 간도에서 조직된 간도협조회는 관동군 헌병사령부 옌지 헌병대에 소속된 외곽조직으로 그 주요 사업은 조선인에 대한 사상 선도였다. 그들은 조선인들이 만주국의 국민임을 자각하여 만주국 나아가 동아 신질서 건설에 이바지하도록 지도하는 한편 항일무장세력을 귀순시키

132) 김효순, 『간도특설대』, 서해문집, 2014, 96~101쪽.

거나 토벌하는 것으로 구체적인 사업을 전개해 나갔다.[133] 1936년 12월에 간도협조회가 해산하고 협화회 특무조직으로 편입되면서 김동한은 협화회 특별공작부장을 겸하게 되었다. 그러다 1937년 12월 7일 동북항일연군 제 11군 정치부 주임이었던 김정국을 상대로 귀순공작을 벌이다 결국 목숨을 잃고 말았다.[134]

그 후 2년 뒤, 『만선일보』 및 협화회에 의해 김동한을 추모하는 사업이 대대적으로 추진되었다. 우선 1939년 12월 2일에 '신춘문예현상모집'이라는 공고를 통해 김동한을 주제로 한 희곡 공모가 개최되었다. 김동한의 생애와 활동에 대한 내용이 공고의 전제조건이었으며 당선작에 대해서는 신문 연재에 이어 공연 기회까지 제공했다. 그 뒤 1939년 12월 7일, 김동한의 기일을 맞이하여 옌지 공원에서 동상과 기념비 제막식이 성대하게 거행되었다.[135] 제막식 당일에는 박팔양이 『만선일보』사의 이름으로 축사를 보내기도 했다.[136] 그 밖에 김동한의 생애와 항일무장세력 귀순공작에 대한 활동을 회고하는 좌담회가 열렸는데 『만선일보』는 그 내용을 1939년 12월 13일부터 12월 21일까지 총 5회 연재했다. 좌담회는 김동한의 아들 김희선과 동생 김동

133) 김효순, 위의 책, 102~103쪽. (간도협조회의 회원들은 각지의 친일파와 지역유지로 구성되었고 그들의 활동은 간도뿐만 아니라 남만과 북만까지 뻗어나갔다. 그들은 항일무장세력을 회유, 매수, 협박, 모략 등 갖은 방법을 동원하여 자신들의 공작에 투입시켰다. 그런 방식으로 포섭한 항일부대원의 수는 최소 2500명이 넘는다고 한다. 김효순, 위의 책, 103~104쪽.)

134) 김효순, 위의 책, 106쪽.

135) 「고김동한씨의 동상, 7일 옌지서 제모식 집행」, 『만선일보』, 1939.12.8.

136) 그날 오전의 제막식은 동상 제막과 함께 각 대표자들의 축사로 진행되었고 저녁에는 민생부 청장 류민성劉民生의 강연방송이 진행되었다.「제막식 당일 본사에서 축사증정」,『만선일보』, 1939.12.10.3.

준을 비롯하여 군부측 대표, 각 지역 협화회 대표 및 간도협조회 간부와 신문통신 관계자들의 참석 하에 김동한의 업적과 인격에 대한 회고를 주제로 진행되었다.[137] 그 뒤 희곡공모 당선작이 김우석의 〈김동한〉으로 발표됨과 동시에 1940년 1월 10일부터 1940년 1월 24일까지 총 11회에 거쳐 연재되었다. 이어 같은 해 2월 11일에 신징 협화회관에서 연극 〈김동한〉이 상연되었다.

紀元二千六百年奉祝
「演劇과音樂의밤」盛況
協和文化部員의熱演에陶醉

연극 〈김동한〉 제 3막(위)과 고려음악회 연주(아래) 장면[138]

그렇다면 『만선일보』는 왜 김동한이 죽은 2년 뒤의 시점에서 이처럼 거창한 방식으로 다시 그를 소환하게 되었을까. 이 글에서는 1939년의 항일무장세력 토벌 강화 및 간도특설대의 설립이 그 배경으로 작용했다고 본다. 1936년부터 동북 지역의 항일무장세력 숙청계획과 함께 토벌작전을 벌이던 관동군은 1939년 10월에 이르러 병력을 한

137) 「고김동한추억좌담회」, 『만선일보』, 1939.12.13. 12.15. 12.17.2 12.20. 12.21.
138) 「협화문화부의 열연에 도취」, 『만선일보』 1940.2.13.

층 더 집중 · 강화하여 1941년 3월까지 퉁화通化, 지린, 간도 세 지역의 항일무장세력을 '대토벌'할 작전을 계획했다.[139] 당시 이 작전에 참여한 조선인 부대가 바로 간도특설대였다. 간도특설대는 1938년 9월 15일 만주국 치안부 산하의 한 부대로 창설되어 그 이듬해부터 정식으로 항일숙청작전을 개시했다.[140] 당시 『만선일보』는 간도특설대를 홍보하고 그에 대한 조선인들의 지원병 지원을 독려하는 데 총력을 기울였다. 이처럼 만주국의 항일숙청작전이 강화되고 간도특설대의 협력이 중요해지던 시점에서 『만선일보』는 "만주국 치안숙청의 공로자이요, 동아 신질서 건설의 공로자인"[141] 김동한을 다시 소환하기에 이르렀던 것이다. 즉 김동한을 '항일숙청의 공로자'이자 '흥아운동의 선각자'로 미화하고 그런 그를 조선인 나아가 만주국의 영웅으로 표상함으로써 항일무장세력 토벌에 대한 조선인들의 협력을 고취하고자 했던 것이다. 이는 연극 〈김동한〉을 통해 분명하게 드러난다. 작품의 내용은 다음과 같다.

작품은 협조회를 발족한 날을 기념하여 손지환, 김길준, 삼택조장 등이 김동한의 집에서 냉면을 먹는 장면으로 시작한다. 그들은 냉면을 먹으면서 공산당이었던 김동한이 '대일본제국국민'으로서 국가를 위해 기꺼이 자신을 희생하는 그의 '영웅적 기개'를 높이 칭송한다. 이에 김동한은 국가를 위해 제 일선으로 나아가야 할 것을 주장하며 협조회 회원들과 함께 공산당 귀순공작을 구체적으로 토의한다. 또한 조선인들이 '대화민족' 즉 일본과 불가분의 관계에 있으며 일본과 협

139) 李茂傑, 「治安與軍事」, 『僞滿洲國的眞相』, 社會科學文獻出版社, 57쪽.
140) 김효순, 위의 책, 138쪽.
141) 「劉氏生廳長, 講演放送」, 『만선일보』, 1939.12.6.

력해야만 조선인의 미래가 비로소 밝아질 수 있음을 강조한다. 협조회 회원들과 작별인사를 나눈 뒤 김동한은 부인과 잠시 옛추억에 잠긴다. 그때 창가에 검은그림자가 나타나더니 자신이 김정국이라 밝히며 김동한에게 어리석은 짓을 하지 말라며 충고한다. 이에 뛰어나가려는 김동한을 그의 아내가 가로막으며 1막이 내린다.

2막이 열리면 김동한은 산 속에 숨어 살며 항일 운동을 하는 '비수'를 상대로 귀순공작을 벌인다. 그는 '비수'에게 한때 사회주의국가인 러시아에서 사회주의자로 살았던 자신의 경험을 털어놓으며 러시아의 현실과 사회주의이상의 괴리를 강조한다. 반면 나날이 발전해 나가는 만주국을 '왕도낙토'로 강조한다. 아울러 김동한은 '비수'를 대장군으로 치켜세우며 '흥아운동'의 건설에 협력할 것을 요구한다. 이러한 노력을 통해 김동한은 '비수'와 그 부하들을 성공적으로 귀순시킨다.

3막이 시작되면 동네 노파가 김동한이 늘 마을 사람들을 동정하고 비적을 귀순시켜 치안을 유지하며 세계 각국 언어까지 구사할 줄 아는 다재다능한 인재라며 칭찬을 늘어놓는다. 이어 동생 김동준이 등장하여 형인 김동한에게 공산당 귀순공작에만 몰두하지 말고 가족의 안위도 신경 쓸 것을 요구한다. 그러나 김동한은 자신의 안위만을 생각하는 것은 곧 '천황폐하'와 제국 국민들에 대한 '불충성'이라며 동생의 요구에 찬성하지 않는다. 즉 3막에서는 노파와 동생을 통해 김동한의 동정심과 자기희생정신이 부각되었다. 이처럼 희생정신이 강한 김동한은 그를 위협했던 김정국에 대한 귀순 임무조차 망설임없이 받아들인다. 작품은 김동한이 귀순공작을 위해 또다시 가족들과 작별하고 떠나는 것으로 막을 내린다.

이처럼 〈김동한〉은 주인공 김동한이 일종의 반공숙청단체인 간도협조회를 조직해서부터 동북 항일연군 제 11군의 김정국을 상대로 귀순공작을 떠나기까지의 그의 반공 행적과 업적 및 인간성을 다루었다. 작품은 이를 통해 김동한을 반공 및 멸사봉공의 영웅으로 재탄생시키고자 했다.

반공영웅의 이미지를 형상화하기 위해서는 반공사상에 대한 김동한의 확고한 이유나 신념이 제시되어야 하며 이를 바탕으로 귀순공작을 벌였을 때 비로소 설득력을 얻게 될 것이다. 하지만 작품에서 김동한의 반공사상은 매우 추상적으로 표현되었다.

김 : 나와 함께 볼스뷔-키엿섯지요

비수 : 당신도요?

김 : 네 그러나 조곰도 놀랄것은업습니다. 그때는 내 나이 절머서 국가사상이라든가 민족관념이 박약한때엿스니가 잠시 세계사조에 물드럿슬분이지요.

비수 : 그런 요시말로 사상전환을 한것인가요?

김 : 보다도 그들이 말하는 공산주의라든가 사회주의라는 것은 세계의 평화라든가 인류의 행복을 파괴시키는데 다른 아무것도 업다는 것을 깨다른 까닭입니다.[142]

즉 공산주의가 세계의 평화나 인류의 행복을 파괴시킨다는 점이 작품에서 밝혀진 김동한의 반공 이유로 공산주의사상의 결함이나 그 파괴력에 대한 구체적인 설명이 생략된 채 매우 추상적인 관념에 머물

142) 김우석, 「김동한」, 『만선일보』, 1940.1.17.

러 있다. 대신 작품이 강조하고 있는 것은 내선일체사상과 대동아사상이다.

김 : 너무나 관람합니다(사이)우리는 다른무엇보다도 흐터저서는 안될시기이니까 서로밋고 단결하는데서 우리의 행복을 차저볼수도잇고 민족적발전향상을 바랄수잇는 것입니 다 공연한 시기와 질투할대가아니고 손을마조잡고 건설의길로 전진한 때라고봅니다 물 론 아즉까지 아지못하는사람들은 우리들을 가르켜 옛날 문자로 친일파라고부르겟지요 그런사람들은 친일이란 문자해석까지도 모르는사 람이니까요

길준 : 물론만습니다. 간도성만하드라도 전일의그사상이 뿌리가 박힌곳이되어서

김 : 문제는 간단한것이아니예요 카나다민족과 앵글로색손민족과의 역사적실례를가지고도 알수잇는 것과 가티우리조선민족은 대화민족과는떠러저서는 도저히민족적 발전향상을바랄수업습니다 그럼으로 우리는 국민화운동을 왕성케함으로써 조선인번영발전에 귀정 되며또서 광이차저올것이라고 생각합니다.

손 : 그럿습니다. 그러한점이 선생과의 공통되는 점이올시다.

김 : 더군다나우리는 지금국가적으로 비상시기가아니예요? 이러한때에 선게동포의 각오가 업서가지고는 안될줄압니다.[143]

143) 김우석, 「김동한」, 『만선일보』, 1940.1.11.

간도협조회를 조직하던 날 김동한은 회원들과 함께 반공 계획을 세움과 동시에 친일만이 조선 민족이 발전할 수 있는 길임을 주장하며 조선인들이 이 점을 깨닫고 일본에 협력할 수 있도록 자신들이 앞장설 결의를 다지는 대목이다.

비수 : 나는 귀순할수업소. 마음대로하시오 당신이나를 타일르는말이요?

…(중략)…

김 : …만주국의리상이란 왕도락토입니다 그러면 그근본정신에 비치여가지고 설령반만행위를 하고 량민을 괴롭게하는 무리들이잇다고하드라도 그리한사상을가진사람들에게 권하고타일러서 과거의그릇된 사상을 뉘웃처가지고 진실한만주국국민이되기를 히망하는데 잇는것입니다.

비수 : 그럼결국귀순을 아니한다면?

김 : 지금만주건국만오년입니다 물론 내가 말슴아니하여도 신문으로 잘아시겟지여요 국내치정이얼마나 활발하바니까 민생에잇서서나 치안 경제 산업 교통 사법외교등각부문에 잇서서 기성국가에 대비하야 조고만한 손색이업지 아니합니다 아마 장군이 지금 예전장춘인신징을가보신다면 깜짝놀랄것입니다. 그러나 그리한 것도 소소한 문제입니다 그보다도 더 깜짝 놀라실것이만습니다

비수 : 그래무엇이 또 더 놀랠일이잇단말이요

김 : 만주국민들의 생활입니다 지나간날의 군벌시대의 민중의생활에 비하야 얼마나 윤택하고 행복스러운 생활을하고있는지 모르시겟지요 다른 것은 다그만두드라도 로동자들의 하로 임

금최고 사오원부터최하일원평균이요 양차 마차부가 최고 십이삼원으로부터 최하사사원을 법니다 거리에는 라디오와 축음기소리로찻고 극장과 활동사진판에는 만원으로 들러갈수 업습니다

비수 : 그러기에 내가어듸만주국이납부다는것이요 그리고 좀생각해보겟다는것이지

김 : 물론 그러실줄압니다…… 장군과가튼대인물이 하루라도 속히 만주국에 귀순하 서흥아운동의투사가되어 동아신건설에 온힘을 써주었으며하는[144)]

위 인용문은 김동한이 비수를 성공적으로 귀순시키는 핵심 장면이다. 김동한은 만주국은 '왕도낙토'로서 정치, 경제, 사회, 문화적으로 모두 발전하여 국민들에게 윤택한 생활을 제공하고 있으며 반만이나 공산주의 사상을 지닌 사람들을 "진실한만주국국민"으로 선도하여 함께 만주국 나아가 대동아 건설에 이바지하도록 하는 데 귀순공작의 목적이 있음을 주장하고 있다. 즉 김동한은 일제 및 만주국의 입장에서 친일의 목적을 대변함으로써 비수의 귀순을 설득시키고자 했다. 이에 비수는 결국 귀순을 결심하게 된다.

수년간 항일무장부대의 장수로 활동하던 사람이 뚜렷한 반공의식 없이 친일로 귀순한다는 점이 독자나 관객의 입장에서 받아들이기에는 설득력이 부족하다. 게다가 작품은 김동한의 반공 행적과 귀순 공작 및 멸사봉공의 사적을 극적 행동을 통해 보여주지 못하고 전반적으로 인물들의 대사에만 의존한 결과 김동한의 영웅적 이미지를 극적

144) 김우석, 「김동한」, 『만선일보』, 1940.1.17.

으로 형상화하지 못했다. 다시 말하자면 '내선일체'나 '왕도낙토'의 만주국에 대한 선전 목적에는 성공했을지 몰라도 반공영웅으로서의 김동한의 영웅적 이미지 창조 및 반공사상의 선전 목적에는 성공하지 못했다. 〈김동한〉이 당시 평론가들의 혹평을 받았던 이유도 바로 여기에 있다.

박영준은 우선 예술의 정치성을 부정하지 않지만 "예술적 작품은 어디까지나 예술적 방향이 도는데 그 가치가 있는 것"이며 "아무리 의식적 작품이라 할지라도 예술성을 상실했다면 작품으로서 실패며 또한 작품적 효과가 적을 것"인데 이 점에서 〈김동한〉은 문제적이라고 지적했다. 이어 그 이유는 작품이 전반적으로 대화로만 채워져 있으며 인물들의 행동이 상당히 결여되어있기 때문이라고 밝혔다.[145] 즉 박영준은 인물들의 구체적인 행동을 통해 작품 주제를 극화시키지 못하고 대화에만 의존하여 정치목적성만을 내세운 점을 〈김동한〉의 주요 문제점으로 지적했다. 이 점에 대해 영화평론가이자 연출가로 활동했던 이대우는 보다 간단명료하게 〈김동한〉을 '레제드라마'라고 혹평했다. 사실 〈김동한〉은 항일숙청공작에 관한 업적에서부터 그의 사생활에 이르기까지 상당부분의 내용을 좌담회의 회고를 그대로 옮겨왔다.[146] 따라서 〈김동한〉의 한계는 곧 좌담회의 내용을 극예술적으로 승화하지 못한 극작가의 극작술의 한계로 귀결된다고 볼 수 있다.

그럼에도 불구하고 당시 『만선일보』는 연극 〈김동한〉에 대해 "선계

145) 박영준, 「김동한 독후감 - 희곡평」(상), 『만선일보』, 1940.2.22.

146) '김동한 추억 좌담회'와 희곡 〈김동한〉의 내용 일치에 관한 글은 문경연과 최혜실의 글 「일제 말기 김영팔의 만주활동과 연극 〈김동한〉의 협화적 기획」, 『민족문학사연구』 38집, 민족문학사학회, 2008, 참고.

국민으로서는 다시 볼수 업는 우리의 선구자 만주 건국의 공로자로서의 공비귀순공작에 순직한 고 김동한씨의 과거를 추모하는 김동한씨의 재현을 말하는 당야 연극을 볼려고 정각 전부터 운집하야 상하층 립추의 여지가 업는 대성황을 이루었다."고 찬양했다. 공연에 앞서 그에 대한 대대적인 추모 활동을 통해 조선인들의 이목을 집중시킨 데다 무료공연이었기 때문에 많은 관객을 동원하기에 충분했을 것이다. 하지만 "극전체에 잇서서 연기원들의 렬잇는 순정적 연기와 및 리갑기씨의 력작인 침착하고도 채색이 선명한 무대자이는 연출자 김영팔씨의 고심과 조화된바 잇서 근래에 보지 못하든 국도극계의 한 '에폭'을 지엇다."[147]는 평은 전문가의 입장에서 본 이대우의 평과는 상반되었다. 그는 "연출의 무력은 연극반원의 결함만흔 연기를 '실질적'인 것으로 통일하지 못하얏다. 가장 중대한 치명상은 연기의 무통제와 김동한역(리대균)의 배역의 실패로 말미아마 '모티-브'를 충분히 살리지 못한 것이다".[148]라며 연출의 결함을 지적했다.

요컨대 〈김동한〉은 공연에 앞서 대대적인 홍보를 진행함에 따라 많은 관객을 동원하는데 성공했으나 극작술을 비롯한 연기, 연출 등 극예술 측면에서는 실패한 작품이었다. 이는 협화회가 연극 〈김동한〉을 통해 그의 영웅적 이미지를 형상화함과 동시에 반공사상을 고취하려던 목적이 충분히 실현되지 못했다는 점을 간접적으로 말해준다. 국책적으로 기획된 작품이 단 한 번의 공연으로 사라진 사실이 이러한

---

147) 「기원 2600년 봉축 '연극과 음악의 밤' 성황, 협화문화부원의 열연에 도취」, 『만선일보』, 1940.2.13.

148) 이대우, 「신극평 - 〈김동한〉을 보고 - 의의 깊은 문화부 제 2회 공연」, 『만선일보』, 1940.2.20.

가능성에 일정한 힘을 실어준다. 그 뒤 연극 〈김동한〉은 사라졌으나 김동한의 이미지 창조에 대한 정치적 노력은 지속되었다.[149]

2.3. 만주국 도시의 조선인 '부랑자'와 〈한낮에 꿈꾸는 사람들〉

조선인의 만주 이주는 아주 오랜 역사를 지니고 있다. 자연재해로 인한 자발적인 이주도 있었고 일부 정책적인 이주도 있었다. 이주의 동기나 목적은 달랐지만 1937년 중일전쟁 전까지 조선인의 만주 이주는 대체적으로 농업이주였다. 또한 이 시기 조선인의 만주 이주는 건국 초기에 급증했던 현상에 비해 상대적으로 안정적이었다.[150] 그리고 중요한 것은 중일전쟁 후 조선으로부터의 만주 이주보다 만주국 내에서의 조선인 이동이 주류를 형성했다는 점이다. 설사 조선에서 만주로 이주한다 하더라도 그 전의 농업이주가 아닌 청소년이나 지식인 계층의 도시 이주가 새로운 조류를 형성했다. 이에 따라 만주국의 대

149) 연극이 끝난 뒤 1940년 3월에 김동한은 만주국으로부터 훈 6위경운장을 수여받았다.(「김동한씨에 훈6위경운장을 수여, 26일 은상국 발표」, 『만선일보』, 1940.3.28.2) 그해 2월에 이미 일본 제국으로부터 훈 6등 욱일장을 수여받았다. 뿐만 아니라 일본의 호국영령이 되어 야스쿠니 신사에 합장됨에 따라 그해 4월에 김동한의 부인과 남동생이 도쿄에서 열린 야스쿠니 신사의 임시 대제에 참석하기도 했다. (김효순, 위의 책, 98쪽.)

150) 만주국 건국 後, 조선인 이주자가 급증했던 이유는 만주사변 전에 조선인을 일제의 앞잡이로 인식하여 조선인의 만주 이주를 제한했던 장쉐량(張學良) 군벌정권이 사라졌기 때문이다. 그러나 건국 후 조선인 만주 이주에 대한 일제의 입장이 바뀌면서 조선인의 이주는 제약적으로 이루어졌다. 그리하여 중일전쟁 전의 조선인 만주 이주는 비교적 안정적이었다. (김경일, 윤휘탁 외, 위의 책, 41~42쪽.)

도시 내에 새로운 조선인 사회가 형성되었다.[151] 1938년 협화회분회 조직방침의 변경에 의해 지역분회가 도입될 때에 신징을 비롯한 일부 대도시에 사실상 독립된 조선인분회가 지속적으로 존재할 수 있었던 것은 당시 만주국의 대도시에 상당수의 조선인 집단이 이미 형성되어 있었기 때문에 가능했다. 그런데 조선인들이 도시로 몰려들면서 문제가 발행하게 되었다.

중일전쟁 후 대도시로 이주해온 조선인들 중 에는 만주에 정착하려는 사람들이 있었는가 하면 만주에서 일확천금의 꿈을 이루고 금의환향하려는 허영에 빠진 사람들도 있었다. 만주에 정착하려는 조선인들은 만주를 '제 2의 고향'으로 만들고자 만주개척에 힘을 쏟았지만 도시의 일부 조선인들은 종종 사회적 물의를 일으키며 도시의 조선인 사회에 악영향을 미쳤다.

> 조선사람이 만주에서 여러 가지로 말썽을 일으키고 있는 것도 자세히 그 내용을 검토하여 보면 결국 도회지의 일부 좋지 못한 양복쟁이가 원인이 되어 있는 것을 누구나 알 것입니다. (중략)농민의 사정은 우리의 일상생활과는 격리된 사실이기 때문에 도회지에 있는 우리에게 뚜렷이 나타나지 않는데 도회지의 소수 불량분자의 소행은 반대로 우리의 일상생활에 있어서 눈에 띄우기 때문에 과대인상되는 것이라고 생각합니다. 그래서 결국 전체적인 의미로 좋지 못하게 조선사람을 말할 때 그 타당성이 의문이 되어 동시에 도회지의 일부 좋지 못한 양복쟁이를 증오하지 않을 수 없습니다. 그런데 한걸음 더 그러한 분자들의 심리를 해부해보면 그들에게는 만주에 정착하여 조선사람의 건전한 발전

151) 김경일, 윤휘탁 외, 앞의 책, 47-48쪽.

> 을 위하야 노력하겠다는 아무런 생각도 없는 것입니다. 즉 만주를 일시적인 돈벌이하는 곳으로 알기 때문에 만주에서 실제로 영위되는 민족협화의 생활따라 그 가운데의 한 분자로서의 조선사람의 자각있는 행동을 취하지 않으려 하고 다만 돈만을 추구하기 때문에 민족적 명예도 돌아보지 않을뿐더러 최초부터 일확천금을 하여가지고 고향사람들에 대하여서는 금의환향을 자랑할려고 하는 패이기 때문에 맨손으로 돌아갈 수도 없어 "오미야게" 하나라도 가지고 갈려고 별의별 짓을 감히 하려고 하는 것을 알 수 있습니다.[152)]

위의 인용문은 만주의 도시 조선인 사회에 여러 가지 문제가 발생하고 있으며 그러한 문제를 일으키는 사람으로 불특정 다수의 '도회지의 좋지 못한 양복쟁이'를 지목하고 있다. 아울러 '도회지의 좋지 못한 양복쟁이'를 '불량분자', '만주에 정착하려는 의지가 없는 사람', '만주를 일시적인 돈벌이로 아는 사람', '돈 때문에 조선인들의 명예를 돌보지 않는 사람', '일확천금을 꿈꾸며 금의환향하려고 별의별짓을 다 하는 사람'으로 간주했다. 여기서 핵심적인 문제는 만주정착 의지와 돈이다. 우선 도시 '양복쟁이'와 관련된 흥미로운 사례 하나를 더 보도록 하자.

> 만주국내에 있어서 생활사정이 비교적 조선과 다름이 없이 조선인이 가장 밀집되어 있는 간도를 제하고는 어느 곳의 가두나 사람이 많이 모이는 집합장소에나 조선옷을 입고 나가는 것은 수치스러운 일이라고 하여 격에 어울리지 않는 양복이나 양장을 하고 다녀야 행세가 되

---

152) 「문제는 생활태도 如何, 결국 歸鮮할 사람은 반갑지 않은 무리들」, 『만선일보』, 1940.3.20.

는 것으로 생각하는 경향이 곳 가리울 수 없는 비겁한 자멸적인 태도의 한 가지 대표적인 것이라 할 것이다. 물론 남자에 있어서는 도회지 생활 기타 활동에 협화복같은 표준적인 복장이 외관상으로나 경제상으로 만주생활에 적절하다고 승인할 이유가 있으나 그것이 조선옷에 대한 자조적인 반동적 심리에 있어서 나온 것이라면 비굴한 태도라고 볼 것이다. 그러면 이 그릇된 조선옷에 대한 자멸적 의식의 근원은 무엇일까.(중략) 타인에게 선계라고 지탄을 받고 차별을 받게 된다든지 마차를 탈 수 없다든지 하는 이외에 여러 가지 비자주적인 기우로 드디어는 가면을 쓰는 것으로 천박한 목전 생활의 공리를 획득하여 보는 소아적인 비굴한 행위라 할 것이다.[153)]

도시의 '양복쟁이'란 흔히 엘리트 계층을 연상시키지만 만주국 도시의 조선인 '양복쟁이'는 자신들의 정체성을 은폐하려 했던 다양한 계층의 사람들이었다는 사실, 아울러 그들이 자신의 정체성을 은폐하려 했던 가장 큰 이유가 차별에 있었다는 사실이 위의 인용문을 통해 드러난다. 초민족적 식민공간이었던 만주국에서 차별은 다양한 측면에서 드러난다. 그중 중국인과 조선인 간의 갈등과 차별은 만주국이 건립되기 전부터 존재했던 매우 고질적인 문제였다. 건국 이전에 〈흑룡강〉의 조선인들이 겪었던 일련의 사정들, 이를테면 조선인들에게 '까오리高麗'라 부르며 침을 뱉고, 양식을 팔지 않는다든지, 일본영사관으로 피신했다는 이유로 온 동네사람들이 들고 일어나 매를 치고 쫓아낸다든지 등과 같이 조선인들이 받았던 차별은 협화적인 만주국이 건립되었다고 해서 나아지지는 않았다. 오히려 조선인들이 일본제국으

153) 「조선의복과 선계 가정부인」, 『만선일보』, 1940.5.16.1.

로부터 '2등국민'의 신분을 부여받으면서 중국인들로부터 더욱 큰 반감을 사게 되었다. 당시 중국인 농민들이 조선인 농민들에게 일본인의 그늘에서 거만을 떤다며 반감을 표현했던 사례[154]가 그러한 사실을 직접적으로 말해준다. 그래도 벼농사를 할 수 있다는 장점으로 갈등과 차별 속에서도 농민들은 자리를 잡고 살아갈 수 있었지만 도시 조선인들의 사정은 그렇지 못했다. 근대적인 기술을 갖추지 못한데다 언어 문제까지 부딪히면서 그들은 중국인, 일본인과의 취업경쟁에서 늘 뒤처졌다.[155] 그리하여 조선인 사회에는 무직자들이 늘게 되었다. 그들은 할 일없이 도시를 떠돌며 생계를 위해 혹은 일확천금을 노리고 도박과 밀수, 절도, 사기 등 각종 불법행위를 저지르며[156] 조선인 사회에 불명예를 초래했다. 이러한 상황 속에서 조선인들은 민족적 자긍심을 상실할 수밖에 없었을 것이며 이에 따라 양복으로 신분을 위장함으로써 차별을 극복하고자 했을 것이다.

중요한 것은 신분차별을 극복하고자 양복을 입고 다녔던 사람들 역시 '도시의 좋지 못한 양복쟁이'였다는 점이다. 그들이 돈 때문에 저질렀던 '별의 별 짓'이란 곧 상술한 각종 범죄행위였을 것이다. 환언하자면 도시의 '양복쟁이'는 곧 할 일 없이 떠돌며 각종 범죄를 저지르는 '부랑자'들이였다. 한편 이 '부랑자'들은 만주에 대한 정착 의지가 약한 사람들이었다. 그들은 만주를 단순히 돈벌이 공간으로만 간주하며

154) 신규섭, 위의 글, 119쪽.

155) 김경일, 윤휘탁 외, 위의 책, 84쪽.

156) 당시 도시의 조선인들은 상당히 빈곤했는데 남자들의 경우 상당수가 무직자 또는 실업자로서 결국 범죄의 유혹에 휘말려들었고, 여성들은 상당수가 매춘으로 전락했다고 한다. 1930년대 후반에 이르러 이들은 신징을 비롯한 도시 하층에 존재하면서 심각한 사회문제를 야기했다고 한다.(김경일, 윤휘탁 외, 위의 책, 84쪽.)

돈을 벌면 언젠가는 조선으로 되돌아갈 것을 희망했다. 따라서 그들에게는 만주국 국민으로서의 자각이 전혀 없었던 것이다. 민족적 차별을 극복하기 위해 만주국 국민복장인 협화복 대신 양복으로 위장한 것도 사실은 만주국에 소속되려는 의지가 없었기 때문인 것으로 볼 수 있다. 그리하여 민족의 명예를 실추시키는 일도 아랑곳하지 않을 수 있었을 것이다. 조선인 사회의 명예는 물론 타 민족의 생활에도 악영향을 미쳤을 조선인 '부랑자'의 문제는 1930년대 후반에 이르러 상당히 심각한 사회문제로 부각되었다.

이 시기 협화회 조선인분회의 '자정운동'과 '만주정착운동'은 바로 이와 같은 사회문제를 해결하기 위한 대책으로 강조되었다. 당시 각 지역 조선인분회가 중요한 지도사업으로 '자정운동'을 강조했으며 구체적인 대책으로 취업알선, 주택해결, 이민안내소 설치, 무료진료 등을 적극적으로 추진했음을 이미 살펴보았다. 이는 조선인 부랑자를 만주에 정착시키려는 운동이기도 했다. 조선인분회는 도시의 '부랑자'들을 만주에 정착시킴으로써 조선인 사회의 명예를 회복하는 한편 그들의 역량을 이용하여 만주국 건설에 이바지하고자 했다.

조선의 작품 〈한낮에 꿈꾸는 사람들〉이 만주국에서 공연될 수 있었던 이유는 조선인 사회의 그러한 사회적 배경과 연관된다고 할 수 있다. 〈한낮에 꿈꾸는 사람들〉 속 인물들은 현실을 외면한 채 소설, 시, 미술, 음악, 영화 등에 빠진 '예술광'들로 경성의 '예술광사'라는 공간에 모여 바깥의 현실을 외면한 채 예술적 이상만을 추구하며 퇴폐적인 삶을 살아간다. 하지만 정작 자신들이 욕망하는 만큼의 예술적 성취를 이루지 못해 고민한다.

시광A : 늘 하는 말이지마는 조선이라는 곳처럼 예술에 대한 이해가 없는 사회는 없을 것이다. 예술이 뭔지…… 문학이 어떤 것인지 도무지 모른다. 그 증거로는 우리조선에는 천재가 나오지 못한다. 그렇다고 우리 조선에는 천재가 없는 것도 아니다. 있다, 확실히 있다. 있지마는 그 천재를 찾아내지 못한다. 천재를 찾아내는 데는 그만한 이해가 있어야 하고 그만한 감상안이 있어야 한다…… 이것이우리 사회에는 없다.

영화광 : 옳소! 동감이오.[157)]

그들은 자신들이 예술적으로 성공하지 못하는 이유를 조선 사회의 문제로 돌리고 있다. 즉 조선 사회에는 예술적 천재를 발굴해 줄 혜안이 없다는 것이다. 이에 대해 이 작품에서 이들과 유일하게 대립하는 '대학생'은 오히려 그들의 예술지상주의 관념, 그리고 그 관념에 함몰되어 현실을 직시하지 못하는 태도를 신랄하게 비판한다.

대학생 : 우리는 무엇보다도 배고픈 줄을 알아야 한다. 그래야만 거기서 힘찬 문학도생기고 시도 나온다. 사람은 고생을 해야 한다. 그러고 불행한 민족일수록 위대해진다고 한다. 그런데 우리만큼 불행한 민족이 유사이래 없었건만 우리만큼 위대하지 못한 민족을 나는 못보았다. 한낮에 꿈만 꾸고 있다. 젊은 것들이란 모두 자네들 따위다. 육십원짜리 양복에만 눈이 어두웠다. 카페와 다방에 다니는 것만을 일삼는다. 배가 고파서 굶을지언정 훌훌 벗고 나서서 괭이 자루를 잡

157) 서연호, 『한국희곡전집』3, 태학사, 1996, 284쪽.

을 줄 모른다.[158]

'대학생'은 예술지상주의에 빠진 조선 사회의 청년들을 '한낮에 꿈꾸는 사람들'에 비유하며 민족의 불행을 그들의 책임으로 돌리고 있다. 예술의 환영에만 빠져 현실을 외면하거나 양복, 카페, 다방 등 소비행위에만 집중하며 퇴폐적인 삶을 살아가는 조선의 청년들은 현실에 안주하지 못하고 허황된 금욕주의에 빠져 온갖 범죄를 저지르는 만주국 도시 조선인 '부랑자'와 교묘하게 닮아 있다. 즉 현실을 직시하지 못하고 허황된 꿈만 쫓는다는 점에서 이들은 동격의 존재들인 것이다. 뿐만 아니라 이들에게는 공통적으로 현실사회에 대한 부정의식이 내재되어 있다. '예술광'들이 자신들의 예술적 역량을 알아주지 못하는 조선 사회의 현실을 부정했다면 만주국의 조선인들은 그곳의 여러 가지 불편한 사회 환경을 혐오했다. 이를테면 기후와 생활 양식의 차이[159], 혼종, 차별, 갈등, 경쟁 등을 비롯한 여러 요소들이 혐오의 감정을 유발했을 것이다.

한편 작품 속 '대학생'은 조선 청년들의 현실부정의식이 민족의 불행으로 이어질 것을 우려하며 그들에게 현실로 뛰쳐나올 것을 요구한다.

소설광B : 우리의 노력이 성과를 못나타내는 것은…… 이 사회가 그

158) 서연호, 위의 책, 286쪽.

159) 자정운동이 전개된 이유 중 하나가 곧 기후나 생활양식의 차이에서 비롯된 만주생활에 대한 조선인들의 혐오감을 청산하고 만주에 정착시키기 위해서였다.(「자정운동을 전개시켜 만주생 활건설을 제창」, 『만선일보』, 1940.3.1.) 그 밖에 불평등한 민족관계 내지 민족차별로부터 기인한 혐오감도 분명 존재했을 것이다.

만큼 무지하기 때문이다.

대학생 : 아니다! 생활이 없기 때문이다! 너희들에게는 생활이 없다! (중략) 오늘날은생활이다. 생활이 없는 곳에는 문학이고 예술이 아무것도 없다.

대학생 : 생활이란 밥을 먹으란 말이 아니라 하는 일이 있어야 한다는 말이다. (중략) 다른 이들을 봐라! 자기네의 행복을 위해서 목숨을 내놓고 있다! 너희들처럼 이러고 있지는 않는다! 먹을 것도 입을 것도 없는 우리로서 밤낮 하는 일이(주먹을 친다)그래, 이것이란말이냐. 자, 나가거라. 거리로 나가라. 거리로 나가서 이 세상을 봐라, 우리의 사회를 똑바로 좀 들여다 봐라![160]

여기서 말하는 생활 즉 '하는 일'이란 구체적으로 명시되지 않았다. 그런데 이 작품이 1930년대 동반자 작가로 분류되었던 이무영에 의해 씌어졌다는 점, 작품의 결말 부분에서 '대학생'이 피투성이가 된 채로 등장한다는 점, 그리고 '대학생'이 민족의 운명을 걱정하며 청년들에게 사회 속으로 나아갈 것을 호소하고 있다는 점으로부터 볼 때 이 작품이 말하는 생활이란 곧 예술이 아닌 생활에 기반을 둔 일종의 사회운동을 의미한다.[161]

대학생 : 봐라! 이놈들아, 수많은 사람이 우리들의 행복을 위해서 싸

160) 서연호, 위의 책, 289~290쪽.

161) 한옥근은 이 작품에 대해 '민중예술론적 사회주의사상과 지식인의 부도덕성을 내용으로 예술가는 생활에 근거하여 사회정의에 동참해야 한다는 작가의 공리주의예술관을 피력한 작품'이라고 했다. (한옥근, 「이무영 희곡연구」, 『인문학연구』, 제 25집, 2001, 29쪽.)

> 우고 있지 않느냐? 피를 흘리고 싸우고 있지 않느냐? 피를 흘리고 있지 않느냐! 전 세계의 젊은이들이 인류의 행복을 위해서 싸우고 있는 것이 너희들의 눈에는 안보이느냐! 철철 흐르는 피가 안 보이느냐! 저 신음소리가 안 들리느냐![162]

'대학생'의 격앙된 부르짖음처럼 피를 흘릴 정도의 격렬한 사회운동이라면 당시의 식민지적 현실에 비추어 볼 때 민족독립운동을 의미하는 것일 수도 있다. 분명한 것은 작품은 예술주의의 환영에 빠져 있는 청년들에게 그 꿈에서 깨어나 사회현실을 직시하고 행복을 위해 적극적으로 생활할 것을 요구하고 있다는 점이다. 그렇다면 만주국에서 상연되었다는 점에서 볼 때 이 작품은 곧 조선인 사회의 일부 '부랑자'들에게 금욕주의 환영에서 깨어나 자신들에 의해 훼손되고 있는 조선인 사회의 현실을 직시함과 동시에 '망향적 감정'을 청산하여 만주에 정착할 것, 나아가 만주국의 개척/건설자가 될 것을 요구했다고 볼 수 있다.

요컨대 〈한낮에 꿈꾸는 사람들〉은 등장인물이 '현실부정', '환영추구'라는 점에서 당시 만주국 도시의 조선인 '부랑자'들과 공통점을 지니며 작품이 전하는 메시지 또한 조선인 '부랑자'들에 대한 조선인 지도기관의 지도내용과 연결되기 때문에 안둥협화극단에 의해 채택 · 공연되었던 것이다.

---

162) 서연호, 위의 책, 295쪽.

3. 통치권 밖의 항일연극

3.1. 항일무장단체와 항일연극의 전개

만주사변 후 만주 지역의 조선인 항일무장투쟁은 전 시기에 비해 더욱 고조됨과 동시에 중국인과의 연대를 통해 조직적으로도 더욱 확대되었다. 중국 공산당의 지휘 하에 1932년부터 동만, 남만, 북만 등 만주 각 지역에 항일유격대가 조직되었다. 그중 옌지, 허룽, 왕칭, 훈춘 등 동만 지역의 유격대는 1934년에 이르러 중국 공산당이 이끄는 동북인민혁명군 제 2군으로 재편되었으며 그 구성원의 90%가 조선인이었다.[163] 그 후, 1935년의 코민테른 7차 대회를 계기로 1937년에 이르기까지 동북인민혁명군을 비롯한 만주 지역의 모든 항일무장단체가 동북항일연군 제 1군에서 제11군으로 재편성되었다.[164] 재편된 동북항일연군 제 1군과 제 2군에는 조선인 당원과 애국청년들이 대거 참가하여 항일 및 민족 해방 운동에 큰 공헌을 했다.

유격대를 비롯한 당시의 항일무장단체는 주로 산간지대를 근거지로 삼아 항일무장투쟁을 펼쳤다. 항일유격근거지는 비록 만주국 경내에 위치해 있었지만 그 통치권이 침투되지 못하는 비 통치권 영역이었다. 다시 말하면 항일유격근거지는 만주국의 식민 정책이 아닌 공산당의 사회주의 사상 지도가 관철되던 곳이었다. 이러한 지역에서는 항일무장투쟁뿐만 아니라 민족 계몽 및 항일 계몽 교육을 비롯한

163) 조민, 「중국동북지역의 항일무장투쟁」, 『한국민주시민교육학회보』 4호, 한국민주시민교육학회, 1990, 32쪽.

164) 조민, 위의 글, 32쪽.

각종 항일문화 활동이 활발하게 전개되었다. 특히 이 시기 이룩한 항일문학은 중국 조선족문학사에서 영광의 업적으로 기록되어 있다. 극문학을 비롯한 당시의 항일문학은 대부분 항일투쟁에 참가했던 유격대원들이 행군길이나 숙영지 또는 전투 뒤의 여가 시간을 활용하여 창작한 것이다.[165] 그렇게 창작된 가요나 극문학은 항일무장투쟁 지역의 연예단체들에 의해 노래와 연극으로 공연되었으며 주로 유격전투의 승리와 명절 등 기념일을 계기로 이루어졌다.[166] 당시의 공연은 야외에 천막을 쳐서 만든 열악한 가설무대 위에서 펼쳐졌지만 그 지역 인민들과 유격대원들의 항일정신을 고취시켜 투쟁사기를 북돋아주는 데 매우 큰 역할을 했다. 이러한 연극이 일제 식민정책이 관철되는 만주국 통치권 안에서는 절대 불가능한 것이었다.

만주사변, 특히 만주국이 건립된 후 기존의 만주 조선인 사회에서 흥행되던 반제반봉건 성격의 연극은 더 이상 통치권 무대에 오르지 못했다. 1932년 초부터 1936년까지 왕칭, 옌지, 허룽, 안투安圖, 훈춘 등 동만의 간도 지역에 항일유격근거지가 창설됨에 따라 기존의 반제반봉건 성격의 연극은 통치권이 미치지 못하는 항일무장투쟁 지역 내에서 항일이라는 보다 더 분명한 투쟁성을 지닌 연극으로 발전하게 되었다.

중국조선족문학사나 연극사에 의하면 항일무장투쟁 지역의 연극은 1930년대 전반기 즉 만주국 초기에 가장 왕성했으며 그 뒤의 활동은 매우 미미했다. 그 이유는 만주 항일무장 세력에 대한 일제의 토

---

165) 조성일, 권철, 위의 책, 191쪽.
166) 권철, 『중국조선민족문학』, 한국학술정보, 2006, 210쪽.

벌작전과 직접적인 연관을 맺는다고 볼 수 있다. 일제의 항일무장단체에 대한 토벌은 만주국 초기부터 시작되었지만 동북항일연군이 결성되면서 한층 더 강화되었다. 1936년 2월, 중국공산당 공산국제대표단에 의해 『동북항일연군통일군대건제선언東北抗日聯軍統一軍隊建制宣言』 초안이 발표[167]되자 관동군 헌병대 사령부와 관동군 사령부는 『1936~1939년 치안숙정계획대강』을 제정하여 항일무장세력에 대한 대토벌을 가함으로써 3년 내에 모든 항일무장세력을 소탕하고자 했다. 이 작전계획에 의해 1936년 4월부터 1937년 2월까지 공산당과 애국지사 38577명이나 체포[168]되었으며 항일유격근거지는 큰 타격을 받게 되었다.

특히 1937년에 이르러 동북항일연군이 제 11군까지 증가하고 중일전쟁까지 발발하자 그해 7월에 일제는 "삼강지구치안숙정三江地區治安肅正"을 실시하고 1939년에는 퉁화, 지린, 간도 등 "삼성연합토벌三省聯合討伐"을 감행하는 등 항일무장세력에 대한 대규모 토벌을 통해 항일연군의 역량을 크게 약화시켰다.[169] 이처럼 1936년 이후 관동군 및 만주국의 치안숙청계획이 연속적으로 강화됨에 따라 만주의 항일무장 세력과 그 거점은 점차 약화되었다. 따라서 1935년 이후 항일무장투쟁 지역의 항일연극 역시 위축될 수밖에 없었다.

---

167) 이 초안은 중공중앙의 『8 · 1선언』에 근거하여 만들어졌으며 초안을 통해 공산당이 영도하는 동북항일부대 및 기타 항일무장단체를 동북항일연군으로 통합하여 항일통일전선을 확대하기로 결정했다. 孫繼英, 「反滿抗日運動」, 『僞滿洲國的眞相』, 社會科學文獻出版社, 2010, 227쪽.

168) 李茂傑, 위의 글, 53쪽.

169) 중일전쟁 이후 관동군은 병력을 증가하고 만주국군과 함께 힘을 합쳐 대토벌을 전개했다. 李茂傑, 위의 글, 70쪽.

현재까지 전해지는 항일연극은 대부분 1932년부터 1935년 사이에 옌지, 허룽, 왕칭, 안투 등 유격근거지에서 공연된 작품들이다. 당시 이 네 지역에 근거지가 창설되고 이를 강화하기 위한 투쟁이 전개되면서 연극 활동도 활발하게 이루어졌기 때문이다.[170] 투쟁 환경 속에서 창작되고 공연되었던 당시의 연극 작품들은 대부분 산실된 관계로 완전한 극본은 거의 남아 있지 않다. 현재 전해지는 작품 중 〈혈해지창〉과 〈싸우는 밀림〉 외에 나머지는 제목 또는 대강의 줄거리로만 기록되어 있으며 창작연대나 작가마저 알려져 있지 않다. 당시 항일무장투쟁 지역에서 공연되었던 작품은 해방 후 북한의 혁명가극과 혁명연극으로 수렴되었음을 확인했다. 이 글에서는 조선족 문학사와 연극사 및 북한의 연극사를 참고하여 당시의 항일연극 작품을 다음과 같이 비극, 희극, 계몽극, 가극 등 장르별로 정리했다.

〈표 3〉 항일무장투쟁 지역의 항일연극 작품

* : 북한의 혁명가극과 혁명연극으로 수렴된 작품

장르	공연 작품	공연 시간	공연 장소
비극	〈유언을 받들고〉*	1932년	왕칭현
	〈아버지와 남편을 찾는 사람들〉	1934년	왕칭 요영구
	〈혈해〉(김일성 작, 2막 3장)	1936년 8월	우승현, 만장, 린장, 안투, 시난차 등 지역
	〈혈해지창〉(까마귀 작, 2막 3장)	1937년	허룽현
	〈싸우는 밀림〉(까마귀 작, 5장)	1938년	창바이현
	〈아버지의 뜻을 이어〉	1930년대	
	〈혁명가의 안해〉	1930년대	

170) 김운일, 위의 책, 52쪽.

희극	〈엿물벼락〉	1930년대 초반	
	〈게다짝이 운다〉	1930년대 초반	
	〈경축대회〉*		
	〈미련한 순사〉	1930년대	
	〈혼 나간 오장〉		
계몽극	〈딸에게서 온 편지〉*	1930년 가을	오가자
	〈지주와 머슴〉	1930년대	
	〈4.6제〉	1930년대	
	〈춘보와 길남이〉*	1930년 여름	신징 카룬
	〈10월의 결의〉*	1932년 좌우	왕칭현
	〈고아의 기쁨〉*		
	〈이 원수를 갚으리〉*		
	〈복수〉*		
	〈굶주린 사람들의 탄식〉*		
	〈결의형제〉*		
	〈한길〉*		
	〈개싸움〉*		
	〈홍수〉*		
	〈민며느리〉*		
	〈깨어진 죽사발〉*		
	〈매혼〉		
	〈굿과 약〉	1930년대	
	〈무당과 의원〉	1930년대	
가무극	〈단심줄〉*	1932년	왕칭현

〈표 3〉을 보면 알 수 있듯이 항일연극은 통치권 안의 조선인 연극보다 작품수가 훨씬 많다. 따라서 공연 활동이 보다 더 활발했을 것임을 짐작할 수 있다. 그 원인은 항일투사와 같은 주체들이 검열과 감시를

의식하지 않고 자신들의 이념에 부합되는 작품을 창작하고 공연했기 때문이다. 표에 제시된 장르별 작품 중 가장 많은 수를 차지하는 것은 계몽극이다. 당시의 계몽극은 크게 두 가지로 분류된다. 하나는 농민과 지주의 갈등 또는 노동자와 자본가의 갈등을 기본 배경으로 농민과 노동자 등 프롤레타리아의 계급적 각성 및 사회주의혁명으로의 진출을 제시한 계급의식 계몽의 유형이다. 대표적인 작품은 〈4 .6제〉이다.

〈4 · 6제〉는 보리 추수를 배경으로 하여 농민협회장 강수가 농민들을 동원하여 지주를 상대로 '4 · 6제'의 감조감식 투쟁을 벌이지만 결국 막다른 골목으로 몰리게 되면서 지주의 낟가리와 집에 불을 질러놓고 집단적으로 항일유격대를 찾아 산 속으로 들어간다는 내용을 다루었다. 즉 작품은 지주와 농민들 간의 조식투쟁을 통해 봉건제도의 불합리성을 폭로 · 규탄한 한편 농민들의 혁명적 각성 및 항일근거지 진입을 통해 불합리한 사회 제도를 뒤엎기 위한 혁명투쟁의 당위성을 강조했다. 1932년의 춘황 폭동을 배경으로 한 〈유언을 받들고〉 역시 폭동에 앞장섰다가 희생된 어머니의 유언을 받들어 용감하게 항일유격대에 가담하는 모습을 통해 혁명의 진리와 항일투쟁의 당위성을 강조했다. 이로부터 두 작품은 지주들과의 갈등에 허덕이는 당시의 농민들을 혁명으로 궐기시켜 지주들을 타격함과 동시에 항일무장투쟁의 토대를 닦으려는 데 그 목적이 있음을 알 수 있다.

1931년 가을과 1932년 봄에 중국공산당 동만 특위에 의해 5~6개월간 전개되었던 대중적인 추수와 춘황 투쟁에는 약 20만명의 조선인이 참가했으며 그 투쟁은 "일본 침략자와 봉건통치자들을 여지없이 타격하고 인민군중을 고무하였으며 항일무장투쟁을 널리 전개할 토대를 닦아주었다"고 한다.[171] 연극 〈4 · 6제〉와 〈유언을 받들고〉의 공연 의도와 내용을 볼 때 이러한 투쟁 성과를 거두는데는 두 작품도 한몫했을 것이다. 〈혈해지창〉과 〈싸우는 밀림〉 등과 같은 비극 작품에도 등장하는 혁명적 계몽의식은 당시 항일연극의 기본요소였다.

다른 하나는 곧 봉건적인 인습제도와 그 사상에 대한 비판과 계몽을 요구하는 봉건사상 계몽의 유형이다. 이러한 유형의 계몽극은 풍자의 수법을 동원하여 봉건적인 인습을 보다 신랄하게 비판하고자 했다. 예컨대 〈민며느리〉는 열두살의 신랑이 개울가를 건느지 못해 울고 있자 신부가 업고 개울가를 건넜다는 이야기를 통해 봉건적인 혼인제도를 비판했다.

마찬가지로 풍자적 수법이 쓰인 〈굿과 약〉의 줄거리는 다음과 같다. 아래 윗 집에 모두 환자가 있는데, 한 집은 약으로 병을 잘 치료하고 있는 반면, 다른 한 집은 미신을 믿고 무당을 불러 굿을 하고 돈을 썼지만 결국 환자는 효과를 보지 못하고 죽고 만다. 이처럼 〈굿과 약〉은 대조적인 수법 및 풍자적인 수법을 통해 의학과 문명에 대한 의식을 강조한 한편 미신의 기편성과 이를 믿는 사람들의 미개함을 풍자함으로써 계몽적 효과를 이끌어 내고자 했다.

이와 비슷한 작품으로 〈무당과 약〉이 있다. 어느 한 농가의 부부가 병에 걸린 아들을 치료하기 위해 무당을 불러 굿을 했지만 오히려 병세가 더 악화되기 시작했다. 그러자 부부는 또 다른 무당을 불렀는데, 이 무당은 굿을 하는 것이 아니라 의사를 불러 치료받게 한다. 그 결과 아들의 병은 점차 호전되었다. 이 무당은 사실상 미개한 사람들에게

---

171) 리광인, 『조선족 역사문학 연구문집 1』, 한국학술정보, 2006, 70쪽.

미신의 기편성을 알려주는 한편 과학 및 의학의 중요성을 인식시켜주는 혁명가였던 것이다.

또한 항일연극은 항일투사와 항일민중들의 용맹함 및 지혜로움과 대조되는 일본군들의 어리석은 이미지를 통해 일제를 폭로, 풍자했다. 〈엿물벼락〉은 무장투장탈취에 궐기한 조선인 여성들의 슬기로운 모습을 형상화했다. 작품은 부녀회의 여인들이 달콤한 엿물로 일본 군인들을 유인하여 그들이 정신없이 엿물을 마시는 동안에 펄펄 끓는 엿물을 그들의 머리에 쏟아 붓고 그들의 총을 빼앗아 유격대에 보낸다는 내용을 담았다. 이처럼 〈엿물벼락〉은 지혜로움으로 항일무장투쟁을 적극적으로 지원하는 여성들의 모습을 통해 후방 여성들의 항일투쟁정신을 고취하는 한편 일본군의 어리석음을 풍자했다.

흥미로운 것은 젠더의 관점에서 항일여성들의 이미지를 만주국 통치권 안에서 이루어졌던 총후여성 이미지와 비교해볼 수 있다는 점이다. 〈목화〉와 같은 총후여성이 주로 현모양처, 자아희생 등을 통해 전장에 나간 남성, 나아가 국가의 발전을 위해 희생하고 보조하는 등 수동적인 이미지로 형상화되었다면 〈싸우는 밀림〉의 계순이나 〈엿물벼락〉의 여성들은 직접 참전(계순)하거나 무장탈취를 통해 항일투쟁을 지원(〈엿물벼락〉)하는 등 보다 적극적인 이미지로 형상화되었다.

〈엿물벼락〉과 마찬가지로 일본군을 풍자한 작품으로 〈경축대회〉가 있다. 총 2막으로 구성된 이 작품은 해방 후, 북한의 5대 혁명연극 중 하나로 널리 공연되기도 했다. 제 1막에서 일본군인들은 만주국 군인들과 함께 연회를 베풀고 항일유격대를 대대적으로 토벌하여 큰 공을 세우게 될 것이라고 호언장담한다. 바로 그 때 항일유격대가 돌연 습격해 온다. 그러자 경계를 놓치고 있던 일본군은 모두 소탕당하고 연회장은 아수라장이 되버리고 만다. 일본군을 성공적으로 소탕한 유격대원들은 밀영으로 돌아와 '경축대회'를 열고 승리의 기쁨을 만끽하는 가운 데 작품은 막을 내린다. 이처럼 작품은 일본군과 유격대원들의 '경축대회'를 대조적으로 보여줌으로써 일제의 허장성세와 그 취약성을 풍자하고 비판했다. 이처럼 일제의 허세 폭로와 봉건인습 타파를 목적으로 한 계몽극에 주로 사용된 풍자와 대조적 수법은 항일연극의 중요한 극작 특징이다.

비극 〈혈해지창〉과 〈싸우는 사람들〉을 비롯한 당시의 항일연극은 항일투사나 항일에 적극적으로 협조하는 피식민 민중들을 형상화하는 경우가 대부분인데 〈아버지와 남편을 찾는 사람들〉은 식민 주체인 일본 여성을 전쟁의 피해자로 형상화했다는 측면에서 매우 특징적이다. 이 작품은 1934년 왕칭 요영구에서 공연되었다.[172] 작품은 일본인 여성들이 자신들의 아버지와 남편, 오빠와 동생들을 강제로 전쟁터로 끌로 가는 기차길 위에 누우면서까지 전쟁을 반대하는 내용과 결국 만주벌판이라는 황량한 이국땅에서 부상한 남편을 찾아 그의 임종을 지키며 분노의 울음을 터뜨리는 내용을 통해 일제 침략이 자국민에까지 피해와 고통을 안겨주고 있음을 보여주었다. 뿐만 아니라 일제가 도발한 전쟁의 참혹성을 식민주체인 일본인 여성들을 통해 고발함으로써 항일전쟁의 투지를 더욱 북돋아주었다. 〈싸우는 밀림〉에서도 일본군 통신병을 통해 일제가 발동한 전쟁의 무의미함과 잔인함을 폭로, 규탄했다. 이처럼 일본인 여성이나 말단 병사를 통해 일제의 만행을 더욱 강력하게 비판하는 수법 역시 항일연극의 특징이라 할 수 있다.

---

172) 연변대학 조선문학연구소, 위의 책, 17쪽.

다음 절에서 보다 구체적으로 다루고자 하는 〈혈해지창〉(전 2막 2장)과 〈싸우는 밀림〉(전 5장)은 중국조선족 연극사의 대표작으로 평가받는 작품이다. 이 두 작품은 해방 후 1959년에 필사본으로 발굴되어 각각 1959년 9월호 『연변문학』과 1986년 제 2호 『문학과 예술』에 처음으로 발표되었다.

1936년 까마귀 작으로 씌어진 〈혈해지창〉은 내용이 서로 다른 네 가지 극본이 전해지고 있는데 이 글에서 참고하려는 작품은 『연변문학』에 발표된 작품이다. 이 작품은 해방 후에 허룽현에서 공연되었다고도 한다.[173] 〈싸우는 밀림〉 역시 까마귀 작으로 1938년 봄에 창작되었다. 〈혈해지창〉과 〈싸우는 밀림〉는 1959년 연변대학 조문학부 학생들의 졸업논문 자료수집 과정에서 박두렬 학생의 형님인 박두원(허룽현 출신)에게서 발굴되었다. 하지만 어떻게 박두원에게서 발견되었는지는 미지수다. 리광인은 두 작품의 필사본에 적혀 있는 극본 창작 경위와 배경에 근거하여 두 작품 모두 동북항일연군 제 2군 제 6사에 의해 창작되었으며 두 작품은 각각 허룽현 어랑촌 유격근거지와 창바이현의 홍두산밀영을 공간 배경으로 당시 항일무장투쟁에서 발생했던 역사적 사실과 실제 인물을 바탕으로 창작되었으며 해방 후, 허룽현 출신의 항일투사들에 의해 민간에 유전된 것 같다고 했다. 아울러 「혈해지창」의 무대 배경인 허룽현 어랑촌과 샘물골은 1932년부터 1934년 겨울까지 허룽현의 유명한 항일유격근거지였으며 작품에 등장하는 지명과 인명은 모두 실제로 존재했었다고 한다.[174]

---

173) 리광인, 위의 책, 318쪽.
174) 리광인, 위의 책, 319~324쪽.

「싸우는 밀림」은 애초의 발굴 지점인 허룽현일대가 아니라 조선 국경지대인 장백현 헤이샤즈거우黑瞎子溝의 홍두산밀영으로 되어 있다. 리광인에 의하면 항일연군 제2군 6사가 1936년 무송현성전투 이후 장백현 홍두산줄기 국경지대에 처음으로 헤이샤즈거우밀영을 창설하였다. 또한 이 작품의 원형은 홍두산밀영의 바위굴병원이며 극 중 군수부장 박민은 박상활이라는 실존인물로 항일연군 제 1군 제 2사 군수부장이었고 극 중 계순 역시 실존 인물 리계순으로 당시 제2군 6사 이 여전사였다.[175] 〈싸우는 밀림〉은 이와 같은 실제 인을 토대로 구성된 작품이므로 인물형상이 비교적 뚜렷하고 생생하게 그려졌다.

3.2. 프롤레타리아의 항일무장투쟁 협조와 〈혈해지창〉

〈혈해지창〉은 유격대 정찰원 빼꾹새를 중심으로 비교적 단선적으로 전개된 극작품이다. 어느 날 정보 전달 임무를 수행하던 유격대원 빼꾹새가 한 마을의 농민들과 담화를 나누던 중 지주의 아들 황자가 나타나 '김령감'의 딸 분희를 색시감으로 데려가고자 그들을 위협하는 것을 보고 황자와 실랑이를 벌이다 총으로 그를 쏘고 달아난다. 빼꾹새는 곧 뒤쫓아오는 일본군을 피해 쑹마마와 왕핑 모자가 사는 원두막에 숨어든다. 자초지종을 들은 쑹마마와 왕핑은 빼꾹새를 구해주기로 결심한다. 그런데 빼꾹새 대신 근거지에 정보를 전달하러 나가려던 왕핑이 그만 일본군에게 잡혀가고 만다. 그 사이 빼꾹새는 무사히 마을을 빠져나와 유격근거지에 정보를 전달하고 지원군을 데리고

175) 리광인, 위의 책, 322~323쪽.

쑹마마네 집으로 돌아온다. 하지만 쑹마마와 왕핑은 이미 일본군의 손에 희생되고 말았다. 이에 빼꾹새를 비롯한 마을의 농민들과 유격대원들이 항일의 결의를 더욱 더 굳세게 다지며 극은 막을 내린다.

〈혈해지창〉은 표면적으로는 유격대원 빼꾹새의 영웅 사적을 형상화하고 있는 것처럼 보이지만 사실은 쑹마마와 왕핑을 비롯한 농민, 노동자 등 프롤레타리아의 계급적 갈등과 혁명적 각성, 나아가 항일무장투쟁에 대한 그들의 협력 과정을 집중적으로 보여주었다. 이 절에서 주목하려는 것은 바로 이 부분이다.

극 중 농민들은 농사를 잘 지어 아무리 큰 수확을 거두어도 정작 그들에게 차례지는 것은 거의 없다. 지주에게 높은 소작료를 내야 하는 것은 물론이고 곡식까지 출하해야 하는 이중적인 수탈로 인해 죽조차 변변히 먹지 못한다.

> 김령감 : 아유, 원 망할놈의 세상, 한뉘 뼈가 휘도록 농사를 짓구서 겨우 죽이나 얻어먹는 신세니 …
>
> 농민갑 : 죽이면 괜찮수다. 저 억쇠네는 사흘전부터 굴뚝에 연기가 끊어졌다우. 힘꼴 쓰던 장사가 조약돌도 바로들지 못하니 후-(한숨을 뿜는다.)
>
> 농민병 : 제길할, 하늘이 무심하지. 성주가 억조생활을 흙으로 빚을제 부자와 빈자를 따루따루 만든 탓으로 그저 쇠동이나 주무르면서 이 꼴로 살아야 하니 … 쯔쯔(혀를 찬다)
>
> 김령감 : 망나니같은 소릴 작작 하게.(전원을 가리키며)저 오곡백과 인절미진찬은 누가 짓고 누가 먹노?
>
> 농민병 : 하, 거야 농군이 지었어두 창생을 제도하는 옥황의 령이기

에 막무가내외다.[176]

빼꾹새 : 금년 농사가 잘 되었수다.

김령감 : 잘 된들 소용있나유? "3.7제"이자 출하두 심하구해서 (중략)

농민을 : ……에이, 세상두 야박하다구야. 날이 갈수록 잘사는놈은 잘살구 못사는놈은 점점 야위여만지니

농민병 : 하, 이 량반이 팔자소관이라는걸 모르오? 사주에 다 적혀있는거유[177]

그러나 자신들의 노동성과를 착취당하는 현실 앞에서도 일부 농민들은 그 것을 숙명으로 받아들일 뿐이다. 즉 무산계급으로서, 그리고 피식민계급으로서의 인식을 투철하게 지니고 있지 못하다는 것이다. 이를 인지한 빼꾹새는 노동자들의 현실을 통해 착취와 피착취의 계급관계를 설명한다. 그의 말에 의하면 공장주들은 노동자들을 헐값에 고용하여 부릴 대로 부려먹다가 새 기계를 구입한 후 그들을 내쫓아 버린다. 결국 공장주나 지주는 농민과 노동자들의 노동력을 착취하며 갈수록 잘사는 반면 피착취자인 농민과 노동자의 삶은 갈수록 가난해진다는 것이 빼꾹새가 피력하는 부르주아와 프롤레타리아의 착취와 피착취의 계급 관계였다. 당시의 인민대중들은 이처럼 불평등한 계급 현실뿐만 아니라 일제에 의한 피식민의 현실까지 감당해야 했다. 이는 쑹마마가 탄광에서 일하던 아들 왕핑을 찾아갔던 일을 회고하는

176) 까마귀, 「혈해지창」, 『20세기 중국조선족 문학사료전집』제 16집, 42쪽.
177) 까마귀, 위의 작품, 44쪽.

대목을 통해 드러난다.

> 뻐꾹새 : 어머니, 우리는 쿨리를 동정해야 합니다. 일본놈들은 우리 형제들을 모두 쿨리로 만들려하지요. 그러기에 우리는 쿨리들과 손잡고 피흘리는거지요.
>
> 쑹마마 : (회상) 그 애는 그저 이 에미의 가슴에 머리를 파묻구 가만히 흐느끼였지…… (중략) 울지 않으려고 입술을 깨물었지만 끝내 참지 못하고 울음을 터뜨리고 말았네. 그러나 그 애는 머리를 들고 "어머니, 자식 하나만 생각하고 흘리는 눈물은 너무나 맥없어요"하고서는 또 "어머니, 이런 때 울지 않는 것이 자식을 키우는 어머니들의 본분이랍니다."라고 하더란말이네. ……(중략)
>
> 쑹마마 : 그래서 난 "왕핑아, 네 말이 장타! 난 울지 않고 살겠다"고 했더니 "어머니, 울지 마세요" 라고 하며 웃통을 벗지 않겠나? 난 하마터면 그 자리에서 기혼할번했네. 가슴과 등에 온통 거머퍼런 멍이 든게 어디 이 에미한테서 태여난 피와 살이 있어야 말이지.
>
> 뻐꾹새 : 그렇답니다. 어머님은 왕핑의 가슴에서 북간도의 피바다를 본것입니다.[178)]

쑹마마의 회고를 통해 알 수 있듯이 탄광의 쿨리는 노동력을 착취당할 뿐만 아니라 육체마저 '고문'당하며 노예와도 같은 생활을 해야 했다. 뻐꾹새의 말에 의하면 그 착취자는 곧 일제이며 만주의 인민들

178) 까마귀, 위의 작품, 54~55쪽.

을 모두 자신들의 노예로 만들려는 것은 그들의 착취 본능이다. 따라서 "북간도의 피바다"는 곧 부르주아와 일제에게 착취당한 농민과 노동자들의 피로 이루어진 바다 즉 불평등한 계급 현실과 식민지적 현실로부터 비롯된 프롤레타리아 및 광범한 인민대중의 피착취 현실을 의미한다고 볼 수 있다. 이러한 현실에 대한 극복과 변혁의 대안으로 뻐꾹새는 농민과 노동자들의 혁명적 각성과 궐기를 요구했다.

> 뻐꾹새 : 그렇습니다. 지금 당신네들의 처지를 놓고봅시다. 일년 사시절을 죽게 일하지만 가을에 소작료를 물고 출하를 바치고나면 차례지는 것이 뭐가 있습니까? 우리는 칭칭 감긴 이 철쇄를 짓부시고 자유와 행복의 꽃동산을 꾸려야 합니다. 여러분들도 땅파던 괭이를 들고 일어나야 합니다. 잠자는 사자는 깨여났습니다. 승리하는 날까지 싸워야 합니다.[179]

뻐꾹새의 이러한 요구는 주로 쑹마마와 왕핑에 의해 실현되었다. 결말부분에서 농민 김로인이 항일투쟁에 동참하는 것으로 나오지만 구체적인 행동이 결여되어 있다는 결함을 지니고 있다. 그러나 이들 모두 비교적 투철한 현실 인식을 지니고 있다. 극중 '김로인'은 자신들이 처한 계급 현실뿐만 아니라 항일무장투쟁에 대해서도 비교적 분명하게 인식하고 있는 인물로 등장한다. 그는 뻐꾹새로부터 혁명적 각성과 궐기를 권유받게 되면서, 그리고 보다 결정적으로는 딸의 문제로 지주의 협박을 받게 되면서 결국 항일무장투쟁의 길로 나아가게

179) 까마귀, 위의 작품, 46쪽.

되었다. 이에 비해 쑹마마와 왕핑의 현실 인식 기반은 더욱 튼튼하게 부각되었다. 쑹마마의 남편이자 왕핑의 아버지는 일찍이 항일구국회의 대도회 사건 때 항일유격대원을 숨겨주었다가 발각되어 희생되었다. 그 후 쑹마마는 갖은 고난을 겪으면서 혼자의 힘으로 왕핑을 키웠다. 한편 어머니와 함께 힘든 삶을 살아온 왕핑은 어머니를 돕고자 탄광의 쿨리로 취직하여 갖은 고초를 겪게 되었다. 이러한 역경의 삶을 기반으로 쑹마마와 왕핑은 이미 비교적 성숙한 혁명의식을 지니게 되었다. 이는 뻐꾹새의 임무를 왕핑이 대신 수행하게 되는 장면을 통해 엿볼 수 있다.

> 뻐꾹새 : 그건 안되오.
>
> 왕 핑 : 저를 믿으십시오. 중조 두 민족은 다 같은 형제이니 같이 싸워야 합니다. 무 산자는 모두가 같은 처지이니 절 믿으십시오.(팔을 걷어 상처자리를 보이며) 놈들에게 얻어맞은 상처를 보십시오. 나는 이 원쑤를 갚아야겠습니다.
>
> 뻐꾹새 : 그렇소? 훌륭하오. 우리는 일본놈을 쳐부수기 위해서 모두가 다 단결해서 싸워야 하오.
>
> 쑹마마 : 옳은 말이요. 우리는 다 한집안 사람과 같소.[180]

“중조 두 민족은 다 같은 형제”이며 “무산자는 모두가 같은 처지”이므로 서로 단결하여 함께 일제와 맞서 싸워야 한다는 왕핑의 의식은 그가 이미 혁명적으로 각성했다는 것을 말해준다. 이에 동조하는 쑹

180) 까마귀, 위의 작품, 49쪽.

마마도 마찬가지다. 자신들의 비참한 현실을 숙명에 맡기는 일부 농민들에 비하면 상당히 성숙된 혁명의식이 아닐 수 없다. 따라서 혁명의 기회가 찾아왔을 때 그들은 주저하지 않고 보다 적극적으로 혁명 활동에 동참할 수 있었다. 중국인 쑹마마와 왕핑이 생면부지의 유격대원, 게다가 같은 민족이 아닌 조선인을 구해주고 그들의 항일대업에 적극 협력하는 것은 물론 자신들의 생명까지 기꺼이 희생할 수 있었던 것은 바로 그들의 투철한 혁명의식이 이미 형성되었기 때문이다.

이처럼 작품은 주로 쑹마마와 왕핑의 계급 및 식민적 현실 인식을 통한 혁명적 각성과 투철한 혁명의식을 기반으로 비교적 설득력 있게 항일투쟁정신을 고취시켰다. 또한 작품은 항일무장투쟁에 대한 쑹마마와 왕핑 모자의 적극적인 협조 과정을 통해 광범한 프롤레타리아 계급들로 하여금 현실을 직시하고 각성하여 투철한 혁명의식을 가짐과 동시에 항일무장투쟁에 적극적으로 협조할 것을 호소했다. 당시 농민, 노동자 등 프롤레타리아 계급은 항일무장투쟁 및 사회주의 혁명의 주요 역량이자 동원 대상이었다는 점, 그리고 중조 두 민족 간에 이미 항일민족통일전선이 긴밀하게 형성되었던 점을 고려하면 이 작품의 목적은 매우 명확해진다. 즉 광범한 프롤레타리아 계급에 대한 혁명 동원 및 중조 두 민족 인민들의 친선 단결 선전에 작품의 궁극적인 목적이 있음을 알 수 있다.

한편 작품은 유격대 정찰원 빼꾹새를 지나치게 우상화하거나 빼꾹새의 혁명승리의식을 너무 감상적이고 낙관적으로 표현했다[181]는 결

181) 서연호, 「연변지역 희곡연구의 예비적 검토」, 『한국학연구』 제 3집, 고려대학교

함을 노출하고 있다. 뿐만 아니라 작품의 주요 동원 대상인 농민들(쑹마마, 왕핑 제외)의 극적 행위 부각이 결여되어 있다는 단점을 지니고 있다. 하지만 작품 속 농민과 노동자들의 처지가 현실에 대한 재현이며 작품에 등장하는 여러 배경들이 모두 진실하다는 점에서 충분히 당시 관객들의 공감을 이끌어냈을 것이다. 이를테면 작품의 공간 배경인 유격근거지와 작품 속 대도회 사건 및 삼화탄광은 모두 당시에 실존했던 공간 배경이자 사건이었다.

요컨대, 〈혈해지창〉은 극작술적인 측면에서는 약간의 취약점을 지니고 있지만 쑹마마와 왕핑을 중심으로 항일무장투쟁에 대한 협조 과정을 설득력있게 그려냈다. 또한 실제 사건과 공간을 재현함으로써 관객들의 공명을 자아내고 나아가 항일무장투쟁정신을 고취시켰다.

3.3. 항일투사들의 인물형상 부각과 〈싸우는 밀림〉

〈싸우는 밀림〉은 내용이 비교적 단순하나 인물들의 극적 동기와 행위가 상당히 잘 그려진 작품이다. 극은 마을 사람들이 벽에 붙여진 "일제를 타도하자!", "그의 주구와 앞잡이들을 처단하자!"[182]라는 삐라를 보며 유격대원들에 대한 예찬과 일본군에 대한 적개심을 토로하는 것으로 막을 연다. 그 삐라로 인해 마을 전체가 소탕되고 마을 처녀들은 위안소로 붙잡혀 가게 된다. 이를 계기로 마을의 '왕로인'은 직접 산 속의 항일유격부대를 찾아간다. 이 소식을 접한 군수부장 박민은

한국학연구소, 1991, 182~183쪽.

182) 까마귀, 「싸우는 밀림」, 「20세기 중국조선족문학사료전집」 제 16집, 60쪽.

'김동무'와 아내 계순에게 각각 정찰 임무와 분산된 마을 민중에 대한 조직 및 동원 임무를 맡긴다. 이에 '김동무'는 일본군 통신병을 붙잡아다 그로부터 내부 정보를 획득하여 적군 속으로 잠입한다. 한편 민중 조직에 나섰던 계순은 앞잡이의 밀고로 일본군에 잡혀 악형을 받는 고통 속에서 아이를 출산한다. 그 후 일본군과 그 앞잡이들이 계순을 귀순시키려는 과정에 일본인 통신병으로 위장한 '김동무'가 등장하여 거짓 정보를 전달한다. 그리하여 박민과 '왕로인'은 유격지원군과 함께 적군에 진입하여 일본군을 성공적으로 소탕한다. 하지만 그 과정에서 계순과 '왕로인'은 장렬히 희생되고 박민이 자신의 아들에게 혁명의 승리를 기탁하며 극은 막을 내린다.

이 작품은 〈혈해지창〉과 마찬가지로 유격대원들을 지나치게 신성화하는 면이 없지 않으나 〈혈해지창〉에 비해 인물들의 극적 행동이 상대적으로 뛰어나다. 특히 군수부장 박민과 그의 아내 계순을 비롯한 유격대원들이 일본군과 대적하는 과정을 치밀한 극적 행동을 통해 항일투사들의 영웅적 이미지를 생동하게 형상화했다. 뿐만 아니라 이는 극적 긴장감을 조성하여 극의 몰입도를 높이는 데에도 일정한 역할을 했다. 이 절에서는 박민과 계순을 중심으로 그들의 영웅적 이미지가 어떻게 형상화되었는가를 살펴보기로 한다.

극 중 박민의 영웅적 이미지는 두 가지 측면에서 부각되었다. 하나는 항일유격부대의 지도자로서의 명석한 분석력과 결단력을 지닌 측면이고 다른 하나는 공산당으로서 투철한 공산주의의식을 지닌 측면이다. '왕로인'으로부터 마을의 사정을 전해 들은 유격대원들은 격분하여 박민에게 명령을 내릴 것을 요구한다. 하지만 박민은 지피지기 백전백승의 논리를 주장하며 침착하게 마을의 동태를 파악하고 유격대원들에게 적군의 상황을 설명한 뒤에서야 지시를 내린다.

박 민 : 민 "3.1"운동이 바루 그러했지요. 그리구 중국의 태평천국 형명이 또 좋은 례로 되 지요. 그것은 우선 혁명의 조직자가 없었구 자발적이며 분산적이였기 때문입니다. 그러나 오늘은 우리들에게 중국공산당이 있구 조선광복회가 있지 않습니까. 그리고 그 때엔 무장이 없었기 때문입니다. 허니잠 지금은 조직된 항일련군과 김대장의 부대가 있지 않습니까. 안심하십시오. 원쑤를 만주에서 송두리째 쳐부수겠습니다. (모여선 유격대원들에게)동무들! 놈들은 50만 관동정예군으로 밀림을 전면으로 진공할 계책을 쓰고 있습니다. 기시긴죠르란 놈은 도깨비골에 한 개 중대를 준둔시키고 헤이샤즈거우밀영지를 포위하고 있습니다. 우리는 이 도깨비골을 적의 손에서 탈환하구 백성과의 련계를 강화해야 하겠습니다.

통신병 : 군수부장동지, 저에게 정찰임무를 주십시오. 목숨으로 이 임무를 수행하겠습니다.

박 민 : 좋소. 아저씨는 우리의 길잡이가 되셔야겠습니다. 그리고 계순동무!

계 순 : 네.

박 민 : 이 아저씨학 마을에 내려가서 분산된 민중을 조직동원하시오. 백성은 우리를 부르고있소. 우리는 그들의 키잡이가 되어야 하오.[183]

---

183) 까마귀, 위의 작품, 66쪽.

박민은 조선의 3·1운동과 중국의 태평천국운동의 실패 원인이 분산적인 혁명조직에 있었으나 지금은 중국공산당이 이끄는 항일연군과 조선광복회가 있어 반드시 일제를 척결하여 혁명의 승리를 쟁취할 수 있다는 논리를 천명하는 한편 적군의 계획을 설명하며 백성들과의 연대를 강조했다. 그 뒤 통신병 '김동무'에게 관동군정예군과 기시긴쬬르의 부대에 대한 정찰임무를 맡기고 아내 계순에게 민중 조직의 임무를 맡긴다. 이처럼 아군과 적군의 상황에 대한 분석으로부터 백성들과의 연대의 필요성을 강조하며 계순에게 분산된 민중을 조직할 것을 지시하고 '김동무'에게 적군에 대한 정찰을 지시하는 대목을 통해 지도자로서의 박민의 명석한 판단력과 분석력을 부각했다. 또한 극중 아내 계순이 임신한 몸임에도 불구하고 사사로운 감정에 얽매이지 않고 과감하게 임무를 맡기는 장면을 통해 그의 결단력과 숭고한 혁명정신을 체현했다.

공산당으로서의 박민의 투철한 공산주의의식은 일본인 통신병을 감화시키는 장면을 통해 부각되었다. 정찰 임무를 수행하러 나갔던 '김동무'가 일본인 통신병 한 명을 데리고 오자 박민은 그와 단도 뿌리기 대결을 제의한다. 대결에 패한 통신병이 이윽고 자신의 신세를 털어놓는다. 이를 통해 통신병은 부득이하게 전장으로 끌려나왔으며 그 역시 대장쟁이 아버지와 교도 신자의 어머니 슬하에서 자란 무산자임을 알고 그에게 공산주의 이념을 천명한다.

> 박 민 : 나까야마, 당신은 분명히 무산자의 아들이요. 자네의 아버지는 자본가에게 피땀을 발리우고있소. 당신과 우리는 같은 무산자요, 그런데 어찌하여 피흘리는 싸움에서 적이 되지

않으면 안되는가, 그것은 우리들의 조국과 신앙이 다르기때문이가? 아니요! 무산자들에게는 국경이 없소, 우리 무산자의 신앙은 곧 인류무산혁명을 실현하는데 있소. 공산사회- 이것은 절대적진리요.

련락병 : 그렇다면 일본사람의 야마도정신이 만주사람들의 공산정신과 융합될수 있을까요?

박 민 : 영원히 융합될 수 없소! 그러나 자네는 공산주의정신이란 전인류의 산령혼이란걸 알아야 하오. 지금 바로 당신들 요꼬하마에서도 공산국제에서 령도하는 무산혁명이 일어나고 있소. 바로 당신의 아버지도 일본 자본사회를 향해 폭탄을 던지고있소.

련락병 : 대장님, 요꼬하마에서요?

박 민 : 그렇소, 당신들은 진퇴량난이요. 야마도정신은 당신들은 만주에서 개주검이 되게 할거요. 생각해보오, 당신이 대일본일동민족이라지만 상관에게서 받아먹은 것이 무엇있소?(누락)자네는 지금 뼈다귀를 받아먹으면서도 그것이자 곧 자신의 갈비대라는 것을 알지 못하고 있소. 제 갈비대를 모르고 짓씹게 한 것이 바로 야마도정신이요. 나까야마, 이젠 총부리를 돌리오! …(중략)

련락병 : 대장님, 저를 언제 총살합니까? 어머니가 그립습니다.

박 민 : 총살? 하하하, 당신은 적이 아니요, 당신은 무산자의 품에 안기였으니 공향에 돌아가시오 …(생략)[184]

박민은 야마도정신과 공산주의사상은 적대적인 관계에 놓여 있고

184) 까마귀, 위의 작품, 69쪽

야마도정신을 숭상하는 일본 내부에도 계급갈등이 있으며 통신병을 비롯한 무산자는 피착취계급으로서 혁명의 각성이 필요하며 일본에서도 한창 프롤레타리아 계급 혁명이 일어나고 있음을 설명한다. 뿐만 아니라 "무산자들에게는 국경이 없다"는 국제주의 원칙의 공산주의 이념을 강조하며 통신병을 설득한다. 이처럼 적군을 상대로 공산주의 이념을 천명하는 장면을 통해 박민의 투철한 공산주의의식을 보여주었다.

한편 작품은 적군임에도 불구하고 통신병을 돌려보낸 사건을 통해 박민의 인도주의정신을 보여줌으로써 공산주의 사상의 위대함을 칭송했다. 문제는 공산주의를 "절대적진리"이자 인류의 "산령혼"으로 규정하는 등 이념을 지나치게 강조했다는 것이다. 그것이 자칫 공산주의에 대한 반감을 불러올 수 있다는 점에서 작품의 결함이 드러난다.

작품 속 계순의 영웅적 이미지는 일본군과 그 앞잡이가 그녀를 회유하는 장면과 계순이가 끝까지 항일하다 희생되는 장면을 통해 부각되었다.

> 놈들은 아이를 마구 채간다. 아이를 전기에 대려 한다.
>
> 기와모도 : 말하라, 통비부락과의 래왕을. 그리고 헤이샤즈거우적색구의 무장력량을. 누가 대장이냐?
>
> 계순은 우는 아이를 바라본다. 어머니의 마음은 얼마나 아프랴. 그러나 어머니는 울지않는다. …(중략)
>
> 주 구 : 이년아. 그래 새끼를 사랑하지 않느냐? 무정할손 하느님이여

계 순 : 사랑한다. 누구보다도 더 사랑한다. 그러나 아이를 길러 무산혁명에 바치는것이 우리 어머니들의 본분이다!

아이가 계속 울어댄다.

계 순 : (독백)아가야, 내 아가야, 참고견디여라. 아버지는 총을 메고 만주뜰에서 원쑤 왜놈 무찌르며 싸우고 있다. 아가야, 내 아가야, 울지 말어라. 백두산 높은령에 봄이 오고 꽃이 피면 엄마하고 손잡고 산구경가자.[185)]

계순의 아이를 빼앗아가며 폭력까지 휘두르는 장면을 통해 극적 긴장감을 유발함과 동시에 일본군과 그 앞잡이의 횡포를 극대화시켰다. 일본군은 이와 같은 횡포를 통해 계순의 모성을 자극하여 그녀를 회유하려 하지만 계순은 동요하지 않는다. 아이의 생명이 위협당하는 순간에도 계순은 끝까지 항일무장 세력의 정보를 토설하지 않는다. 오히려 그녀는 "아이를 길러 무산혁명에 바치는 것이 우리 어머니들의 본분"이라며 적군의 회유와 위협에 강인하게 대응한다. 뿐만 아니라 "백두산 높은령에 봄이 오고 꽃이 피면 엄마하고 손잡고 산구경가자"며 혁명의 승리를 확신한다. 하지만 적군을 소탕하러 온 박민과 유격대원들에게 서둘러 적군의 위치를 알려주다가 결국 앞잡이의 총에 맞아 장렬하게 희생된다. 작품은 이처럼 위기의 순간에도 끝까지 자신의 신념을 지키며 혁명의 끈을 놓지 않는 모습을 통해 공산주의자이자 항일투사로서의 계순의 영웅적 기개를 형상화했다. 아울러 항일여전사로서의 계순의 강인한 모성을 부각시켰다.

〈싸우는 밀림〉은 이처럼 명석하고 신념이 확고한 박민과 강인하고

---

185) 까마귀, 위의 작품, 71쪽.

기개 높은 계순의 영웅적 이미지를 형상화함으로써 항일투사들의 투철하고 확고한 혁명정신을 노래했으며 나아가 혁명에 대한 승리를 고취시켰다. 그 밖에 〈혈해지창〉의 쑹마마, 왕핑('김로인', 분희)과 마찬가지로 극중 '왕로인'이 일본군의 악행에 결국 혁명의 길로 나서서 적극적으로 항일무장투쟁에 협조하는 모습을 통해 민중들에게 혁명적 각성을 요구하는 한편 항일무장투쟁의 길을 제시했다.

Ⅳ. 만주국 조선인 연극의 위상

1. 초민족국가 속에서의 조선인 연극의 특성

만주국시기의 조선인 연극은 극단의 조직에서부터 극본 창작, 공연 활동, 연극 평론에 이르기까지 전반적인 활동이 그다지 왕성했던 것은 아니다. 이는 일본인이나 중국인의 연극 활동과 비교했을 때 더욱 극명한 차이를 드러낸다.

〈표 4〉 1941-1942 만주국의 극단 현황[1)]

민족	극단명칭	설립시기	극단주소	극단 인원	만주극단 협회
조선	安東協和劇團	1938年9月	安東		加入
조선	撫順雞林劇團	1941年7月31日		17名	未加入
조선	劇團滿洲	1941年7月25日	新京	3名	未加入

1) 이 표는 『성징시보』의 「극단소사」(1941.10.24., 11.14, 11.28, 12.12; 1942.1.9., 1.23, 1.30, 2.12, 3.6, 3.13.)를 참고하여 작성.

조선	哈爾濱金剛劇團	1941年7月	哈爾濱		未加入
중국	大同劇團	1937年8月15日	新京	32名	加入
중국	奉天協和劇團	1938年	奉天	26名	加入
중국	安東協和劇團	1938年9月	安東		加入
중국	哈爾濱劇團	1939年3月	哈爾濱		加入
중국	齊齊哈爾劇團	1940年6月	齊齊哈爾		加入
중국	吉林協和劇團		吉林		加入
중국	新京文藝話劇團	1939年8月	新京	33名	加入
중국	撫順弘宣劇團	1940年7月	撫順	50名	加入
중국	哈爾濱放送話劇團	1939年6月	哈爾濱	21名	加入
중국	齊齊哈爾放送話劇團	1939年6月	齊齊哈爾	26名	加入
중국	莊河縣協和劇團	1940年1月	大連莊河	73名	加入
중국	新京現代話劇團	1941年1月	新京		未加入
중국	大陸歌劇團	1941年1月	新京		未加入
중국	營口協和話劇團	1941年8月	營口	39名	未加入
중국	黑河放松劇團	1942年1月	黑河	18名	未加入
일본	奉天協和劇團	1938年	奉天	22名	加入
일본	哈爾濱劇團	1939年3月	哈爾濱		加入
일본	牡丹江劇團	1941年8月	牡丹江		加入
일본	撫順演劇研究會	1940年3月	撫順	27名	加入
일본	新京放送劇團	1941年7月	新京	42名	加入
일본	吉林滿鐵後生會部	1936年2月	吉林	17名	未加入
일본	鞍山昭和制剛所劇隊	1937年4月	鞍山	38名	未加入
일본	滿鐵新進演劇會	1941年			未加入
일본	演劇木曜日	1941年5月		5名	未加入
일본	營口後放松劇團	1941年7月	營口		未加入

〈표 4〉는 『성징시보』가 1941년 10월부터 1942년 3월까지 만주국에 현존하던 각 민족의 극단을 조사한 내용을 민족별 극단으로 다시 정리했다. 표에 의하면 중국인 극단은 18개, 일본인 극단은 10개, 조선인 극단은 겨우 4개에 불과했다. 그리고 당시의 시점에서 안둥협화극단을 제외한 나머지 3 개의 극단은 아직 만주극단협회에 가입하지 않았다.

대동극단 결성 이후 1942년까지 활동한 조선인 극단 수가 총 10개인데 이는 6개월 동안 존재했던 중국인 극단보다도 적은 수다. 이러한 사실은 소수의 조선인 극단이 상대적으로 활발한 공연 활동을 이끌지 못했을 것이라는 점을 말해준다. 신극운동시기에 극본 창작의 붐이 일었음에도 불구하고 지면을 통해 발표되었던 극본은 김우석의 〈김동한〉 한 작품뿐이었다. 그 밖에 지면에 발표되지는 않았지만 창작극으로 명확하게 확인되는 작품이 조봉녕의 〈신아리랑〉, 작가 미상의 〈아리랑 그 후 이야기〉, 김정동의 〈갱생의 길〉과 〈여명의 빛〉, 김정훈의 〈숙명의 황야〉, 하얼빈 금강극단 문예부 안, 황영일 각색의 〈바다의 별〉과 한진섭 각색의 〈벙어리 냉가슴〉, 윤백남의 〈국경선〉과 〈건설행진보〉, 〈횃불〉, 이영일의 〈애로제〉와 〈협화제〉, 김진수의 〈국기게양대〉 등 12 작품이다. 그 중 전문 극작가는 윤백남과 김진수로 확인된다.

당시 중국인과 일본인 극작가도 많지 않았지만 조선인 극작가에 비해 창작 활동은 비교적 활발했다. 만주국 시기 활동했던 극작가로는 사이커賽克, 진젠샤오, 리차오李喬, 안시安犀, 샤오숭小松 등이었는데 만주국이 폐망할 때까지 활동했던 작가로는 리차오, 안시, 샤오숭 세 사람뿐이었다. 그 중 리차오 한 사람의 창작극만 해도 14 작품이다.[2] 그

2) 필자가 현재까지 확인한 리차오의 작품은 〈血刃圖〉, 〈紫丁香〉, 〈夜歌〉, 〈夜路〉, 〈荒

밖에 무명 작가의 작품(극본공모작과 극단 공연작)을 더하면 조선인 연극 작품에 비해 훨씬 많아진다. 일본인 극작가로는 후지카와 켄이치, 이타가키 모리마사 등이 있었는데 현재까지 확인된 그들의 창작극은 모두 12작품이며 여기에 무명 작가의 작품을 더하면 역시 조선인 작품수를 초월하게 된다.[3] 이상 세 민족의 작가와 작품수를 비교해보면 극작가수는 서로 비슷하다. 하지만 작품 창작은 중국인 작가들이 가장 활발했다. 그 이유는 리차오 등 중국인 작가들은 신문, 잡지 등 편집자나 극단 활동에 관여함으로써 창작 활동에 몰두할 수 있었기 때문인 것으로 보인다. 일본인 작가 중 가장 많은 작품을 창작한 후지카와 켄이치도 마찬가지다. 그는 대동극단을 이끌면서 신극운동을 주도했기 때문에 매우 왕성한 창작 활동을 할 수 있었다. 반면 윤백남이나 김진수, 하세가와 슌, 이타카키 모리마사 등 작가들은 교사나 관리직에 몸담고 있었기 때문에 상대적으로 창작 활동에 몰두할 여유가 없었던 것으로 판단된다.

연극 평론에 있어서도 중국인과 일본인은 관극평이나 신극운동에 관한 평론을 통해 각자의 연극 발전을 도모했던 반면 조선인 연극 비평은 만주국 시기 전반에 거쳐 이우송, 이대우, 김리유, 김진수 등의 관극평과 후지카와 켄이치의 조선인 연극의 방향성에 관한 일본인의 평론까지 합쳐 겨우 7편이었다.[4] 하지만 일본인과 중국인 연극에 관

村月夜〉, 〈歡樂之門〉, 〈團圓年〉, 〈黑白線〉, 〈下等人〉, 〈誰是誰〉, 〈可當大事〉, 〈大年初一〉, 〈馬〉, 〈協和〉 등인데 마지막 두 작품은 국책극으로 평가받고 있다.

3) 후지카와 켄이치의 작품으로 〈望子〉, 〈趙大爺〉, 〈愛的箭〉, 〈蒼空〉, 〈風〉, 〈王屬官〉, 〈探愛〉, 〈林則徐〉, 〈國境地區〉,등이 있고 이타가키 모리마사의 작품으로는 〈國境の霧〉, 〈建國史片段〉, 〈勇士の涙あり〉 등이 있다.

4) 이와 관련된 부분은 〈부록 2〉 참고.

한 평론은 각각 1940년 7-8월 『만주일일신문』에 4편[5]과 1940년 8월 『대동보』에 무려 8편[6]이나 실리는 정도였다. 이처럼 조선인 연극은 중국인이나 일본인에 비해 전반적인 활동이 상대적으로 매우 저조했다. 그 원인은 극작가, 연출가, 배우 등 인력과 극단 운영에 필요한 경제력 및 언론매체 등 연극 활동 기반을 구성하는 복합적인 요소의 취약성으로부터 기인한 것이라 생각된다.

그렇다면 조선인 연극의 저조한 활동에도 불구하고 초민족적 연극 공간에서 '선계연극'으로 당당하게 호명될 수 있었던 이유는 과연 무엇이었을까. 그 원인이 곧 만주국 조선인 연극의 특수성일 것이다.

만주국의 초민족적인 연극 공간에서 조선인 연극이 존재할 수 있었던 가장 큰 이유는 조선어 사용이 가능했기 때문이다. 독립적인 복합민족국가를 표방했던 만주국은 식민지 조선과 마찬가지로 언어말살 정책을 펼칠 수 없었으며 오히려 조선어라는 민족 언어의 특성을 이용하여 복합민족국가의 명분을 유지함과 동시에 '오족협화'의 건국이념을 구현하고자 했다. 이에 따라 조선어 교육이 가능했고 제한적이기는 했지만 만주국이 패망하는 날까지 조선어 언론매체가 존재했으며 연극을 비롯한 조선어 공연 문화 또한 끝까지 지속될 수 있었다. 뿐

---

5) 村山知義,「滿洲のアマチュア劇團に」上 · 中 · 下,『滿洲日日新聞』, 1940.7.18.~20.「村山知義氏と田中総一郎氏, 新劇を語る-滿洲は訓練時代」,『滿洲日日新聞』, 1940.7.29. 藤川研一,「力强い交流-新築地の來演など」,『滿洲日日新聞』, 1940.8.6.藤川研一,「團體の現狀-大連藝術座失敗」,『滿洲日日新聞』, 1940.8.7.

6) 毛毛雨,「談談大同劇團的巡閱使」(1~3),『大同報』, 1940.8.7.~10.「劇專的話」,『大同報』, 1940.8.21.洪流,「劇運底兩條道」,『大同報』, 1940.8.21.吳郎,「滿洲文化界的滿洲劇運所要求],『大同報』, 1940.8.21.未明,「我如何寫劇」上 · 中 · 下,『大同報』, 1940.8.21.~23.安犀,「戲劇雜談」,『大同報』, 1940.8.21.丹瑪, 李淩,「現身說法」,『大同報』, 1940.8.21.內存直也,「今日的演劇問題」,『大同報』, 1940.8.21.

만 아니라 복합민족국가 속에서 조선어를 통해 전개된 문화 활동은 조선 민족의 정체성을 더욱 강하게 부각시켰다.

연극에 있어서 조선 민족의 정체성은 주로 조선을 배경으로 한 작품과 만주 배경 속 조선의 풍속을 다룬 작품을 통해 표현되었다. 내용을 확인할 수 있는 당시의 공연 레퍼토리 중 조선을 배경으로 한 것으로 〈아리랑 그후 이야기〉, 〈한낮에 꿈꾸는 사람들〉, 〈목화〉, 〈해연〉, 〈바다의 별〉, 〈국기게양대〉 등 6 작품이 있다. 그 중 〈바다의 별〉과 〈국기게양대〉는 만주에서 창작된 작품이다. 만주를 배경으로 한 작품으로는 〈아리랑 그후 이야기〉, 〈김동한〉, 〈바다의 별〉, 〈국기게양대〉, 〈흑룡강〉 등 5 개이다. 여기에 조선 극단의 순회공연 작품까지 더하면 조선을 배경으로 한 작품이 압도적으로 더 많다. 순회공연 작품 중 만주를 배경으로 한 것은 〈흑룡강〉, 〈등잔불〉 등으로 매우 적었다.

또 한 가지 주목을 요하는 것은 만주국 조선인에 의해 공연된 작품 중 조선의 작품이 4개이고 나머지 12개는 만주국 조선인의 창작극인데 그 중 내용을 확인할 수 있는 4 작품(김우석의 〈김동한〉, 향토극 〈아리랑 그 후 이야기〉, 황영일의 〈바다의 별〉, 김진수의 〈국기게양대〉) 가운데 3 작품(〈아리랑 그 후 이야기〉, 〈바다의 별〉, 〈국기게양대〉)이 조선을 배경으로 설정하고 있다는 점이다. 이처럼 만주국에서 창작되고 공연된 작품이라 할지라도 조선을 배경으로 한 작품이 더 많았다. 이러한 창작 의도는 조선에 대한 작가 및 조선인 관객들의 공통된 향수의식에서 비롯되었다고 할 수 있다. 연극 무대를 통해서라도 조선과 대면할 수 있다는 점이 만주의 관객들에게는 큰 위안이 될 수 있었기 때문이다. 당시의 만주 조선인들에게 있어서 조선에 대한 향수의식은 곧 조선 민족에 대한 정체성 인식이나 다를바 없었다.

한편 만주를 배경으로 한 작품은 조선인에 대한 풍속문화를 통해 조선인의 민족 특성 및 민족적 정체성을 부각시켰다. 1941년 12월 극단만주에서 공연했던 유치진의 〈흑룡강〉을 통해 그 일면을 살펴볼 수 있다.

> 星　天 : 老賈. 지낸 일은 물론허구 앞흐루 만히 도아주세요. 아모리 세상이 디집혀두 만주에선 당신네 들은 쥔이우 우린 나그넵니다.
>
> 賈以南 : 그러케 사양하실 게 뭡니까? 우리가 만주국 국민이 된다문 당신네들두 만주국 국민이죠. 다 같은 의무와 권리를 가젔서요. 이젠 나랄 위해서 가치 힘씁시다.
>
> 星　天 : 고맙습니다. 老賈.
>
> 몽고인 : 제발 인젠 이 고장에서 떠나지 말아주우. 물속에 발 담그고 농사짓다가 몽고사막에 가서 어떠케 삼니까? 당신네들이 업스니까 난 벼농사 질 염둘 못 믿겟읍니다.
>
> 賈以南 : 수전 농사야 조선 사람이 제일이지. 이분들이 업스문 숭내두 못 내구 말구.[7]

수전농업은 조선인 만주 개척의 주요 성과이자 조선인 특유의 농업기술로서 연극을 비롯한 만주 조선인 문학 작품의 기본 배경으로 자주 등장한다. 특히 〈흑룡강〉은 조선인들의 수전농업을 중국인과 몽고인의 입을 통해 과시함으로써 조선인 특유의 민족농업 특징을 보다 더 부각시켰다.

---

7) 유치진, 「흑룡강」, 『유치진 희곡』(별쇄본), 545쪽.

통치권 밖의 항일연극 〈혈해지창〉에도 중국인을 통해 조선인의 풍속 특징을 더욱 부각시킨 부분이 있다. 바로 쑹마마가 자신의 집앞에 쓰러져 있는 조선인 유격정찰대원에게 "조선사람들은 다친데 된장을 바른다"[8] 며 된장으로 상처를 치료해주는 부분이다. 작품은 중국인 쑹마마를 통해 조선인의 풍속 특징을 더욱 부각한 한편 중국인이 조선인의 민간요법을 알고 있을 정도로 두 민족이 오랫동안 어우러져 살았다는 사실을 간접적으로 보여줌으로써 '중조中朝 친선단결' 의식 나아가 중조 인민의 항일 연대의식을 암시했다.

이상의 작품들이 조선 배경을 통한 향수의식 또는 조선인의 문화적 특징에 대한 강조로부터 조선인 고유의 민족적 특성 및 그 정체성을 환기시켰다면 〈흑룡강〉과 〈싸우는 밀림〉은 조선인들의 만주 개척지에 대한 애착 및 그에 대한 수호 과정을 통해 새로운 민족적 정체성을 인식하도록 했다.

土 豪 : 남의 땅을 깔구 안저서 그래 안 내 놀 생각야. …중략…

星 天 : 일궈 노키 전꺼정은 이 흑룡강 연안은 장마가 지문날래 되수두 안되는 삭카리엿섯쇼. 그런 걸 우리가 40리 밖에서 보ㅅ을 끄으러 들이구 30리 밖으로 퇴수 도랑을 냇소. 그나 그뿐이요. 우리가 애초에 그 땅에 발을 드려 놧슬 적에는 그 일판은 마적의 소굴이엿소. 대낮에두 사람이 지내가질 못 햇죠. 그런 걸 우린 바른 손에 싸창을 잡구 왼손엔 광초 [삽]를 들구서 그 넒은 땅을 다 개간해내 지 안 햇소. 그래서 오늘날 같은 문전옥답을 맹그러 냇단 말이애요.

8) 까마귀, 「혈해지창」, 위의 작품, 49 쪽.

土 豪 : 이게 무슨 떼야.

星 天 : 대인이 그 땅의 아버지라문 우린 그 땅을 길러낸 어머니요. 우리의 땀줄기와 핏줄기로 그 땅은 걸어젓단 말이얘요.

土 豪 : 그럼 구지 안 내노켓단 말야?

星 天 : 처분대로 하슈[9]

조선인들의 소작지를 빼앗으려 하자 성천은 자신들의 피땀으로 가꾼 터전에 대한 애착을 드러내며 절대 내놓지 않겠다고 토로한다. 성천을 비롯한 마을의 조선인들이 척박하고 황량했던 땅을 피땀으로 개척했기에 그에 대한 애착을 가질 수밖에 없었다. 그런데 조선인들이 개척한 땅에 눈독을 들이고 있던 양칠산의 음모로 땅을 빼앗길 위기에 처하게 되었다. 설상가상으로 만주사변의 혼란기에 일본영사관의 보호를 받았다는 이유로 중국인들의 미움을 사면서 맨몸으로 쫓겨날 지경까지 이르렀다. 그 와중에 장쉐량 군벌부대의 퇴군에 의한 습격으로 지주 집을 비롯한 마을 전체가 위협에 빠지자 조선인들이 이에 적극적으로 대응함으로써 결국 마을 전체를 구하게 된다. 이와 같은 일련의 만주개척사 및 개척지에 대한 수호 과정을 거치면서 조선인들은 만주국 국민으로 거듭날 가능성을 획득하게 된다.

星 天 : …… 정말 우리는 이 만주 때문에 얼마나 마흔 피를 흘렷는지 모른다. 허지만 날이 밝으문 3월 초하로, 만주 새나라는 건국된다. 우리는 다 가치 손을 잡구 우리의 생명을 이 나라를 위해서 바치기를 맹세하자. 그리구 이 땅을 개척 하노라

9) 유치진, 위의 작품, 362쪽.

구 희생한 거륵한 생령을 축복해 주자.[10]

새롭게 건립되는 만주국의 건설에 생명을 이바지하자는 성천의 말은 만주국 국민으로서 국가에 대한 건설의 의무를 다하자는 것과 마찬가지다. 이로부터 작품은 만주의 조선인들로 하여금 단순히 조선인 이주자가 아닌 한 국가의 국민이라는 새로운 정체성을 인식하도록 했다.

피땀으로 얻은 만주 개척지에 대한 애착과 그것을 끝까지 지켜내려는 노력의 과정이 항일연극 〈싸우는 밀림〉에서도 그려졌다. 하지만 그 과정에서 획득한 새로운 정체성에 대한 인식은 전혀 다르다.

박로인 : 왕령감, 우리 황대감(지구)허구 상론해봅시다. 그 어른은 이 마을의 천주격이니좋은 계책이 있을지.

왕로인 : (단호히 반대하는 태도로)뭐? 황대감허구서? 그놈에게서 그 무슨 좋은 계책이 나올 줄 아우?저 귀틀집령감을 내쫓구 그의 딸을 첩으로 끌어간놈이 누구요? 특설부대놈들게 갖은 충성을 다 하다못해 제 머슴군을 공산지비적이라구 잡아 바쳐 상을 탄놈이… 그놈은 혀바닥에 침도 채 마르기전에 온 마을을 삼켜버리지 않았소?

박로인 : 옳수다. 우리 만주에 와서 손에 피고름이 맺히도록 나무를 찍어다 기둥을 세우구 뒤밭을 옥답으로 만들어 겨우 이뤄놓은 이 터전을 우리는 목숨으로 지켜야 할 책임이 있수다.

왕로인 : 그렇수다. 어제날은 락동강에서 고기를 낚구 청천벌에서

10) 유치진, 위의 작품, 415~416쪽.

농토를 다뤘지만 오늘은 이 땅에서 내 피를 뿌려 씨앗을 가 꾸었으니 예가 내 고향이우.

일 동 : 우리 고향은 우리가 지킵시다![11]

위의 인용문을 통해 알 수 있듯이 '왕로인'을 비롯한 마을의 장로들은 자신들이 피땀으로 개척한 땅에 대해 상당한 애착심을 갖고 있다. 이러한 애착심이 제 2의 고향 인식으로 이어지면서 마을 사람들은 황지주와 일제로부터 새로운 고향을 지킬 것을 결심한다. 이어 그들은 항일무장세력에 협조하거나 직접 항일 혁명에 참여하는 방식으로 개척 마을을 지켜나간다. 결국 항일여전사 계순과 '왕로인'의 희생을 통해 마을은 일제의 위협으로부터 벗어나고 투쟁의 승리를 거두게 된다. 이어 작품은 박민을 통해 새로운 정체성 인식을 제시한다.

박 민 : 동무들, 승리는 혈전에서 얻어옵니다. 동시에 승리는 위대한 산아를 낳습니다. 이 아이는 홍두산 눈속에 핀 매화입니다.

…중략…

박 민 : 싸우는 밀림이여! 네가 낳은 이 아이가 커서 어른이 될 때 중화민족에게는 영원히 적수가 없으리라. 우리 천만년 백두산은 우리와 함께 살아있다.[12]

박민이 계순의 목숨으로 바꾼 자신의 아이를 혁명의 승리로 간주하고 나아가 그 아이를 중화민족과 동일시하고 있는 대목이다. 여기서

---

11) 까마귀, 〈싸우는 밀림〉, 위의 작품, 49쪽.

12) 까마귀, 〈싸우는 밀림〉, 74쪽.

박민과 계순이 낳은 아들은 곧 조선인 특히 혁명에 참여한 조선인들의 미래를 상징한다고 볼 수 있다. 이에 따라 박민과 계순은 물론 만주를 제 2의 고향으로 인식하고 그것을 지키기 위해 항일무장투쟁에 적극적으로 참여한 조선인들이 혁명의 승리를 계기로 중화민족의 일원으로 거듭난다는 해석이 가능해진다. 즉 작품은 박민을 통해 만주의 조선인들에게 중화민족이라는 새로운 정체성을 제시했다. 박민의 중화민족의식은 항일민족통일전선상에서의 공동의 투쟁 과정과 중조친선단결의식 속에서 형성되었을 가능성이 있다.

요컨대 〈흑룡강〉과 〈싸우는 밀림〉은 공통적으로 만주 개척지에 대한 조선인들의 애착 및 그 개척지 수호에 대한 굳은 의지를 기반으로 그들에게 새로운 정체성이 부여되는 과정을 다루었다. 그러나 그 과정에서 〈흑룡강〉은 만주국이라는 새로운 국가의 이념으로, 〈싸우는 밀림〉은 항일무장투쟁 및 사회주의혁명의 이념으로 수렴되면서 결과적으로 서로 다른 정체성을 부여받게 된다. 즉 〈흑룡강〉의 조선인들은 만주국 국민으로, 〈싸우는 밀림〉의 조선인들은 중화민족으로 새로운 정체성을 획득한다. 이처럼 상반되는 정체성 인식이 식민주의 통치권과 사회주의 통치권의 이념적 차이로부터 비롯되었음은 더 이상 말할 필요가 없다.

초민족적 공간에서의 이러한 민족정체성 인식은 식민주체였던 일본인이나 피식민주체였지만 원주민이었던 중국인과는 다른 조선인 특유의 공통감각이자 만주국 조선인 연극의 특수성이였다.

2. 조선인 연극의 의의와 한계

만주국 조선인 연극은 비록 짧은 기간 동안 존재했지만 분명 그 의의를 지니고 있다. 우선 만주국 시기 조선인 사회의 문화오락이 매우 소외되었던 점을 감안하면 조선인 연극은 그 존재 자체만으로도 큰 의의를 지닌다고 할 수 있다. 조선인들의 문화오락이 중국인과 일본인에 비해 소외되었다는 사실은 극장 공간의 존재를 통해 확인할 수 있다. 당시의 극장은 영화뿐만 아니라 무용, 음악, 구극과 신극 외 기타 연예 등이 상연되는 종합적인 오락문화 공간이었다. 중국인의 경우 구극만 해도 경극京劇와 라오즈落子, 얼런좐二人轉 등 다양한 오락문화를 포함하고 있었다. 그 밖에 기타 연예로 서커스, 구수鼓書 등이 있다. 이처럼 풍부하고 다양한 오락문화들이 극장 공간을 통해 일상적으로 중국인들에게 제공되고 있었다. 극장뿐만 아니라 다원茶園에서도 구극과 핑수評書, 구수 등을 제공했다. 일본인의 경우에도 춤, 노래, 영화, 신극 외에 가부키를 비롯하여 로쿄쿠浪曲, 라쿠고落語, 만사이漫才 등 실로 다양한 연예 장르가 극장에서 상연되었다. 뿐만 아니라 중국인과 일본인 전용 극장이 따로 존재했기 때문에 서로 간의 상연 활동에 구애될 필요가 없었다.

그러나 조선인의 경우 우선 전용 극장이 없었기 때문에 문화오락이 일상적으로 제공되지 못했다. 가끔 조선의 영화가 만주로 유입되면 일본인 극장을 빌려서 상연하곤 했다.[13] 연극의 경우에는 주로 만주

13) 조선영화의 만주 유입관 관련된 글은 김려실의 「조선영화의 만주 유입 - 『만선일보』의 순회영사를 중심으로」(『한국문학연구』 32집, 2007.) 참고.

국 공공미디어였던 공회당이나 기념회관등에서 상연되었다. 이처럼 종합적인 문화오락 공간인 극장의 부재로 인해 조선인들은 보다 풍부하고 다양한 문화오락을 일상적으로 향유하지 못했다. 도시의 사정이 이러할진대 농촌은 더 말할 필요도 없을 것이다.

그 밖에 중일전쟁 이후 만주전전에 의한 라디오선전전이 펼쳐짐에 따라 만주 각 지역에 라디오가 보급되었다. 이에 따라 라디오를 통한 각종 오락문화도 매우 큰 발전을 이루었다. 가장 대표적으로 라디오 방송극을 꼽을 수 있다. 만주 전 지역에 라디오 전파가 타면서 방송극은 무대극보다 더 빠르고 광범위하게 보급되며 발전했다. 물론 조선어 방송도 진행되었지만 각 지역 방송국의 조선어 방송 편성과 방송 시간이 매우 제한적이었다. 1939년 7월까지 신징, 옌지, 안둥, 펑톈, 무단장 등 다섯 지역에 조선어 방송이 개설되었지만 '간도성 옌지 이외 지역의 조선어 방송 청취자들이 적다는 이유로 1939년 9월부터 옌지를 제외한 네 지역의 조선어 방송을 폐지했다.'[14] 방송 시간에 있어서는 초기의 매주 토요일 20분에서부터 매일 오후 1시간 방송으로 늘어났다.[15] 그러나 이는 그 외의 시간에 진행되는 일본어와 중국어 전용 방송 시간에 비하면 상당히 미미한 방송이었다. 이처럼 객관적인 문화오락 환경의 부실함이 일상적이고 풍부한 문화오락을 제공하지 못함으로써 만주의 조선인들은 소외될 수밖에 없었다.

만주국 조선인 연극은 이처럼 열악한 문화 환경 속에서도 싹트고 발전했다. 그 효시는 비록 관변극단이었지만 문화적으로 소외되어 있

---

14) 서재길, 「'제국'의 전파 네트워크와 만주의 라디오방송」, 『한국문학연구』 33집, 2007, 195쪽.

15) 서재길, 위의 글, 194~195쪽.

던 조선인들에게는 특별한 의미를 지닐 수 있었다. 그 성격을 막론하고 만주국 조선인에 의한 조선어 연극을 처음으로 선보일 수 있었을 뿐만 아니라 그의 출현이 다른 지역의 관변극단과 민간극단의 출현을 촉진했기 때문이다.

특히 전세체제기의 모든 문화 활동이 식민권력에 의해 강제 동원되던 압박 속에서도 민간극단이 출현하여 이동연극 활동을 펼치면서 조선인 연극에 활기를 돋우어주었다. 뿐만 아니라 문화적으로 더욱 소외되어 있었던 농촌의 조선인들에게 큰 위안이 되어 주었다. 물론 만주국의 국책사상 선전이 주목적이었지만 농촌의 조선인들에게 있어서는 조선어로 된 연극을 볼 수 있다는 자체만으로도 큰 위안이 되었을 것이다. 이 점에 있어서는 도시의 조선인들도 마찬가지였겠지만 당시의 관변극단이 소인극단의 특성상 이동연극을 하기 어려웠고, 조선의 순회극단 또한 교통이 불편하다는 이유로 농촌에 진입하려 하려 하지 않았던 탓에 농촌의 조선인들은 문화적으로 보다 더 소외되어 있었기 때문이다. 바로 초민족적인 공간에서 조선인들에게 오락적 위안을 줌과 동시에 조선민족 고유의 정서와 민족적 정체성을 일깨워줌으로써 진정한 민족 공동체 의식을 불러일으켰다는 점에 있다.

다음 만주국의 조선인 연극이 해방 후 중국 조선족 연극의 형성과 발전에 매우 큰 영향을 미쳤으며 한국과 북한의 연극 발전에도 일정한 영향을 미쳤다는 점에서 큰 의의를 지닌다.

해방 후 조선족 연극의 형성과 발전에 가장 큰 영향을 미친 것은 바로 항일연극이다. 만주국이 붕괴되고 일제가 항복하면서 만주의 조선인들도 해방을 맞이했지만 공산당과 국민당 간의 이른바 '국공내전'이 이어짐에 따라 만주 지역 각 민족 인민들은 또다시 혼란에 빠져들었다. 그러나 항일전쟁 기간 동안 사회주의에 대해 쌓았던 믿음을 바탕으로 조선인들은 이내 "일체는 전선의 승리를 위하여"라는 공산당의 호소를 받들어 다방면의 지원과 원조에 뛰어 들었다.[16)]

연극을 통한 사상전은 그 중 하나였다. 내용적인 측면에서 볼 때 이 시기 혁명 연극은 만주국 시기 항일무장투쟁 지역에서 전개되었던 항일연극을 토대로 형성된 것으로 보인다. 이를테면 항일연극의 단골 소재였던 지주와 농민 간의 갈등이 이 시기에도 주요한 소재로 다루어졌다. 예를 들면 박노을의 〈토성〉, 작가 미상의 〈피값〉, 신호의 〈연안의 달밤〉 등이다.

또한 조선인 혁명군에 대한 영웅적 형상화 역시 항일연극의 맥을 그대로 이어 받은 것이었다. 가장 대표적인 작품으로 김진문의 〈안중근〉을 들 수 있다. 이 작품은 1946년 헤이룽장 일대와 선양沈阳 지역에서 공연되었다. 뿐만 아니라 해방 후 잔류하던 지주와 주구 세력을 청산하고 사회주의 혁명의 승리를 기원하기 위한 항일 소재의 연극들이 여전히 이어지고 있었다. 그 대표작으로 일제의 항일 세력 토벌에 임남두 일파가 합세하여 용정시 해란구 일대의 대혈안을 초래한 사실을 다룬 〈승리의 혈사〉(김평, 천일, 신영준 작)과 〈밀림의 고백〉(이한용 작)이 있다.

조선족 연극의 항일연극 전승은 해방 후 북한의 혁명가극과 혁명연극에서도 찾아볼 수 있다. 북한의 혁명가극과 혁명연극은 1930년대 항일무장투쟁시기 김일성이 직접 창작한 작품을 해방 후 김일성의

16) 조성일, 권철, 위의 책, 230쪽.

지도로 다시 각색 · 공연한 극을 가리킨다.[17] 대표적인 작품으로 북한의 5대 혁명가극 중 하나로 추앙받는 작품이다. 그리고 김일성의 창작으로 전해지는 〈피바다〉(원제 〈혈해〉)를 꼽을 수 있다. 지주와 농민 간의 계급모순 및 일본군의 만행을 다룬 〈피바다〉는 〈혈해〉라는 제목으로 1936년에 간도 만장萬江 지역에서 공연되었던 작품이다. 그 밖에 〈지주와 머슴〉, 〈아버지의 뜻을 이어〉, 〈경축대회〉 등 1930년대 만주의 항일무장투쟁 지역에서 공연되었던 작품들이 해방 후 북한의 혁명연극에 의해 그대로 흡수되었다. 그 중 〈경축대회〉는 5대 혁명연극 중 하나로 불리는 작품이었다. 이처럼 만주의 항일연극은 해방 후 북한 연극의 발전에 상당히 큰 역할을 했다.

이 밖에 만주국 시기 활동했던 일부 연극인들이 해방 직후 조선인 연극의 형성에 일조했다. 만주국 시기 조선의 극단 김희좌를 이끌고 만주 순회공연 활동을 펼쳤던 김진문은 해방 후 북만주 하얼빈에 남아 양양극단을 조직하고 장막극 〈안중근〉을 창작 · 공연했다. 그러나 순회공연도중 34세의 나이로 요절하고 말았다.[18] 만주국 협화회 수도 계림분회연극반을 이끌었던 김영팔 역시 해방 후의 연극계에 모습을 드러냈다. 그는 1945년 11월 간도문예협회 산하의 연극부에서 공연한 박노을의 〈해란강〉을 연출한바 있다.[19] 이는 마지막으로 확인되는 김영팔의 만주 행적이다. 만주국 시기 안동협화극단 문예부의 공연작 〈갱생의 길〉과 〈여명의 빛〉을 창작했던 김정동 역시 해방 후 간도 지역에서 활동한 것으로 확인된다. 1948년 왕칭현 농촌구락부에서 그

17) 한국비평문학회, 『북한가극 · 연극 40년』, 신원문화사, 1990, 56쪽.
18) 연변대학 조선문학연구소 편, 위의 책, 183쪽.
19) 연변대학 조선문학연구소 편, 위의 책, 171쪽.

의 작품 〈노동자의 설음〉이 비교적 큰 규모로 공연된 바 있다.[20] 해방 후 이들의 활동이 왕성했던 것은 아니지만 만주국 시기 연극 활동의 경험을 바탕으로 극단을 조직하고 작품을 창작 · 연출하는 등 해방 후 조선족 연극의 형성에 한몫했다는 점에서 그 의의를 찾을 수 있다.

윤백남과 김진수는 해방 후 한국으로 돌아갔는데 그 후 윤백남의 연극 활동은 확인되지 않는다. 만주국 시기 조선인 학생극을 주도했던 김진수는 해방 후 한국에서도 학생극 부흥과 관련된 글을 발표함과 동시에 보다 왕성한 창작 활동을 전개함으로써 한국연극의 발전에 일조했다.[21]

만주국 조선인 연극은 이상과 같은 의의를 지님과 동시에 한계점도 지닌다. 우선 통치권 안팎에서 전개되었던 국책연극과 항일연극은 모두 프로파간다적 성격을 지닌다는 점에서 한계를 노출하고 있다. 이들 연극은 각자의 이념 선전에만 치우친 나머지 모두 연극 본연의 예술성을 상실하고 말았다. 통치권 안의 국책연극은 일제 및 만주국의 건국 사상과 각종 국책을, 반면 항일연극은 반제반봉건 및 사회주의 혁명사상을 선전하고 고취했다. 특히 국책연극은 제국주의 사상 선전을 통해 피식민 조선인들의 사상을 마비시키려 했다는 점에서 더욱 큰 한계를 지닌다. 전반적으로 만주국 조선인 연극은 당국의 엄격한

20) 연변대학 조선문학연구소 편, 위의 책, 180~181쪽.

21) 김진수의 작품집으로는 『김진수 희곡선집』(성문각, 1959.)이 있고 평론집으로 『연극희곡논집』 (선명문화사, 1968.)이 있다. 그 밖에 학술지에 게재된 글로 「관객을 위한 연극과 연극을 위한 연극, 957년도 연극계 개관」(『자유문학』 2권 7호, 1957. 12), 「대학연극의 지향할 길」,(『고황』, 1 · 2, 경희대, 1957.), 「한국 희곡의 불모성 그 사적 고찰」, (『자유문학』 58, 1962. 4.), 「1962년 문화계 총평, 희곡 개관」(『자유문학』 64, 1962. 12.) 등이 있다.

검열, 전문 극작가와 조선어 지면의 부족 등 연극의 객관적인 조건의 한계로 말미암아 예술적인 성과와 발전을 이루지 못했다. 이는 곧 만주국이라는 특수한 정치 · 역사적 공간이 부여한 시대적 한계라고 할 수 있다.

V. 결론

이 글은 1932년부터 1945년까지 존재했던 만주국의 조선인 연극에 대한 재구성을 시도한 글이다. 식민문화통치 속에서의 조선인 연극의 존재 형식과 활동 양상 및 초민족국가 속에서의 조선인 연극의 특성과 의의를 고찰하였다.

1930년대 초반, 조선인 연극은 만주국의 통치권력이 거의 닿지 못했던 항일무장투쟁 지역 내의 항일연극으로 존재했다. 만주국 건립이전, 1920년대 조선인 연극을 주도했던 반제반봉건 성격의 연극은 건국 후 당국의 '반만항일사상 탄압'과 기존 문화 활동에 대한 통제에 의해 더 이상 통치권 안의 무대에 오를 수 없게 되었다. 한편 1932년부터 1936년까지 간도 지역에 항일무장투쟁 지역이 잇따라 형성됨에 따라 기존의 반제반봉건 성격의 연극은 자연스럽게 그곳에서 형성된 항일연극으로 흡수되었다. 항일연극은 1930년대 초반에 가장 왕성한 활동을 펼쳤다. 그 뒤, 1936년에 동북항일연군이 결성되자 이에 대한 대응으로 만주국 당국의 항일숙청공작이 대대적으로 강화되었다. 이에 따라 항일무장세력이 크게 약화되면서 항일연극의 기세도 점점 가라앉게 되었다.

항일연극은 비극, 희극, 계몽극, 가극 등 다양한 형식으로 전개되었고 그 내용은 주로 반제반봉건 투쟁과 항일투사들의 영웅적 서사에 집중되어 있다. 〈혈해지창〉과 〈싸우는 밀림〉의 텍스트가 완전하게 남아있는 것 외에, 나머지 항일연극 텍스트는 제목과 대강의 줄거리만 전해지고 있다. 〈혈해지창〉은 중국인 어머니 쑹마마와 아들 왕핑의 항일무장투쟁에 대한 협조 과정을 통해 그들의 항일투쟁정신 및 중국인과 조선인의 항일연대의식을 고취했다. 〈싸우는 밀림〉은 박민과 계순의 영웅적 이미지를 형상화함으로써 항일투사들의 투쟁정신과 그 기개를 찬양했다.

만주국 조선인 연극에 있어서 항일연극은 1930년대 초반 조선인 연극의 공백을 채워주었다는 점에서 중요한 위치를 점한다. 아울러 민중들의 항일의식과 항일투사들의 사기를 북돋아주며 항일전쟁의 승리에 일조했다는 점에서 중요한 의의를 지닌다.

중일전쟁 이후, 프로파간다로서의 연극의 역할이 강조되면서 만주국 전 지역에서 신극운동이 전개되었다. 정부의 연극선동정책이 실행되고 독자적인 문화건설이 추진되는 과정에서 만주국의 신극운동은 극단창립과 극본창작의 붐을 통해 뜨겁게 가열되었다. 그와 같은 문화적 조류 속에서 만주국 통치권 안에도 비로소 조선인 연극이 등장하게 되었다. 처음으로 조직된 극단은 1938년, 만주국 수도에서 조직된 대동극단(제 3부)이었다. 이 극단은 1937년 만주국 사상교화기관인 협화회의 주도 하에 창립된 국책 극단으로 총 세 개의 언어부로 구성되어 있었다. 즉 제 1부는 중국인 극단, 제2부는 일본인 극단, 제3부가 조선인 극단이었다. 명칭은 하나를 쓰고 있었지만 사실은 민족별로 독립된 극단이었다. 그러나 각 민족 극단은 협화회의 감독과 관리 안에서 보다 집중적인 통제를 받았다. 이러한 극단은 만주국 관변극단에 보편적으로 존재하는 형태이자 만주국 특유의 존재 형태로 복합민족국가로서의 문화적 특징을 잘 드러내는 한편 식민문화권력의 메커니즘을 드러내기도 하였다.

대동극단을 비롯한 협화회 산하의 관변극단은 대부분 협화회 직원들로 조직된 소인극단이었다. 따라서 대체적으로 1년에 한 두 차례 공연하는데 그쳤다. 이들은 만주국의 '민족협화'와 '왕동낙토'의 건국이념 및 각종 국책사상 선전을 목적으로 한 국책연극을 전개한 한편 관객동원과 영리의 목적으로 대중연극 활동도 소홀하지 않았다. 당시 조선인 관변극단으로 대동극단을 비롯하여 계림분회연극반, 안둥협화극단, 하얼빈금강극단, 간도협화극단 등이 있었는데 이들의 창작공연작품 중 텍스트를 확인할 수 있는 것은 〈김동한〉뿐이다.

1940년 1월 '신춘문예 희곡공모' 1등에 당선된 〈김동한〉은 1940년 1월 10일부터 24일까지 총 11회 연재(『만선일보』)되었으며 같은 해 2월 11일에 협화회 수도본부의 주최 하에 '황기 2600년 기념공연'으로 '영광의 무대'에 오르게 되었다. 〈김동한〉은 그를 기념하는 각종 행사에서부터 극본공모, 신문연재, 무대공연에 이르기까지 철저한 국책적 기획 하에 이루어졌다. 협화회는 공산당 귀순공작을 하다 희생한 실제 인물 김동한을 통해 반공 및 멸사봉공의 영웅적 이미지를 형상화하고자 했다. 그러나 작품은 반공의 개연성이 부족하고 인물들의 극적 행동이 결여되어 소기의 목적에 도달하기 어려웠을 것으로 보였다.

1941년 『예문지도요강』이 반포된 후, 문화 활동에 대한 통치가 한층 더 강화되었다. 만주극단협회가 출범하고 만주연예협회의 기능이 강화되면서 연극은 보다 더 압축적이고 집중적인 통제를 받아야 했다. 뿐만 아니라 결전문예체제가 수립됨에 따라 연극보국의 사명도 짊어지게 되었다. 이처럼 식민문화권력에 의해 점진적으로, 그리고 강제적으로 동원되어 가는 과정 속에서도 민간극단이 잇따라 출현하여 조선인 연극계에 활기를 불어 넣었다. 계림극단, 극단만주, 예원동인, 신흥극연구회, 극단동아, 은진고교 학생극 등이 당시에 활동했던 민간극단들이다. 이 극단들이 활동할 당시에는 이미 전시체제기에 진입하여 연극보국을 부르짖던 시대였기 때문에 연극 활동에 대한 취체와 검열 등이 상당히 삼엄했다. 따라서 민간극단이라 할지라도 자유로운 활동은 거의 불가능했다. 그들은 각 지역 협화회와의 긴밀한 관계 속에서 연극보국을 위한 활동을 전개해야 했다. 이와 관련해서 가장 대표적인 활동을 했던 극단으로 계림극단이 있었다. 만주국시기 가장 활발하게 활동했던 계림극단은 연극보국 운동의 일환인 이동연극 활동에 적극적으로 참여하여 만주국의 국책사상 선전에 일조했다. 뿐만 아니라 민간극단에 의한 이동연극은 문화적으로 특별히 더 소외되어 있던 농촌의 조선인들에게 큰 위안을 주었다.

1930년대 중반부터 활발하게 전개된 조선 극단의 만주 순회연극은 만주국 문화통치권력의 자장 안에서 조선인 관객을 대상으로 활동했다는 점, 그리고 만주국 조선인 연극에 일정한 영향을 미쳤다는 점에 근거하여 만주국 조선인 연극의 범주로 소급하여 논의했다. 1930년대에 전개된 순회연극은 대부분 조선에서 이미 인기를 입증한 대중연극이었다. 만주국의 조선인 관객들은 대중연극 특히 〈춘향전〉과 같은 역사극을 선호했다. 이에 따라 〈춘향전〉은 고협, 현대극장, 김연실악극단 등 극단에 의해 다양한 형식으로 공연되었다.

전시체제기 연극에 대한 통제가 강화되면서 조선과 만주국 양쪽의 통제를 받아야 했던 순회극단은 1940년대에 들어와 국책연극을 전개하게 되었다. 그리하여 1930년대 성행했던 대중연극은 보다 약화되었다. 그런데 한편으로 1940년대에는 악극이 부상하여 일정한 오락적 기능을 했다. 일제는 음악과 서사가 결합된 악극의 특징을 이용하여 국책사상을 더욱 효율적으로 전달함과 동시에 악극의 오락적 기능을 통해 전쟁의 현실을 은폐하고 동요하는 민심을 진정시키고자 했다. 즉 일종의 회유책이라 할 수 있다.

일제 말기까지 활발한 활동을 펼쳤던 순회연극은 만주국 조선인에 의한 연극과 함께 문화적으로 소외되어 있던 만주의 조선인들에게 큰 위안이 되었다는 점에서 중요한 의의가 있다. 순회연극은 만주국 조선인에 의한 연극 활동에도 일정한 영향을 미쳤다. 만주국 조선인에 의한 연극보다 더 일상적이었던 순회연극은 만주국 조선인 연극의 주류였다 해도 과언이 아니다.

만주국의 조선인 관객들은 조선인 연극에 매우 열광적이었다. 그들은 조선인 연극을 보기 위해 먼길도 마다하지 않았고 극장을 찾아 주어 조선어 연극이 상연되는 극장은 항상 만원이었다. 관객들이 그토록 열광적이었던 것은 바로 조선정서에 대한 갈증때문이었다. 문화적으로 소외되었던 까닭도 있었지만 그보다도 초민족적인 혼종문화 공간에서 만주의 조선인들은 민족적 정체성에 대한 확인을 희망했다. 이는 곧 조선정서에 대한 갈증으로 이어졌고 그 갈증을 조선인 연극에 대한 열성으로 해소하고자 했다. 한편 만주국의 조선인 연극은 주로 공회당, 기념회관과 같은 만주국의 공공미디어 공간에서 상연되었다. 하지만 '조선어', '조선인', '조선정서' 등 온통 '조선적인 것'으로 충만했던 조선어극 상연 극장은 만주국 조선인들에게 '상상의 공동체'가 아닌 '진정한 공동체'적 감각을 환기하는 종족공간이었다.

만주국의 조선인 연극은 탄압과 회유, 배제와 포섭의 식민문화권력장 안에서, 그리고 초민족적인 혼종문화공간 속에서도 그 존재감을 결코 잃지 않았다. 뿐만 아니라 그 연극을 통해 조선인들에게 오락적 위안을 주고 민족적 정체성을 환기시켜 주었다. 만주국 조선인 연극은 이러한 점에서 가장 큰 의의를 지닌다. 조선인 연극은 민족적 정체성을 환기함과 동시에 새로운 정체성 인식을 제시했는데, 이는 식민주체였던 일본인이나 피식민주체였지만 원주민이었던 중국인 연극에서는 찾아볼 수 없는 초민족국가 속에서의 조선인 연극의 특수성이었다.

참/고/문/헌

1. 기본 자료

(1) 신문 및 잡지

* 한국어

- 『滿鮮日報』, 『東亞日報』, 『朝鮮日報』, 『每日新報』, 『춘추』, 『조선』, 『신동아』

* 중국어 및 일본어

- 『大同報』, 『盛京時報』, 『滿洲日日新聞』, 『宣撫月報』, 『滿洲文藝年鑒』, 『朱夏』

(2) 작품집

- 서연호, 『한국희곡전집』 3, 태학사, 1996.
- 연변대학 조선문학연구소, 『20세기 중국조선족 문학사료전집』 16, 연변인민출판사, 2010.
- 유치진, 『동랑 유치진전집』(1, 9), 서울예대출판부, 1993.
  ______, 『유치진 희곡』 별쇄본.
- 이재명, 『해방전 공연희곡집』 1~7, 평민사, 2004.
- 허경진, 『안수길』, 보고사, 2006.
  ______, 『현경준』, 보고사, 2006.
- 김진수, 『김진수 희곡선집』, 성문각, 1959.

2. 단행본

(1) 국내

- 고마고마 다케시 저, 오성철, 이명실, 권경희 역, 『식민지 제국 일본의 문화통합』, 역사비평사, 2008.
- 고설봉, 『증언 연극사』, 진양, 1990.
- 권 철, 『조선족 문학연구』, 헤이룽장성 민족출판사, 1989.

  ______, 『중국조선민족문학』, 한국학술정보, 2006.

  ______, 『광복 전 중국조선민족문학 연구』, 한국문화사, 1999.
- 김경일 외, 『동아시아의 민족이산과 도시-20세기 전반 만주의 조선인』, 역사비평사, 2004.
- 김남석, 『조선의 대중극단들』, 푸른사상, 2010.

  ______, 『조선의 대중극단과 공연미학』, 푸른사상, 2013.
- 김려실, 『만주영화협회와 조선영화』, 한국영상자료원, 2011.
- 김미도, 『한국 근대극의 재조명』, 현대미학사, 1995.
- 김용직, 『북한문학사』, 일지사, 2008.
- 김운일, 『중국 조선족 연극사』, 신성출판사, 2006.
- 김윤식, 『안수길 연구』, 정음사, 1986.
- 김장선, 『만주문학연구』, 역락, 2009.

  ______, 『조선인문학과 중국인문학의 비교연구-위만주국시기』, 역락, 2004.
- 김재용 외, 『재일본 및 재만주 친일문학의 논리』, 역락, 2004.

  ______, 오오무라마쓰오, 『제국주의와 민족주의를 넘어서』, 역락, 2009.

______, 이혜영, 『만주, 경계에서 읽는 문학』, 소명, 2014.
______, 『김사량전집 1 - 노마만리』, 실천문학사, 2008.
______, 『만보산사건과 한국근대문학』. 역락, 2010.
______, 『협력과 저항」, 소명, 2004.
• 김진수, 『연극희곡논집』, 선명문화사, 1968.
• 김호웅, 『재만조선인문학 연구』, 국학자료원, 1998.
• 김효순, 『간도특설대』, 서해문집, 2014.
• 나카미 다사오 외, 박선영 역, 『만주란 무엇이었는가』, 소명, 2013.
• 리광인, 『조선족 역사문학 연구문집』1, 한국학술정보, 2006.
• 민병철, 『북한 연극의 이해』, 三英社, 2001.
• 서연호, 『한국연극사』, 연극과 인간, 2006.
• 서정완, 임성모, 송석원 편, 『제국일본의 문화권력』1~2, 소화, 2011.
• 식민지 일본어문학 · 문화연구회 편, 『제국일본의 이동과 동아시아 식민지문학』 1~2, 도서출판 문, 20011.
• 신형기, 오성호, 『북한문학사』, 평민사, 2000
• 안영길, 『만주문학의 형성과 성격』, 역락, 2013.
• 야마무로 신이치 저, 윤대성 역, 『키메라 만주국의 초상』, 2009.
• 양승국, 『한국근대극의 존재형식과 사유구조』, 연극과 인간, 2009.
• 오양호, 『일제강점기 만주조선인문학연구』, 문예출판사, 1996.
______, 『한국문학과 간도』, 문예출판사, 1988.
• 오카다 히데키, 최정옥 역, 『문학에서 본 만주국의 위상』, 역락,

2008.
• 유민영, 『한국연극운동사』, 태학사, 2001.
• 윤휘탁, 『만주국: 식민지적 상상이 잉태한 복합민족국가』, 혜안, 2013.
_____, 『일제하 만주국 연구』, 일조각, 1996.
• 이두현, 『한국연극사』, 보성문화사, 1981.
• 이상우, 『근대극의 풍경』, 연극과 인간, 2004.
_____ 외, 『월경하는 극장들』, 소명, 2013.
_____ 외, 『전쟁과 극장』, 소명, 2015.
• 이재명, 『일제 말 친일 목적극의 형성과 전개』, 소명출판, 2011.
• 이준식, 『일본제국주의와 동아시아 네트워크 : 만주영화협회를 중심으로』, 동북아역사재단, 2007.
• 민족문화연구소, 『일제말기 문인들의 만주체험』, 역락, 2007.
• 조성일, 권철, 『중국 조선족 문학통사』, 이화문화사, 1997.
_____, _____, 『중국조선족문학사』, 연변인민출판사, 1990.
• 채 훈, 『일제강점기 만주국 한국문학연구』, 깊은 샘, 1990.
• 프래신짓트 두아라 저, 한석정 역의 『주권과 순수성 - 만주국과 동아시아적 근대』, 나남, 2008,
• 한국비평문학회, 『북한 가극 · 연극 40년』, 신원문화사, 1990.
• 한석정 외, 『근대 만주 자료의 탐색』, 동북아역사재단, 2009,
_____, 노기식, 『만주, 동아시아 융합의 공간』, 소명, 2008.
_____, 『만주국 건국의 재해석 : 괴뢰국의 국가효과, 1932-1936』, 동아대학교 출판부, 2007.

(2) 중국 및 일본 자료

- 薑念東,『僞滿洲國史』, 吉林人民出版社, 1980.
- 古市雅子,『「滿映」電影硏究』, 九州出版社, 2010,
- 高曉燕,『北淪陷時期殖民地形態硏究』, 社會科學文獻出版社, 2013, 241~242쪽.
- 東北淪陷十四年史總編室, 日本殖民地文化硏究會,『僞滿洲國的眞相』, 社會科學文獻出版社, 2010.
- 東北現代文學史編寫組,『東北現代文學史』, 沈陽出版社, 1989,
- 劉叔聲, 裏棟,『金劍嘯集』, 黑龍江大學出版社, 2011.
- 滿洲國史刊行會編, 東北淪陷十四年史吉林編寫組譯,『滿洲國史』(分論),1990.
- 徐迺翔, 黃萬華,『中國抗戰時期淪陷區文學史』, 福建教育出版社, 1995.
- 蘇崇民,『滿鐵史』,中華書局, 1990,
- 孫中田, 逄增玉, 黃萬華, 劉愛華,『鐐銬下的繆斯-東北淪陷區文學剛要』, 吉林大學出版社, 1998.
- 申殿和, 黃萬華,『東北淪陷時期文學史論』, 北方文藝出版社, 1991.
- 安希元,『僞滿文化』, 吉林人民出版社, 1993.
- 王承禮,『中國東北淪陷十四年史綱要』, 中國大百科全書出版社, 1991.
- 張錦, 陳墨, 启之,『長春影事』, 民族出版社, 2011.
- 張毓茂,『東北現代文學大系』第14集, 沈陽出版社, 1996.
- 錢理群,『中國淪陷時期文學大系』, (評論卷), 廣西教育出版社,

1998.
- 劉曉麗,『異太時空中的精神世界 - 僞滿洲國文學研究』, 華東師範大學出版社, 2008.
- 齊福森,『僞滿洲國史話』, 社會科學文獻出版社, 2011.
- 趙聆實,『日本暴行錄』, 中國大百科全書出版社, 1995.
- 馮爲群, 李春燕,『東北淪陷時期文學新論』, 吉林大學出版社, 1991.
  ______, 王建中, 李春燕, 李樹權,『東北淪陷時期文學國際學術研討會論文集』, 沈陽出版社, 1992.
- 解學詩,『僞滿洲國史新編』, 人民出版社, 1995.
- 胡昶, 古泉,『滿映 - 國策電影面面觀』, 中華書局, 1990,
- 東北淪陷十四年史總編室, 日本殖民地文化研究會,『僞滿洲國的眞相』, 社會科學文獻出版社, 2010.
- 張錦, 陳墨, 啓之,『長春影事』, 民族出版社, 2011.
- 佐藤忠男,『滿洲映畫協會』, 岩波書店, 1986 .
- 山口猛,『哀愁の滿洲映畫』, 三天書房, 2000.
- 大笹吉雄, 川村雅之,『日本現代演劇史』, 白水社, 1994.
- 尾崎秀樹,『舊殖民地文學の研究』, 東方勁草書房, 1971.
- 尹東燦,『「滿洲」文學の研究』, 明石書店, 2010.
- 川村湊,『異鄕の昭和文學 -「滿州」と近代日本』, 岩波書店, 1990.

3. 논문 자료

- 강희주, 「만주국의 선전전과 라이도 방송」, 연세대학교 석사학위논문, 2009.

• 김남석, 「1930~1940년대 대중극단 김희좌의 공연사 연구」, 『민족문화연구』, 제52집, 고려대학교 민족문화연구원, 2010.
• 김려실, 「조선영화의 만주 유입 - 『만선일보』의 순회영사를 중심으로」, 『한국문학연구』 제 32집, 2007.
• 김주용, 「1920년대 간도지역 조선인민회 금융부 연구 - 한인사회에 대한 통제를 중심으로」, 『사학 연구』 제 62집, 한국사학회, 2001.
• 김향화, 『1930-1940년대 만주 조선문학 연구』, 충북대학교 박사학위논문, 2016.
• 김호연, 「일제 강점 후기 연극 제도의 변화 양상과 그 의미 -이동극단, 위문대를 중심으로」, 『인문과학연구』 제30집, 강원대 인문과학연구소, 2011.
______, 「한국 근대 악극 연구」, 단국대학교 박사학위논문, 2003.
• 문경연, 최혜실, 「일제말기 김영팔의 만주활동과 연극 〈김동한〉의 협화적 기획」, 『민족문학사연구』 제 38집, 민족문학사학회, 2008.
• 박려화,「일제 말 만주국 조선인 문학과 중국인 문학의 상호교섭 연구」, 원광대학교 박사학위논문, 2016
• 방미선, 「연변조선족연극의 회고와 현실상황」, 『드라마연구』 제 25집, 한국드라마학회, 2006.
• 서연호, 「연변지역 희곡연구의 예비적 검토」, 『한국학연구』 제 3집, 고려대학교 한국학연구소, 1991.
• 서재길, 「'제국'의 전파 네트워크와 만주의 라디오방송」, 『한국문학연구』 제 33집, 2007.

- 신규섭, 「만주국의 협화회와 만주국 조선인」, 『만주연구』, 만주학회, 2004.
- 양수근, 「일제 말 친일 희곡의 변모양상과 극작술 연구 : 박영호 · 송영 극작품을 중심으로」, 명지대학교 박사학위논문, 2005.
- 윤옥희, 「1930년대 여성 작가소설 연구」, 성균관대 대학원 박사학위논문, 1997.
- 이경숙, 「박영호의 역사극 연구」, 『한국극예술연구』 제 27집, 한국극예술학회, 2008.
- 이덕기, 「일제하 전시체제기 이동연극 연구 -이동연극 제1대와 극단 현대극장을 중심으로」, 『한국극예술연구』 제30집, 한국극예술학회, 2009.
- 이상경, 「간도체험의 정신사」, 『작가 연구』 제 2호, 1996.

  ______, 「강경애 연구 - 작가의 현실 인식 태도를 중심으로」, 서울대 대학원 석사학위논문, 1984.
- 이승희, 「동아시아 근대 극장의 식민성과 정치성」, 『월경하는 극장들』, 소명, 2013.

  ______, 「조선극장의 스캔들과 극장의 정치경제학」, 『대동아문화연구』 72권, 성균관대학교 대동아문화연구원, 2010.
- 이해영, 「'만주국' 조선계 문단에서의 향토 담론과 안수길의 북향보」, 『만주연구』, 2017.

  ______, 「위만주국 조선계 작가 안수길과 '민족협화'」, 『국어국문학』 제 172집, 2015.
- 이화진, 「일제 말기 이동극단 활동의 전개 양상과 그 한계」, 『한국학연구』 제30집, 인하대 한국학연구소, 2013.

______, 「전시기 오락 담론과 이동연극 연구」, 『상허학보』 제23집, 상허학회, 2008.
- 윤휘탁, 「日帝下「滿洲國」의 治安肅正工作硏究 : 滿洲抗日武裝鬪爭의 內的 構造와 關聯하여」, 서강대학교 박사학위논문, 1995.
- 임성모, 「만주국 협화회 연구」, 연세대학교 박사학위논문, 1997.
- 장동천, 「철로와 부속지가 형성한 중국 동북지역의 초기 영화문화」, 『전쟁과 극장』, 소명, 2013.
- 전경선, 「전시체제 하 만주국의 선전정책 연구」, 부산대학교 박사학위논문, 2012.
- 조남현, 「강경애연구」, 『한국현대소설연구』, 민음사, 1987.
- 조 민, 「중국동북지역의 항일무장투쟁」, 『한국민주시민교육학회보』 4호, 한국민주시민교육학회, 1990.
- 최기영, 「1930년대 '가톨릭소년'의 발간과 운영」, 『교회사연구』, 제 33집, 2009.
- 최정옥, 「만주국 문학 연구」, 고려대학교 박사학위논문, 2007.
- 한옥근, 「이무영 희곡연구」, 『인문학연구』, 제 25집, 2001,
- 홍수경, 「만주국의 사상전과 만주영화협회, 1937~1945」, 연세대학교 사학과 석사학위논문, 2007.
- 황민호, 「만주지역 친일언론 "재만조선인통신"의 발행과 사상통제의 경향」, 『한일민족문제연구』 제10집, 한국민족문제학회, 2006.
- 肖振宇, 「"淪陷"時期的東北話劇創作概覽」, 『戲劇文學』 第11期, 2006.
- 逄增玉, 孫曉萍, 「殖民語境與東北淪陷時期話劇傾向與形態的複雜性」, 『晉陽學刊』第6期, 2011.

- 逄增玉, 「殖民話語的裂痕與東北淪陷時期戲劇的存在態勢」, 『廣東社會科學』第3期, 2012.
- 何 爽, 「僞滿洲國戲劇研究」, 吉林大學博士學位論文, 2014.
- 王紫薇, 「"滿洲帝國協和會"研究」, 東北師範大學博士學位論文, 2015.
- 高承龍, 「僞滿協和會在間島」, 延邊大學碩士學位論文, 2002
- 李豔葳, 「東北淪陷區話劇的"雙重性"寫作」, 『作家』第6期, 2011
- 祁丹, 「憶淪陷時期的黑龍江抗戰戲劇活動」, 『黑龍江史志』第10期, 2005

〈부록 1〉

『만선일보』에 수록된 희곡 및 평론

작가	작품/평론 제목	발표 년도
金寓石	〈金東漢〉	1940.1.10.-13, 17-20, 22, 23
李無影 원작, 李甲基 각색	〈黎明前後〉	1940.5.21, 23-25, 27, 28, 20, 23; 6.1, 2
李軒	〈郭僉知사는 마을〉	1940.8.16, 17, 18, 21, 22, 23, 24, 25, 27
李牛松	「향토극'아리랑 그후 이야기 - 작자의 태도와 의문성에 대한 편상」(상.하)	1939.12.19.(상);193912.20.(하)
李台雨	「'金東漢'을 보고 - 의의 깊은 문화부 제2회 공연」	1940.2.20.
樸榮濬	「金東漢 독후감」(희곡평)(상.하)	1940.2.24.(상); 1940.2.25.(하)
金鎭壽	「무대뒤에서, 은진고교 학생극 연출 소감」(상.하)	1940.12.18.(상);1940.12.19.(하)
金利有	「高協만주공연 춘향전을 보고서」(1-4)	1940.5.31.; 6.1; 6.2; 6.4
金利有	「阿娘 공연을 보고」(상.하)	1940.11.7.(상); 11.8(하)
藤川研一	「건설적 명랑성 - 滿洲新劇運動의 방향,(상.하)	1940.6.20.; 6.21.

〈부록 2〉

『만선일보』에 수록된 조선인 연극 관련 기사

기사 제목	날짜
「연극반강화제의, 協和會雞林分會文化部 신년의 새포부를 타진」	1940.1.1
「日滿軍警慰問차 歌劇團 조직, 明月溝協和團熱誠」	1940.1.14
「만주어 강좌 개강과 제 2회공연회 개최, 본사 당선희곡 〈김동한〉 연극화! 雞林分會文化部의 新年度 사업」	1940.1.17
「가족을 위안코저 촌극을 개최」	1940.1.17
「奉天協和劇團내에 선계 연예부 설치, 胎動하는 선계문화운동」	1940.1.24
「구정초를 장식할 交輪班의 연극, 2월 10일 협화회관서 개최」	1940.1.30
「기원절 행사의 하나로 연극 〈김동한〉 상연」	1940.1.31
「기원절을 경축하는 본사 신춘문예 당선작 희곡 〈김동한〉상연」	1940.2.4
「김영팔씨 지휘하에 문화부원 총출동, 련야 열과 힘으로 맹연습중」	1940.2.4
「奉祝皇紀 2600년 연극과 음악의 밤」	1940.2.9
「기원2600년 奉祝 〈김동한〉 연극의 밤, 오라!협화회관으로, 무료」	1940.2.11
「향토연예에 황홀, 交輪班 주최연예대회 성황」	1940.2.12
「기원 2600년 奉祝'연극과 음악의 밤'성황, 협화문화부 열연에 도취	1940.2.13
「문화부 夏季공연 7월상순에 상연결정, 레파토리와 스타프」	1940.5.20
「추석을 기하야 촌극을 개최, 23일부터 맹연습 개시」	1940.9.1
「신곡제를 겸하야 소인극도 상연」	1940.11.5
「2600년 경축 음악과 연극의 밤, 은진교우회에서 맹연습」	1940.12.1
「日滿軍警慰問 음악과 연극의 밤, 龍井에서 대성황에 종료」	1940.12.21
「間島協和劇團 제 2회공연 성황」	1941.3.21
「雞林劇團全鮮 순회공연」	1941.11.1

「安東協和劇團 제 2부 陣容강화, 來月 상순경 5회 공연」	1941.11.2
「雞林劇團에서 愛路村위문 순연-鐵道總局과의 제휴로」	1941.11.28
「은진국교 학생극 상연, 12월 6일 龍井劇場에서」	1941.12.5
「協和劇團 공연 11,12일 협화회관서」	1941.12.6
「鮮系 愛路村에 연예반 파견, 鐵道總局愛路科에서」	1941.12.7
「愛路村 위안공연에 青道역에서 개최, 만장도취」	1941.12.7
「국도에 신극단 民協 결성」	1941.12.7
「劇團金剛 제 2회 공연」	1941.12.23
「劇團金剛 제 2회 공연 〈바다의 별〉 상연」	1941.12.30
「雞林劇團 신인마저 내용혁신」	1942.3.4
「雞林劇團 17,18 大連 공연」	1942.3.8
「건국 10주년 在承 선계 소인극의 밤」	1942.3.25
「호화한 연예의 밤, 奉天市본부보도분과위원회 주최로 오는 22일 개최」	1942.6.16
「劇團東亞 공연 성황」	1942.6.17
「건국 10주년 기념공연 雞林劇團 永安人 作 〈事員腐傳令勇士〉 3막5장	1942.6.19
「시국인식 연예회, 龍井校友會에서」	1942.6.19
「문화향상 기도, 在奉鮮系 藝原同人 중심 신흥극연구회 탄생」	1942.7.15
「소인극 수입금으로 밭을 사서 공동경작, 羅月屯에 協青隊의 증산보	1942.9.1

〈부록 3〉

『만선일보』에 수록된 조선 극단의 만주 순회공연 관련 기사

기사 제목	날짜
「극단 黃金座 吉林에서 공연, 본보 애독자에게는 우대」	1939.12.9
「15일부터 17일 老童座극단 공연」	1940.2.17
「京城 東洋劇場 직속극단, 극단 豪華船 만주 방문 순연」	1940.4.3
「3일부터 4일까지 奉天劇場에서 豪華船이 주야 2회 공연」	1940.4.3
「조선극계의 王者'豪華船'新京來演」	1940.4.5
「극단 豪華竄 新京上演 스타-프」	1940.4.6
「극단 豪華船 대성황, 8일은 哈爾濱시서 공연」	1940.4.8
「노동좌 길림 공연, 본보 애독자에게 특별 할인」	1940.4.14
「평양금천대좌 직속인 극단 老童座 來演, 연극에, 음악에, 현란호화판 전개」	1940.4.16
「老童座일행 入京」	1940.4.17
「연극과 음악의 호화판, 극단 老童座 新京 공연」	1940.4.17
「세련된 연기와 음악에 만장의 관중은 도취, 老童座 제 1일 공연 대성황」	1940.4.18
「奉天劇場, 老童座 제 1회 공연」	1940.4.23
「본사후원 하에 藝苑座 대공연」	1940.5.7
「奉天大奉劇 藝苑座 제 1회 공연」	1940.5.13
「국도 鮮系시민 대망의 호화파! 연극과 감미한 쟈즈의 앳트랙숀, 극단 藝苑座 국도 공연」	1940.5.14
「극단 藝苑座 국도 공연」	1940.5.16
「奉天 여행 중 連日連夜 만원에 대성황을 뫁한 극단, 藝苑座 국도 공연, 16일부터」	1940.5.17
「藝苑座 일행 入京」	1940.5.17

「5월 17,8일 2일간, 조선 극단 黃金座 コガネショ―공연」	1940.5.17
「천재 소녀의 妙計에 만장팬들은 찬단, 藝苑座 공연, 제 2야 성황」	1940.5.18
「극단 演協 일행 敦化에서 공연」	1940.5.18
「극단 藝苑座 新京 공연 폐막」	1940.5.19
「반도극계 정예부대, 극단 金姬座 吉林 대공연」	1940.5.21
「호화푸로 滿載코 극단 金姬座 吉林대공연」	1940.5.21
「黃金座 공연」	1940.5.21
「奉天大奉劇, 22일부터 24일까지 鮮劇 高協극단 제 1회 공연」	1940.5.22
「金姬座 吉林공연 공전의 대성황」	1940.5.23
「극단 高協 雞林 대공연」	1940.5.26
「조선신극계 霸將, 극단 '高協' 新京 공연」	1940.5.26
「극단 藝苑座 敦化서 공연」	1940.5.28
「高協극단 일행, 28일 본사 래방」	1940.5.29
「입장자 소수로 인해 순회극단 缺損」	1940.5.30
「무대를 통한 滿鮮 교환」	1940.6.1
「극단 '조선무대'창립, 7월말경 만주 來演」	1940.6.4
「半島樂劇座 만주 공연」	1940.6.8
「극단 阿娘 공연」	1940.6.20.
「조선흥행극계의 효장, 극단 阿娘來演」	1940.6.20
「극단 阿娘 대공연, 哈爾濱에서」	1940.6.20
「豪華船 安東 공연」	1940.6.30
「대중오락의 최고봉, 朝鮮樂劇團 來演」	1940.7.26
「국도 대공연은 8월 3.4 兩日, 시내 豐樂劇場에서」	1940.7.26
「朝鮮樂劇團에서 전람회 개최」	1940.7.27
「金蓮實악극단 공연, 來月 5,6일, 長春座에서」	1940.10.13
「극단 阿娘 近日來演」	1940.10.20
「극단 阿娘 , 牡丹江, 일반 軍人會館서 31, 1일 공연」	1940.10.30
「金蓮實악극단, 월 5,6일 長春座, 전원 35명 당당 열연」	1941.11.1

「金蓮實악극단의 국도 공연 대성황」	1940.11.6
「돌연 金蓮實악극단, 극단 老童座 합동 대공연」	1940.11.7
「金姬座와 원앙선 합동 대공연」	1940.11.19
「악극단 金姬座 今夜부터 대공연, 西廣場滿鐵俱樂部서」	1941.1.3
「만도의 팬은 열광, 金姬座 공연 대성황」	1941.1.3
「연기에 유행가에 만장 관중은 도취, 金姬座 제 1일 공연 대성황」	1941.1.4
「金蓮實악극단 3월 來演」	1941.1.17
「金蓮實악극단 全滿순회 대공연」	1941.2.25
「노래와 춤의 프리 마돈나, 金蓮實악극단 全滿 공연」	1941.2.28
「본사사업부 후원, 극단 藝苑座 新京來演」	1941.3.5
「극단 藝苑座 新京 공연」	1941.3.4
「극단 藝苑座 地方 공연」	1941.3.7
「극단 藝苑座 敦化서 공연」	1942.3.16
「朝鮮樂劇團 初日 晝間部 성황」	1940.11.5
「朝鮮樂劇團4월 開原서 공연」	1941.11.7
「극단 青春座 국도에서 공연」	1942.4.9
「半島歌劇團 국도 공연 절박」	1942.4.24
「半島歌劇團入京」	1942.4.26
「城寶樂劇隊 본사 독자에 할인」	1942.6.1
「극단 黃金座 10, 11일 來演」	1942.6.9
「극단 黃金座 국도 공연 대성황」	1942.6.12
「극단 阿娘 국도 공연, 20, 21일 公會堂에서」	1942.7.20
「극단 阿娘 국도 공연 성황」	1942.7.22

〈부록 4〉

1939년 12월, 『만선일보』 「신춘문예현상모집」 1등 당선작 희곡 〈김동한〉(김우석 작) 원본

金東漢

全三幕 · 金寓石 作

第一幕

때 昭和九年九月六日밤

곳 金東漢宅

사람 金東漢

安娜夫人

孫志煥

三宅曹長

거문그림자

舞台 서재겸 응접실. 간단하나마 매우 정결하다. 中央등근테-불을 中心으로 三四脚의 椅子에는 主人을 비롯하야 여러 사람들이 둘러안저잇다. 벽中央에는 만주국地圖와 世界地圖가 걸려잇다. 幕이열리면 四名의 興亞의 勇士들이 슨기잇게 길게 싸호자는 意味로 冷面을 막 먹고난 후다.

三宅曹長 (이마의 땀을 씨스면서)김동한씨는 매운 고추가루를 만히 잡수서서 사람이 고추가치 맵고 의지가 강하야 모든 일에 용맹성이 대단한것이야. 그럿습니까 김공?

孫 참 김선생은 냉면에 고추가루라면 유명하니까요. 그런대 영오생활을 하실때 냉면에 고 추가루가 생각이 나서서 어써케 견듸섯습니까? 하여간 음식 잡수시는대로 김선생의 특증이 나타나요.

金 (우스면서)원 별말슴을 다하시오 내 고추가루 타먹는것이야 대성중학시대부터 유명하 지만 삼택씨야말노 우리들과도 다른대 엥간이 맵게 먹든대요- 그리고 보닉까 삼택씨는 일사보국의 정신이 마음가운지대 섇리가 백인것이요?

三宅 (자기의 이마를 가엽게 싸리면서)동한씨 쏘 내가 젓습니다. 그만시 나도 모지 시럽슨 말에도 지울수가 업구료 허-허-

吉浚 김선생!

金 네?

吉浚 오늘의 감상이 어써하십니까?

三宅 참 오늘의 이러한 조흔 날 김동한씨의 전날의 생활의 일단과 감상을 들어보기로 하지요. 어써하십니까?

金 오즉 감개무량합니다. 로령과 로서아 본국 생활을 약 이십년이나 하여 온 내가 반공의 사상을 품고 여러 동지를 규합하기에 로력하엿다가 봉화를 놉히 들고 가두에 나가서 외치랴 할즈음에 그만 발각이 된 것이외다. 그때의 그 참담한 생활이라니요.

孫 그때 어써케 발각이 되엿서요?

金 당시 우리들의 생각은 반공이라든가 반소운동이라는 것은 도저히 국내 운동만 가지고 는 활발치 못함으로 국외의 유력한 원조가 아니고는 하는 생각으로 중국의 오패부(吳佩孚)장군에게 비

밀히 서신을 보내고 그것만으로도 안될 것 가태서 밀사를 보낸 것이 발각이 되엿서요.

三宅　그럼 그때 조선으로 망명을 하섯든가요?

金　천만에 말슴이지요. 망명이 아니라 종래에 가지고 잇든 사상을 청산하는 한편 국민의 의무로 도라온 것이지요. 말하자면 나도 내 짜뜻한 나라로 도라가서 내 동포를 위하야 내가 죽는 날 까지 내 나라를 위하야 엇써한 일이라도 해야겟다는 것이 그 당시의 굳은 결심이엿스니까요.

三宅　동포라니요?

金　一억만 우리 동포지요. 대일본제국국민말입니다. (사이)지금 생각하면 이십년동안이나 눈먼 생활을 하여 오고 미치광이 생활을 하여온 것이 말업는 가운데 가슴이 압옵니다. 좀 째임 이속하잇드면 나도 당당히 조국을 위하야 제일선에서 싸훈 병사가 안닙니까?

孫　그러나 저는 이러한 생각을 가지고 잇습니다. 지금 김선생이 가지고 게신 의도라든지 다른 모든 정치공작도 제일선에 그것과 조곰도 다름이 업다고 생각합니다. 그러치 안어요 삼택씨.

三宅　네. 물론 나도 동감입니다. 그쁜만 아니라 김동한씨와 가튼 이러한 정치적 두뇌가 명석 하고 욕망성이 게신 분은 제一선의 장사보다도 째로는 더욱 역활이 무겁다고 생각합니다. 하여튼 우리들이 생각하는 이상 김씨는 국가를 생각하는데 대하야 우리들은 머리를 숙이고 감격안이할 수가 업습니다. 고맙습니다. 우리들은 일선동포를 물론하고 이러한 의기와 결심을 가지고 돌진합시다.

吉浚　여러 가지 의미로 보아서 오늘 착수된 우리 협조회(協助會)는 압날의 기대가 퍽 크다고 생각합니다.

三宅　김씨와 가튼 맹호(猛虎)투사가 잇스니까 나는 조곰도 의심치 안습니다. 그곳에 금상첨화격으로 손길 두분이 게십니까.

(一同暫時沉默 上手로부터 安娜夫人이 登場)

安娜夫人　(一同을 바라보면서)오늘 냉면은 맛이 별노 업든데 벌서들 다 잡수섯네.

吉浚　(安娜夫人을 向하야)네! 온 아주머니도. 오늘은 무슨 날인데 냉면이 맛이 업서요.

孫　나는 말국까지 다먹엇습니다.

三宅　참 잘먹엇습니다.

夫人　아니 그러서요? 고맙습니다.

金　(안해에게)여보, 이그릇 다 듸러가고 물이나 좀 가저오시오. 아희들은 다 자우?

夫人　네. 오늘은 퍽 일즉이들 자요. 그런데 - 저 - 문밧게 누구 집을 찻는지 식커먼 사람이 기웃기웃해요. 오늘은 이래 안이 나가시지요?

金　아니.(夫人冷面 그릇을 거두어가지고 退場)

三宅　참, 김동한씨. 우리가 늘 말하는 것이지만 어느곳으로부터 먼저 공작을 시작 하는 것이 효과적일까요?

孫　무엇이요, 귀순공작이요?

金　(의자에서 일어나 만주국 지도압흐로 갓까이 간다)자-보서요, 여기가 백두산 아니예 요, 이 곳으로부터 이리케 도라서 관전(寬佃)이것이 전부 동변도안이에요. 그러니까 우리는 이곳으로부터 출발을 하야지요, 그리고 이쪽 삼강성 지방에도 유력한 만은 공비가 잇지만은 이곳은 순서로 보아서 뒤로 미룰수 밧게 업

습니다.

三宅 하여튼 만주 치안의 대공적인만치 군민일치 대결심이 잇지 안흐면 안이될 것임을 나 도 잘알고 잇습니다. 김공의 이번 가지신 결심에는 만강의 경의를 표하는 동시에 어써한 일이든지 함께 노력을 할 각오를 가지고 잇스니까 필요가 잇다고 하면 나도 얼마든지 협력하겟습니다.

孫 우리들의 일에 만히 힘을 써주서야 합니다.

金 힘보다도 우리가 것는 길의 길동무가 되서야 하지요.

吉浚 그럿습니다. 우리 회의 정신에 빗치여 보아서 무고 량민을 괴롭게 하고 국가사회를 문란케 하는 공비들의 얄미운 근성을 잡아쌔고 선량한 국민이 되도록 귀순공작을 하는 동시에 동만일대의 반도 동포들에게도 새로운 진로를 가르켜주어야 할 것입니다. 김선생은 一九一八년 공산단 거두로서도 큰 결심을 가지고 반공운동을 하엿는데 그자들은 아직도 정신들을 못차리니 매우 한심한 일이야.

三宅 원래 큰인물란 쌔읏름도 속하지마는 장대한 세계관도 소사나오는 법이지요 그러니까 큰인물이란 그다지 용이한 것은 안입니다. 그러면 여러분만이 노력하여 주십쇼.

孫 왜? 벌서 가시렵니까?

金 자 더 안저서 담배나 피우시지요.

三宅 다른 곳에 쏘 볼일이 잇서서요. 실례합니다. (退場)

吉浚 김선생! 선생의 활동한 시기가 도라온 것을 마음으로 깁버합니다. 一九一八년 로서 아 혁명 당시와 가티 그쌔 선생은 쏄스뷔키에 참가하섯지요? 그것을 련상하고 지금 우리-.

金 그럿습니다. 지금 생각하면 무엇쌔문에 왜? 누구를 위하야 엇더한 나라를 위하야 혈 전을 하엿나 하는 생가이 납니다. 당시 토

로츠키파와 매넌파알룩이 맹렬하야 대토벌애 쏫기여 이곳저곳으로 서백리아를 해매일때를 생각하면 졂엇슬때 한 격난으로박게는 아니 생각이 듭니다. 그러나 또 한편으로는 그러한 경험을 가지고 압날의 나의 활동에 한 도움이 될는지 도모를 것입니다.

孫 당시 몸에 탄환까지 바드섯다지요?

金 네, 적백군시대에 허리에 탄환을 바든 일이 잇습니다. 참 무의미한 전장이지요.

吉浚 나는 어느때 가마니 안저서 김선생을 생각할 때 과연 흥아운동의 렬사다 하는 생각이 드러요.

金 내가요?

吉浚 첫재로 사상적으로 철저한 것, 둘재로 실행력 포용성 금전에 담박한 점. 그 외 여러가지 점에 잇서 그러하지 안어요? 지환씨.

孫 나는 선생을 사귄지가 두달박게는 안되지마는 선생의 구든 의지와 사상에 공통되는 점으로부터 어느 때나 선생을 쫏고저 합니다.

金 너무나 과람합니다(사이) 우리는 다른 무엇보다도 흐터저서는 안될 시기이니까 서로 밋고 단결하는데서 우리의 행복을 차저볼수도 잇고 민족적 발전향상을 바랄 수는 잇는 것입니다. 다 공연한 시기와 질투할때가 아니고 손을 마조잡고 건설의 길로 전진한 때라고 봅니다. 물론 아즉까=지 아지 못하는 사람들은 우리들을 가르켜 옛날문자로 친일파라고 부르겟지요. 그런 사람들은 친일이란 문자해석까지 또 모르는 사 람이니까요.

吉浚 물론 만습니다. 간도성만 아드라도 전일의 그 사상이 쑤리가 박힌 곳이 되어서

金 문제는 간단한 것이 아니예요. 카나다 민족과 앵글로색손 민족과의 역사적 실례를 가지고도 알수 잇는 것과 가티 우리 조선민

족은 대화민족과는 떠러저서는 도저히 민족적 발전향상을 바랄 수 업습니다. 그럼으로 우리는 국민화운동을 왕성케 함으로써 조선인 번영 발전에 귀정되며 또 서광이 차저 올것이라고 생각합니다.

孫 그럿습니다. 그러한 점이 선생과의 공통되는 점이올시다.

金 더군다나 우리는 지금 국가적으로 비상시기가 아니예요? 이리한 때에 선게 동포의 각오가 업서가지고는 안될줄 압니다.

吉浚 참 너무 이야기가 장황하엿습니다. 오늘은 퍽 고단하실텐데 손선생 아니 가실테요?

孫 난 김선생의 이야기만 들으면 시간 가는 줄 모르겟드라. 자 그럼 실례합시다.

金 무어 관게치 안습니다. 더 놀다 가시지요- 참 길준씨, 앗가 말슴한 의용군(義勇軍)은 래일부터 착수하시도록 하십시다.

吉浚 네 알겟습니다. (孫吉浚 인사를 마치고 退場)

金 (담배를 피어물고 창으로 연해 하늘을 치여다 본다)그놈의 구름 밉기도 하다. 밝은 달을 구지 막으려고 달려드는구나(夫人나오다가 남편의 중얼거리는 것을 듯고 두손으로 두눈을 가리운다.)

金 (눈을 감긴채로)이게 누군고?

金 (눈을 감긴채로)이게 누군고?

夫人 나예요.(손을씌면서) 무엇을 혼자 중얼거리고 게시우

金 미운 놈이 잇서서, 욕을 한바탕 하엿지.

夫人 미운 놈이요?(疑讶한 눈으로 金을 본다)

金 저놈말이야.

夫人 저놈?(더욱 의심난 눈초리로 남편을 본다.)이놈이라니요?

金 저놈말이요. 저놈(안해의 손을 들어 창밧 하늘을 가르킨다.)

夫人 그것이 무엇이예요.

金　가만이 좀 보구료-. 밝고도 맑은 초가을 달이 나를 보고 반기는 듯 하야 퍽상쾌하게 생각을 하고 잇는데 저놈의 거문 그름이 달을 가려놋는구료. 그래서 내가 몹쓸놈이라고 욕하엿지.

夫人　아이구, 나는 무엇이라구, 엇지나 놀랏는지.

金　놀라?

夫人　아 그럼은요, 밋도 솟도 업시 저놈저놈하닛가 놀라지 안어요?

夫人　아 그럼은요 밋도솟도 업시 저놈저놈하니까 놀라지 안어요?

金　그럼 내가 잘못햇나?(웃는다)그럼 용서하오.

夫人　용서는 또 무슨 용서를 해요.

(金 椅子 안고 夫人도 안는다.)

金　여보 안나!

夫人　네?

金　우리가 결혼한지가 얼마나 되엿소?

夫人　그것은 별안간 왜 무르서요.

金　오늘밤 저 달을 보닛까 이십년전 우리들의 젊어슬 째 생각이 나는구료.

夫人　참 당신을 처음 맛나든 날이 꼭 저런 달 밝은 날이지요.

金　글세, 그때의 생각이 난단말이요.

夫人　그날밤 참 혼낫세요.

金　웨!?

夫人　처음 맛난 사람에게 노래를 하라고 하시니까 그럿치요?

金　참 그랫든가? 그 때 무슨 노래를 하엿든가? 그간 나는 다 이젓는데 당신은 그런 것을 다 기억을 하고 잇소? 그러니까 내머리보다는 안나의 머리가 더 조크마그래.

夫人　여보, 당신이 만약 그런 것 저런 것 조고마한 것을 생각하고 잇스면 당신의 일흠조차 옴길 사람이 업슬게요.

金　웨?!

夫人　당신은 나나 어린것들을 생각하는 마음보다도 큰 리상을 가진 사람이니까 그럿치요?

金　자 – 그럼 그런 말은 그만 둡시다. 가정에서는 단 한시라도 가정의 자미도 잇서야지, 그런데 참 그때 부르든 노래는 무슨 노래이엿든가?

夫人　운명.

金　운명 – 운명이란 노래엿든가?

夫人　그노래가 제일 듯기조타고 하시지 안엇서요?

金　기억업서, 여보, 안나, 오늘은 나에게 잇서서 가장 의의잇는 출발을 하는 날인데 그럼 노래나 한마듸 더 들려주구료.

夫人　내가 지금 노래를 하다니요? 그 시절의 고흔 목소리가 그저 남아잇는줄 알고 그러서요. 이제는 목소리가 사람보다 더 늙엇서요. 내 노래를 드르시면 실망하시게요. 나는 실혀요.

金　나는 그 늙은 목소리가 듯고 십다는 말이요, 십오륙년전의 당신의 그 고흔 목소리를 듯 는 것 보다도 내가 그간 얼마나 모진 세파에 부다치게 하엿나 하는 생각을 할 때 다시 한번 생각되는 것이 있단 말이요. 그 때의 당신의 노래는 풋정열의 풋기운을 도두워주었지마는 지금의 당신의 노래를 듯는다면 울분의 힘이 용소슴칠 것이요. 안나– 알겟소?

(담배를 피여문다)

(夫人 가는 목소리로 노래를 시작한다.)

(거문그림자 창에 어린거린다. 夫人 노래를 긋치고 남편에게로 달려간다.

金뒷포켓트에서 拳統을 쓰내든다.)

金 누구냐? (나가랴 한다.)

夫人 나가지 마서요.(金을 막는다.)

거문그림자 나다.(창으로 무엇인지 던진다.) 또 맛나자.

金 (창으로부터 드러온 조희를 펴본다)金正國 나는 김정국이다. 네 생명을 사랑하거든 어린 애들과 가튼 병정 작란은 지버치여라. 충고다- 김정국! 김정국!

(쒸어나가랴 한다. 안해 가루 막는다.)

-가만이 막-

第二幕

때 昭和十二年二月 어느날

곳 東변道某出中匪首의 家

사람 金東漢

匪首

玲蘭 (匪首의 妾)

素桂 (玲蘭의 下女)

部下 A

同 B

同 C

同 D

外多數

舞台 匪首의 妾의 寢室인것을 華麗한 裝飾으로 알 수 잇다. 넓은 방안을 半쯤 應接室兼用으로 만드러노코 방안 中央테블에는 阿片빠는 器具가 노혀잇다. 막이 열리면 素桂는 蓄音機를 틀고 잇다. (馬連良吹老生 借東風)

匪首 (쏘파에서 벌썩 이러나 기지개를 켠다) 아-아- 이해도 몃날이 아니가면 새해로구나.

玲蘭 내 - 쏙 여드레 나멋서요-. 그전 시절 가트면 지금쯤은 명절 준비를 한다고 법석일터인데(한숨을 쉰다)

匪首 나날이 세상이 밝어가니까 무어 마음대로 되야지

玲蘭 만주국의 경찰이 나날이 엄하여 간다지요?

匪首 엄하고 말구, 그전 가트면 현은커녕 대도회지에까지도 무상 출입을 하엿는데 이제는 촌에 드러가기 극난이란 말야

玲蘭 참 큰일낫서요.

匪首 그놈의 세상. 살때까지 살어보지.

玲蘭 그러나 장군께서 잇다금 낫체 근심하시는 빗치 써오를 때에는 첩의 마음이 캄캄하여 오는 것 가태요-(눈물이 어린다.)

匪首 영란아!

玲蘭 네?

匪首 너? 눈물을 흘리는구나?

玲蘭 아니요(억지로 우슴을 씌운다.)

匪首 한때 우리는 퍽 행복스러운 때도 잇섯지? 내 호령 한마디에 천여명의 부하가 움지기여서 조금도 부족함이 업시 내 마음대로 행동을 하여 왓다. 삼국시절의 어써한 장군의 세력보다도 써러지지 안튼 영웅이엿다. 그러든 나도 이제는 때가 진한 것 가튼 생각이 업는 것은 아니지만 그러나 그러타고 네가 나를 보고 울

만한 그런 처지에는 일으지 아니하엿스니까. 념려마라라. 대장부 아페서 조고마한 녀자가 눈물을 좔좔 흘리면 장부의 압길을 어두 웁게 맨드는 것이야. 그러치 안은가?

玲蘭　장군님, 잘못하엿습니다. 무슨 그런 캄쑥한 생각을 가지고 그리한 것이 아니오라 내 답답을 내가 못이기어서 눈물이 어린 것이예요(素桂에게) 얘, 소계야, 인제 그만 틀고 너는 나가 있거라 응.

素桂　네(退場)

玲蘭　장군의 마음을 어지럽게 하야서 죄송합니다. 용서하서요.

匪首　영란아, 너는 무슨 말을 그리하노, 자 저리 가서 한 대 쌜까?(캉에 가서 눕는다)

玲蘭　(阿片器具와 대를 갓다 캉에 노으며 여페 누어서 阿片을 고기 시작한다.) 요새 아편은 품질이 그리 조치 못해요.

匪首　그나마도 손에 드러오는 것이 다행이지.

玲蘭　네, 참 그래요. 아편취체가 굉장히 심하다는군요.

匪首　그야 아편취체쁜인가? 만주국은 왕도락토이니까 국민에게 해된다는 것은 무엇이든지 근절 식힐것이지. 생각하면 그릇된 생각은 아니란말이야(玲蘭에게서 대를 바더보기 조케 싼다.) (이때 노크소리가 들린다.)

玲蘭　(門을 向하야)누구야?

部下B　(門박게서)나예요.吳文秀입니다. 손님이 오섯습니다.

玲蘭　드러와-

部下B　네(드러와 軍隊式敬禮를 한다음 名銜을 玲蘭에게 傳한다.)

玲蘭　김동한?(다시 名銜을 匪首에게 傳하며) 장군님 이분 아서요?

部下B　네.(다시 敬禮를 하고 나간다.)

匪首　(누은채로 바라보드니 瞬間 무슨 생각을 하다가)드러오시라고

그래.(나간다.)

金東漢 (드러오면서)두분이 자미있게 게신데 미안합니다.

匪首 (일어나면서)무어 괜찬소이다.

金 참 일전에는 대단이 실레를 하엿습니다.

匪首 천만에, 내가 도리혀(玲蘭에게)차 좀 짜르지.

玲蘭 네(退場)

匪首 오늘은 어써케 홀로 이러케 내집짜지- 그런데 내집은 어찌 아섯나요?

金 로정의 안내로 왓습니다.

匪首 참 로정은 어느쌔부터 아시든가요.

金 내가 로서아에 잇슬쌔부터입니다.

匪首 그사람도 한쌔는 사회주의자로 일흠을 날리든 사람이드니.

金 나와 함께 볼스뷔-키엿섯지요.

匪首 당신도요?

金 네, 그러나 조곰도 놀랄 것은 업습니다. 그쌔는 내나이 절머서 국가사상이라든가 민족관념이 박약한 쌔엿스니까. 잠시 세게사조에 물드럿섯슬뿐이지요.

匪首 그럼 요새말로 사상전환을 한것인가요?

金 보다도 그들의 말하는 공산주의라든가 사회주의라는 것은 세게의 평화라든가 인류의 행복을 파괴시키는데 다른 아무것도 업다는 것을 쌔다른 짜닭입니다.

匪首 그러치마는 로서아란 나라는 빈부의 차이가 업고 게급이 업시 국민전체가 행복스러운 생활을 하고 잇다는데요.

金 요컨대 그것입니다. 직접 그나라에 가서 얼마간 잇서가지고 생활하여보지도 못하고 전하 는 말이나 공산주의 선전문만으로 밋는다는 것은 그릇된 생각이라고 밋습니다. 국민들도 배를 주

리고 입을 때 옷을 입지 못하며 심지어 오락까지도 자기 마음대로 질길수 업는 곳입니다. 그것이 행복입니까?

匪首 호-그래요?

金 로서아 생활 二十년이나 가까이 한 내가 지금 그 이야기를 한다면 별별 참담한 일도 만엇 고 또 분한 일도 한두번이 아니엇습니다. 그때에 나는 여러번 주먹을 쥐고 반소의 불길이 타올랏섯습니다. 그것이 겨우 오늘날에 와서 차차 실현성이 잇게 되엇습니다. 나는 우리들 아세아 민족이 단결하여가지고 하로라도 속히 실현하고 십습니다.

匪首 (素桂에게)무엇을 듯고 잇니? 어서 나가-

(素桂退場)

金 참 일전에도 풍락려관에서 말슴을 하엿지만는 그후 충분히 생각을 하섯나요?

匪首 멧칠 더 생각해야 겟습니다. 원래 만흔 부하를 다리고 지금까지 끄을고 오는 만큼 그들의 압날의 생활방도도 생각하여 주어야 할 것이 아닙니까? 그쁜만 아니라 나라의 압날의 일도 다시 연구할 필요도 잇고-.

金 물론 그럿켓지요. 그러나 나는 이러한 생각을 하고 잇습니다. 만일 차일피일하다가는 기회를 놋칩니다. 지금이 가장 조흔 기회인줄 아르십시요.

匪首 그리다가 기회를 노치면 산중에서 살든 사람들이.

金 나는 그 산중에서 산다는 말을 의심합니다. 누가 당신들에게 산중에서 살라고 그냥 두나 요? 멧십년 산중에서 누구를 괴롭게 하엿든지 뜨더머고 산아왓스니까 압흐로 몃십년이라도 넉넉이

살어가시겟지라는 생각을 가저서는 안됩니다. 이 산중이란 어느 나라 산중인줄을 몰라서는 안됩니다.

匪首　아니 그래 어써란말이요(노란 눈초리로 김을 분다.)

金　어써란말이 아니라 우리들은 가튼 만주쌍에서 사는 사람이 아닙니까?

匪首　나는 귀순할 수 업소. 마음대로 하시오. 당신이 나를 타일르는 말이요?

金　(담배를 한 대 피여물면서)그런데 내가 무슨 당신께 노하시게 할만한 말은 한 기억이 업 는데 노하시니 퍽 유감입니다. 내가 아까 말슴한 조흔 기회이니 이 기회를 일치 안으시는 것이 조타는 말은 당연이 나로써 할 말입니다. 왜 그리냐 하면 장군도 아다십히 일본군대나 만주국 둔대가 이 산중에 당신들이 웅거하야 잇는 줄을 모르는 것도 아니요. 또 무서워서 토벌을 시작하지 안는 것도 아닌 것만큼은 장군도 잘 아실 것이 아니겟습니까?

匪首　아-그러면 무엇째문이요.

金　만주국의 리상이란 왕도락토입니다. 그러면 그 근본 정신에 비치여가지고 설령 반만 행위 를 하고 량민을 괴롭게 하는 무리들이 잇다고 하드라도 그리한 사상을 가진 사람들에게 권하고 타일러서 과거의 그릇된 사상을 뉘읏처가지고 진실한 만주국국민이 되기를 히망하는 데 잇는 것입니다.

匪首　그럼 결국 귀순을 아니 한다면?

金　장군! 나를 위해서 귀순을 하라는 줄 아시요?귀순을 아니하고 숫숫내 벗틔면 만주국이 당 신네들 무서워할줄 아시요? 또 그럿치 안으면 당신네들이 생각하는 바와 가티 만주국이 머지 안어서 쓸어질줄 아시오. 지금 만주건국 만 오년입니다. 물론 내가 말슴 아니하여도 신문으로 잘 아시겟지요. 국내 치정이 얼마나

활발합니까. 민생에 잇서서나 치안 경제 산업 교통 사법 외교 등 각 부문에 잇서서 기성 국가에 대비하야 조고마한 손색이 업지 아니합니다. 아마 장군이 지금 예전 장춘인 신경을 가보신다면 깜짝 놀랄것입니다. 그러나 그리한것도 소소한 문제입니다. 그 보다도 더 깜짝 놀라실것이 만습니다.

匪首 그래 무엇이 또 더 놀랠 일이 잇단 말이요-

金 만주국민들의 생활들입니다. 지나간 날의 군벌시대의 민중의 생활에 비하야 얼마나 윤택 하고 행복스러운 생활을 하고 잇는지 모르시겠지요. 다른 것은 다 그만두드라도 로동자들의 하로 임금 최고 사오원부터 최하 일원 평균이요. 양차 마차부가 최고 십이삼원으로부터 최하 삼사원을 법니다. 거리에는 라디오와 축음기소리로 찻고 극장과 활동사진관에는 만원으로 드러갈 수 업습니다. 관관은 오전에 예약을 하지 안으면 자리도 업고 돈을 아모리 가지고 잇다 하드래도 자동차 어더 타기가 곤란합니다. 이만큼 발전에 발전을 것 고 잇는 만주국이니 민중의 생활이 자연 윤택하여 질것입니다.

匪首 그러기에 내가 어듸 만주국이 납부다는 것이요. 그리고 좀 생각해보겟다는 것이지.

金 물론 그러실줄 압니다. 더욱이 원래 큰 포부와 아량이 계신 분이니까 천여명 부하를 거느 리고 게시지 그러니까 나는 이런 생각을 가지고 잇습니다. 장군과 가튼 대인물이 하루라도 속히 만주국에 귀순을 하셔서 홍아운동의 투사가 되어 동아의 신건설에 큰 힘을 써주섯스면 하는-

匪首 내가 뭐(만족한드시 웃는다)

金 만일에 이 기회에 장군이 쾌이 귀순의 의사를 표시하신다면 일전의 이야기는 곳 군에 보고를 하야 부하 한사람에 밋치기까지

의 주선은 내가 하겟습니다.

匪首 그러면 그 조건대로 말이요?

金 무슨 말슴입니까. 나도 뜻잇고 피잇는 남자입니다.

匪首 네, 알겟소이다. 그럼 잠간만 이 자리를 피하여 주시오(밧글 향하야)아모도 업느냐

部下A (드러와 경례를 한다)부르섯습니까?

匪首 응-(金을 가르키며) 이분 뒤 응접실에 모서라

部下A 네(경례한후 金을 안내한다.)

玲蘭 (드러온다.) 손님, 가섯서요?

匪首 (玲蘭의 말엔 대답도 안코 쏘파에 무겁게 안저버린다.)나에게 우이스키 한잔 갓다가주렴

玲蘭 (화장대 압헤 노인 양주병에서 술을 싸른다)웨 어대가 편치 안으서요.

匪首 아-니-(마신다)한잔 더-

玲蘭 (다시 한잔술을 싸른다)

部下A (드러온다. 경례를 한후)모섯습니다.

匪首 응 -나가(A 머뭇머뭇한다)나가라니까.

部下A 저 장군님쎄 잠간 말슴이 잇서서 그리하옵는데.

匪首 응! 그래 무엇?

部下A 오늘이 음력으로 섣달스므날이올시다.

匪首 응, 그래서

部下A 여러 사람들이 모다 돈을 쓰겟다고 그래서요

玲蘭 (쏘는 소리로)어련이 줄나고 - 그래 지금 재촉을 하는 모양들이야?

部下A 아니올시다. 재촉이 아니라 요새는 너무도 돈구경하기가 어려워서요. 그래서 그럿습니다.

匪首　응- 그래, 그럼 나가잇서. 부를때까지.

部下A　네(절하고 나간다)

玲蘭　(술을 비수에게 권한다.)드세요.

匪首　(술을 바다 마신다)영란 내 엽흐로 와 안저라.

玲蘭　(가만이 엽헤 안는다.)

匪首　영란아- 너 十八세기의 영웅 나폴레온이라는 사람의 일흠을 드러본 일이 잇니.

玲蘭　저는 모르겟서요.

匪首　몰라? 몰라 - 그럼 그건 그만두고 너 그럼 리장군은 아니?

玲蘭　대감을 모르면 어써케 하게요.

匪首　너는 나를 밋니? 아니밋니?

玲蘭　별안간 그건 무슨 말슴이서요.

匪首　나는 지금 큰 결심을 한 것이 잇는데 네가 만일 미더준다면 말을 하지만 밋지 아니한다면 말을 안할테다.

玲蘭　장군님의 처분대로 하시오.

匪首　애 - 나는 지금부터 이 산중 생활을 그만 두랴고 한다.

玲蘭　네?(놀란다)정말이십니까?

匪首　응-(잠시 두 사람이 다가티 침묵)나도 대로에서 활개를 치고 것고 십허서 지금 이르러서는 다시 엇기 어려운 조흔 기회가 온김에.

玲蘭　(운다)

匪首　애- 영란아 너는 왜 우니 응?

玲蘭　나도 아지 못하게 눈물이 나와요. 너무나 반가운 눈물가태요(운다)

匪首　자 눈물을 씨서라. 그럼 너도 그 말이 반갑다는 말이로구나(玲蘭을 삭 긴다)영란아- 나가서 여러 사람을 불러라.

玲蘭　네(눈물을 씩고 나간다)(조곰 잇다가 十餘明 몰려드러온다.)

匪首　一대대에 대표 한명식. 그 외에는 나가라. 제일 대대장 각대를 합하야 현재 병정이 얼마냐 部下C 전원 一천五십명입니다.

匪首　오늘 제군을 이 자리에 모은 것은 다름이 아니라 내가 이번에 굿게 생각한바가 잇서서 지금까지의 우리의 생활을 청산하여가지고 우리도 당당한 국가의 국민으로써 이 책임을 하겟다는 결심을 가지고 압흐로 나갈터이니까 지금까지 나와 행동을 하여오는 제군들도 그리 알고 조곰도 실망과 의심을 품지 말고 국민된 의무를 다하여 주기를 바라는 바이 요(이때 멀리서 요란한 총소리가 들린다.)

部下　(급히 뛰여드러와) 장군! 큰일 낫습니다. 토벌대의 습격입니다. 항전할까요?

匪首　그럼 너이들은 나가 준비를 하고 너는(부하A에게) 앗까의 김을 다리고 오너라.(部下一同退場)

金　(部下A에게 安內되야 드러온다)일은 잘되엿습니까.

匪首　김 당신은 거짓말을 하지 아니하엿소? 저 총소리가 아니 들리시오? 응?

玲蘭　(눈을 가리우고 쏘파에 쓰러진다.)

金　허허허- 이 총소리는 나의 작란이외다. 앗까 말한바와 가티 일본군대나 만주국 군대는 비적들을 무서워하지 안는다는 증거입니다(총소리 업서진다.)

金　자, 장군 동아의 평화를 위하야 굿게 악수를 합시다.(兩人의 힘잇는 악수)

- 가만이 幕 -

第三幕

때 昭和十二年十二月初旬

곳 家

인물 金東漢

安娜夫人

仙女(金의 딸)

金東駿(金의 동생)

金鬆烈

洞裏老婆

电报配达夫

舞台 第一幕과 갓다. 多少다른 것은 테-불여페 스토-부와 旅行具가 이곳저곳 널려잇는 것이다. 막이 열리면 안나부인 房을 扫除를 하고 잇다.

老婆 (上手로부터 나오면서)온 애어머니가 사랑에 게신 것을 그리 차저다녓구만 방을 치고 게십니까?

夫人 오섯서요? 좀 안저시지요-

老婆 무어 안질사이가 잇나요. 삿타구니에서 회오리 바람소리가 나게 일을 하여도 늘 이모양인 데요. 나는 일이 천엽에 쫑싸듯이 만타우, 그런대 참 일전에는 옷가지를 주서서 엇지나 고마우신지. 업는 사람들에게 옷가지란 여간 고마운 것이 아니랍니다.

夫人 무어 별말슴을 다하십니다. 잇스면 서로 난호아 입지요 무어.

老婆 아이그, 그 마음씨도- 그러나 세상 사람들이 그러케 마음쓰는 사람들이 백에 하나나 잇는 줄 아시오? 그저 이 댁은 별난 댁이

되어서 내외분이 더업는 사람이라 보고 구차한 사람에게 동정을 하시지 그러기에 이 동리에서는 소문이 자자하다우. 무어 댁에 나리는 가씀 몃백명식 도적놈들을 살게 하야 주신다지요? 우리 집 경삼이란 놈이 신문에 굉장이 낫다 구 하드구면요. 그 정말입니까?

夫人　네- 네- 저 비적들을 귀순식히신 신문기사말이지요.

老婆　글세 내가 압니까. 비적인지 누름적인지 모다 무서운 도적들이라구 그리든구료. 그런 조흔 일을 하러 다니시느라구 늘 와도 못 뵈옵겟서. 요새도 어데 가 게신가요?

夫人　어제 도라오섯습니다. 아마 몃칠 아니 게시다가 또 북만으로 가실 것 갓습니다.

老婆　오라- 저 북만주말이죠 - 그럿쵸. 그런 곳에는 산도 잇고 하니까 흉한 도적놈들이 잇슬것 이지요. 무어 또 세게 각국 말슴을 다하신다구 엇쨋든 재조는 비상한 량반이시여 - 세상이 이러니까 그럿치 그전가트면 훈련대장이 아니겟소?

夫人　……

老婆　아차차(혀를 차면서) 이 늙은것의 정신 좀 보아, 정말 말할 이야기는 쑥 쌔버리고 잔소리만 냅다 쏘다노앗네. 그런대 참 애기 어머니 내가 청이 잇서서 왓는데

夫人　네 말슴하서요.

老婆　다름이 아니라 억이지 안코 다새만에 가다가 드릴께. 돈 이원만 쭈여주시구료. 조금도 실기를 하지 안을터이니 이거 참 염체업소, 애기 어머니.

夫人　쭈기는 무얼 쭈어드립니까(포켓에서 돈을 끄집어 내면서)자 갓다가 쓰서요. 요사이는 주인도 도라오시고 해서 다소 여유가 잇스니까-.

老婆 원 천만에 말슴이시지- 그리면 되나요. 어쩌튼 아기 어머니는 썩 복바들분이야. 도모지 이곳에 오신지 몃년해지만 누구에게나 인정스러워, 그럼 자. 몃칠후에 돌려보내리라.

夫人 좀 더 놀다가서요.

老婆 에그, 더 놀사이가 잇나. 지금도 빨래가다가 겨우 빠저나왓는데-(가랴고 한다.)

夫人 저 마나님.

老婆 내가 밤간에 퍽 이상한 꿈을 꾸엇서요. 그래 하두 이상해서.

老婆 그야 부자될 꿈을 꾸섯겟지. 그래 무슨 꿈을 꾸섯단 말이요.

夫人 큰 산길이라고 하는대 썩 길이 한길이여요. 인제 우리집 어른하고 그 외 세사람이 그 산 길을 지나가서 비적의 두목을 맛나러 가는 길인듯한대 길중도에서 물건할러 다닌다고 하는 상인들과 옥신각신 말시비가 되어서 쌈이 시작되엿는데 그중 한놈이 큰 쇠뭉치로 우리집 어른의 골을 치니까 그 자리에 피가 쏘다지는데 나는 엇지나 놀랏는지 달리어가서 부 둥켜줘고 한참 울다가 깨엇서요 - 대체 그것이 무슨 꿈일까요?

老婆 에이그. 여보, 흉즉길이라오. 당신네와 가튼 복바들 분에게 무슨 화가 잇슬 리가 잇겟소?

夫人 그리나 언제든지 마음이 노이지를 안어요. 늘 산길을 것는 이가 되어서.

東駿 (드러오면서)형님 안드러오섯습니까?

夫人 아마 곳 드러오시겟지요. 회사 사무실에 갓다가 오신다고 하섯는데.

老婆 자 그럼 나는 가오 - 그저 꿈은 흉몽이 길몽이니까 아모 염려 마시오.(退場)

東駿 왜 무슨 꿈을 꾸섯서요?

夫人　아니에요, 형님이 피를 흘리는 꿈을 보아노아서.

東駿　참 형님은 늘 위험지대를 다니시니까 언제나 마음이 노이지를 아니합니다. 물론 형님의 말슴이 나의 일신은 국가에 바친 몸이니까 어느 때 어 떠케 죽든지 국가를 위하야 죽으면 만족하다구는 하시나 남아잇는 가족들의 생각은 조금도 아니하시니까.

夫人　네, 그래요, 사생활에는 여간 무관심이 아니서요. 여짓것 자기는 백미밥을 잘 아니 자시는 성미시니까요. 도대체 그이는 돈이란 모르는 분이에요.

東駿　글세, 지나간 해의 이천五백원을 주고 쌍을 사노코 형님께 그 이야기를 하엿드니 나는 장 사치가 아니니까 도로 무르라고 하서서 그 이듬해에 팔어도 五활은 남어남길. 쌍도 무르지 아니 하엿서요. 하여간 그때에는 형님의 승낙도 아니밧고 독단이 한 것이 잘못이엿스니까.

夫人　그래요, 언제나 그이는 그래요, 너무도 금전에 담박하여요.

東駿　참 히선(熙善 金의 長男)이에게서는 편지가 옵니까?

夫人　네 늘 옵니다. 매우 공부를 열심히 하는 것 가태요.

東駿　후년이면 농학사가 되어서 도라오겟군요. 학비에도 매우 곤난을 당하드니.

(이때 電報配達夫 登場)

(전보에요. 여기 김동한씨라구 게시우)

夫人　네, 게서요(電報를 밧는다.)

東駿　어세더 왓서요?

夫人　『자무스』에서 왓는데요.

東駿　삼강성 자무스요. 또 귀순공작이겟지요.

夫人　이번 길만은 그만두섯스면 조켓는데, 왜 그런지 공연이 마음이 두군거리여요.

東漢　(군복을 입고 활발한 거름거리로 드러온다)오-동준이 왓늬? 날이 매우 싸늘하다. 그래 다들 잘들 잇니?

夫人　시장하시지 안흐서요? 냉면이라도 시킬까요?

東漢　참 냉면이나 식혀오구료. 고추가루 좀 만이 가지고 오라고 하시오 응?

夫人　네(退場)

東駿　형님, 삼강성 자무스에서 전보가 왓서요.

東漢　전보? 어데(電報를 써여 속으로 읽는다) 오늘이 몃칠?

東駿　十二月二日입니다.

東漢　그럼 오늘안으로 써나야겟군.

東駿　어데로 가시는데요.

東漢　이번에는 의란현에 반거하는 유력한 공비들에게 귀순공작을 하여야 할터이니까.

東駿　형님 형님은 늘 위험을 무릅쓰시고 공병비들의 귀순공작을 하시느라고 산간벽지에를 다니 시니 혹 만일을 생각하시드라도 생명보험이라도 드러노십소그려. 오늘 아주머니께서도 사생활에는 너무도 무관심하다고 하시든데.

東漢　생명보험? 나에게 생명보험이 필요할리가 업다. 나의 사리를 취하여서 내몸을 구가에 밧 친다는 것은 위로 천황폐하께 불충성하고 아래로 일반 동포들을 기만하는 것이다. 그런 조고마한 생각은 할 필요도 업다. 나의 생명이라든가 가족들의 보호는 국가에서 책임저줄 것이다.

東駿　잘못하엿습니다.

東漢　잘못할것이 업지마는 너도 내가 어써한 사상을 가지고 어써한

일을 하고 잇다는 것을 이 저서는 아니된다. 왕왕 여러 사람들은 나를 오해하는 일이만타. 그러나 나는 어느째에나 의라고 하는 것은 무게이고 명이라고 하는 것은 기게시하고 잇다. 사람이란 어써케 죽어야 된다는 것을 이저서는 안된다. 지금은 정히 국가가 위기에 처하야 잇는 째이다. 북지에서는 벌서 우리들의 형제가 피를 흘리고 잇다. 소만국경은 어느째나 불안한 상태에 잠기여 잇는 것이다. 개인의 생명을 앗기는 곳에 국가의 안대가 업는 것이다. 그러한 의미로 나는 어느째 어느 곳에서나 국가를 위하야 쓰러진다고 하면 그 외의 만족이 업다. ○○것이 내가 로령을 싸저나온후 지금까지 가지고 잇는 구든 의지의 전부이다. 만주국 오족협화의 왕도낙토의 만주국 이리한 리상국가에 치안을 괴란하고 잇는 그들에게 귀순공작을 하다가 그 들의 손에 쓰러진다고 하드라도 나의 뒤에는 또 반드시 또동한이가 출현하 야 나의 일을 게승하여줄것이라고 밋는다(담배를 피여문다)

東駿　그간 형님이 귀순시킨것도 멧천명이나 되지요?

東漢　그야 얼마되지, 또 설영 멧천명, 멧만명의 귀순자를 보앗드라도 나의 생각은 최후의 일인까지 내손으로 귀순시켜보겟다는 결심을 가지고 잇스니까.

東駿　네, 잘알겟습니다.(이째 安娜夫人登場)

夫人　냉면 곳 가지고 온다고 그래요(생각나는드시) 참 아까 전보가 왓든데요. 보셧서요?

東漢　응, 보앗서.

東駿　(벌적 이러나면서)오늘 써나서요? 그럼 이싸 또 오겟습니다.(退場)

夫人　오늘 오대 가서요?

東漢　응-

夫人　어대를 또 가서요.

東漢　나는 가정인이 아니니까 남자는 남자의 볼일을 보러 밧그로 나가는 것이 당연하지 안소?

夫人　(暫時沉默)

東漢　(트렁크를 들어 안의 물건을 정리한다)아마 이번에 갓다 오면 당분간은 안나갈 것도 갓소.

夫人　꼭 가서야만 될일이예요.

東漢　전날에는 그러지안트니 오늘은 웨 작고 무러보오.

夫人　엇전지 작고 뭇고십허요.

東漢　그것 참 별일이요.

夫人　마음이 이상하고 가슴이 울렁거려서 무슨 일이 생길 듯 생길 듯한 생각이 나요.

東漢　(우스며)별 생각을 다하고 잇소.

夫人　이번만은 가시는 길을 중지하시엿스면 조켓서요.

東漢　그런 쓸데업는 말은 그만두오. 당신조차 내가 하는 일을 리해못한단 말이요?

夫人　아니에요. 왜 내가 당신의 하시는 일을 리해못해요.

東漢　그런데 왜?

夫人　요사이 너무도 꿈자리가 사나워서 이번 길은 엇전지 가시지 안으시는 것이 조흘 것 가태서 그래요.

東漢　꿈(우스면서)그래. 꿈이 엇쌔단말이요.

夫人　말하기에도 끔찍끔찍해요. 어쟷든 이번 길은 중지를 하시든지 시일을 물리시든지 하서요. 내가 어느째 이런 말슴을 올린 째가 잇서요 네?

東漢　안돼. 내가 할 일은 꼭 하고야마는 내 성미를 모르오? 그리고 아까 동준에게도 말을 하엿 지마는 시물리해서 생명이 업서진다

고 하드라도 그것은 벌서 내가 처음뜻을 갓게 될째 각오한 일이니까 지금 새삼스럽게 생명에 애착을 두고 중대한 일을 회피하거나 연기할 수는 업는 것이오. 남아나가서 국가사회를 위하야 자긔를 희생하는 것은 맛당하다고 생각하오. 그리고 지금 나의 몸은 군인의 몸이 아니요, 만약에 당신이 그런 말을 작고 들리여주고 나의 장도를 막을려고 한다면 군인의 안해가 될 자격이 업다고 생각하오, 알아듯겟소?

夫人　(눈물 씨스면서 가만이)네-. 알겟습니다. 가세요. 공연한 말슴을 하여서 마음을 괴롭게 하여드렷습니다. 용서하여주서요.

東漢　(우스며) 안나.

夫人　네?

東漢　국수가 웬일일까.

夫人　에이 참, 슬떼업는 말을 하느라고 느젓습니다. 또 한번 가볼까요?

(이때 문박게서 노크소리 들린다.)

金鬆烈　(부인에게)부인 안녕하십니까?(金에게) 좀 일즉이 온다는 것이 느젓습니다. 저 자무스에서 젼보안왓서요?

東漢　왓서요. 오늘 써날작정입니다.

金　내게도 고수대위로부터 왓습니다. 오늘 써나서요? 그럼 함께 써나시지요. 그런데 이번 공작은 다소 난관입니다. 김정국이란 악질 공비이니까.

夫人　김정국이요?(놀란다)

金　네- 이 간도에도 잇섯든 일이 잇죠.

東漢　무얼 전들 별수 잇슬 까(웃는다)

夫人　여보. 저 김정국이란 그 어느때인가 저들 창으로(말을 다하지 못하고 슨는다) (이때 냉면 배달의 목소리가 안쪽에서 들린다.)

東漢　여보, 냉면장사가 왓나보오, 어서 드러가보오.

金　(일어나며) 그럼 잇다가 정거장에서 만납시다.

夫人　웨그리서요. 냉면이나 잡숫고 가시지요.

金　아니요. 지금 나도 먹고 오는 길입니다. 어서들 잡수서요, 자 실례합니다. (金退場,夫人안으로부터 냉면을 가지고 나온다. 어린애도 따라나온다)

夫人　(애기에게)너는 드러가서 놀아라 응? 어서.

東漢　가만 두구료. 선녀야 이리온.

仙女　아버지, 나도 냉면 먹어?

東漢　그래,, 너두 먹어라, 아버지하고 먹자응? 냉면 먹고 어머니 말 잘 드러야 한다. 그래야 아버지가 저 먼대 갓다올제 조흔 과자 사다 준다 응?

夫人　(남편에게)어서 풀어지기 전에 잡수서요.

仙女　아버지, 아버지 또 어대가우?

夫人　그래, 아버지는 또 오늘 저 먼대 가신단다.

仙女　아버지 가지 말어. 아버지 먼대 가면 어머니 울어.

夫人　선녀야, 잠자코 잇서(눈에 눈물이 어린다.)

仙女　나는 도적놈이 제일 무서워

東漢　(저를 들어 냉면을 먹으려다가)여보 안나

夫人　네?

東漢　이번에는 썩 열흘안으로 도라올터이니까 아모 념려 말구 어린 것들 다리고 잘 잇소 응?

夫人　어서 조와하시는 냉면이나 잡수서요

仙女　아버지 냉면 안먹어?

東漢 그래, 아버지는 아까 만이 먹엇스니까 안먹는다. 네 어머니하고 만이 먹어라 응, 선녀야

仙女 네(저를 들고 의자에 걸터안는다.)

夫人 왜그러셔요, 떠나가시겟서요?

東漢 응, 나가다가 만날 사람도 잇고 해서 어련할 것은 아니지만은 어린 애들 다리고 부디 몸성히 잇소.

夫人 집에 걱정은 마서요 … 여보…

東漢 응?

夫人 이번 길은 각별이 주의를 하서요(눈물 석긴 눈에 억지로 우슴을 씌우면서) 난 공연히 가슴이 쒸여서

東漢 공연한 근심 말고 자 안심하고 기다리우.

仙女 아버지 속 얼른 도라오서요.

東漢 오냐(트랑크를 간단이 차리고 들어본다)

夫人 좀 이야기 더하시다가 가서요.

東漢 차시간이 닥처오는데 가야지.

夫人 (머리를 숙이고 아무말이 업다)

東漢 (트랑크를 들고 문엽헤까지 나온다)안나-.십이월열흘안으로 도라올께. 그러케 알고 기다리우응?

夫人 네-.(仙女에게)선녀야. 아버니한테 인사해

仙女 (의자에서 나리여 金에게 경례를 한다)아버지 속히 도라오시요 네?

東漢 오냐-(仙女를 번쩍 들어 두볼에 입을 맛친다)여보 안나(손을 잡는다)속 기다려주우 응?

(문으로 나가버린다. 부인 멍하니 문을 열고 김의 가는 뒷모양을 도라본다)

仙女　　어머니, 냉면 안먹어?

夫人　　응-(울음석긴 어조로)네나 어서 먹어라.

(仙女 냉면 먹는 소리뿐 방안은 고요하다) 선녀야- 선녀야- 이 캄캄한 밤을 어써케 새운단말이냐. (멀리 기차소리 들린다)

-가만이 막-

찾/아/보/기

이 복 실(李福實 Li, FuShi)

- 1983년 중국 헤이룽장성黑龙江省에서 출생.
- 2006년 6월 중국 연변대학교 조선언어문학 학부 졸업.
- 2009년 2월 한국 숭실대학교 문예창작학과 문학석사학위 취득.
- 2018년 2월 한국 고려대학교 국어국문학과 문학박사학위 취득.
- 주요 논문으로 「'만주국'신극 언어의 표현감각-'다퉁극단大同劇團'의 공연작품을 중심으로」(2017), 「만주국의 라디오 방송과 이동하는 미디어-방송자동차의 1차 순회 활동을 중심으로」(2018), 「일제 말기 만주 조선인 아동극에 대한 고찰-『만선일보』에 수록된 작품을 중심으로」(2018) 등이 있음.

만주국 조선인 연극

초판 인쇄 | 2018년 12월 07일
초판 발행 | 2018년 12월 07일

지 은 이 이복실

책임편집 윤수경

발 행 처 도서출판 지식과교양
등록번호 제2010-19호
주 소 서울시 도봉구 삼양로142길 7-6(쌍문동) 백상 102호
전 화 (02) 900-4520 (대표) / 편집부 (02) 996-0041
팩 스 (02) 996-0043
전자우편 kncbook@hanmail.net

ISBN 978-89-6764-135-1 93800 정가 25,000원